I0646491

X 1906
B+a.g.

ŒUVRES

POSTHUMES

D'ATHANASE AUGER.

DISCOURS

DE

CICÉRON,

TRADUITS

Par ATHANASE AUGER.

TOME NEUVIÈME.

A PARIS,

De l'Imprimerie, rue du Théâtre - Français ,
N°. 4.

L'AN II DE LA RÉPUBLIQUE FRANÇAISE, UNE ET
INDIVISIBLE.

DISCOURS

DE

CICÉRON.

———

DISCOURS

POUR LES PROVINCES CONSULAIRES.

Sommaire.

P_ISON_ et Gabinius étant consuls, avoient sacrifié Cicéron à Clodius pour obtenir les provinces qu'ils désiroient : il y avoit un an qu'ils gouvernoient, l'un la Macédoine, l'autre la Syrie. César possédoit le gouvernement des deux Gaules, Cisalpine et Transalpine, nommées autrement citérieure et ultérieure, où il s'étoit signalé par de grands exploits, mais

Tome IX.   A

sans avoir encore terminé la guerre. On délibéroit donc dans le sénat pour la destination
de quatre provinces. Cicéron opine à rappeller
sur le champ Pison et Gabinius, et à con-
tinuer César dans le gouvernement de ses deux
provinces.

Après un exorde où il se félicite de ce que
le bien général se trouve d'accord avec son res.
sentiment personnel, il soutient qu'il faut rappeller Pison et Gabinius, en peignant l'administration de ces deux hommes des traits les
plus odieux et en ne leur épargnant point les
invectives. Ensuite de quoi il tâche de démon-
trer que l'intérêt public demande qu'on n'ôte
point à César le gouvernement des Gaules, et
qu'on lui laisse achever la guerre. Il donne
les plus grandes louanges à cet illustre Romain,
et s'attache à prouver que lui Cicéron ne devoit
pas être ennemi de César, comme quelques-uns
le prétendoient.

Ce discours fut prononcé l'an de Rome 697,
et de Cicéron 51. Tous ceux qui avoient opiné
auparavant, excepté Publius Servilius, avoient
conclu, par différens motifs, à révoquer César,
ou du moins à ne lui laisser qu'une des Gaules,
la citérieure ou l'ultérieure : le sentiment de Cicé-

ron et de Servilius prévalut du moins en grande partie ; César fut continué dans le gouvernement de ses deux provinces (1) ; Pison fut rappellé sur le champ , et Gabinius un an après.

Il faut remarquer qu'il y avoit deux sortes de provinces , les unes prétoriennes , les autres consulaires. Les consulaires étoient pour ceux qui sortoient du consulat , et on leur y donnoit une autorité consulaire avec douze licteurs. Les prétoriennes étoient pour ceux qui avoient été préteurs l'année précédente. Les provinces n'é-toient ni toujours consulaires , ni toujours pré-toriennes, mais prenoient leur nom du magistrat, ou consul , ou préteur , qu'on y envoyoit : elles se décernoient par le sénat en deux manières, les unes et les autres selon la loi Sempronia. Les consulaires étoient données aux consuls de l'année suivante , avant la tenue des comices, pour les aller occuper au bout de dix-sept mois : les tribuns du Peuple ne pouvoient s'opposer au décret du sénat, et ceux qu'on envoyoit dans ces provinces, y demeuroient jusqu'à ce que

(1) Je renvoie pour une difficulté sur le succès de ce discours , à une note de la seconde Philippique , au tome X de cette édition.

le sénat en envoyât d'autres. Les provinces prétoriennes étoient données au préteur de l'année courante, pour s'y rendre au premier de janvier de l'année d'après, au sortir de leur préture. Ces dernières étoient sous l'autorité du Peuple, les tribuns pouvoient former opposition au décret, et on ne les possédoit que pour un an. Comme le sénat avoit le pouvoir de rendre prétoriennes les provinces consulaires, et de les conférer aux préteurs de l'année courante, ces provinces, par ce changement, passoient de la puissance du sénat à celle du Peuple.

DISCOURS

POUR LES PROVINCES CONSULAIRES.

QUELQU'UN de vous, PÈRES CONSCRIPTS, est-il dans l'impatience de connoître mon avis sur la distribution des provinces, qu'il examine en lui-même quels hommes surtout je dois rappeller de leurs gouvernemens; il verra sans peine quelle doit être mon opinion, quand il réfléchira sur celle que je dois nécessairement avoir. Si je n'avois été que le premier à la proposer, vous m'approuveriez, sans doute; si j'étois seul, vous me pardonneriez du moins, et même en ne croyant pas devoir adopter mon avis, vous feriez grace à mon juste ressentiment. Mais, P. C., combien ne suis-je pas agréablement affecté, quand, d'une part, je vois qu'il importe sur-tout à la République qu'on dispose de la Syrie et de la Macédoine, ensorte que mon ressentiment personnel se trouve d'accord avec l'utilité commune ; et quand de l'autre, j'ai pour garant de mon opinion le sénateur qui a opiné avant moi, l'illustre Servilius (1), dont le zèle et l'affection pour la République en général, se sont signalés particuliérement pour me rappeler dans ma patrie ? Que si tout-à-l'heure et toutes les fois qu'il a eu occasion de s'expliquer, il n'a point cru devoir ménager Pison et Gabinius, ces deux monstres affreux, ces deux fléaux de la République ; si, sans parler des autres raisons, sur-tout à cause de leur insigne perversité et de leur cruauté inouie envers moi,

(1) Publius Servilius Isauricus, un des plus anciens consulaires.

A 3

il a cru devoir les flétrir, non-seulement par son avis, mais encore par de sanglans reproches : dans quelle disposition dois-je être, moi qu'ils ont sacrifié à leur (1) cupidité insatiable? Mais en donnant mon avis, je ne consulterai point la passion, je n'écouterai aucune animosité ; je serai dans la disposition où chacun de vous doit être envers les deux hommes dont je parle : ce sentiment profond de haine qui m'est personnel, et que cependant vous avez toujours voulu partager avec moi, il sera écarté dans l'avis que je vais donner, il sera réservé pour le moment de la vengeance.

Il est quatre provinces, P. C., sur lesquelles on a opiné avant moi : les deux Gaules, que nous voyons maintenant réunies (2) sous un seul gouvernement ; la Syrie, et la Macédoine, que deux abominables consuls ont en-

(1) J'ai suivi la leçon *ad explendas suas cupiditates.*

(2) Voyez le sommaire.—*Deux de ces provinces.* La Syrie et la Macédoine. — *Loi Sempronia*, loi de Caïus Sempronius Gracchus, d'après laquelle le sénat devoit décerner tous les ans des provinces aux consuls, à désigner.

vahies, malgré le sénat opprimé, comme un salaire pour avoir renversé la République. Il nous faut décerner deux de ces provinces en vertu de la loi Sempronia.

Peut-il rester quelque doute sur la Syrie et sur la Macédoine ? Je ne dis pas que ceux qui les occupent ne les ont obtenues et ne les possèdent qu'après avoir (1) condamné le sénat, anéanti dans Rome votre autorité, après avoir ruiné la foi publique et la sauve-garde perpétuelle du Peuple Romain, après m avoir persécuté, moi et les miens de la manière la plus indigne et la plus cruelle. Je ne parle pas de tous les excès auxquels ils se sont livrés ici, au milieu de nous, excès portés à un tel point, que jamais Annibal n'a souhaité autant de maux à cette ville qu'ils ne lui en ont faits eux-mêmes : je vais m'occuper des provinces.

(1) *Après avoir condamné le sénat*, en condamnant Cicéron qui n'avoit agi que d'après l'autorité du sénat. —— *La foi publique*, d'après laquelle j'ai cru pouvoir ôter la vie à des citoyens conspirateurs. *La sauve-garde perpétuelle du Peuple Romain*, qui consiste à pouvoir impunément le délivrer de ceux qui méditent sa destruction.

Auparavant, c'étoient moins des tours que les trophées de nos généraux qui fortifioient la Macédoine ; après avoir été long-tems pacifiée par un grand nombre de victoires et de triomphes, elle se voit maintenant tellement ravagée par les Barbares, avec qui la cupidité a fait rompre la paix, que les Thessaloniciens, placés au centre de notre empire, sont forcés d'abandonner leur ville, de se retrancher dans leur citadelle, et que notre voie militaire, qui traverse la Macédoine jusqu'à l'Hellespont, est non-seulement infestée par les incursions des Barbares, mais encore marquée d'espace en espace par des camps Thraciens. Ainsi ces nations qui, pour jouir de la paix, avoient prodigué l'or à notre illustre général, ces mêmes nations, pour réparer leurs pertes d'argent et se venger d'avoir acheté la paix, nous ont déclaré presque ouvertement la guerre. Quant à notre armée, cette armée puissante, levée d'une manière si dure et si rigoureuse, elle n'existe plus. Je le dis pénétré de douleur ; les soldats du Peuple Romain ont été indignement pris, tués, abandonnés, dispersés : la négligence, la famine, la maladie, tous les fléaux à la fois les ont fait périr ; et ce qu'il y

a de plus triste , il semble que l'armée a (1)
expié le crime de son général. Oui , la Macédoine qui , depuis que nous avions dompté
les nations voisines et réprime les Barbares ,
se trouvoit naturellement pacifiée et tranquille ,
la Macédoine que nous défendions avec peu
de forces et de troupes , même sans l'autorité
d'un gouverneur, par de simples lieutenans (2)
et par le nom seul du Peuple Romain ; aujour-
d'hui , quoique gouvernée par un proconsul
et défendue par une armée consulaire , cette
province est si horriblement dévastée , qu'une
longue paix pourroit à peine la rétablir. Cependant qui de vous ne l'a pas appris , qui de
vous l'ignore ? Les Achéens paient tous les ans
à Pison une somme immense d'argent ; les

(1) Ou il faut lire *expiandum* au lieu d'*expetitum*,
ou il faut entendre *expetitum* dans le sens d'*expiandum*. Cicéron, dans l'invective contre Pison , chap. 55 ,
s'exprime ainsi : *tua scelera dii immortales in nostros
milites expiaverunt*. Il faut voir le reste de l'endroit
et le rapprocher de celui de ce discours.

(2) Le *sine imperio* du latin annonce que les lieutenans n'avoient pas *imperium* : c'est donc impropre-
ment que le même Cicéron donne *imperium* à Verrès,
lieutenant de Dolabella.

tributs et les impôts de Dyrrachium sont tournés au profit du seul Pison ; Byzance, cette
ville si dévouée au sénat et à cet empire, s'est
vue traitée en ennemie. Lorsqu'il eut épuisé
les habitans, qu'il les eut réduits à l'indigence,
ne pouvant plus rien tirer de ces malheureux,
rien arracher d'eux par aucune force, il leur
envoya ses cohortes en quartier d'hiver, il
mit à leur tête ceux qu'il crut devoir être les
plus ardens exécuteurs de ses crimes, les plus
fidèles ministres de ses vexations. Je ne parle
pas du droit qu'il s'est arrogé de rendre la
justice dans une ville libre (1), contre les loix
et les sénatus-consultes : je supprime les
meurtres ; je laisse ces dissolutions honteuses
dont il existe des preuves bien cruelles, bien
capables de perpétuer le souvenir de ses infamies, et de justifier presque la haine qu'on
porte à notre empire. C'est une chose constante, que des filles de la première naissance se

_____

(1) Byzance. Au reste, on voit ici et ailleurs que
parmi les villes soumises aux Romains, il y en avoit
auxquelles on accordoit le privilège de se gouverner
par leurs loix et leurs magistrats. Elles étoient appellées *libres*.

sont jettées dans des puits, et n'ont pu échapper à l'opprobre que par une mort volontaire. Si j'omets ces faits, ce n'est pas qu'ils ne soient fort graves, mais c'est que je ne puis maintenant les confirmer par des témoins. Qui ne sait que la ville de Byzance étoit remplie et décorée de statues ? Dans le tems même où les Byzantins étoient épuisés et fatigués par d'horribles guerres ; où ils soutenoient les attaques de Mithridate, et tout le Pont en armes qui se débordoit et se répandoit à grands flots dans l'Asie ; où les ennemis, qu'ils avoient repoussés avec peine de leurs murailles, placés sur les hauteurs, menaçoient leurs têtes : les Byzantins alors et depuis gardèrent ces statues et les autres ornemens de Byzance qu'ils conservoient avec un soin religieux. Mais sous votre gouvernement, infâme Césoninus Calventius (1), sous votre gouvernement aussi malheureux que détestable, une ville libre, dont la liberté

(1) Pison, dont le père, ayant pour surnom Césoninus, avoit épousé la fille d'un Calventius, Gaulois qui étoit venu s'établir en Italie. — *Pour ses services encore tout récens.* Byzance étoit restée fidèle aux Romains, et avoit repoussé Mithridate, comme nous venons de le voir.

avoit été ratifiée par le sénat et le Peuple Romain pour ses services encore tout récens, s'est vue tellement pillée, tellement dépouillée, que, si le lieutenant Virgilius, homme ferme et intègre, ne fût survenu, d'un grand nombre de statues, les Byzantins n'en auroient plus une seule. Est-il dans l'Achaïe un temple, est-il dans toute la Grèce un lieu ou un bois si saint et si sacré, où vous ayez laissé une seule image des Dieux, un seul des ornemens qui le décoroient ? Dans le naufrage d'une ville que vous aviez renversée, vous qui deviez la gouverner, vous avez acheté à haut prix d'un tribun infâme, malgré un décret du sénat et la loi de votre gendre (1), le privilège de rendre la justice chez un peuple libre, de prononcer vous-même sur les créances : et ce privilège que vous aviez acheté, vous en avez trafiqué ou par des dénis de justice, ou par la ruine de citoyens Romains. Je n'insiste maintenant, P. C., que sur la province, je ne

(1) La loi de César, laquelle assuroit les privilèges des Peuples libres ; un de ces privilèges étoit de se juger eux-mêmes par leurs propres loix. —— *La ruine de citoyens Romains*, auxquels il négligeoit de faire rendre des sommes immenses qu'ils avoient prêtées.

dis rien de la personne. Tous les faits dont l'on vous a souvent entretenus, et que vous vous rappelez sans qu'il soit besoin de vous en parler, je les supprime. Je ne dis rien de cette audace qu'il a signalée au milieu de vous, et dont il a laissé dans vos esprits des traces profondes ; je ne dis rien de son orgueil, rien de son opiniâtreté, rien de sa cruauté : qu'elles restent cachées, ces obscures et crapuleuses débauches, qu'il masquoit de l'épaisseur de ses sourcils et de l'austérité de son front, plutôt que du voile de la pudeur et de la tempérance : je m'arrête à la province qui est notre objet. N'enverrez-vous pas à Pison un (1) successeur ? Laisserez-vous plus long-tems dans sa province un tel homme, un homme qui, à peine entré dans la Macédoine, montra en lui la fortune le disputant avec sa perversité, de telle sorte qu'on ne pouvoit juger s'il étoit plus (2) méchant que malheureux ?

Doit-on laisser plus long tems dans la Syrie

---

(1) *Summittetis*, c'est-à-dire, *successorem mittetis*, comme le porte un ancien livre.

(2) Le mot latin *posterior* doit se prendre ici dans le sens de *deterior, nequior*.

cette Sémiramis (1), cet homme efféminé, qui, en chemin, avant de se rendre dans sa province, s'est vendu au roi Ariobarzane, pour commettre un meurtre, s'est vendu comme un vil gladiateur, quoique votre consul. Ensuite, arrivé en Syrie, il laissa bientôt périr sa cavalerie, et après cela, tailler en pièces ses meilleures cohortes. Tout ce qui s'est fait en Syrie sous ce gouverneur, se réduit donc à des traités pécuniaires avec des tyrans, à des transactions, à des pillages, à des brigandages, à des massacres. Lorsque ce général du Peuple Romain haranguoit ses troupes rangées en bataille, il sembloit, non les exhorter à la gloire, mais leur crier (2) qu'il avoit acheté et vouloit

(1) Gabinius, homme efféminé, gouverneur de Syrie, est ingénieusement comparé par Cicéron à Sémiramis, anciennement reine de Syrie. — Ariobarzane, roi de Cappadoce, ami et allié du Peuple Romain. Il seroit difficile de marquer à quoi l'orateur fait allusion dans tous les faits qu'il indique; il suffit de dire qu'il ne s'accorde pas avec l'historien Josephe. — *Un vil gladiateur.* Il y avoit diverses sortes de gladiateurs, *Throces*, *Mirmillones*, etc.

(2) Le *dexteram tendens* du latin est équivoque; il annonce l'usage, et des généraux qui levoient la

tout acheter à prix d'or. Je sens comme les miennes, les peines et les disgraces de ces fermiers publics, à qui j'ai de si importantes obligations, de ces malheureux, que Gabinius n'a pas craint d'asservir aux Juifs et aux Syriens, nations nées pour la servitude. Il a résolu, dès le commencement, et il a persisté dans son dessein, de ne faire aucune justice aux fermiers de nos domaines : il a rompu des traités qui n'avoient rien d'injuste, supprimé les garnisons (1), affranchi plusieurs peuples tributaires, défendu aux fermiers publics et à leurs

main pour exhorter leurs troupes, et de ceux qui, pour mettre à l'enchère dans les ventes publiques, levoient la main et le doigt.

(1) Les fermiers publics avoient le droit de tenir enfermés et de faire garder à vue ceux qui refusoient de payer, *tenere in custodiis*. Je me suis servi du mot de *garnisons* pour exprimer ce droit. Ils avoient des troupes d'esclaves qui leur servoient de commis.
—— *Peuples tributaires*. Il y avoit deux sortes de tributs ; tribut fixe, une certaine somme d'argent pour stipendier les troupes ; les Peuples qui le payoient étoient appellés *stipendiarii* : tribut incertain, qui dépendoit des fruits de la terre, des bestiaux, des pâturages, des droits de douane, etc. ; les Peuples qui le payoient étoient nommés *vectigales*.

commis de se trouver dans une ville dans laquelle il séjourneroit ou se rendroit. En un mot , il passeroit pour cruel , s'il eût montré , à l'égard de nos ennemis, les mêmes sentimens qu'il a fait paroître envers des citoyens Romains , et sur-tout envers un ordre qui s'est toujours soutenu par sa propre dignité , et par la protection de nos magistrats. Aussi , vous voyez , P. C. , que les fermiers publics ont été presque entièrement ruinés , non par la témérité des entreprises ou par l'ignorance des affaires , mais par l'avarice , la tyrannie , la cruauté de Gabinius. Malgré l'épuisement du trésor, vous devez nécessairement les soulager. Toutefois il en est , un grand nombre que vous ne pouvez plus rétablir ; à qui cet ennemi déclaré du sénat , de l'ordre équestre (1) et de tous les gens de bien , a fait perdre , non-seulement leurs fonds , mais encore leur crédit ; infortunés , que ni leur économie , ni leur tempérance , ni leur vertu ; ni leur travail , ni la considération dont ils jouissoient , n'ont pu défendre contre l'audace

_____

(1) *De l'ordre équestre* , dont étoient tous les fermiers publics.

de

de cet avide et insatiable brigand ! Mais laisserons-nous périr ceux qui se soutiennent encore par les ressources de leur patrimoine, ou par les secours de leurs amis ? Quoi donc ? lorsque les ennemis ont empêché le fermier public de lever les impôts, la loi même des censeurs (1) le met à couvert de toute poursuite ; et l'on ne viendroit pas à son secours, lorsqu'il a été traversé par un homme qui est réellement ennemi, quoiqu'il n'en porte pas le nom ? Retenez donc plus long-tems dans sa province un gouverneur qui a traité avec les ennemis contre les alliés, et avec les alliés contre les citoyens ; qui se croit préférable à son collègue, pour cela même que Pison vous a trompés par son air sombre et austère ; au lieu que lui n'a jamais paru moins méchant qu'il n'étoit. Quant à Pison, il se glorifie d'un autre mérite, sans doute d'avoir si bien fait en peu de tems, que Gabinius ne passera point désormais pour le plus méchant des hommes.

Quand ils ne devroient pas bientôt sortir de leur gouvernement, ne devriez-vous pas les

_____

(1) C'étoient les censeurs qui donnoient à ferme les domaines de l'état.

Tome IX.   B

en arracher ? Laisseriez-vous en place ces deux gouverneurs , ou plutôt ces fléaux des alliés , cette calamité des soldats , cette ruine des fermiers publics , cette désolation des provinces , ces opprobres de l'empire ? Mais vous-mêmes , l'année précédente , vous rappelliez (1) ces mêmes hommes , lorsqu'ils étoient déjà arrivés dans leurs gouvernemens. Si alors vous eussiez été libres , si l'affaire n'eût pas été tant de fois remise , si elle ne vous eût pas enfin été arrachée des mains , vous auriez rétabli, suivant vos désirs , votre autorité , en rappellant ceux qui vous l'avoient fait perdre , en leur ôtant ce qu'ils avoient reçu , comme le salaire de leurs crimes et de la destruction de la patrie.

Que si alors , à votre grand regret , ils ont évité cette punition , moins par leur crédit que par celui des autres , ils en ont subi une bien plus cruelle , bien plus rigoureuse. Quelle punition en effet plus rigoureuse peut subir un homme retenu par la crainte du supplice , s'il

(1) Le sénat vouloit décider que tous les actes du tribunat de Clodius étoient nuls, et que par conséquent la loi qui accordoit des provinces à Pison et à Gabinius l'étoit aussi ; mais il en fut empêché par des raisons particulières.

n'a plus nul souci de sa réputation, que de voir qu'on n'ajoute pas foi à des lettres qui annoncent des prospérités militaires ? Oui, lorsque le sénat assemblé a refusé les prières publiques à Gabinius, il a décidé, d'abord qu'il ne falloit pas croire un homme souillé de crimes et d'infamies ; ensuite, qu'un traître, qu'un perfide, qu'il avoit reconnu pour ennemi de la République quand il étoit dans Rome, n'avoit pu servir heureusement la République, à la tête des armées ; enfin, que même les Dieux immortels ne vouloient pas qu'on ouvrît leurs temples, ni qu'on leur adressât des vœux, au nom du plus impur et du plus scélérat des hommes. Aussi son collègue (1), ou est lui-même un sage, instruit par ses Grecs subtils, avec qui il fait maintenant la débauche en plein

_____

(1) *Son collègue*, Pison, qui se piquoit d'être épicurien, et qui avoit toujours des Grecs à sa suite.— *En plein théâtre.* J'ai préféré la leçon *orchestrâ* à celle d'*exostrâ*, qui se trouve dans plusieurs éditions. *Orchestra* étoit le devant du théâtre, où étoient les sièges des sénateurs et des magistrats, et aussi l'endroit un peu plus élevé où paroissoient les acteurs. *Siparium* étoit un voile ou rideau derrière lequel les mêmes acteurs mangeoient et se disposoient à reparoître.

théâtre, après s'être caché derrière le rideau ; ou il a des amis plus prudens que Gabinius, puisqu'on ne montre aucune lettre de lui au sénat.

Garderons-nous donc de tels généraux ? L'un, dans la crainte d'être confirmé dans le titre d'*imperator* (1), n'ose pas nous informer de ses exploits : si les secrétaires de l'autre ne quittent la plume, il se repentira nécessairement dans peu de jours d'avoir écrit. Ses amis, s'il en a, si un monstre aussi affreux et aussi cruel peut en avoir, se consolent en pensant que le sénat a aussi refusé les prières publiques à Titus Albucius (2). Une première différence, c'est qu'un simple propréteur, avec une seule cohorte auxiliaire, avoit remporté un léger avantage sur de misérables brigands ; au lieu que Gabinius, avec une armée et une autorité

(1) Quelquefois, après un exploit important, les soldats donnoient à un général le titre d'*imperator*; titre qui quelquefois étoit donné ou confirmé par le sénat.——*Dans la crainte d'être confirmé* : la phrase, comme on voit, est ironique.

(2) Titus Albucius, propréteur en Sardaigne, à qui le sénat avoit refusé comme à Gabinius les prières publiques.

consulaires , a terminé une guerre importante
contre les plus puissans peuples et monarques
de la Syrie. Ajoutez que ce qu'Albucius demandoit au sénat , il se l'étoit accordé lui-même
dans la Sardaigne ; car c'étoit un fait constant
que ce Grec (1) léger et vain avoit déjà comme
triomphé dans sa province. Aussi le sénat a-t-il
puni sa folle présomption par le refus des
prières publiques. Mais , à la bonne heure ,
que Gabinius jouisse de cette consolation , et
qu'un affront insigne , il le regarde comme
peu de chose , parce qu'il a été fait à un
seul avant lui , pourvu qu'il s'attende au sort
de l'homme par l'exemple duquel il se console :
on sait qu'Albucius (2) , sans avoir contre lui
les débauches de Pison , ni l'audace de Gabinius , n'a pu se relever du coup unique que
lui a porté un affront de la part du sénat.

(1) Albucius se piquoit d'être très-versé dans les
lettres grecques , il se donnoit pour grand partisan des
Grecs ; voilà pourquoi Cicéron l'appelle Grec. Il y a
toute apparence qu'il avoit fait une espèce d'entrée
triomphale dans une des principales villes de sa province.

(2) Albucius , au retour de sa province , fut accusé
de concussion , condamné , et obligé de se retirer en exil.

Cependant (1) celui qui décerne les deux Gaules aux deux consuls, retient dans leurs provinces Pison et Gabinius; celui qui décerne

(1) Tout cet article est très-difficile à bien entendre; mais il devient facile, si l'on saisit comme il faut la loi Sempronia, et si l'on établit une supposition que Cicéron n'exprime pas clairement. La loi Sempronia obligeoit le sénat de décerner, tous les ans, des provinces aux deux consuls à désigner, *consulibus designandis*, sans qu'aucun tribun pût s'opposer au sénatus-consulte. Il y avoit quatre provinces que pouvoit décerner le sénat; les deux Gaules réunies en un seul gouvernement, et qui étoient alors dans la main du seul César; la Macédoine et la Syrie, où étoient encore Pison et Gabinius. Si le sénat décerne les deux Gaules, Pison et Gabinius resteront dans leurs provinces : s'il décerne une des deux Gaules avec la Syrie ou la Macédoine, alors ou Pison ou Gabinius restera dans sa province. Mais le sénat peut rendre leurs provinces prétoriennes, et alors deux des préteurs en sortant d'exercice les remplaceront aussitôt. Oui, mais un tribun peut s'opposer au sénatus-consulte. Quel est donc le moyen de les faire revenir sans que personne s'y oppose ? C'est par un seul et même sénatus-consulte, de décerner leurs provinces, aux consuls à désigner, et de nommer des préteurs pour les gouverner l'année où les consuls à désigner seront en exercice. Cicéron suppose (c'est la supposition dont nous avons

une des deux Gaules, qui décerne ou la Syrie
ou la Macédoine, retient l'un des deux ; et
lorsque tous deux sont également coupables,
il les traite inégalement. Je rendrai ces provinces prétoriennes, dit-il, afin que Pison et
Gabinius soient remplacés aussitôt. Oui, si
on (1) vous le permet : car alors un tribun pourra
s'y opposer : maintenant il ne le peut pas.
Ainsi, moi qui décerne aujourd'hui la Syrie
et la Macédoine aux consuls à désigner, je
décernerai les mêmes provinces, devenues
prétoriennes : par-là les préteurs les gouverne-
ront pendant un an, et nous reverrons au
plütôt des hommes que nous ne pouvons voir
que d'un œil d'indignation. Mais, croyez-moi,
ils ne seront jamais remplacés, si nous ne
prenons notre parti en vertu d'une loi, suivant
laquelle on ne pourra faire d'opposition au
sujet des provinces. Si donc nous laissons
échapper cette occasion, il nous faut attendre
une année entière ; et dans cet intervalle, on

parlé d'abord) qu'alors aucun tribun ne pourra s'opposer ni à la première, ni à la seconde partie du sénatus-consulte.

(1) Le *hic* du latin annonce que Cicéron montre un
tribun présent, disposé à faire opposition.

prolonge le malheur des citoyens , l'affliction des alliés , l'impunité des plus odieux scélérats.

Mais Pison et Gabinius fussent-ils les citoyens les plus honnêtes , je ne croirois pas qu'il fallût encore donner des successeurs à César. A ce sujet , P. C. , je dirai ce que je pense , sans craindre l'observation que vient de faire un de mes amis (1) intimes , en m'interrompant au milieu de mon discours. Cet homme de bien dit que je ne dois pas être plus ennemi de Gabinius que de César : que c'est par les conseils et par la puissance de César qu'a été excité tout cet orage, auquel j'ai été contraint de céder. Si je lui réponds d'abord que je consulte l'utilité commune , et non mon ressentiment personnel , ne puis-je pas justifier ma conduite en m'autorisant de l'exemple des plus fermes et des plus illustres citoyens ? Tibérius Gracchus , je parle du père , (pourquoi ses fils ont-ils dégénéré de

_____

(1) On ne sait pas certainement quel est celui dont parle Cicéron; à moins que ce ne soit le consul Lucius Marcius Philippus, auquel Cicéron adressera tout-à-l'heure la parole : d'autres croient qu'il s'agit de Cnæus Cornélius Lentulus Marcellinus.

la sagesse paternelle?) Tibérius Gracchus ne s'est-il pas couvert de gloire (1), parce que, tribun du Peuple, seul de ses collègues, il se déclara en faveur de Lucius Scipio, son ennemi mortel, ainsi que l'Africain, son frère. Il protesta devant le Peuple qu'il ne s'étoit pas réconcilié ; mais il trouvoit contraire à la dignité de cet empire, que Scipion, après avoir triomphé, fût conduit dans le même lieu où il avoit fait conduire les généraux ennemis le jour de son triomphe. Qui jamais eut plus d'ennemis que Marius ? sans parler de Crassus, de Scaurus, n'avoit-il pas pour ennemis tous les (2) Métellus ? Mais, loin d'opiner à tirer leur ennemi de la Gaule, ils lui décernoient extraordinairement cette province, pour l'intérêt de la guerre contre les Gaulois. On a fait dans les Gaules une guerre importante : César a dompté de puissantes nations ; mais la paix avec elles n'est pas encore solide, elles

(1) *Tantam laudem* est ici pour *maximam laudem*. Lucius Scipio, surnommé Asiaticus, parce qu'il avoit vaincu Antiochus, roi d'Asie.

(2) A cause de Métellus Numidicus, qu'il avoit frustré de la gloire d'avoir terminé la guerre de Jugurtha.

ne sont pas encore assujetties à nos loix, pas encore accoutumées à notre obéissance. La guerre est fort avancée, et, à dire vrai, presque terminée ; mais nous ne la verrons entièrement achevée, qu'autant qu'on chargera celui qui l'a commencée d'en poursuivre la fin. Si on lui donne un successeur, il y a tout à craindre que nous ne voyons bientôt se rallumer une guerre difficile, qui paroît éteinte. Moi donc, sénateur, ennemi, si vous le voulez, de César, je dois être ami de la République, comme je le fus toujours. Mais si je renonce à toute inimitié, pour l'intérêt de l'état, qui seroit fondé à me blâmer, moi sur-tout qui crûs toujours devoir régler toutes mes démarches sur celles des plus grands hommes ?

Marcus Lépidus, souverain pontife, décoré deux fois du consulat, n'a-t-il pas été loué, non-seulement dans les discours des citoyens, mais encore dans les fastes de l'histoire et par la bouche d'un grand poète (1) ; n'a-t-il pas été loué de ce que le jour même de sa

(1) Ennius, qui suivit dans la guerre d'Etolie, Marcus Fulvius, collègue de Lépidus dans la censure.

nomination à la dignité de censeur, au Champ
même de Mars , il se réconcilia aussitôt avec
Fulvius , son plus grand ennemi , devenu son
collègue , afin de remplir ensemble les mêmes
fonctions de la censure avec un même esprit
et d'un parfait accord. Sans parler de tous les
exemples anciens qui sont sans nombre, votre
père lui-même , Philippus , ne s'est-il pas
réconcilié à la fois avec tous ses plus grands
ennemis ; la même République qui l'avoit
éloigné d'eux tous , l'en ayant rapproché ? Pourquoi citer une foule d'autres exemples ? Je vois
ici présens ces lumières et ces ornemens de
la République , Publius Servilius et Marcus
Lucullus : plût aux Dieux que Lucius Lucullus
vécût encore ! Vit-on jamais d'inimitiés plus
vives qu'entre les Lucullus et les Servilius ?
L'intérêt de la République et leur dignité
personnelle étouffèrent dans ces grands hommes
des haines violentes , et même les convertirent
en une étroite amitié. Et Métellus Népos ,
étant consul , dans le temple du grand Jupiter,
vivement ému par vos décisions unanimes et
par l'admirable éloquence de Servilius , ne
s'est-il pas réconcilié avec Cicéron absent ,
en lui rendant le plus important des services?

Puis-je être ennemi d'un homme dont les couriers et les lettres, de concert avec la renommée, font retentir tous les jours à mes oreilles les nouveaux noms de Peuples, de nations et de pays qu'il ajoute à cet empire?

Je suis enflammé, croyez-moi, P. C., et vous en doutez d'autant moins que vous êtes animés des mêmes sentimens, je suis enflammé du plus ardent amour pour la patrie : cet amour m'a engagé d'abord (1) à détourner, à mes plus grands risques, les affreux désastres près de fondre sur Rome ; et ensuite, lorsqu'une foule de traits alloient être lancés de toutes parts sur la patrie, il m'a porté à m'offrir et à les recevoir tous sur moi seul. Ces dispositions où j'ai toujours été et où je serai toujours pour la République, me ramènent à César, me rapprochent de ce grand homme, lui rendent toute mon amitié. Enfin, qu'on pense ce qu'on voudra, dès qu'un citoyen sert bien la République, je suis son ami. En effet, si, non content d'avoir rompu pour toujours

---

(1) *D'abord*, pendant mon consulat ; *ensuite*, pendant le tribunat de Clodius.

avec ceux qui ont voulu détruire cette ville
par le fer et par la flamme, je leur ai voué
mon inimitié, je leur ai déclaré la guerre,
quoique je fusse ami intime des uns, que
même j'eusse défendu les autres (1), que je
les eusse fait absoudre dans des causes capitales;
pourquoi la même République qui a pu m'a-
nimer contre des amis, ne pourroit-elle pas
m'appaiser pour des ennemis? D'où provient
ma haine contre Clodius, sinon de ce que
j'ai pensé qu'il seroit un citoyen pernicieux,
parce que, brûlant d'une passion impure, il
avoit violé par un seul crime les deux choses
les plus sacrées parmi les hommes, la religion (2)
et la pudeur? Est-il donc douteux, d'après
ce qu'il a fait et ce qu'il fait encore tous les

(1) De savans critiques croient que Cicéron parle
ici de Lentulus, un des conjurés suppliciés. Les deux
partìm sont pour *partem*, et *partem* est gouverné par
secundùm sous-entendu. *Illorum* doit se joindre avec
partem. Enfin il faut entendre la phrase comme si on
lisoit deux fois *nonnulli* au lieu des deux *partìm*.

(2) *La religion*, en voulant profaner par sa présence
des mystères interdits aux regards des hommes; *la
pudeur*, en s'introduisant dans la maison où on les
célébroit, avec l'intention de commettre un adultère.

jours, qu'en l'attaquant je n'aie moins songé à mon propre repos qu'aux intérêts de la République, et qu'en le défendant plusieurs n'aient plus cherché leur propre tranquillité que celle de l'état?

On m'a vu, je n'en disconviens pas, on m'a vu dans la République opposé aux sentimens de César, et fidèle aux vôtres : mais aujourd'hui j'embrasse vos sentimens auxquels je me conformai toujours. Vous à qui Pison n'ose écrire ses exploits, vous qui, par une note d'ignominie remarquable et nouvelle, avez condamné la lettre de Gabinius ; vous avez décerné à César des prières publiques, pour le nombre des jours, comme vous n'en décernates jamais à aucun général, après une seule guerre (1) ; pour la distinction des paroles, comme vous n'en décernates jamais à aucun absolument. Pourquoi donc attendrai-je qu'on me réconcilie avec César? Une compagnie auguste m'a réconcilié avec lui, et une

_____

(1) Cicéron veut dire, sans doute, que des généraux avoient pu obtenir des prières pour le même nombre, ou pour un plus grand nombre de jours, après plusieurs guerres et à différentes reprises. Au lieu de *uno*, des éditions portent *ullo*.

compagnie qui fut toujours en droit de régler
les délibérations publiques et mes résolutions
particulières. Je marche sur vos pas, P. C.,
j'obéis à vos conseils, je défère à votre autorité.
Tant que vous n'approuviez pas les démarches
de César dans la République, vous ne m'avez
point vu lié avec César : lorsque ses exploits
ont changé vos sentimens et vos idées, vous
m'avez vu, non-seulement accéder à vos décisions, mais encore y applaudir.

Mais pourquoi, sur-tout aujourd'hui , se-
roit-on étonné de ma conduite ? Pourquoi la
blâmeroit-on , puisque j'ai déjà ouvert des
avis qui intéressoient plus la dignité de César
que l'utilité de la République ? Je lui ai décerné des prières de quinze jours. Il suffisoit,
pour la République , qu'on accordât à César
autant de jours qu'en avoit obtenus Marius.
Les immortels se seroient contentés , je pense ,
des mêmes actions de graces qui leur ont
été rendues dans les guerres les plus formi-
dables. Un si grand nombre de jours n'a
donc été accordé qu'à la dignité de la personne.
Pendant (1) mon consulat et sur mon rapport,

(1) Latin, *in quo*, *in quá re*. Il faut joindre *in quo*

on a décerné à Pompée, pour la première
fois, des prières de dix jours, après la mort
de Mithridate et l'entière conclusion de cette
guerre : sur mon avis encore, on a doublé,
pour la première fois, les prières publiques
qu'on accorde à un consul ; car vous vous
rangeates de mon avis, lorsqu'après la lecture
d'une lettre du même Pompée, qui avoit
terminé toutes les guerres sur terre et sur mer,
vous lui décernates des prières publiques de
douze jours (1). Voilà ce que j'ai fait pour un
personnage illustre, dont je ne puis trop admirer
la vertu et la grandeur d'ame : oui, quoiqu'il
eût reçu plus de distinctions que personne,
il accordoit à un autre de plus grandes distinctions encore qu'il n'avoit obtenues lui-
même. Ainsi donc, dans les prières publiques
que j'ai décernées à César, les prières mêmes

avec *sum admiratus* ; tout ce qui précède *sum* est une
espèce de parenthèse. Le second *quo* et *cujus* se rap-
portent à *ego*.

(1) Le nombre ordinaire de jours pour les prières
étoit cinq jours, d'après Tite-Live ; mais il avoit été
décidé, selon toute apparence, qu'il seroit de six
jours pour les consuls, ce que Cicéron appelle *suppli-
catio consularis*.

ont

ont été accordées aux Dieux immortels, aux usages de nos ancêtres, à l'utilité de la République ; quant aux termes honorables du décret, aux distinctions nouvelles, et au nombre de jours extraordinaire, c'est à la personne de César qu'ils ont été déférés. On a délibéré dernièrement sur la paie des troupes : je ne me suis pas contenté de donner mon avis, j'ai fait ensorte qu'on l'adoptât ; j'ai répondu fort au long à ceux qui étoient d'un avis contraire ; j'étois présent quand on a rédigé le décret : alors encore j'ai plus accordé à la personne qu'à la nécessité. Je pensois que, sans un tel secours d'argent, avec le seul produit du butin (1), César pouvoit entretenir son armée et terminer la guerre : mais je n'ai pas cru que, par un esprit d'épargne, nous dussions diminuer le lustre et la gloire de son triomphe. Il a été question de dix lieutenans pour le même César ; les uns s'opposoient absolument à ce qu'on les donnât, les autres cherchoient des exemples ; ceux-ci remettoient à un autre tems, ceux - là

_____

(1) *Du butin*, que l'on réservoit pour augmenter la pompe du triomphe.

Tome I X.   C

les donnoient sans employer de termes
honorables. Dans cette circonstance , je
parlai de manière à faire comprendre à
tout le monde qu'en opinant pour l'intérêt
de la République, c'étoit pour la dignité de
César, que je multipliois le nombre des
lieutenans.

Sur tous ces objets , j'ai donné mon avis sans
être interrompu par aucun sénateur ; et l'on
m'interrompt à présent que je décerne des
provinces. Toutefois les distinctions alors
étoient accordées à la personne ; ici, les seuls
motifs qui me déterminent , c'est la considération de la guerre ; ce sont les grands intérêts
de la République. Par rapport à César lui-
même , pourquoi voudroit-il rester dans sa
province, sinon pour livrer au Peuple Romain
dans son entière perfection un ouvrage déjà
presque achevé. Oui, sans doute, il est retenu
par l'agrément des lieux, par la beauté des
villes, par la douceur et la politesse des
Peuples et des nations, par le désir de la
victoire, par l'envie d'étendre les limites de
notre empire. Est-il rien de plus inculte que
ces pays, de plus sauvage que ces villes, de
plus féroce que ces Peuples , de plus admi-

rable que la multitude des victoires de César,
de plus éloigné que l'Océan ? Le retour dans
sa patrie feroit-il quelque peine, ou au
Peuple (1) qui l'a envoyé , ou au sénat qui
l'a comblé de distinctions ? Le prolongement
du tems augmenteroit-il le regret de son
absence ? Ne contribueroit-il pas plutôt à le
faire oublier ? Et un long intervalle ne fait-il
pas perdre sa fraîcheur à ce laurier cueilli au
milieu des plus grands périls ? Si donc il en
est qui n'aiment pas César, ils ne doivent pas
le rappeller de sa province à Rome, puisque
c'est le rappeller à la gloire, au triomphe,
aux félicitations , aux grands honneurs du
sénat, à la faveur de l'ordre équestre, à
l'affection du Peuple. Mais si César , pour
l'avantage de la République, ne se hâte pas
de jouir d'une si brillante fortune afin de tout
achever, que doit faire un sénateur qui , en
supposant que César voulût quitter son gouvernement , devroit toujours consulter les
intérêts de la République ?

(1) C'étoit d'après une loi de Vatinius et par les
suffrages du Peuple, que César avoit obtenu le gouvernement de la Gaule citérieure pour cinq ans.

Pour moi, P. G., je sens qu'en décernant aujourd'hui des provinces, nous devons avoir en vue la paix universelle. Or, qui ne voit pas que d'ailleurs nous ne sommes menacés d'aucun péril, ni même d'aucune apparence de guerre? Une mer immense (1), dont les mouvemens tumultueux empêchoient les courses maritimes, enchaînoient même les villes et les grandes routes, nous le voyons il y a long-tems, le Peuple Romain, grace à la valeur de Pompée, depuis l'Océan jusqu'à l'extrêmité du Pont, en est maître comme d'un seul port sûr et bien fermé : toutes ces nations (2) qui, effrayantes par leur nombre et par la seule multitude des hommes, pouvoient se répandre dans nos provinces, nous voyons que, grace au même Pompée, les unes ont été affoiblies, les autres réprimées, en sorte que l'Asie, qui auparavant terminoit notre empire, est main-

_____

(1) *Une mer immense*, la Méditerranée. *Dont les mouvemens tumultueux*.... Cicéron attribue à la mer même ce qui convient à cette immense multitude de pirates dont elle étoit couverte, lesquels infestoient les mers par leurs courses et la terre par leurs descentes.

(2) *Les Ciliciens*, les Cappadociens, les Paphlagoniens, etc.

tenant elle-même environnée d'une ceinture
de trois provinces nouvelles (1). Voici ce que
je puis dire de tous les pays, de toutes les
espèces d'ennemis ; il n'est aucun Peuple
qui n'ait été, ou assez subjugué pour ne plus
figurer dans le monde, ou assez dompté pour
ne point demeurer tranquille, ou assez
pacifié pour ne point s'applaudir de notre
victoire et de notre empire.

C'est sous le commandement de César, P. C.,
que nous avons fait la guerre aux Gaulois ;
jusqu'alors nous les avions seulement repoussés.
Nos généraux, uniquement occupés à éloigner
ces Peuples par la force de nos armes, n'ont
pas songé à les aller attaquer. Marius lui-
même, dont la rare et admirable bravoure
a redonné l'espoir et la confiance au Peuple
Romain consterné et abattu par de sanglantes
défaites, Marius a seulement arrêté ces immenses
troupes Gauloises qui venoient inonder l'Italie,
il n'a point pénétré jusqu'à leurs villes et à
leurs demeures. Les Allobroges avoient allumé
tout-à-coup la guerre occasionnée par une
horrible conjuration ; nous avons vu out

(1) La Bithynie, le Pont, la Syrie.

C 3

récemment un vaillant homme , associé pendant mon consulat à mes travaux , à mes périls, à toutes mes démarches , nous avons vu Pontinus (1) les combattre et les réduire : il a dompté ces Peuples qui nous avoient attaqués ; et satisfait de cette victoire , voyant la République délivrée de ses craintes, il s'est tenu tranquille. César a suivi une méthode bien différente : peu content de faire la guerre à des ennemis qu'il voyoit déjà armés contre Rome , il a cru devoir soumettre toute la Gaule à notre domination. Ainsi il a combattu avec succès les plus belliqueuses et les plus puissantes nations (2) des Germains et

(1) Gaïus Pontinus étoit préteur lorsque Cicéron étoit consul. Fabius Maximus, surnommé Allobrox , avoit soumis les Allobroges aux Romains. Ils recommencèrent la guerre immédiatement après la conjuration, et ils furent subjugués de nouveau par Pontinus , qui , dans les éditions de ce discours , est appellé Pontinius , et Pontinus dans la troisième Catilinaire.

(2) *Les nations....* qui s'étoient jointes aux Gaulois pour le combattre. —— *Il a dompté les autres par la terreur.* J'ai suivi la leçon d'un ancien manuscrit, et j'ai lu *conterruit* au lieu de *contrivit.*

des Helvétiens : il a dompté les autres par la terreur, les a chassées devant lui; et les renfermant chez elles, il les a accoutumées à obéir au Peuple Romain. Des nations et des contrées qu'aucune histoire, qu'aucun récit, qu'aucune renommée ne nous avoit encore fait connoître, notre général, nos troupes et les armes du Peuple Romain les ont parcourues. Nous n'avions auparavant qu'un sentier (1) dans la Gaule : les autres parties étoient occupées par des nations, ou ennemies de cet empire, ou peu sûres, ou inconnues, ou du moins féroces, barbares et belliqueuses. Est-il quelqu'un qui n'ait pas désiré de voir ces nations domptées et réduites? Dès les commencemens de la grandeur romaine, tous ceux qui ont raisonné sur notre République avec sagesse, ont regardé la Gaule comme infiniment redoutable pour Rome : mais l'étendue et la multitude de ces Peuples nous avoient empêchés jusqu'à présent de leur déclarer la guerre à tous, nous n'avions fait

(1) L'orateur veut parler de la Gaule Narbonnoise, qui étoit soumise aux Romains, et d'où ils pouvoient passer dans d'autres contrées de la Gaule.

que repousser leurs attaques. Nous venons enfin d'obtenir que les limites de ces pays éloignés soient celles de notre empire. La nature auparavant, non sans une protection particulière du ciel, avoit fortifié l'Italie de la hauteur des Alpes : que ce passage eût été ouvert à la férocité et à la multitude des Gaulois, cette ville n'eût jamais été le siège et le domicile du plus grand empire. Elles peuvent maintenant s'applanir ces hautes montagnes ; il n'est plus rien au-delà jusqu'à l'Océan qui soit à redouter pour l'Italie : mais enfin la crainte ou l'espoir, les châtimens ou les récompenses, les armes ou les loix, peuvent en une ou deux campagnes nous assujettir toute la Gaule et l'attacher à nous par des liens éternels. Si nous laissons les choses imparfaites et, pour ainsi dire, encore dans toute leur verdeur, semblables à un tronc récemment coupé, elles pousseront de nouveaux jets, et reproduiront une nouvelle guerre.

Ainsi, que la Gaule reste sous la garde et la protection de celui au courage, au zèle, au bonheur de qui elle a été confiée. Car si César, comblé des plus grandes faveurs de la fortune, craignoit de s'exposer plus souvent

aux caprices de cette déesse, s'il étoit impatient de son retour pour jouir au plutôt de
ses Dieux pénates, des grands honneurs qui
lui sont destinés dans Rome, de sa fille, qui
lui est si chère, de son illustre gendre (1);
s'il étoit jaloux d'être porté en vainqueur
jusqu'au Capitole la tête ceinte de cet immortel
laurier : enfin s'il appréhendoit un événement
du sort, qui ne peut plus ajouter autant à
sa gloire qu'il en retrancheroit; vous devriez
cependant exiger de celui qui a presque achevé
l'ouvrage, qu'il le terminât lui-même. Mais
puisque César depuis long-tems, sans avoir
assez fait encore pour la République, a fait
assez pour sa gloire, et que néanmoins il
aime mieux venir plus tard recueillir le fruit
de ses travaux que de ne pas consommer,
après l'avoir entreprise, l'œuvre de la République, nous ne devons pas rappeller un
général qui brûle d'ardeur pour l'agrandisse-
ment de l'empire; ni, au moment de terminer
avec les Gaules, arrêter nous-mêmes et em-

(1) Pompée, qui avoit épousé Julie, fille de César.
Cicéron a dit *liberos* au plurier, suivant sa coutume de
se servir du mot *liberi* pour dire un seul fils ou une
seule fille.

barrasser le parfait développement de nos opérations guerrières.

Deux illustres personnages ont donné des
avis, qui me semblent devoir être absolument
rejettés. L'un décerne la Gaule ultérieure avec
la Syrie ; l'autre la Gaule citérieure. Celui
qui décerne la Gaule ultérieure, ne fait qu'embarrasser (1) les affaires, comme je viens de

(1) Nous allons expliquer l'une après l'autre, les
diverses parties de tout cet endroit qui n'est pas moins
difficile que celui que nous avons expliqué plus haut.
Ne fait qu'embarrasser.... en ôtant à César la conduite d'une guerre qui est presque terminée. *Pour
approuver une loi....* la loi Vatinia, que ce sénateur
et plusieurs autres regardoient comme nulle, comme
ayant été portée contre les auspices. *Il détache....*
César avoit deux provinces réunies en une : l'une de
ces provinces, la Gaule ultérieure, lui avoit été donnée
par le sénat; et nous avons vu qu'aucun tribun ne
pouvoit s'opposer au sénatus-consulte qui décernoit
une province consulaire; l'autre lui avoit été donnée
par le Peuple d'après la loi Vatinia, qui pouvoit être
attaquée : c'est le vrai sens de *qui defensorem habeat.*
L'autre, le sénateur qui laisse à César la Gaule ultérieure. *Mais il observe la loi....* en laissant au
même César la Gaule citéri ure tout le tems marqué
par la loi Vatinia, et en disant que son successeur
dans cette province ne l'aura qu'après ce tems. Or ce

le dire ; de plus, il s'annonce pour approuver
une loi qu'il ne regarde pas comme une loi.
Il détache la partie de la province à laquelle
il ne peut y avoir d'opposant, il ne touche
pas à celle qu'on peut très-bien attaquer ; et
en même tems qu'il n'ose enlever ce qui a

tems étoit l'année entière du consulat et deux mois
en sus. Cicéron expose toutes les absurdités qui résul-
teront de cet arrangement. *Puisqu'un consul....* J'ai
traduit tout cet endroit comme si on lisoit, *dissidere,*
quum qui consul.... videatur, et fuerit toto....
L'orateur suppose des provinces décernées aux deux
consuls à désigner. Les deux consuls désignés tirent
au sort ; un des deux obtient par le sort la Gaule
citérieure : Cicéron prétend qu'il n'aura qu'une province promise et non décernée, qu'il sera sans province
durant tout son consulat, parce qu'il n'aura qu'une
province qui ne pourra être possédée par lui dans le
tems légitime, au sortir de sa charge. *Avant qu'il*
fût désigné consul. Il faut se rappeller qu'en vertu de
la loi Sempronia, le sénat étoit obligé de décerner des
provinces aux consuls à désigner. *Tirera-t-il au sort ?*
Les consuls désignés tiroient au sort les provinces décernées. *Aux calendes de Mars ;* tems où expiroit
le gouvernement de César dans la Gaule citérieure.
De démembrer sa province, en lui ôtant ou la Gaule
citérieure ou la Gaule ultérieure, qu'il gouverne toutes
deux réunies en une seule.

été accordé par le Peuple, il se hâte d'ôter,
lui sénateur, ce qui a été donné par le sénat.
L'autre a égard à la guerre des Gaules, il
agit en bon sénateur : mais il observe aussi
la loi qu'il ne regarde pas comme une loi ;
car il marque un terme pour le successeur
de César. Il ne me paroît pas s'écarter moins
de la dignité et des usages de nos ancêtres,
puisqu'un consul qui doit jouir d'une province aux calendes de janvier, n'en jouit que
comme lui étant simplement promise et non
vraiment décernée, puisqu'il aura été sans
province durant tout son consulat, quoiqu'on
lui en ait decerné une avant qu'il fût désigné
consul. Tirera-t-il au sort ou non ? Il est
également absurde, et qu'il ne tire pas au sort,
et qu'il ne jouisse pas de ce que le sort lui
aura obtenu. Partira-t-il avec son habit de
général ? pour quel endroit ? pour l'endroit
où il ne pourra se rendre avant le jour marqué.
Il n'aura point eu de province dans les mois
de janvier et de février, et il lui en viendra une
tout-à coup aux calendes de mars. Cependant,
d'après ces deux avis, Pison restera dans sa
province. Tout cela mérite attention, et sur-tout
l'affront qu'on feroit à un général de démembrer

sa province : affront qu'on doit craindre de
se permettre envers un grand homme , et
même envers un homme ordinaire.

Je vois, P. C., que vous avez comblé
César d'honneurs distingués et presque sans
exemple. Ou vous les lui avez décernés (1)
parce qu'il les méritoit , et c'est un acte de
gratitude : ou vous avez voulu par-là l'attacher
plus étroitement à cet ordre, et c'est l'effet
d'une merveilleuse politique. Tous ceux que
le sénat a comblés d'honneurs et de bienfaits
préférèrent toujours, à toutes les autres, les
distinctions obtenues de vous : un citoyen,
pouvant être le premier du sénat , n'aima
jamais mieux être ami du Peuple. Mais on
en voit qui , craignant de ne pas obtenir toutes
les distinctions qu'ils souhaitent (2), ou éloignés
de cet ordre par les persécutions de l'envie,
ont abandonné un port tranquille, et se sont
jettés , comme malgré eux , au milieu des
flots populaires. Que si de cette mer orageuse

(1) J'ai traduit comme si après *singulares* on lisoit,
d'après la conjecture d'un savant , *si quòd ità meritus
erat, grati.*

(2) *Qui, craignant....* je crois que c'est là le sens
de la phrase latine , sans oser cependant le garantir.

où ils se sont engagés, ils commencent enfin,
après avoir illustré la République par des conquêtes, à tourner les yeux vers le sénat, et
veulent plaire à cette compagnie auguste; loin
de les repousser, on doit même aller au devant
de leurs désirs. Le citoyen le plus ferme, le
meilleur consul (1) qu'ait jamais eu Rome,
nous avertit de prendre garde que la Gaule
citérieure ne soit décernée à quelqu'un malgré
nous après les consuls qui vont être désignés,
et qu'ensuite les ennemis du sénat ne la possèdent toujours par des moyens violens et séditieux. Je ne méprise pas ce danger, P. C.,
sur-tout étant averti par un consul aussi sage,
par un défenseur aussi vigilant de la paix et
du repos ; je crois néanmoins qu'il y auroit
bien plus à craindre, si j'attaquois la considération dont jouissent d'illustres et puissans
personnages, et si je rejettois l'empressement
avec lequel ils se tournent vers cet ordre.
En effet, que César, comblé par le sénat de
distinctions nouvelles (2), puisse transmettre

(1) On croit que c'est Cnæus Cornélius Lentulus
Marcellinus, un des deux consuls.

(2) Je propose de lire *eximiis et novis rebus.* —

à un autre sa province contre votre gré, et qu'il ne laisse pas même la liberté à un ordre à qui il devra d'être parvenu au faîte de la gloire, c'est ce que je ne pourrai jamais me mettre dans l'esprit. Enfin, sans pouvoir lire dans l'ame de chacun, je vois ce qu'il m'est permis d'espérer. Comme sénateur, je dois faire ensorte, autant que je le peux, qu'aucun homme illustre ou puissant n'ait sujet d'être mécontent du sénat. En me supposant le plus grand ennemi de César, l'intérêt de la République me feroit toujours penser de même.

Mais pour que je ne sois point souvent, ou interrompu par quelques-uns, ou blâmé dans l'esprit de plusieurs autres, il est à propos, je pense, d'expliquer en peu de mots comment je suis avec César. Et d'abord je supprime le tems de notre jeunesse, où nous avions avec lui des liaisons étroites, moi, mon frère et Varron (1) mon cousin. Lorsque je me fus livré tout entier aux affaires publiques, nous pensions différemment l'un et l'autre ;

Puisse transmettre, lorsque le tems marqué par la loi Vatinia sera expiré.

(1) C'est un autre Varron que celui qu'on disoit être le plus savant des Romains.

mais quoique désunis de sentimens, nous res-
tions unis d'amitié. Étant consul , il vouloit
que je prisse part aux opérations de son consulat. Je ne les approuvois point , je devois
cependant lui savoir gré de sa déférence. Il
me pressoit d'accepter le quinquévirat (1) ;
il vouloit que je fusse des trois consulaires
ses plus intimes : il m'offroit telle lieutenance
que je voudrois et avec toutes les distinctions
que je voudrois. J'ai rejetté toutes ces offres,
non par humeur, mais par attachement à
mon opinion. Etoit-ce agir prudemment ? c'est
ce que je n'examine point ; il y auroit trop
de personnes que je ne persuaderois pas : c'étoit
agir du moins conséquemment et avec fermeté.
J'aurois pu m'appuyer des plus puissans secours
contre la perversité de mes ennemis , et me
servir (2) des forces du Peuple, même pour
repousser les fureurs du Peuple : j'ai mieux

(1) Les plus habiles critiques veulent qu'on lise le
vigintivirat , parce que César avoit choisi vingt hommes
pour distribuer les terres de la Campanie. ——*Des
trois consulaires.* Pompée , Crassus , et Cicéron qui
auroit fait le troisième.

(2) *Me servir des forces du Peuple*, en m'attachant
à César , ami du Peuple.

aimé

aimé être en butte à tous les coups de la
fortune et subir tous les excès de la violence,
que de m'éloigner de vos sentimens qui sont
pour moi sacrés, et de m'écarter de mes principes. Au reste, ce n'est pas seulement des
bienfaits reçus qu'on doit être reconnoissant,
mais de ceux encore qu'on a pu recevoir. Je
ne croyois pas que les distinctions dont César
vouloit m'honorer me convinssent et s'accor-
dassent avec mes actions précédentes : je
sentois néanmoins qu'il étoit bien disposé pour
moi, que je tenois dans son cœur la même
place que son illustre gendre. Il a fait passer
mon (1) ennemi dans l'ordre des plébeiens,
soit qu'il fût irrité de voir que ses bienfaits
même ne pouvoient m'attacher à lui, soit qu'il
se fût laisse gagner. Il ne prétendoit point
par là me faire injure ; car depuis il me con-
seilla, il me pria même de lui servir de
lieutenant. Je n'acceptai pas ce titre ; non que
je le jugeasse contraire à mon rang, mais je
ne pouvois m'imaginer que la République dût
avoir après César des consuls (2) aussi scélé-

(1) Clodius.

(2) Pison et Gabinius.

Tome I X.   D

rats. Ce que j'ai donc à craindre, c'est qu'on ne blâme ma hauteur malgré ses offres obligeantes, plutôt que le mal qu'il m'a fait malgré notre amitié.

Mais voici tout-à-coup une violente tempête, l'étonnement (1) des gens de bien, une terreur subite et imprévue, les ténèbres répandues sur la République, la ruine et l'incendie général, l'allarme donnée à César pour les actes de son consulat, la crainte du massacre inspirée à tous les citoyens honnêtes, la perversité des consuls, leur cupidité, leur indigence, leur audace. Dira-t-on que César ne m'a point secouru? il ne le devoit (2) point; qu'il m'a abandonné? Peut-être a-t-il songé à lui-même. M'a-t-il attaqué, comme plusieurs le croyoient ou le souhaitoient? Il a manqué à l'amitié, j'ai reçu de lui une injure, je devois être son ennemi, je ne le nie pas. Mais si le même César s'est intéressé pour mon rétablis-

(1) *L'étonnement*; mot à mot, l'éblouissement causé par la violence de la tempête. C'est là, je pense, dans cet endroit et dans plusieurs autres, le vrai sens de *caligo*.

(2) A la leçon ordinaire *non debui*, j'ai préféré une autre leçon, *non debuit*, sans doute *me juvare*.

sement, lorsque vous me regrettiez comme un fils chéri, et si vous pensiez qu'il étoit important pour moi que César ne me fût pas contraire ; si j'ai pour témoin de ses bons sentimens, son gendre qui a enflammé du désir de mon retour l'Italie dans les villes municipales, le Peuple Romain dans les assemblées, dans le Capitole, vous qui soupirates toujours après mon rappel ; si enfin Pompée est pour moi un témoin de la bonne volonté de César, et pour César un garant de la mienne ; ne vous paroît-il pas que le souvenir des circonstances plus éloignées et des plus prochaines conjonctures, doit effacer de mon cœur, si je ne puis le retrancher du registre des âges, le tems intermédiaire, ce tems si désastreux ? Si donc plusieurs ne me permettent pas de m'attribuer la gloire d'avoir sacrifié à la République mon ressentiment et mes inimitiés, ce qui est le propre d'un homme sage, d'une grande ame ; je dirai du moins, plutôt pour éviter les reproches que pour me donner des louanges, que je suis reconnoissant, que je suis sensible, non-seulement à de si grands bienfaits, mais aux moindres marques d'amitié.

Je le demande à quelques hommes fermes,

D 2

à qui j'ai d'insignes obligations ; si j'ai craint
de leur faire partager mes peines et mes malheurs , qu'ils n'exigent pas de moi que je partage leurs inimitiés , eux sur-tout qui m'ont
mis en droit de défendre aujourd'hui les actes
de César , que je n'ai attaqués ni défendus
auparavant. En effet , les plus grands hommes
de cette ville , par les conseils de qui j'ai
sauvé la République, et dont l'exemple d'abord
m'a empêché de me joindre à César , prétendent que les loix Julia et les autres portées sous
le consulat de César , ne l'ont pas été suivant
les règles. Ces mêmes hommes disoient que la
loi de proscription lancée contre ma personne,
avoit été portée contre les intérêts de la République , mais sans blesser les auspices. Aussi
un homme (1) qui n'a pas moins d'autorité que
d'éloquence , disoit-il avec énergie , que ma
disgrace étoit les funérailles de la République,
mais des funérailles faites suivant tous les
rites (2). Il m'est très-honorable que mon dé-

(1) On croit que cet homme étoit Caton.

(2) Latin *justum atque indictum* : Cicéron dit
ailleurs en exprimant la même pensée, *jure indictum.*
Funus indicere, expression propre aux funérailles ,

part soit appellié les funérailles de la République. Sans blâmer le reste , j'en tire une conséquence pour appuyér mon sentiment. En effet , si les partisans des loix de Clodius ont osé dire qu'une loi, qui n'a pu être autorisée par aucun exemple , ni permise par aucune loi, avoit été portée suivant les règles , parce qu'on n'avoit point annoncé d'auspices contraires (1) ; ont-ils oublié que les auspices , disoit-on , étoient contraires lorsque l'auteur de cette loi a été fait plébéien par une loi des curies (2) ? Or , s'il n'a pu être absolument plébéien , comment a-t-il pu être tribun du Peuple ? Que si le tribunat de Clodius est valide (3) , il ne

c'est-à-dire, *homines per praeconem ad funus convocare.*

(1) Mot à mot , *parce qu'on n'avoit point pris les auspices. De coelo servatum est*, on a pris les auspices , cela vouloit dire ordinairement, *les auspices sont contraires.*

(2) C'étoit dans des comices par curies que se faisoient les adoptions , parce que passant d'une famille à une autre , on changeoit de sacrifices. On sait qu'il falloit être plébéien pour pouvoir devenir tribun du Peuple.

(3) Au lieu de *et cujus* j'ai lu *at cjus* , et un peu plus bas j'ai changé *conservatâ* en *non servatâ*, comme le veulent quelques critiques. Au reste , voici le rai-

peut rien y avoir de nul dans les actes de César. Qu'on n'ait point d'égard à la sainteté des auspices, non-seulement le tribunat de Clodius sera valide, mais ses loix les plus pernicieuses devront être censées portées suivant les règles. Ainsi, ou vous devez décider que la loi Ælia subsiste, que la loi Fusia n'a pas été abrogée, qu'il n'est pas permis de porter une loi dans tous les jours fastes (1) ; qu'il est

sonnement de Cicéron : ou l'on doit avoir égard aux auspices, et alors, si les loix de César sont nulles, le tribunat de Clodius et ses loix sont nuls pareillement; *la loi Ælia subsiste, la loi Fusia* : .... ou l'on ne doit pas avoir égard aux auspices, et alors, si on ne doit pas chercher l'observation des règles dans des opérations nuisibles, telles que les loix de Clodius, à plus forte raison ne doit-on pas la chercher dans des opérations utiles, dans les loix de César que ses ennemis même reconnoissent comme bonnes.

(1) *Jours fastes*, jours où l'on pouvoit traiter avec le Peuple ; *jours nefastes*, jours où on ne le pouvoit pas. Le consul Fusius, pour empêcher la multitude des loix tribunitiennes, porta une loi d'après laquelle on ne pourroit traiter avec le Peuple que certains jours fastes. Clodius fit abolir cette loi, ainsi que celle portée par le consul Ælius, d'après laquelle on pouvoit s'opposer à une loi en faisant annoncer des auspices contraires.

permis, lorsqu'on porte une loi, de prendre les auspices, de les annoncer, de faire une opposition ; que les décisions des censeurs et leurs notes, que ce tribunal sévère, établi pour la réforme des mœurs, n'a pas été anéanti dans les villes par des loix odieuses ; que, si un patricien étoit tribun du Peuple, c'étoit contre les loix sacrées ; que s'il étoit plébéien, c'étoit contre les auspices : ou il faut que les ennemis de César m'accordent (1) de ne pas chercher dans des opérations utiles l'observation des règles qu'ils ne cherchent pas eux-mêmes dans des opérations nuisibles : sur-tout puisqu'ils ont proposé quelquefois à César de porter les mêmes loix d'une autre manière (c'étoit-là se plaindre de la violation des auspices, mais non trouver les loix mauvaises) ; tandis que Clodius a violé de même les auspices, et que ses loix n'ont pu être portées que dans la ruine et le renversement de l'état.

Voici par où je finis : quand je serois l'ennemi de César, je devrois aujourd'hui (2)

(1) Je crois avec Paul Manuce qu'il faut supprimer le *aut* après *oportet*.

(2) *Aujourd'hui*, où l'on a besoin de ses talens et de son courage pour terminer une guerre importante.

m'occuper de la République , et réserver mes
inimitiés pour un autre tems ; je pourrois
même , à l'exemple des plus grands hommes ,
les déposer par amour pour cette même République. Mais puisque je n'ai jamais été son ennemi , et qu'un bienfait réel a effacé une injure imaginaire ; en donnant mon avis, P. C.,
s'il est question de la dignité de César , j'aurai
égard à la personne : s'il ne s'agit que de
quelques distinctions honorifiques , je ména-
gerai la bonne union du sénat : s'il faut maintenir l'autorité de vos décrets, je tâcherai , en
décernant des honneurs au général qui en a
déjà tant reçu de vous , que cet ordre ne soit
pas en contradiction avec lui-même : s'il faut
chercher à terminer la guerre des Gaules , je
pourvoirai aux intérêts de la République : enfin ,
si je dois reconnoître quelque service particulier , je ne me montrerai pas ingrat. Que ne
puis-je , P. C. , faire goûter mes raisons à
tout le monde ! Mais je verrai sans peine
qu'elles ne plairont pas , ou à ceux qui ont
soutenu mon ennemi contre vos desirs ; ou à
ceux qui blâmeront ma réconciliation avec leur
ennemi, lorsqu'ils n'ont point hésité eux-mêmes
à se réconcilier avec leur ennemi et le mien.

PLAIDOYER

POUR LUCIUS CORNÉLIUS BALBUS.

Sommaire.

LES consuls Lucius Gellius et Cnæus Cornélius avoient porté une loi, d'après un sénatus consulte, pour reconnoître citoyens Romains tous ceux que Pompée, de l'avis de son conseil, auroit gratifiés du droit de cité romaine, en Espagne où il avoit commandé, et où il s'étoit signalé par de grands exploits. D'après cette loi, et à la recommandation de Lucius Cornélius Lentulus dont Balbus adopta les prénoms, Pompée gratifia du droit de cité Lucius Cornélius Balbus, citoyen distingué de Cadix, dont il avoit reconnu la fidélité et le courage dans les guerres d'Espagne. Un accusateur, originaire de *Cadix*, dispute ce droit à *Balbus*, parce que, dit-il, *Balbus* est d'une ville fœdérate ex civitate fœderatà, et que le citoyen d'une ville foedérate ne peut devenir citoyen Romain, si le *Peuple* de cette ville n'y a donné son consentement, fundus factus sit. D'ailleurs, ajoute-t-il, la loi *Gellia Cornélia* excepte les Peuples dont le traité est sacro-saint, c'est-à-dire dont le traité a été présenté au Peuple Romain ; or le traité de *Cadix* a été présenté au Peuple Romain.

Avant de montrer comment Cicéron défend *Balbus*, expliquons ce qu'on doit entendre par ville fœdérate et par fundus fieri. Les villes alliées étoient distinguées des villes fœdérates ; et voici la différence qu'on peut assigner entre ces deux sortes de villes. Les villes libres alliées étoient celles qui se gouvernoient par leurs propres loix, sans être assujetties à aucun tribut. Les villes libres fœdérates se gouvernoient aussi par leurs propres loix, mais étoient soumises à un tribut quelconque en vertu d'un traité, ex fœdere ; delà on les appelloit fœderatæ : j'ai francisé le mot dans ma traduction de ce discours. On appelloit populi fundi, les peuples libres qui adoptoient des loix romaines, soit que ces peuples fussent alliés ou même citoyens de Rome. Ces villes adoptoient les loix romaines qu'elles croyoient leur convenir, mais en se réservant toujours la liberté de les abolir quand bon leur sembloit. Fundus fieri se disoit d'un peuple qui adoptoit une ou plusieurs loix romaines, qui donnoit son consentement à la loi, à ce qui se faisoit ou feroit en vertu de la loi.

Le plaidoyer de Cicéron pour Lucius Cornélius Balbus renferme un magnifique éloge de Pompée, plusieurs choses à la louange de celui pour lequel il parle, tout ce qui peut le rendre intéressant, ses qualités personnelles, les services rendus au Peuple Romain, l'amitié des plus grands personnages, de Pompée et de César; enfin, et c'est le fond du discours, l'explication d'un point de droit. L'orateur démontre fort longuement que le consentement des villes alliées et fœdérates est nécessaire pour l'exécution d'une loi, quand cette loi est indifférente au salut de Rome et de l'empire, mais qu'il ne sauroit être défendu aux Romains d'animer par des récompenses les hommes qui leur ont rendu ou qui peuvent leur rendre des services. Il faut voir dans le discours même le développement des preuves qui établissent cette vérité : elle est prouvée par

des raisonnemens et par des exemples , sur-tout
par l'exemple de Marius , dont Cicéron vante
le courage et le caractère. Le consentement du
peuple de Cadix n'étoit pas nécessaire ; mais il
le donne à présent, s'il ne l'a pas donné auparavant ; il a envoyé des députés pour supplier les
juges en faveur de leur ancien compatriote ; il
lui a accordé le droit d'hospitalité publique
comme à un citoyen romain. Le traité de Cadix
n'est pas sacro-saint ; et quand il le seroit ,
la première ordonnance du Peuple a été annullée
par une ordonnance postérieure.

Cette cause a été plaidée l'an de Rome 697 ,
de Cicéron 51. La sentence des juges fut favorable à Balbus ; et on le vit par la suite élevé
au consulat. Pline le donne , lui et le jeune Balbus son neveu, pour le seul exemple d'étrangers et
de citoyens adoptés qui aient obtenu cette distinction.

PLAIDOYER

POUR LUCIUS CORNÉLIUS BALBUS.

SI dans les causes il falloit examiner les qualités personnelles des défenseurs , rien ne man-

que à ceux de Balbus ; ni considération, ce sont les hommes les plus distingués ; ni expérience, ce sont les plus habiles ; ni talens , ce sont les plus éloquens ; ni affection, ce sont ses meilleurs amis , ceux qu'ont attachés à lui de grands services et des liaisons intimes. Qu'apportai-je moi à cette cause ? Je n'y apporte de considération que celle dont vous voulez bien m'honorer, une foible expérience, un talent qui ne répond nullement à mon zèle. Balbus doit infiniment aux autres qui l'ont défendu ; moi je montrerai (1) ailleurs combien je lui suis redevable. Je le déclare dès le commencement de mon discours, si je ne puis reconnoître par des services réels ce que je dois à ceux qui se sont intéressés pour mon rappel et pour ma gloire, je le reconnoîtrai du moins par les sentimens et par l'expression de ma gratitude.

Quelle force hier dans le discours de Pompée ! quelle abondance ! quelle richesse ! Vous ne vous êtes pas contentés, Romains, de le penser en vous-mêmes, vous l'avez manifesté par des

(1) *Alio loco*, il faut sous-entendre *ostendam* qui est exprimé dans quelques éditions.

signes éclatans d'admiration. Pour moi, je n'ai jamais rien entendu de plus exact sur le droit, de plus ingénieux sur les (1) usages et sur les exemples de nos ancêtres, de plus profond sur les traités : je n'ai jamais vu parler de guerres avec une autorité plus imposante, de la République avec plus de dignité , de soi-même avec plus de modestie ; je n'ai jamais vu plaider une cause, ni détruire une accusation avec plus d'éloquence. Rien donc ne me paroît plus vrai que ce qu'on avoit peine à croire et ce qui a été dit par certains philosophes (2) livrés aux sciences et aux lettres, qu'un homme qui réunissoit toutes les vertus , exécutoit aisément tout ce qu'il vouloit entreprendre. Car enfin , quand même Lucius Crassus (3) , né avec un talent si rare pour la parole, auroit plaidé cette cause , eût-il montré plus de fécondité , d'abondance et de variété que nous en avons remarqué dans

(1) Il y a ici beaucoup de variation dans les manuscrits ; j'ai traduit comme si on lisoit, *nihil de more majorum et exemplis.*

(2) Les Stoïciens , qui prétendoient que le sage étoit capable de faire tout ce qu'il vouloit.

(3) Orateur célèbre , dont Cicéron parle dans ses livres sur la rhétorique.

Pompée , qui n'a pu donner à cette étude que les intervalles de repos que lui a laissés depuis sa jeunesse jusqu'à ce jour un enchaînement de guerres et de victoires. Et il m'est d'autant plus difficile de parler le dernier, que je viens après un homme dont le discours n'a pas effleuré seulement vos oreilles , mais s'est gravé profondément dans vos esprits , de manière que le simple souvenir de ce que vous a dit Pompée , vous est plus agréable que tout ce que d'autres ou moi pourrions vous dire.

Mais il faut me prêter non-seulement aux desirs de Balbus à qui, dans l'accusation qu'on lui intente , je ne puis rien refuser, mais encore à ceux d'un grand homme, qui a voulu que , dans cette cause, comme je l'ai déjà fait dans une autre (1) devant vous-mêmes , Romains, j'entreprisse de louer et de défendre son bienfait , sa conduite , et le motif qui l'a dirigée. C'est, à ce qu'il me semble, une chose bien digne de l'accusé , due à la gloire supérieure d'un rare personnage , essentielle pour la religion des juges , suffisante pour la cause , que tout le monde demeure d'accord qu'une action

(1) On ne sait pas quelle étoit cette autre cause.

est légitime , dès qu'il est certain que Pompée l'a faite. Car rien de plus vrai que ce qu'il disoit hier lui-même , qu'en faisant courir à Balbus des risques pour toute son existence , on ne l'accusoit d'aucun délit. On ne l'accuse ni d'avoir usurpé le titre de citoyen , ni d'avoir déguisé son origine , ni d'avoir caché son état à la faveur d'un mensonge impudent , ni d'avoir glissé son nom dans les registres des censeurs. Tout ce qu'on lui reproche , c'est d'être né à Cadix , ce que personne ne nie. Au reste , de l'aveu même de l'accusateur , en Espagne , dans une guerre très-difficile , Balbus a servi sous Métellus (1) et sous Memmius sur terre et sur mer, lorsque Pompée fut venu en Espagne et qu'il eut pris Memmius pour questeur , le même Balbus n'a jamais quitté ce dernier; il est parti pour Carthagène, s'est trouvé aux deux sanglantes batailles de la Doire et du Xuxar ; il a accompagné Pompée jusqu'à la

(1) Quintus Métellus Pius, fils de Numidicus, faisoit la guerre en Espagne contre Sertorius : on lui envoya , pour le seconder , Pompé eavec l'autorité proconsulaire ; or un proconsul pouvoit avoir un questeur. Le Xuxar et la Dòire , fleuves d'Espagne.

fin

fin de la guerre. Tels sont les combats auxquels s'est trouvé Balbus, tel est son empressement à nous servir, tels sont les travaux qu'il
a essuyés et les périls qu'il a courus pour notre
République ; tel est son courage digne d'un illustre général ; tels étoient ses droits à la récompense ; récompense dont il faut demander
compte, non à celui qui l'a obtenue, mais à
celui qui l'a décernée.

C'est donc pour toutes ces raisons que Pompée l'a décoré du titre de citoyen. L'accusateur
ne le nie pas, mais il le blâme. Ainsi, dans
Balbus il approuve la conduite en même-tems
qu'il cherche à le faire punir : et dans Pompée,
il attaque la conduite sans demander qu'on le
punisse : ainsi il veut qu'on prononce contre
l'honneur, contre l'existence du plus innocent
des hommes, et que l'on condamne le fait
du plus illustre des généraux. C'est donc l'état
de Balbus et le fait de Pompée qui sont portés
en justice. On convient que dans la ville où
il est né, Balbus est d'une des familles les plus
distinguées ; que, dès sa plus tendre jeunesse,
renonçant à ses affaires personnelles, il s'est
trouvé avec nos généraux dans toutes nos
guerres ; qu'il n'est point de travaux guerriers,

Tome I X. E

point de sièges, point de batailles, auxquels il n'ait eu part. Tout cela est glorieux, propre à Balbus, et je n'y trouve aucun délit. Où donc est le délit ? C'est que Pompée l'a décoré du titre de citoyen. Balbus est-il coupable ? Point du tout. A moins qu'un honneur ne soit une ignominie. Qui donc est coupable ? Dans le fait, personne ; par l'accusation, celui-là seul qui a accordé la grace. Mais quand même, par un motif de faveur, Pompée auroit récompensé un homme moins honnête, ou un homme, avec de la vertu, qui ne nous eût pas rendu d'aussi grands services ; enfin quand il auroit, non enfreint la loi, mais agi contre les règles d'une morale exacte (1), il faudroit toujours s'interdire un pareil reproche. Mais que dit-on ? Que prétend l'accusateur ? Pompée, dit-il, a enfreint la loi ; ce qui est plus fort que s'il lui reprochoit d'avoir agi contre les règles d'une morale exacte. Car il est des choses

---

(1) Voici donc la différence entre *licet* et *oportet.* *Non licet*, cela n'est pas permis par la loi positive. *Non oportet*, cela n'est pas permis par les règles de la morale, par les préceptes de la loi naturelle, de cette loi antérieure et supérieure à toute loi positive.

qu'on ne doit pas faire , encore qu'elles soient permises par la loi ; mais tout ce que la loi défend , on ne doit jamais se le permettre.

Ici , Romains , hésiterai-je à dire qu'on ne sauroit sans crime s'empêcher de reconnoître que ce qu'a fait Pompée , non-seulement il le pouvoit faire (1) , mais qu'il le devoit. Eh ! que manque-t-il à ce grand homme qui empêche qu'on ne lui accorde ce privilège ? L'expérience ? Mais la fin de son enfance a été le commencement des grandes guerres qu'il a conduites , des grands commandemens qu'il a exercés. La plupart de ceux de son âge ont moins vu de camps qu'il n'a vaincu d'ennemis ; il a triomphé autant de fois qu'il y a de parties du monde , il a remporté autant de victoires qu'il y a dans la nature d'espèces de guerres. Le génie lui manque-t-il ? Mais les hasards même et les événemens ont suivi ses desseins, plutôt qu'ils ne les ont réglés ; pour le servir , avantage unique , le bonheur et le courage se sont dis-

____

(1) Je serois d'avis avec Lambin de lire *licuisse* au lieu de *decuisse* ; et j'ai traduit en conséquence. —— *Que manque-t-il à ce grand homme ?*... Je renvoie à l'histoire romaine pour tous les commandemens et exploits de Pompée.

puté la préférence, mais de telle sorte qu'on attribuoit généralement les succès à l'homme plutôt qu'à la fortune. Desira-t-on jamais en lui la continence, l'intégrité, l'exactitude, la régularité ? Est-il un homme que nos provinces, que les Peuples libres, que les nations étrangères, aient vu, aient imaginé dans leurs espérances ou dans leurs desirs, plus chaste, plus modéré, plus intègre ? Que dirai-je de sa réputation ? Elle est aussi éclatante qu'elle doit l'être avec de telles vertus et une telle gloire. Le sénat et le Peuple lui ont accordé pour récompense les plus magnifiques honneurs, sans qu'il les ait demandés, et des commandemens même, quoiqu'il les refusât. Discuter la conduite d'un tel homme ; examiner si ce qu'il a fait, il lui étoit permis de le faire ou non ; que dis-je ? s'il le pouvoit faire sans crime, car on l'accuse d'avoir agi contre les traités, contre la foi et les engagemens du Peuple Romain ; n'est-ce pas une chose indécente pour le Peuple Romain et pour les juges ?

Voilà ce que mon père, dans mon enfance, m'a dit de (1) Métellus, de ce Métellus qui

_____

(1) Quintus Métellus Numidicus, qui fut accusé de

trouva plus doux de sauver sa patrie que de
l'habiter, qui aima mieux abandonner sa ville
que son sentiment : ce grand homme, me disoit-il, étant accusé de concussion, on faisoit
passer ses comptes pour examiner un article;
il n'y eut aucun des juges, de ces chevaliers
Romains si respectables, qui ne détournât les
yeux et qui ne se détournât tout entier, dans
la crainte de paroître suspecter la vérité de
ce que Métellus avoit porté sur ses comptes.
Et nous, après que Pompée a rendu une ordonnance de l'avis de son conseil, nous vou-
drons la soumettre à notre révision, la con-
fronter avec les loix, la rapprocher des traités,
l'examiner rigoureusement? On rapporte qu'à
Athènes un (1) particulier qui avoit mené une
vie irréprochable, ayant déposé dans une cause

concussion, sans doute à son retour de la province de
Numidie. On sait qu'il aima mieux s'exiler de sa patrie,
que de jurer sur une loi de Marius qu'il croyoit pernicieuse. —*De ces chevaliers Romains....* c'étoient
eux alors qui avoient le département des tribunaux.

(1) Ce particulier étoit le philosophe Xénocrate,
qui étoit réellement tel que Cicéron le représente.
Je voudrois lire ainsi le texte; *graviterque vixerat*,
testimonium....

publique , et s'approchant des autels , suivant la coutume des Grecs, pour prêter serment, tous les juges s'y opposèrent d'une voix unanime. Ainsi des Grecs n'ont pas voulu qu'un homme d'une vertu éprouvée parût s'engager par un serment solemnel , plutôt que par sa simple parole ; et nous , nous douterons de la fidélité de Pompée à maintenir la foi des traités , et les réglemens des loix ?

Voulez-vous qu'il ait agi contre les traités sans le savoir, ou sciemment ? Sciemment ? O splendeur du nom Romain ! ô grandeur et majesté de notre empire ! ô gloire de Pompée, dont l'étendue ne connoît d'autres bornes que celle de nos conquêtes ! ô nations , Peuples, villes , rois , princes , monarques , témoins de son courage admirable dans la guerre, de son exactitude religieuse dans la paix ; je vous en atteste enfin , contrées muettes , territoires des pays les plus éloignés ; et vous , mers , ports, isles , rivages ; car est-il une région maritime, une place , un lieu , où l'on ne voie des traces sensibles de la bravoure de cet illustre général, et sur-tout de sa douceur, de sa magnanimité, de sa prudence ? Osera-t-on avancer qu'un tel homme , un homme dont la sagesse , dont la vertu , dont la fermeté dans les principes, sont au-dessus de tout ce qu'on sauroit imaginer , ait méprisé , violé , rompu les traités sciemment ?

L'accusateur m'approuve d'un geste , il me fait entendre que c'est sans le savoir que Pompée a agi contre les traités. Comme si , lorsqu'on gouverne une telle République , qu'on est à la tête des plus grandes affaires , on méritoit un moindre reproche d'ignorer absolument la loi, que (1) de la violer sciemment. Après avoir soutenu en Espagne une guerre vive et importante , Pompée ignoroit-il les loix par lesquelles Cadix se gouverne? Dira-t-on qu'il ne pouvoit expliquer le traité fait avec un Peuple dont il ne connoissoit pas la langue? On osera donc dire que Pompée ne savoit pas ce que des hommes médiocres , sans aucune expérience, sans aucun goût pour l'art militaire , ce qu'enfin de simples écrivains font profession de savoir. Pour moi , Romains , je pense bien différemment ; et si Pompée est supérieur dans toutes sortes de sciences , même dans celles qu'il n'est

(1) *An omninò.* Il faut changer *an* en *quàm*, ou l'entendre dans le sens de *quàm.*

E 4

pas facile d'acquérir sans beaucoup de loisir,
je crois qu'il possède éminemment la connoissance des traités et des conditions qu'ont obtenus de nous les Peuples, les rois, les nations étrangères, enfin de toutes les parties du
droit de la guerre et de la paix. A moins
peut-être que ce que les livres nous apprennent
à l'ombre et dans le repos du cabinet, Pompée
n'ait pu l'apprendre, ni par l'étude lorsqu'il
avoit du loisir, ni par l'expérience lorsqu'il
étoit en activité.

Jusqu'ici, Romains, je le sens, j'ai plus
parlé pour Pompée que pour Balbus(1). Je n'en
dirai rien davantage, d'autant plus que c'est la
honte, et en quelque sorte le vice de notre
siècle, de porter envie au mérite, d'en vouloir obscurcir l'éclat. Eh! si Pompée eût existé
il y a cinq cents ans ; s'il eût paru alors un
homme dont le sénat eût souvent imploré le
secours pour le salut de la République, malgré sa
grande jeunesse et son simple titre de chevalier
Romain ; un homme dont les célèbres exploits

(1) J'ai traduit comme si on lisoit d'après la correction d'un savant critique, *causa dicta est Pompeii*
magis quàm hujus : in quo ego genera judicii non
plura dicam.

et les éclatantes victoires auroient parcouru toutes les nations sur l'un et l'autre élément, dont trois triomphes attesteroient que le monde entier est soumis à notre empire ; un homme que le Peuple Romain auroit décoré d'honneurs extraordinaires : si quelqu'un prétendoit maintenant que ce qu'a fait un tel homme, il l'a fait contre les traités, qui pourroit l'entendre ? personne assurément. La mort ayant fait taire l'envie, les exploits de Pompée, soutenus d'une gloire immortelle, parleroient en sa faveur. Ainsi donc, une vertu que nous ne connoîtrions que par oui-dire, ne nous laisseroit aucun doute ; et lorsque nous la voyons de nos propres yeux, lorsque nous l'avons éprouvée et reconnue nous-mêmes, elle sera attaquée par la voix de ses envieux ?

Je ne parlerai donc plus de Pompée dans le reste de mon discours ; mais vous, Romains, conservez-en le souvenir dans votre mémoire. Quant à la loi, aux traités, aux anciens exemples, aux usages constans de notre ville, je ne ferai que répéter ce que vous avez déjà entendu. Car ni Crassus (1), qui vous a déve-

(1) Marcus Licinius Crassus, fils de Lucius Crassus le célèbre orateur.

loppé la cause avec tout le soin et l'habileté
d'un homme rempli de talent et de zèle, ni
Pompée dont le discours avoit tous les ornemens qu'on peut desirer, ne m'ont rien laissé
à dire de nouveau. Mais puisque, malgré mon
refus, ils veulent tous deux que je m'emploie
à mettre en quelque sorte la dernière main à
leur ouvrage, je vous prie de croire que c'est
moins par envie de discourir que pour servir
un ami, que je me suis chargé de cette tâche
et de ce ministère.

Avant que d'entrer dans la cause et de discuter le droit de Balbus, il me semble que,
pour détourner l'effet de la malignité, je dois
dire un mot de notre condition à tous.

Si chacun de nous devoit rester dans le rang
où il est né, s'il devoit garder jusqu'à la vieillesse l'état où le sort l'a fait naître ; si tous
ceux que la fortune a élevés ou que leurs travaux et leurs talens ont illustrés, devoient en
être punis ; ce ne seroit pas une loi et une condition plus dures pour Balbus, que pour tant
d'autres hommes distingués par leurs vertus
et par leur courage. Mais si le mérite de plusieurs, si leur génie et leurs connoissances,
les ont fait sortir de la bassesse et de l'obscu-

rité d'une première origine, leur ont procuré, non-seulement des amitiés utiles et des biens immenses, mais encore des honneurs, de la gloire, un rang illustre ; je ne vois pas pourquoi l'envie seroit plus empressée d'outrager le mérite de Balbus, que votre équité de favoriser sa modestie. Ainsi, Romains, ce que je dois sur-tout vous demander, je ne vous le demande pas, dans la crainte de paroître douter des lumières de vos esprits et des sentimens de vos cœurs. Or, je dois vous demander de ne pas haïr le génie, de ne pas être ennemis du talent, de ne pas croire qu'il faille persécuter la science, punir le mérite. Je vous demande si vous voyez que la cause se soutient et se défend par elle-même, de vouloir que les grandes qualités de la personne en facilitent plutôt qu'elles n'en retardent le triomphe.

Ce qui a fait naître le procès actuel, c'est la loi qu'ont portée, de l'avis du sénat, Lucius Gellius et Cnæus Cornélius, loi qui ordonne clairement qu'on regardera comme citoyens Romains ceux que Pompée, de l'avis de son conseil, aura décorés nommément de ce titre. Pompée lui-même déclare que Balbus en a été décoré ; les registres publics en font foi ; l'accusateur en convient, mais il prétend qu'aucun membre d'une République *fædérate* ne peut obtenir le titre de citoyen Romain, si cette République n'y a donné son consentement (1). O l'excellent interprète du droit, le savant homme en antiquité, le merveilleux réformateur de notre empire ! Il impose aux traités une peine, il veut que les villes *fædérates* n'aient part à aucune de nos graces et de nos récompenses. Car pouvoit-on rien dire qui annonçât plus d'impéritie, que d'avancer que les villes *fædérates* devoient consentir, lorsque le privilège de donner son consentement n'est pas plus celui des villes *fædérates* que de toutes les villes libres ? Tout ce qu'on a voulu, en accordant ce privilège, c'est que si le Peuple Romain avoit porté une loi, et si les peuples alliés et Latins l'avoient adoptée, s'ils y avoient donné leur consentement, ils fussent alors assujettis à la même loi que nous. On n'a point

(1) Sur la vraie signification de *fundus fieri*, et pour la parfaite intelligence de tout cet endroit, voyez le sommaire de ce discours, dans lequel nous avons aussi expliqué ce qui regarde les villes alliées et *fœdérates*.

prétendu donner atteinte à nos droits , mais seulement permettre à ces peuples de se servir de la jurisprudence que nous aurions établie , ou d'user de quelques-uns de nos avantages et de nos privilèges. Furius , du tems de nos ancêtres , a porté une loi sur les testamens , Voconius (1) en a porté une sur les successions des femmes ; on en a porté une infinité d'autres sur le droit purement civil ; les Latins ont adopté celles qu'ils ont voulu. D'après la loi Julia même , laquelle accorde aux alliés et aux Latins le droit de cité romaine , les peuples qui n'auront pas donné leur consentement , ne jouiront pas de ce droit. Et c'est ce qui occasionna de grandes contestations dans Naples et dans Héraclée ; une grande partie des habitans de ces villes préférant , au titre de citoyens Romains , l'avantage de se gouverner par leurs loix , qu'ils tenoient d'un traité. Telle est enfin la nature du privilège de donner son consentement ; telle est la force des termes qui l'ex-

(1) Quintus Voconius (dans le premier livre contre Verrès , Caïus Voconius) auteur de la loi Voconia , sur les successions des femmes. — *Loi Julia* , loi portée par Lucius Julius Cæsar , pour faire part aux alliés et aux Latins du droit de cité romaine.

priment , que les peuples n'en jouissent pas
comme d'un droit , mais l'obtiennent de nous
comme une grace (1). Lorsque le Peuple Romain a porté une loi, si cette loi est telle
qu'on puisse permettre à des peuples *fœdérais*
ou libres de décider eux-mêmes de quelle jurisprudence ils veulent se servir pour ce qui les
regarde , et non pour ce qui nous intéresse ,
alors il faut examiner si ces peuples ont donné
ou non leur consentement. Mais lorsqu'il s'agi-
roit de notre République , de notre empire ,
de nos guerres , de nos victoires , de notre
sûreté , on n'a point voulu qu'ils eussent le
privilège de consentir ou non à leur gré. Or ,
s'il n'est permis , ni à nos généraux , ni au
sénat , ni au Peuple , de choisir dans les villes
de nos alliés et de nos amis , le particulier qui
a le plus de courage et de mérite , et de l'engager par des récompenses à s'exposer pour
notre salut , il faudra nous priver , dans les
périls et dans les conjonctures critiques , d'un

---

(1) Nous pourrions forcer des Peuples plus foibles
que nous, à prendre nos loix ; nous les laissons libres;
c'est une grace que nous leur accordons ; mais cette
grace ne doit pas nous être préjudiciable.

avantage essentiel, et souvent des plus grandes ressources. Mais, au nom des Dieux, quelle est cette alliance, quelle est cette amitié, quel est ce traité, d'après lequel il faudra que notre empire, dans ses périls, se prive pour sa défense d'un habitant de Marseille, de Cadix, de Sagonte ? Ou si parmi ces peuples, il s'est rencontré un particulier qui ait secouru nos généraux, qui leur ait fourni des vivres, qui les ait secondés par son travail, qui ait bravé le péril, qui dans la mêlée se soit souvent mesuré de près avec nos ennemis, qui ait souvent exposé sa tête à leurs traits, souvent couru des risques pour ses jours ; ne pourra-t-il, malgré ses services, être gratifié du droit de cité romaine ? Il seroit dur pour le Peuple Romain de ne pouvoir employer ceux de ses alliés qui se distinguent par leur bravoure, et qui veulent partager nos périls : il seroit injurieux pour les alliés eux-mêmes, et pour les *fœdérats* dont nous parlons, que nos alliés les plus fidèles, les plus dévoués à nos intérêts, se vissent exclus des récompenses et des honneurs auxquels peuvent parvenir des tributaires, des ennemis, souvent des esclaves. Nous le voyons, en effet, plusieurs tributaires de l'Afrique, de la Sicile, de la Sardaigne et des autres provinces ont été décorés du titre de citoyens Romains : on a, nous le savons, honoré du même titre des ennemis qui étoient passés dans le parti de nos généraux, et qui leur avoient été d'un grand secours. Enfin les esclaves même, dont la condition est la plus basse et la moins favorable, nous les avons vus fort souvent, pour avoir servi l'état, mis en liberté, c'est-à-dire décorés du titre de citoyens Romains en vertu d'une ordonnance publique.

Voilà donc, grand défenseur des traités et des alliances, voilà la condition à laquelle vous réduisez les habitans de Cadix, vos concitoyens! Oui, ceux qui, avec leur secours, ont été soumis et assujettis à notre puissance, pourront, si le Peuple Romain le permet, être gratifiés du droit de cité romaine par le sénat et par nos généraux ; et ils ne le pourront pas eux-mêmes! S'ils avoient ordonné par leurs loix et par leurs décrets, qu'aucun de leurs citoyens ne pourroit entrer dans le camp de nos généraux ; qu'aucun ne pourroit risquer ses jours, exposer sa vie pour notre empire ; que, quand nous le voudrions, nous

ne

ne pourrions pas employer le secours des habitans de Cadix ; s'ils avoient défendu en particulier à quelque homme distingué par son grand cœur et par sa bravoure, de combattre pour nôtre empire à ses propres risques : nous aurions grand sujet de nous plaindre que l'on diminuât les ressources du Peuple Romain, que l'on abattît le courage des hommes les plus valeureux ; que l'on nous ravît l'affection et la bravoure des étrangers. Cependant, quelle différence y a-t-il que les peuples fœdérats statuent qu'on ne pourra pas même sortir de leurs villes pour prendre part à nos guerres, ou que les graces dont nous aurons récompensé le courage de leurs citoyens ne seront pas confirmées ? Non, sans les récompenses de la valeur, nous ne trouverions pas en eux plus de secours que s'il leur étoit absolument défendu de paroître dans nos guerres. En effet, puisqu'on a vu si peu d'hommes, depuis que le monde existe, qui, sans être animés par la récompense, aient bravé pour leur patrie les traits des ennemis ; croyez-vous que quelqu'un se jettera dans les périls pour une République étrangère, lorsqu'on ne lui offrira point, lorsque même on lui interdira les récompenses.

Tome IX.   F

Mais , outre que , par un trait de la plus grossière ignorance , on attribue aux peuples *fœdérats* , comme leur étant propre, le privilège de consentir , privilège commun aux peuples libres ; (d'où l'on voit nécessairement, ou qu'on ne peut faire personne citoyen Romain chez les peuples alliés , ou qu'on le peut aussi chez les *fœdérats*) ; notre docteur habile ignore toute notre jurisprudence concernant le changement de cité ; jurisprudence fondée nonseulement sur les loix publiques , mais encore sur les volontés particulières. Suivant notre jurisprudence , on ne peut , malgré soi , changer de cité ; on le pourroit , si on le vouloit , pourvu qu'on fût reçu par la République dont on voudroit devenir citoyen. Par exemple , si les habitans de Cadix ordonnoient nommément d'un citoyen de Rome qu'il seroit citoyen de Cadix , notre citoyen seroit parfaitement libre d'y consentir , et l'espèce de traité que nous nommons *foedus* , n'empêcheroit pas que de citoyen de Rome il pût devenir citoyen de Cadix. Suivant notre jurisprudence , on ne sauroit être citoyen de deux villes : on ne sauroit être citoyen de cette ville , quand on s'est donné formellement à une autre. Ainsi , après leur disgrace, d'illustres personnages, Maximus (1), Lénas, Philippus, devenus citoyens de Nucérie, Caton de Tarragone, Cépion et Rutilius de Smyrne, n'ont pu cesser d'être citoyens de Rome avant que de l'avoir quittée et de s'être retirés dans une autre ville. Mais ce n'est pas seulement en se donnant à une autre ville qu'on peut en devenir citoyen, on peut encore changer de cité par le retour à son premier domicile. Et ce n'est pas sans raison qu'on a demandé au Peuple, au sujet de Publicius Ménander, affranchi (2), que, du tems de nos ancêtres, nos ambassadeurs,

(1) On ignore l'histoire de Quintus Maximus et de Quintus Philippus. Publius Popillius Lænas, personnage consulaire, fut exilé par une loi de Caïus Gracchus, et ensuite rappellé, comme on le voit par un discours de notre orateur. Caïus Cato, condamné pour crime de concussion, se retira en exil. Quintus Cæpio fut condamné pour le même crime, après avoir gouverné la Gaule. Il est parlé dans plusieurs des discours qui précèdent, de Publius Rutilius, qui, condamné injustement par les chevaliers Romains, se retira dans l'Asie où il avoit commandé.

(2) J'ai déjà observé plusieurs fois que, du tems de Cicéron, *libertinus* signifioit simplement affranchi.

à leur départ pour la Grèce, avoient pris avec eux comme interprète ; on a demandé, dis-je, au Peuple que, si ce Publicius, après être retourné dans sa patrie, revenoit ensuite à Rome, il n'en fût pas moins citoyen de cette ville. Anciennement, beaucoup de citoyens Romains, d'eux-mêmes, sans avoir été condamnés, sans avoir perdu leur état, ont abandonné cette ville, pour aller s'établir dans d'autres. Revenons maintenant à l'espèce de traité que nous nommons *foedus*, qui est étranger à la cause, puisque nous raisonnons sur le droit de cité, et non sur les conditions des traités : si un citoyen de Rome peut devenir citoyen de Cadix, ou par l'exil, ou par le retour à son premier domicile, ou par le renoncement à cette ville ; pourquoi un citoyen de Cadix ne pourroit-il pas devenir citoyen de Rome ? Pour moi, je pense bien autrement ; et puisque de toutes les villes, il y a en quelque sorte une route pour arriver à la nôtre, et que de même le chemin est ouvert à nos citoyens pour aller à d'autres villes ; il me semble que plus une ville nous est unie par l'amitié, par une alliance, par des conventions, par un accord, par un traité, plus elle mérite éminemment de partager nos privilèges, nos récompenses, le droit de cité romaine. Les autres villes ne balanceroient pas à donner chez elles le droit de cité à tous nos citoyens, si nous avions la même jurisprudence que les autres. Mais nous ne pouvons être en même tems citoyens de Rome et d'une autre ville ; les autres le peuvent. Aussi voyons-nous que, dans les villes Grecques, par exemple à Athènes, on prend, pour les faire citoyens, des hommes de Rhodes, de Lacédémone, de tous les pays : les mêmes hommes sont en même tems citoyens de plusieurs Républiques. J'ai vu moi-même quelques-uns de nos citoyens, faute de lumières, induits par-là en erreur, siéger à Athènes au nombre des juges, être membres de l'Aréopage (1), être inscrits dans une tribu, rangés dans une classe. Ils ignoroient qu'en acquérant le titre de citoyens d'Athènes, ils perdoient celui de citoyens de Rome, à moins de le recouvrer par droit de retour. Mais nul homme instruit de notre jurisprudence et de nos usages, jaloux de conserver

(1) Le tribunal ou conseil de l'Aréopage est assez connu. On sait qu'il y avoit dix tribus à Athènes.

le droit de cité romaine, ne s'est donné formellement à une autre ville.

Toute cette partie de mon discours, toute
cette discussion regarde la jurisprudence commune, pour le changement de cité ; elle n'a
rien qui soit propre à la foi des traités et des
alliances ; car, je le soutiens en général, il
n'est aucune nation dans l'univers, ou si contraire au Peuple Romain par la haine et par
une antipathie naturelle, ou si unie à ce même
Peuple, par l'attachement et par l'affection,
où il nous soit défendu de prendre un citoyen,
de gratifier quelqu'un du droit de cité. O jurisprudence admirable, inspirée par les Dieux et
établie par nos ancêtres dès les premiers commencemens de la puissance romaine ! Elle
veut, cette jurisprudence, qu'aucun de nous
ne puisse être citoyen de plus d'une ville, parce
que la différence de villes emporte nécessairement différence de loix ; elle veut qu'aucun
de nous ne puisse devenir malgré lui citoyen
d'une autre République, ne puisse rester malgré lui citoyen de Rome : car le fondement le
plus solide de notre liberté, c'est que chacun
de nous soit maître de conserver ou d'abandonner son privilége. Mais ce qui, sans contredit,

a le mieux assuré notre empire, ce qui a le plus étendu le nom Romain, c'est que Romulus, le premier de nos rois, le créateur de cette ville, par le traité fait avec les Sabins, nous a appris que nous devions agrandir notre République en y adoptant même des ennemis. D'après un tel exemple et une telle autorité, nos ancêtres ne cessèrent jamais d'étendre sur de nouvelles têtes le droit de cité romaine. Aussi, dans le Latium, une foule d'habitans de Tusculum et de Lanuvium, et ailleurs, des peuples entiers, tels que les Sabins, les Volsques, les Herniques ont obtenu de nous le droit de cité. Les habitans de ces villes qui ne l'auroient pas voulu, n'auroient pas été forcés de devenir citoyens de Rome ; et si quelques-uns avoient acquis le droit de cité romaine par la faveur du Peuple, on n'auroit point regardé cela comme une infraction au traité.

Mais, dit-on, il existe certains traités, tels que ceux des (1) Germains, des

***

(1) Les Germains et les Helvétiens sont assez connus. Il y avoit des Insubriens en-deçà et au-delà des Alpes, nommés en conséquence *Cisalpini* et *Transalpini*. Les Japides étoient placés dans la Vénétie, proche du fleuve Timave.

Insubriens, des Helvétiens, des Iapides, et
de quelques Barbares de la Gaule, lesquels
traités ont pour clause qu'aucun d'eux ne
pourra être reçu par nous comme citoyen.
Que si, d'après la clause, cela est défendu,
il faut nécessairement que cela soit permis
quand il n'y a pas de clause. Où donc est-il
marqué dans le traité de Cadix que nous ne
pourrons recevoir comme citoyen aucun homme
de Cadix ? nulle part. Et quand cette clause
y seroit inscrite, elle auroit été annullée par
la loi Gellia et Cornélia, qui donnoit dé-
finitivement à Pompée le pouvoir d'accorder
le droit de cité.

La clause, dit l'accusateur, existe, parce
que le traité (1) est *sacro-saint*. Je vous pardonne

(1) Tout cet article est très-difficile et par lui-même
et par les altérations du texte ; j'en expliquerai de suite
les diverses parties le mieux qu'il me sera possible.
J'ai supprimé la virgule après *foedus*. J'ai francisé le
mot *sacro-saint*. J'ignore si l'accusateur l'entendoit
comme Cicéron, mais celui-ci lui donnoit ce sens,
sanction du Peuple sacrée. Il explique lui-même ce
qu'il entendoit par *sacrée*. Au reste, l'accusateur étoit
de Cadix, et Cadix étoit une colonie de Carthaginois ;
voilà pourquoi Cicéron dit qu'il lui pardonne d'ignorer
les loix carthaginoises. Il étoit citoyen Romain ; mais

d'ignorer les loix Carthaginoises , puisque vous
avez abandonné votre ville, et de n'avoir pu

une condamnation qu'il avoit subie lui fermoit l'accès
aux magistratures , qui l'auroient mis à portée de
connoître les loix. *Y avoit-il dans la loi*…. Voici le
raisonnement de Cicéron, quand il y auroit dans le
traité une clause *sacro-sainte*, il n'y en a point dans
la loi portée en faveur de Pompée ; or c'est cette loi qui
doit décider les juges. Mais il n'y en a pas même dans
le traité. Pour faire sortir ce raisonnement , j'ai ajouté
ces mots , *non : il n'y a rien, même dans le traité.* Je
n'ai pas marqué dans *Populus plebsve sanxisset* la
différence de *Populus* qui étoit le Peuple assemblé
par centuries, et de *plebs* qui étoit le Peuple assemblé
par tribus. *Ensuite les sanctions*…. J'ai traduit comme
si on lisoit, *deindè sanctiones sacratae sunt, aut genere
ipso et obtestatione legis , aut consecratione poenae,
cum….* Après *latum esse dico*, j'ai lu *neque legem,
neque poenam. De quibus , etiamsi latum esset ne-
quem civem reciperemus , tamen id esset quod Populus
postea jussisset ratum , neque…. videretur ; de his
cum Populus….* Il m'a semblé que moyennant une
légère transposition et la suppression de *latam esse*,
tout s'éclaircissoit. Peut-être que ces mots , *neque
legem , neque poenam latam esse* sont une scholie *à
nihil latum esse*, laquelle scholie aura été introduite
mal à propos dans le texte. Je ne parle point du changement de ponctuation , qui fut toujours permis en
restituant un texte altéré.

examiner les nôtres, puisqu'elles-mêmes, par un jugement public, vous ont éloigné de tout moyen de les connoître. Y avoit-il dans la loi portée en faveur de Pompée, par les consuls Gellius et Lentulus, y avoit-il rien qui pût être regardé comme une clause *sacro-sainte* ? non : il n'y a rien même dans le traité. D'abord, il ne peut y avoir de *sacro-saintes* que les sanctions du Peuple : ensuite les sanctions sont sacrées, ou par la nature même de la loi qui renferme des prières adressées aux Dieux, ou par le genre de la peine qui livre à leur colère la tête de l'infracteur. Or, pouvez-vous rien dire de tel du traité de Cadix ? Soutenez-vous qu'il est *sacro-saint* par la nature de la loi ou par le genre de la peine ? Je dis moi qu'on n'a jamais rien proposé au Peuple pour ce traité, qu'on ne lui a parlé ni de peine, ni de loi : et quand même on auroit proposé formellement, au sujet des habitans de Cadix, que nous ne pourrions recevoir aucun d'eux comme citoyen, on devroit toujours s'en tenir à ce que le Peuple auroit depuis ordonné, sans qu'on eût égard à aucune clause précédente, quoique *sacro-sainte* : mais lorsque le Peuple n'a jamais rien ordonné au sujet de ces habitans, vous osez prononcer le nom de *sacro-saint* !

Je n'ai pas intention, en parlant de la sorte, d'infirmer le traité de Cadix. Je suis bien éloigné de m'élever contre le respect dû à une tradition ancienne, contre les décisions du sénat, contre les droits d'une ville qui nous a rendu les plus signalés services. Anciennement, dans les détresses de notre République, lorsque Carthage toute-puissante sur terre et sur mer, soutenue des deux Espagnes, menaçoit de toutes parts notre empire ; lorsqu'en Espagne les deux Scipions, ces deux lumières de Rome (1), venoient tout à coup de s'éteindre ; Lucius Marcius, centurion de la première compagnie, fit,

___

(1) J'ai traduit en lisant avec Lambin *lumina* au lieu de *fulmina*. Lucius Marcius, simple chevalier Romain, primipile, ou centurion de la première compagnie dans l'armée des deux Scipions, homme actif et expérimenté, commanda les troupes après leur mort, et remporta des avantages considérables. Cadix fut encore long-tems sous la puissance des Carthaginois, et l'orateur ne s'accorde pas avec l'histoire, en parlant du traité fait par Marcius aussitôt après la mort des deux Scipions.

dit-on, un traité avec le peuple de Cadix.
Comme ce traité se maintenoit par son ancienneté, par la fidélité du Peuple de Cadix
et par l'équité des Romains, plutôt que par
un engagement public et solemnel, des hommes
sages, instruits du droit public, sous le consulat de Lépidus et de Catulus, présentèrent
au sénat une requête au sujet de ce traité.
Alors on renouvella, ou l'on fit avec la ville
de Cadix un traité sur lequel n'a point prononcé le Peuple Romain, puisque sa foi ne
sauroit être engagée en aucune manière sans
qu'il y consente. Ainsi ce que la ville de
Cadix pouvoit obtenir par des services rendus
à notre République, par les témoignages de
nos généraux, par la durée du temps, d'a-
près l'avis de l'illustre Catulus, par la déci-
tion du sénat, par un traité, elle l'a obtenu :
mais de sanction publique et solemnelle, il
n'en existe pas, puisque le Peuple Romain
ne s'est engagé nulle part. Le traité de Cadix
pour cela n'en est pas moins favorable,
appuyé comme il l'est d'une foule de circonstances d'un grand poids. Mais ce qui tranche
et ce qui résout la difficulté, c'est qu'il ne
peut y avoir de *sacro-saintes* que les sanctions
faites par le Peuple,

Mais quand même le Peuple Romain auroit scellé de ses suffrages ce traité que, d'après la décision du sénat et sur la recommandation de son ancienneté, il confirme par son approbation et par son vœu; je ne vois pas pourquoi, d'après l'expression même du traité, il ne nous seroit pas permis de recevoir un homme de Cadix au nombre de nos citoyens. Le traité porte seulement que *la paix sera juste et éternelle.* Qu'est-ce que cela fait au droit de cité? On a ajouté un article qui n'est pas dans tous les traités. *Majestatem Populi Romani comiter conservanto* (1), qu'ils conservent *gracieusement* la majesté du Peuple Romain. Ces mots annoncent l'infériorité du Peuple de Cadix dans le traité. D'abord cette façon de s'exprimer *conservanto* qu'ils conservent, dont nous nous servons dans les loix, plutôt que dans les traités, est un ordre, et non une prière. Ensuite, lorsqu'on ordonne de conserver la majesté de l'un des deux Peuples et qu'on

_____

(1) On voit assez pourquoi dans ma traduction j'ai cité les expressions latines. Les impératifs en *to* et en *tor* étoient du style de la loi. Au lieu de *conservandi* après *genus hoc* il est indubitable qu'il faut lire *conservantō*.

se tait sur l'autre, assurément on regarde comme supérieur le Peuple dont la majesté se trouve garantie dans le traité. L'accusateur a donné une explication qui ne mérite guère qu'on y réponde. *Comiter*, dit-il, est *communiter* en commun; comme s'il eût expliqué un vieux mot, un mot qui ne fût plus d'usage. Le mot *comis* se dit d'un homme gracieux, complaisant, agréable, qui, par exemple, montre le chemin au voyageur égaré, *comiter*, gracieusement, honnêtement, sans aucune peine. Le mot *communiter* en commun, ne convient certainement pas. D'ailleurs cet article, dans un traité, seroit absurde : qu'ils conservent en commun la majesté du Peuple Romain; c'est-à-dire, que le Peuple Romain conserve lui-même sa majesté. Mais quand cela seroit, comme cela ne peut être, il seroit toujours vrai de dire que le traité garantiroit notre majesté, et non celle du Peuple de Cadix. Notre majesté peut-elle donc être conservée par les habitans de Cadix, si nous ne pouvons par des récompenses prendre personne chez eux pour la maintenir? Pouvons-nous jouir de quelque majesté, si on nous empêche de faire décerner par le

Peuple Romain à nos généraux le pouvoir d'accorder des graces pour récompenser le courage ?

Mais pourquoi recourir à des raisonnemens qui pourroient me servir de réponses solides contre les habitans de Cadix, si je les avois pour adversaires ? S'ils réclamoient Balbus, je leur répondrois : le Peuple Romain a porté une loi pour accorder le titre de citoyen ; le privilége de donner son consentement n'a pas lieu pour cette espèce de loi ; Pompée, de l'avis de son conseil, a récompensé Balbus du titre de citoyen ; les habitans de Cadix ne peuvent s'appuyer d'aucune ordonnance de notre Peuple ; ainsi le traité n'étant pas *sacro-saint*, il ne peut y avoir aucune clause qui empêche l'effet de la loi, et quand même il seroit *sacro-saint*, il n'y est question que de la paix : on y a ajouté un article qui les oblige à conserver notre majesté ; or certainement on y donneroit atteinte, s'il ne nous étoit pas permis dans nos guerres d'employer le secours de leurs citoyens, ou si nous n'avions pas le pouvoir de les récompenser. Mais pourquoi argumenter contre les habitans de Cadix, puisque, loin de combattre ce que je dis, ils le confirment par les sentimens de leurs cœurs, par leur autorisation, et même par une députation ? Ce sont eux qui, dès leur première origine et les commencemens de leur République, détachés d'esprit et de cœur d'avec les Carthaginois, se sont tournés du côté de notre empire ; ils ont fermé leurs portes à ces ennemis du nom Romain, lorsqu'ils nous attaquoient avec la puissance la plus formidable ; ils les ont poursuivis avec leurs flottes, les ont repoussés en leur opposant leurs personnes, leurs armes et leurs forces ; ils ont toujours regardé comme sacrée, et inviolable cette ombre même d'un premier traité, dont Marcius étoit l'auteur, et se sont crus étroitement unis avec nous par un second traité, conclu d'après l'avis de Catulus, confirmé par la décision du sénat : enfin, à l'exemple d'Hercule (1) qui avoit pris leur ville pour borne de ses voyages et de ses

(1) On connoît les colonnes d'Hercule placées dans ces régions. —— Un peu plus bas, j'ai lu *Porcios* et *Crassos* au lieu d'*Horatios* et de *Cassios*. Tous les noms cités ici sont les noms de généraux Romains qui avoient fait la guerre en Espagne ou dans les environs, non loin de Cadix.

travaux,

travaux, nos ancêtres ont voulu que leurs murs, leurs temples, leurs campagnes fussent les limites de notre empire et du nom Romain. Ces alliés fidèles attestent nos généraux morts, dont la gloire vit et vivra éternellement, les Scipions, les Brutus, les Porcius, les Crassus, les Métellus ; ils attestent Pompée qui est sous leurs yeux, Pompée qu'ils ont aidé d'argent et de vivres, lorsque, loin de leur ville, il soutenoit une guerre importante et opiniâtre ; ils attestent en ce jour même le Peuple Romain, qu'ils viennent de soulager dans une disette, en lui faisant passer des subsistances, comme ils ont déjà fait souvent : ils attestent qu'ils réclament pour eux et pour ceux de leurs enfans qui se distingueront par leur bravoure, l'avantage d'avoir une place dans nos camps, dans les tentes de nos généraux, dans la mêlée enfin, au milieu de nos étendards, et de s'élever par ces degrés au rang de nos citoyens.

Si des habitans de l'Afrique, de la Sardaigne, de l'Espagne, de ces provinces qui se sont vues condamnées à perdre une partie de leur territoire et à payer un tribut, peuvent acquérir par leur bravoure le droit de cité Romaine, tandis que les habitans de Cadix, qui nous sont unis par des services, par une amitié ancienne, par une fidélité constante, par le zèle à partager nos périls, par un traité, ne jouiront point du même privilège ; ceux-ci croiront, sans doute, que ce n'est pas un traité qu'ils ont conclu volontairement avec nous, mais des loix désavantageuses qui leur ont été imposées par la force. Le fait même déclare assez que ce ne sont point là de ma part de vaines suppositions, que je ne dis rien ici que les habitans de Cadix n'aient confirmé par leur jugement. Je prétends qu'il y a déjà plusieurs années qu'ils ont gratifié Balbus du droit d'hospitalité publique : je produirai des témoins, je produirai leurs députés, je ferai paroître les personnages les plus distingués et les plus nobles de leur ville, qu'ils ont envoyés à cette cause, pour rendre témoignage en sa faveur et pour le tirer du péril. Enfin, bien avant cette accusation, lorsqu'on (1) apprit à Cadix qu'on devoit susciter ce procès à Balbus, les habitans rendirent contre

(1) *Inauditâ* est pour le simple *auditâ*, du verbe *inaudio*. Il y en a qui lisent *jam auditâ*.

l'accusateur, quoique leur concitoyen, les plus rigoureux décrets. Si un Peuple donne son consentement, lorsqu'il confirme par son vœu nos ordonnances, le Peuple de Cadix pouvoit-il donner un consentement plus formel, puisqu'on veut absolument qu'il le donne, qu'en gratifiant Balbus du droit d'hospitalité publique, en avouant par-là qu'il étoit devenu citoyen de notre ville, et que son droit de cité méritoit cet honneur? Pouvoit-il manifester son vœu d'une manière plus authentique, qu'en punissant l'accusateur et en lui imposant une amende? Pouvoit-il prononcer plus formellement sur l'affaire, qu'en députant pour la cause leurs principaux citoyens, en les chargeant d'affirmer la validité du droit de Balbus, de certifier la régularité de sa conduite, de travailler à le tirer du péril? Car est-il quelqu'un assez dépourvu de raison pour ne pas sentir que les habitans de Cadix doivent se maintenir dans l'avantage de pouvoir toujours avoir accès à cette récompense si belle, au titre de citoyen Romain ; qu'ils doivent s'applaudir que l'affection de Balbus pour ses compatriotes reste à Cadix, tandis que son crédit et la facilité de les servir de meureront à Rome. Eh! quel est celui d'entre nous qui, en voyant le zèle empressé et les soins officieux de Balbus, ne s'intéresse davantage pour la ville de Cadix?

Je ne parle pas de toutes les distinctions dont César a décoré le Peuple de cette ville, lorsqu'il étoit préteur en Espagne ; je ne dis pas comment il a appaisé leurs divisions, leur a donné des loix avec leur consentement, a policé et adouci leurs mœurs en détruisant les restes d'une ancienne barbarie (1), avec quel empressement en un mot il les a comblés de bienfaits à la prière de Balbus. Je ne parle pas d'une foule de graces que l'affection de celui-ci pour eux et ses démarches leur font obtenir tous les jours sans aucune peine, ou du moins plus facilement. Aussi les principaux de la ville sont présens à la cause, ils le défendent avec amitié comme citoyen de Cadix, par leur témoignage comme citoyen de Rome, avec empressement, comme étant devenu un hôte précieux, après avoir été un de leurs premiers

_____

(1) On croit que l'orateur fait ici allusion à l'usage d'immoler des victimes humaines, qui se pratiquoit à Cadix avant César.

citoyens, avec zèle comme le défenseur le
plus ardent de leurs intérêts.

Et quoiqu'on ne fasse aucun tort aux habitans de Cadix en permettant à leurs citoyens
d'obtenir chez nous le droit de cité pour
prix de leur courage ; cependant, de peur
qu'ils ne s'imaginent que par cela même leur
traité est moins favorable que celui des autres
Peuples, je rassurerai, et les personnages re-
commandables qui sont ici présens, et leur
ville qui nous est si fidèle et si dévouée. Je
vous montrerai en même-tems, Romains, quoique
vous ne l'ignoriez pas, qu'on n'a jamais douté
de la jurisprudence sur laquelle vous avez à
prononcer dans cette affaire.

Quels sont donc ceux que nous regardons
comme (1) les plus sûrs interprètes des traités,
comme les plus savans dans le droit de la
guerre, les plus exacts dans l'examen de l'état
des villes et de leurs priviléges ? Sans doute
ceux qui ont déjà commandé les armées et
soutenu des guerres. Car si l'augure Scœvola,
cet habile jurisconsulte, quand on lui deman-

(1) Au lieu d'*arbitrabamur* je voudrois lire *arbi-
tramur*.

G 3

doit avis sur les droits et sur les redevances des terres, renvoyoit quelquefois à Furius et à Casellius qui faisoient une profession particulière de cette science; si pour ma fontaine de Tusculum, je consultois Marcus Tugio préférablement à Caïus Aquillius, parce que, sans doute, la pratique assidue et l'application à une seule chose font souvent plus que le génie même et la connoissance des règles : hésitera-t-on, pour les traités, pour tout le droit de la guerre et de la paix, de préférer nos généraux aux plus habiles jurisconsultes ?

Or, le fait que l'on attaque aujourd'hui, ne pouvons-nous pas le défendre par l'exemple de Marius ? Où trouveroit-on une autorité plus grave, un caractère plus ferme, un homme plus distingué par son courage, par ses lumières, par son équité, par son exactitude scrupuleuse? Marius a gratifié du droit de cité Romaine Marcus Annius Apulus (1), homme d'un mérite rare, d'une bravoure à toute épreuve; il l'a gratifié du droit de cité,

(1) Le texte porte *Appius*, que j'ai changé en *Apulus*, d'après la conjecture de Paul Manuce.

quoique Camerte fût une ville *fœdérate*, et que son traité fût revêtu des formes les plus solemnelles. Pourriez-vous donc, Romains, condamner Balbus sans condamner la conduite de Marius ? Que ce grand homme revive un moment dans votre imagination, puisqu'il ne peut revivre en effet ; voyez-le des yeux de l'esprit, ne pouvant le voir des yeux du corps ; écoutez-le lui-même. Il vous dira : Je n'ignorois ni les traités, ni les usages, ni la guerre ; j'avois été soldat et disciple (1) de Scipion l'Africain ; je m'étois formé par le service et par les lieutenances militaires ; quand je n'aurois lu qu'autant de guerres que j'en ai faites et terminées ; quand je n'aurois que servi sous autant de consuls que j'ai été de fois consul moi-même, j'aurois pu apprendre et connoître parfaitement tous les droits de la guerre ; nul traité, je le savois, n'empêchoit de servir la République ; j'ai choisi les hommes les plus braves dans les villes qui nous étoient les plus amies et les plus dévouées ; le traité ni des Camertins, ni des Fulginates, ne renferme aucune clause qui défende au Peuple

(1) Au siège de Numance.

G 4

Romain de récompenser la bravoure des citoyens de Fulgine et de Camerte.

Aussi quelques années après que Marius eut accordé ces droits de cité, quoiqu'on fît des informations rigoureuses sur le titre de citoyen en vertu de la loi (1) Licinia Mucia, quelqu'un de ceux qui, dans les villes *fœdérates*, avoient été décorés de ce titre, fut-il cité en justice? Matrinius, il est vrai, un de ceux que Marius avoit faits citoyens, fut accusé; mais il étoit de Spolète, illustre et puissante colonie latine. Antistius, homme éloquent, aussi de Spolète, son accusateur, ne s'avisa point de dire (2) que le Peuple de Spolète n'avoit pas donné son consentement; car il voyoit que les Peuples avoient coutume de donner leur consentement pour ce qui les regardoit eux-mêmes, et non pour ce qui nous intéressoit. Mais comme la loi Apuléia, loi que Saturninus (3) avoit portée pour

(1) Loi portée par les consuls Lucius Licinius Crassus et Quintus Mucius Scœvola.

(2) J'ai traduit comme si on lisoit, *quem cum disertus homo L. Antistius, Spoletinus, accusaret, istud non dixit.*

(3) Lucius Apuléius Saturninus, tribun du Peuple, d'où la loi *Apuléia.*

Marius, ordonnoit à ce général d'établir des colonies, et l'autorisoit à faire, par chaque colonie, trois citoyens Romains ; Antistius prétendoit que les colonies n'ayant pas eu lieu, cette faveur ne devoit pas subsister. Il n'y a rien de semblable dans la cause actuelle : mais enfin telle fut l'autorité de Marius, que sans employer le ministère de Lucius Crassus, son allié, cet homme si éloquent, lui-même, en peu de mots, par le seul respect qu'imprimoit sa personne, il défendit la cause et la gagna. En effet, Romains, qui est-ce qui voudroit enlever à nos généraux le droit d'honorer la bravoure dans la guerre, dans les combats, dans les armées ? Qui voudroit enlever aux Peuples alliés, *aux Peuples fœdérats*, l'espoir des récompenses lorsqu'ils défendent notre République ? Que si l'air imposant de Marius, si son ton et son regard de général, si le feu qui brilloit dans ses yeux (1), si ses triomphes récens, si sa présence eut alors tant de force

---

(1) On sait qu'à Minturnes le soldat Cimbre qu'on avoit envoyé pour le tuer, effrayé des éclairs de ses yeux et du tonnerre de sa voix, jetta son épée et s'enfuit.

sur les esprits, que le souvenir, que les exploits mémorables, que l'autorité et le nom
à jamais célèbre du plus courageux des hommes
n'en aient pas moins encore dans ce jour.
Qu'il y ait cette différence entre les citoyens
qui ont du crédit et ceux qui se signalent
par leur courage; que les uns aient du pouvoir
pendant leur vie; que l'autorité des autres,
quoique morts, si un défenseur de Rome
peut mourir, leur survive éternellement.

Et le père de Pompée, après s'être signalé
par de grands exploits dans la guerre d'Italie,
n'a-t-il pas récompensé l'honnête Césius, présentement de l'ordre équestre, vivant à Ra-
vennes ? Ne l'a-t-il pas décoré du titre de citoyen, quoiqu'il fût d'une ville *fœdérate* ? Et Publius Crassus, cet illustre personnage, n'a-t-il
pas décoré du même titre deux cohortes en-
tières de Camertins, et une légion d'Héraclée,
de cette ville presque l'unique, si l'on en croit
la tradition, avec qui l'on fit un traité du
tems de Pyrrhus, sous le consulat de Fabricius?
Et Sylla n'a-t-il pas encore gratifié du droit
de cité Ariston de Marseille, et neuf habitans
de Cadix, puisqu'il s'agit de ce Peuple? Et
Métellus Pius, homme respectable, d'une mo-

dération et d'une régularité rares, n'a-t-il pas gratifié du même droit Fabius de Sagonte? Et Marcus Crassus, ici présent, qui a fait valoir avec une extrême subtilité les exemples que je ne fais maintenant que parcourir, n'a-t-il pas rendu citoyen un habitant d'Alétrium, ville *foedérate* ; oui Marcus Crassus, cet homme de poids, d'une si grande prudence, et si réservé pour accorder le titre de citoyen ?

L'accusateur entreprend donc de révoquer une grace, ou plutôt d'infirmer un jugement et un acte de Pompée, qui n'a fait que ce qu'il savoit avoir été fait par Marius, par Publius Crassus, par Sylla, par Métellus, ce dont enfin il avoit un exemple domestique, ce qu'il avoit vu faire à son père? Balbus n'est pas le seul qu'il ait décoré du titre de citoyen : il en a décoré Asdrubal de Cadix qui nous avoit bien servis dans la guerre d'Afrique, les Ovius (1) de Messine, quelques constructeurs de machines guerrières des villes d'Utique et de Sagonte. Car si ceux qui défendent notre em-

_____

(1) Les Ovius étoient une famille de Messine. Les livres portent *obvios*, qu'un savant a changé heureusement en *Ovios*.

pire par leurs travaux et à leurs risques méritent
toutes sortes de récompenses, assurément ils
sont dignes sur-tout d'obtenir le titre de citoyens d'une ville pour laquelle ils se sont
exposés aux périls et aux traits des ennemis.
Et plût aux Dieux que tous les défenseurs de
cet empire, en quelque endroit qu'ils se trouvent,
pussent venir augmenter le nombre des citoyens
de Rome, et qu'au contraire les ennemis de
l'état qui sont dans Rome pussent être jettés
hors de son sein ! Car ce n'est pas plus pour
Annibal que pour tous les généraux, qu'un de
nos grands poëtes (1) a écrit cette exhortation
à des troupes ; *quiconque frappera l'ennemi, sera
pour moi Carthaginois, quel qu'il soit et de quelque pays qu'il vienne.* Au reste, cette considération n'arrête pas et n'arrêta jamais nos généraux. Aussi ont-ils décerné le titre de citoyen
à des hommes courageux de tous les pays,
et fort souvent ils ont préféré à la lâcheté des
nobles la bravoure des particuliers sans naissance.

Vous venez de voir comment d'illustres per-

___

(1) Ennius. — J'ai lu ensuite, *quisquis erit et
cujatis. Etsi id habent (nostri imperatores) hoc levé....*

sonnages , aussi distingués par leur sagesse que par leurs talens militaires , ont expliqué le droit public et les traités : je vais rapporter aussi la décision de juges qui ont informé sur cet article , la décision du Peuple Romain entier , la décision très-sage du sénat.

Les juges s'étant déclarés et s'expliquant ouvertement sur l'arrêt qu'ils devoient rendre , d'après la loi Papia (1) , pour Marcus Crassus , contre des Mamertins qui le réclamoient comme un des leurs , les Mamertins qui s'étoient chargés de la cause au nom de leur ville , se désistèrent. Une foule de citoyens des villes libres et *fœdérates* ont été gratifiés par nous du droit de cité romaine ; aucun ne fut jamais accusé , ou parce que la ville dont il étoit originaire n'avoit pas donné son consentement , ou parce que le traité l'empêchoit de changer de cité. J'oserai même le soutenir ,

---

(1) Il y avoit deux loix Papia sur le droit de cité. Marcus Crassus , Mamertin , ayant obtenu le droit de cité romaine , avoit pris un nom romain. Mamertins , Peuple d'Italie dans la Campanie , qui passèrent en Sicile et s'établirent à Messine. La ville continua de s'appeller Messine ; les citoyens et le Peuple se nommèrent Mamertins.

jamais personne ne s'est vu condamné, lorsqu'il étoit constant qu'un de nos généraux
l'avoit décoré du titre de citoyen.

Écoutez maintenant la décision du Peuple
Romain, donnée dans plusieurs occasions et
confirmée par la pratique dans des causes
importantes. Qui ne sait qu'on a fait un traité
avec tous les Latins sous le consulat de Cassius et de Cominius ? Nous nous rappellons
que ce traité fut dernièrement gravé sur une
colonne d'airain et placé derrière les Rostres.
Comment Cassinius de Tivoli, père de Cassinius de l'ordre équestre, rempli de vertus et
doué de qualités peu communes ; comment
Coponius, personnage d'un mérite rare (vous
connoissez ses petits-fils Titus et Caïus Coponius) : comment sont-ils devenus citoyens Romains après avoir fait condamner (1), l'un

_____

(1) Servilius Cæpio avoit porté une loi, appellée
de son nom Servilia, suivant laquelle un étranger
qui accuseroit et feroit condamner un sénateur, ob-
tiendroit pour récompense le droit de cité romaine.
Cassinius et Coponius avoient été dans ce cas. Le
sénateur, sans doute, devoit être accusé devant le
Peuple, puisqu'on examine dans cet article le jugement
du Peuple.

Caïus Alius, l'autre Caïus Masso ? Eh quoi ? aura-t-on pu parvenir au titre de citoyen par les talens de l'esprit et par l'éloquence, et ne le pourra-t-on pas par les exploits et par le courage ? Sera-t-il permis aux Peuples *fordérats* de nous enlever des depouilles, et leur sera-t-il défendu d'en enlever aux ennemis ? Ce qu'ils pourront obtenir en parlant ne pourront-ils l'emporter en combattant ? Nos ancêtres ont-ils destiné de plus grandes récompenses à un accusateur qu'à un guerrier ?

Si les principaux de la ville, des citoyens sages et respectables, ont souffert que la loi rigoureuse de Servilius (1) et une ordonnance du Peuple procurassent à des Latins, c'est-à-dire à des *foedérats*, ce moyen de parvenir au droit de cité ; si la loi Licinia Mucia n'a pas réformé cet article, sur-tout lorsque la nature même de l'accusation, et l'espèce de la récompense, qu'on ne pouvoit obtenir que par la disgrace d'un sénateur, ne pouvoit être trop

_____

(1) Servilius Cæpio avoit porté une loi pour refuser aux Peuples Latins le droit de cité romaine ; le même Servilius établit par la même loi, que les Latins pourroient obtenir ce droit en faisant condamner un sénateur.

agréable, ni à aucun membre du sénat, ni à aucun homme de bien ; les récompenses accordées par les juges ayant été ratifiées, a-t-on dû mettre en doute que les jugemens dès généraux n'eussént la même force dans la même circonstance ? Croyons-nous donc que les Peuples Latins aient obtenu le droit de donner leur consentément, par la loi Servilia ou par les autres qui proposoient aux latins pour récompense d'un service le titre de citoyen ?

Ecoutez maintenant les décisions du sénat qui furent toujours confirmées par celles du Peuple. Nos ancêtres ont voulu que les sacrifices de Cérès fussent célébrés avec une extrême vénération et suivant les plus religieuses cérémonies. Comme ces sacrifices étoient pris des Grecs, ils furent toujours administrés par des prêtresses (1) Grecques, toujours appellés d'un nom Grec. Mais en choisissant dans la Grèce une femme pour leur apprendre et pour administrer ces sacrifices, nos ancêtres ont voulu qu'elle devînt citoyenne, afin qu'une

_____

(1) Le sénat nommoit ces prêtresses, et leur nomination étoit confirmée par le Peuple.

citoyenne

citoyenne sacrifiât pour des citoyens , afin qu'elle honorât les Dieux immortels par des rits étrangers , mais avec l'esprit et l'ame d'une Romaine. Je vois que les prêtresses étoient presque toujours de Naples ou de Vélie (1) , qui , sans contredit, sont des villes *foedérates.* Je laisse les anciens tems , je ne parle que des plus modernes. Avant qu'on eût accordé le droit de cité aux habitans de Vélie , Valérius Flaccus , preteur de la ville , proposa nommément au Peuple de faire citoyenne Calliphane de Vélie. Croirons-nous donc , ou que les habitans de Vélie ont donné leur consentement , ou que la prêtresse n'a pas été faite citoyenne , ou que le traité a été violé par le sénat et le Peuple de Rome ?

Je conçois, Romains, qu'une cause aussi claire et aussi évidente a été discutée et plus au long et par plus de personnes habiles qu'il n'étoit nécessaire. Mais si nous nous sommes réunis et si fort étendus , ce n'est pas pour vous prouver une chose aussi manifeste , c'est pour réprimer la malignité d'une foule d'hom-

(1) Vélie , ville grecque, colonie des Phocéens, habitans de Phocée , qui fondèrent dans le même tems Marseille.

mes malveillans, injustes, envieux. Dans le
dessein de les animer davantage, de répandre
dans le tribunal et de faire passer jusqu'à vos
oreilles les propos de gens qui s'affligent
de la prospérité d'autrui, l'accusateur a semé
avec art dans tout son plaidoyer des soupçons
calomnieux, sur les richesses de Balbus, qui
ne sont pas énormes, et qu'on trouvera après
tout avoir été bien conservées et non mal ac-
quises ; sur ses dissolutions prétendues, pour
lesquelles on ne citoit pas de traits particuliers, mais des injures vagues ; sur sa terre
de Tusculum : l'accusateur se rappelloit qu'elle
avoit appartenu à Quintus Métellus et à Lucius
Crassus ; mais il ignoroit que Crassus l'avoit
achetée d'un affranchi (1), de Sotéricus Marcius,
qu'elle étoit parvenue à Métellus des biens de
Venonius Vindicius ; il ignoroit aussi que les
terres ne sont d'aucunes familles, qu'elles ne
passent pas toujours aux proches en vertu des
loix, comme les tutèles ; que, par les acquisitions, elles passent souvent à des étrangers,
souvent aux hommes de la dernière classe. On

(1) Il faut se rappeller que, du tems de Cicéron,
libertinus vouloit dire *affranchi*.

lui a encore reproché de s'être fait inscrire dans la tribu Crustumine (1). Il y a été inscrit par le privilège de la loi touchant la brigue, ce qui est moins odieux que d'obtenir par le privilège des loix le droit de donner son avis au rang d'ancien préteur et de porter dans les cérémonies la robe prétexte. On a aussi allégué l'adoption de Théophane, dont Balbus n'a tiré d'autre avantage que des biens pour ses proches (2).

Mais le plus difficile n'est pas d'adoucir les envieux de Balbus même : leur envie ne produit rien que ce qu'on voit tous les jours ; ils le décrient dans des repas, ils le déchirent dans des cercles, ils en médisent avec plus de malignité que d'inimitié. Les plus à redouter pour Balbus, ce sont les ennemis ou les en-

(1) Il y avoit des tribus plus ou moins distinguées. Un citoyen qui en accusoit un autre de brigues et qui le faisoit condamner, pouvoit passer dans sa tribu, si elle étoit plus distinguée que la sienne. —— *Le droit de donner*.... J'ai un peu commenté, en traduisant cet endroit, pour bien faire entendre la pensée de l'orateur.

(2) Apparemment, comme pense Paul Manuce, Balbus avoit distribué à ses proches les biens qui lui étoient venus par son adoption.

vieux de ses amis : car par rapport à lui-même,
a-t-il jamais eu d'ennemis ? a-t-il dû en avoir ?
Pour quel homme de bien n'a-t-il pas eu des
égards ? Pour la fortune et pour le rang de quel
citoyen a-t-il manqué de déférence ? Etroite-
ment lié avec un homme puissant, a-t-il, dans
nos plus grands maux, dans nos plus violentes discordes, a-t-il choqué personne de l'un
ou l'autre parti, par des actions, par des paroles, ou même par un air de fierté ? Ç'a été
ma destinée ou celle de la République, que
tout le fardeau des malheurs communs pesât
sur moi seul : loin de triompher de nos dissentions et de mes disgraces (1), Balbus,
en mon absence, a soulagé tous les miens,
par mille bons offices, par ses larmes, par
des attentions, par des consolations.

C'est sur leur témoignage et à leur prière
que je rends aujourd'hui à Balbus ce que
je lui dois, et que je lui marque, comme
je l'ai dit dès le commencement, ma juste
reconnoissance. Vous aimez, Romains, et
chérissez ceux qui ont travaillé avec le plus
d'ardeur à me rappeller, et à me rétablir

---

(1). J'ai traduit comme si on lisoit, *in ruinis meis
nostrisque discordiis.*

dans mon ancien rang ; je me flatte donc que vous approuvez et que vous vous plairez à reconnoître ce que Balbus a fait pour moi dans l'occasion suivant ses moyens. Ce ne sont donc pas, je le répète, ses ennemis qui le persécutent, il n'en a aucun ; mais les ennemis de ses amis, qui sont puissans et en grand nombre. Pompée, dans son discours plein de force et d'éloquence, leur disoit hier de s'attaquer à lui, s'ils le vouloient ; il cherchoit à les détourner d'un combat injuste et inégal.

Ce seroit une loi équitable, une loi aussi avantageuse pour nous que pour tous ceux qui sont attachés à nos personnes, d'exercer nos inimitiés entre nous seuls, de ménager les amis de nos ennemis. Et si en cela ces derniers pouvoient se résoudre à suivre mon conseil, sur-tout puisqu'ils me voient maintenant instruit par l'expérience, et par la diversité des affaires, je les détournerois même de toute division éclatante. Avoir (1) avec d'autres de vifs démêlés sur les affaires de la

_____

(1) Ici les leçons varient ; voici celle qui m'a paru la meilleure : *ità enim contendere de Republicá ut id defendas quod....*

H 3

République, en soutenant ce qu'on juge le meilleur, j'ai toujours cru que c'étoit la marque d'un homme ferme, d'un grand homme ; et je ne me suis jamais refusé à ce travail, à ce devoir, à cette fonction civile : mais ces démêlés ne sont raisonnables qu'autant qu'ils sont utiles à l'état, où du moins qu'ils ne lui sont pas nuisibles. Nous avions des vues politiques, nous les avons soutenues avec chaleur, nous avons essayé de réussir ; nous n'avons pas réussi : les autres en ont ressenti de la peine ; nous, nous avons éprouvé des afflictions et des disgraces. Pourquoi vouloir renverser ce qu'on ne sauroit changer plutôt que de le soutenir ? Le sénat a décerné des prières publiques à César dans la forme la plus honorable et avec plus de jours qu'à l'ordinaire. Quoique le trésor fût presque épuisé, il a fourni la paie à son armée victorieuse. Il a décidé qu'on donneroit dix lieutenans au général, et qu'on ne lui enverroit pas de successeur suivant la loi Sempronia (1). C'est moi qui ai ouvert

(1) Loi de Caïus Sempronius Gracchus, qui ordonnoit au sénat de décerner tous les ans des provinces

ces avis, qui ai porté la parole ; et je n'ai
point cru devoir consulter mes anciennes
querelles avec César, plutôt que me prêter aux
circonstances actuelles de la République et
au bien de la concorde. Les autres ne pensent
pas de même. Ils sont peut-être plus fermes
dans leurs sentimens : je ne blâme personne ;
mais je ne suis point de l'avis de tout le
monde ; et je ne crois pas qu'il y ait de
la légéreté à régler son opinion sur les besoins
de l'état, comme on règle sur les vents la
course d'un navire. Mais s'il en est qui
gardent une haine éternelle contre ceux qu'ils
ont haïs une fois, et je sais qu'il en est
plusieurs, qu'ils combattent seulement les
chefs, et non leur suite et les partisans
de leur fortune. Combattre les chefs, quelques-uns y trouveront peut-être de l'humeur, les autres de la vertu ; tout le monde
trouvera qu'attaquer leurs amis, c'est une
injustice, c'est une espèce de cruauté. Mais si
nous ne pouvons par aucun motif adoucir
l'esprit de certains hommes, nous nous
flattons, Romains, que le vôtre est adouci,

consulaires.—*C'est moi qui ai ouvert....* comme on le
voit par son discours sur les provinces consulaires.

moins par nos paroles que par votre bonté naturelle.

Eh ! pourquoi l'amitié de César ne feroit-elle pas le plus grand honneur à Balbus plutôt que de lui causer le moindre tort ? C'est dans sa jeunesse qu'il a connu César ; il a plu à cet homme éclairé. César avoit une foule d'amis ; cependant il l'a regardé dans sa préture comme un de ses amis intimes ; il l'a nommé, durant son consulat, son inspecteur général (1) pour la construction des machines guerrières. Il a goûté sa prudence, aimé sa fidélité, agréé ses bons offices et ses attentions. Balbus a partagé d'abord beaucoup des travaux de César ; peut-être participe-t-il maintenant à quelques-uns de ses avantages. Si cela lui est nuisible auprès de vous, je ne vois pas ce qui pourra être utile auprès de tels juges.

Mais puisque César est fort loin de Rome, puisqu'il est à présent dans des contrées qui par leur position bornent l'univers, et qui par les conquêtes d'un grand capitaine terminent notre empire ; ne souffrez pas,

(1) J'ai lu avec quelques livres *praefecturam fa-brûm*. Mais il semble qu'il faudroit ajouter quelques mots, et lire, *ille huic detulit*.

Romains, au nom des Dieux, qu'on lui porte cette triste nouvelle, que vous avez perdu par vos décisions un de ses officiers principaux, un homme qui lui est cher, son meilleur ami, dont tout le crime est l'amitié que lui porte son général. Soyez touchés du sort d'un particulier qui se voit appellé en justice, non pour un délit personnel, mais pour le bienfait d'un grand homme (1); non pour détruire un grief, mais pour discuter à ses périls un point de droit. Si le père de Pompée, si Pompée lui-même, si Lucius et Marcus Crassus, si Métellus, Sylla, Marius, si le sénat et le Peuple de Rome, si les juges qui ont prononcé dans une circonstance pareille, si les Peuples alliés, si les Peuples *fœdérals*, si les anciens Latins l'ont ignoré ce point de droit, n'est-il pas plus utile pour vous et plus honnête, de vous égarer avec de tels guides, que d'être instruits par un maître tel que notre accusateur ? Mais si vous avez à juger d'un droit certain, d'un droit manifeste, d'un droit utile, d'un droit approuvé, d'un droit confirmé par

(1) De Pompée.

un jugement, prenez garde de rien sta-
tuer de nouveau sur ce qui est consacré
par d'anciens usages. D'ailleurs, imaginez
vous voir assis sur le banc des accusés et
accusés eux-mêmes, d'illustres morts par qui
des habitans de villes fœdérates ont été gratifiés
du droit de cité romaine, le sénat qui a souvent prononcé en notre faveur, le Peuple
qui a ordonné, les juges qui ont confirmé.
Songez encore que Balbus vit et a vécu de
manière que quoiqu'en général les tribunaux
prononcent sur des délits, on le traduit
devant les juges, non pour lui faire subir
la peine d'un crime, mais pour lui disputer
le prix de sa bravoure. Ajoutez encore ceci;
vous avez à déterminer en ce jour, lequel
vous aimez mieux, ou que l'amitié des
hommes illustres fasse la gloire de ceux qui
l'obtiennent, ou qu'elle entraîne leur ruine.
Enfin, n'oubliez pas que, dans cette cause,
vous allez prononcer, non sur une faute
de Balbus, mais sur une grace de Pompée.

DISCOURS

CONTRE PISON.

Sommaire.

PISON et Gabinius, étant consuls, avoient favorisé et même secondé Clodius dans son projet pour faire exiler Cicéron. Celui-ci, rappellé de son exil, se vengea de ces deux hommes en exhortant le sénat à les faire revenir tous deux de leurs provinces. Il réussit du moins pour Pison, qui, de retour malgré lui de sa province de Macédoine, fit des plaintes contre Cicéron dans le sénat. Cet orateur y répondit par ce discours, ou plutôt par cette violente invective, dictée par l'esprit de vengeance et de haine, passions que les anciens Grecs et Romains ne craignoient pas de manifester. Quelques fragmens qui nous ont été conservés par Asconius, sont une preuve sans replique que le commencement nous manque.

On peut supposer ce discours divisé en trois parties.

Dans la première partie, Cicéron se compare à Pison, 1°. pour la manière dont ils ont obtenu l'un et l'autre les honneurs, jusqu'au consulat ; 2°. pour la manière dont ils ont obtenu et géré cette suprême magistrature : il s'arrête principalement à ce que Pison seul, à ce que Pison et Gabinius (car il les joint souvent ensemble) ont fait et laissé faire de mal. Leurs paroles et leurs actions sont peintes des traits les plus forts et les plus odieux. Il montre qu'ils n'ont pas été vraiment consuls ni l'un ni l'autre, qu'ils n'ont pas été regardés comme tels ; 3°. Cicéron se compare encore à Pison et à Gabinius pour le départ de Rome, pour l'absence, pour le retour. Il n'oublie pas toutes les circonstances glorieuses de son rappel. Il insiste sur ce que Pison dans sa province n'avoit pas osé écrire au sénat, et qu'on avoit rejetté la lettre de Gabinius ; il représente cet affront comme un vrai supplice. La conduite de tous deux dans leur gouvernement annonce une vraie folie, une vraie démence. Le retour de Pison a été aussi obscur que celui de Cicéron a été brillant et glorieux. Pison est revenu, sans triompher, d'une pro-

vince qui fut toujours fertile en triomphes. Il
lui étoit échappé de dire qu'il n'avoit jamais
désiré le triomphe. L'orateur relève cette parole
d'un prétendu philosophe ; il l'attaque sur cette
parole d'abord en plaisantant et ensuite fort sé-
rieusement. Il suppose un discours de Pison à
César son gendre, pour le détourner de triompher ;
ce discours est tourné d'une manière très-
piquante.

La seconde partie de la harangue contre Pison
renferme divers objets disparates : les principaux sont , une description de ses grossières débauches ; ses liaisons avec un Grec , poète et
philosophe, dont Cicéron vante l'esprit , et qu'il
excuse de s'être lié avec un pareil homme ; la
réponse à ce qu'avoit dit Pison que c'étoit un
vers de notre orateur qui lui avoit fait tort ,
qu'il ménageoit Pompée et César auxquels il devoit en vouloir ; Cicéron s'attache sur-tout à
montrer qu'il ne doit en vouloir ni à Pompée ni
à César , il parle de ces deux illustres personnages avec de grands éloges.

La troisième partie est un précis des exactions, des cruautés et des injustices de Pison dans
sa province, de ce qu'il a éprouvé en la quittant
de la part des peuples et des soldats. Il n'a pas

été accusé à son retour , mais il pourra l'être ;
mais il tremble de l'être , mais il est condamné
dans l'esprit de tout le monde , il est condamné,
par lui-même. Cicéron témoigne qu'il est plus
satisfait (cette pensée présentée avec force termine le discours) de voir Pison craindre d'être
accusé , que s'il étoit accusé réellement.

Ce discours a été prononcé l'an de Rome 698 ,
de Cicéron 52. Je n'ai pas cherché à adoucir
dans ma traduction les injures sanglantes et les
violentes invectives que l'orateur prodigue sans
ménagement à son ennemi. Quelques-unes pourront déplaire , mais on y trouvera de grands
traits de force. Au reste , je suis loin d'approuver ce ton d'injure , quoique je pense qu'il
faille le rendre aussi fidèlement que la langue
peut le permettre.

DISCOURS

CONTRE LUCIUS CALPURNIUS PISO.

VOYEZ-VOUS maintenant , monstre odieux,
sentez-vous combien tout le monde se plaint
de votre figure trompeuse ? Ce qui fait peine ,

ce n'est pas qu'un je ne sais quel Syrus (1),
de la troupe des esclaves nouveaux venus, se
soit élevé au consulat. Ce ne sont ni vos
dents infectes, ni vos joues velues, ni votre
teint basané qui nous ont fait prendre le
change. Les yeux, les sourcils, le front,
enfin tout l'air du visage, interprète muet
des sentimens de l'ame, voilà ce qui nous
a trompés en votre faveur; voilà par où
ceux à qui vous n'étiez pas connu, ont été
séduits et abusés. Peu de nous avoient connoissance de vos vices infâmes, de votre stu-
pidité, de la pesanteur de votre esprit, de
l'embarras de votre langue. Jamais on n'avoit
entendu votre voix au barreau, on ne vous
avoit jamais éprouvé pour le conseil, vous
n'aviez rien fait ni en paix ni en guerre qui
pût vous rendre célèbre, ni même vous faire
connoître. Vous avez surpris les honneurs,
par l'ignorance de vos concitoyens, et à la
recommandation de ces portraits enfumés (2)

(1) Nom très-ordinaire d'esclave.
(2) Personne n'ignore que les grandes familles de
Rome conservoient les portraits de leurs ancêtres en
cire; qu'ils étoient rangés par ordre dans des appar-
temens destinés à cet usage.

auxquels vous ne ressemblez que par la couleur.

Et il se vantera encore d'avoir obtenu toutes les magistratures sans essuyer de refus. C'est moi qui puis me donner cette louange avec justice. Oui, je le puis dire, c'est à ma personne que le Peuple Romain a conféré tous les honneurs, puisque j'étois homme nouveau. Pour vous, quand vous fûtes élu questeur, ceux même qui ne vous avoient jamais vu accordoient cette charge à votre nom. On vous fit édile ; c'étoit un Pison que nommoit le Peuple Romain, et non le Pison ici présent. C'est pareillement à vos ancêtres qu'on a décerné la préture. On connoissoit ces illustres morts ; vous, quoique vivant ; vous étiez encore ignoré. Pour moi, lorsque le Peuple Romain, d'une voix unanime, me nommoit questeur un des premiers, premier édile, premier préteur (1) ; c'étoit à la personne, et non à la naissance, qu'il accordoit cette distinction ;

(1) Être nommé le premier, questeur, édile, préteur, c'étoit parmi plusieurs concurrens, avoir le premier le nombre requis de suffrages. On sait qu'il n'y avoit que deux édiles ; voilà pourquoi l'orateur dit *aedilem priorem.*

c'étoit

c'étoit à mes œuvres et non à mes ancêtres, c'étoit à de solides vertus et non à une frivole noblesse.

Que dirai-je du consulat ? Rappellerai-je notre nomination ou notre gestion ? Que je suis malheureux d'avoir à me comparer avec cet opprobre, ce fléau de la patrie ! Mais, sans prétendre faire de parallèle, je rapprocherai seulement des objets fort éloignés. Ne disons que ce dont tout le monde convient, vous fûtes élevé au consulat dans les troubles de la République, durant les divisions des consuls César et Bibulus, lorsque vous consentiez à être regardé par ceux qui vous nommoient comme indigne du jour, si vous n'étiez plus méchant et plus vil que Gabinius. Pour moi, toute l'Italie, tous les ordres, tous les citoyens, m'ont déclaré consul le premier par acclamation autant que par suffrage.

Mais je supprime la manière dont nous avons été faits consuls l'un et l'autre : le hasard seul est l'arbitre du Champ-de-Mars, je le veux ; d'ailleurs, il m'est plus glorieux d'exposer comment nous avons géré le consulat, que de dire comment nous l'avons obtenu. Aux calendes de janvier, j'affranchis le sénat et tous les gens de bien de la crainte d'une loi agraire et de ces grandes largesses toujours si nuisibles. Je conservai le territoire de la Campagnie, s'il ne falloit pas le distribuer; s'il le falloit, je le réservai à des distributeurs plus intègres (1). Dans la personne de Rabirius accusé de crime de majesté au premier chef, je soutins, je défendis contre la haine publique, le sénat qui avoit interposé pour lui son autorité quarante ans avant que je fusse consul. De jeunes Romains remplis de mérite et de courage, avoient éprouvé des disgraces telles que, s'ils eussent obtenu des magistratures, ils auroient pu bouleverser l'état (2); m'exposant seul à leur inimitié, sans compromettre cette auguste compagnie, je les ai exclus du droit de solliciter les honneurs. Antonius, mon collègue, desiroit une riche province, il formoit bien

_____

(1) Cicéron fait cette dernière réflexion pour ne point offenser César qui étant consul avoit fait distribuer ce territoire. — *Dans la personne de Rabirius.* Nous avons encore le discours pour Rabirius, et j'y renvoie.

— *Quarante ans.* Il n'y en avoit que trente-six; mais l'orateur, suivant sa coutume, prend un compte rond.

(2) En cherchant à se venger des injures qu'ils avoient reçues.

des projets peu utiles à la République ; je
sus l'adoucir par ma patience et par mes sacrifices. La province de Gaule, pour laquelle
je lui avois cédé celle de Macédoine (1), parce
que le bien général me sembloit devoir l'exiger,
cette province que le sénat par un décret
avoit fortifiée de troupes et pourvue d'argent,
je m'en démis en pleine assemblée, malgré
les réclamations du Peuple Romain. Catilina méditoit, non secrettement, mais ouvertement, le massacre du sénat et la ruine
de la patrie; je le forçai de sortir de la ville
afin que, si les loix ne pouvoient nous garantir de ses coups, nos murs pussent nous

(1) Cicéron voulant gagner son collègue, et le mettre
dans les intérêts de la République, lui avoit cédé la
province de Macédoine, pour la province de Gaule qui
étoit beaucoup moins avantageuse. Il crut encore devoir se démettre de cette dernière. Au lieu de *com-
municavi*, j'ai lu avec un savant critique *commutavi*.
Si néanmoins on vouloit absolument conserver *com-
municavi*, voici le sens qu'on en pourroit tirer. La
guerre de Catilina étoit en Gaule, province de Cicéron;
celui-ci y envoya son collègue, parce que le bien de
la République vouloit qu'Antonius fût éloigné et que
lui il restât à Rome. Mais l'autre sens m'a paru plus
naturel et plus beau.

I 2

en défendre. Dans le dernier mois de mon consulat, j'arrachai des mains coupables des conjurés les poignards déjà levés pour égorger les citoyens. Je saisis, je produisis, j'éteignis les flambeaux déjà allumés pour l'embrâsement de Rome. Catulus, prince du sénat, chef du conseil public, dans une nombreuse assemblée de sénateurs, me nomma père de la patrie. Cet illustre citoyen assis près de vous, Pison, Gellius dit en plein sénat, que la patrie me devoit une coûronne civique (1). Le sénat fit ouvrir à cause de moi les temples des Dieux immortels : j'obtins cet honneur extraordinaire, non, comme beaucoup d'autres l'avoient obtenu, pour avoir illustré la République à la tête des armées ; mais, ce qui étoit unique

(1) *Couronne civique*, couronne qu'on décernoit à un guerrier qui avoit sauvé la vie à un citoyen dans le combat. —— *Pour avoir illustré la République*.... *Benè gerere Rempublicam* en latin vouloit dire remporter quelque victoire éclatante à la tête des armées ; et ce n'étoit que pour des exploits guerriers qu'on décernoit des prières publiques.—*Reipublicae*, sous-entendez *causâ*, *gratiâ*. Lambin lit *conservatae Reipublicae testimonium dedit*, *et singulari*.... sans avertir où il a pris cette leçon.

(133)

èt sans exemple, pour l'avoir sauvée en tems
de paix. Dans une assemblée du Peuple, lorsqu'à la fin de mon consulat, un tribun (1)
m'empêchoit de prononcer le discours que
j'avois préparé, et ne me permettoit que le
serment d'usage, je protestai avec serment et
d'un ton ferme, que la République et cette
ville me devoient à moi seul leur salut. Ce
fut pour moi, non la gloire d'un jour, mais
le témoignage des siècles, mais l'immortalité
même, lorsque tout le Peuple Romain, d'un
esprit et d'un cri unanime, approuva par un
serment le grand et auguste serment que je
venois de prononcer. Tel fut alors mon retour de la place publique à ma maison, qu'on
ne regardoit comme vrais citoyens que ceux
qui me faisoient cortège. Enfin, pendant tout
le tems où je fus consul, je ne fis rien sans
l'avis du sénat ni sans l'approbation du Peuple;
je pris la défense du sénat dans la tribune
et soutins les intérêts du Peuple dans le sénat;
je réunis le Peuple avec les grands, et les
chevaliers avec les sénateurs.

Voilà en peu de mots l'histoire de mon

(1) Quintus Métellus Népos.

I 3

consulat. Osez à présent, fléau de la patrie,
osez parler du vôtre. Vous débutâtes aussitôt
par tolérer, contre le vœu de cet ordre, la
célébration des jeux compitalitiens (1), inter-
rompus depuis le consulat de Lucius Métellus
et de Quintus Marcius. Quintus Métellus (je
fais injure à cet illustre mort, un des plus
grands hommes qu'ait produits cette ville, de
le comparer avec cette bête féroce) Métellus
n'étant que désigné consul, s'opposa à un tribun
qui, abusant du droit de sa place, ordonnoit la
célébration de ces mêmes jeux, malgré un
sénatus-consulte. Oui, quoique simple parti-

(1) *Jeux compitalitiens*, jeux célébrés dans les car-
refours (*in compitis*) en l'honneur des Dieux qui
président aux chemins et aux rues. On les avoit abolis,
parce que c'étoit une occasion d'ameuter la populace et
les esclaves qui se rassembloient pour ces jeux. - *Quintus
Métellus Céler*, mourut sous le consulat de César et
de Bibulus. —— *Abusant du droit de sa place*, latin
auxilio. On sait qu'*auxilium* étoit le mot qui dési-
gnoit la puissance des tribuns, parce que *tribunus
plebi auxiliabatur*. On a changé avec raison *magnos*
en *magistros*; il faut sous-entendre à ce dernier mot
vicorum : les *magistri vicorum* présidoient aux jeux
compitalitiens, en robe prétexte, robe des magistrats,
et avoient même deux licteurs, suivant l'historien Dion.

culier, il défendit de les célébrer, et obtint par sa considération personnelle, ce qu'il ne pouvoit encore obtenir par l'autorité consulaire. Vous, Pison, le jour de ces mêmes jeux étant (1) tombé le vingt-neuf de décembre, vous avez souffert qu'un Sextus Clodius y présidât, quoiqu'il n'eût jamais porté la robe prétexte ; vous avez permis à un infâme, à un homme bien fait assurément pour votre figure odieuse et pour vos sinistres regards, de parcourir la ville en triomphe, avec les ornemens de la magistrature.

Tel fut donc le merveilleux début de votre consulat : trois jours après, sous vos yeux, sans aucune opposition de votre part, Publius Clodius, ce monstre fatal à sa patrie, abolit les loix Ælia et Fusia (2), ces remparts

(1) Je crois avec Paul Manuce qu'il faut lire *incidisset* au lieu d'*incidissent*. *Le vingt-neuf de décembre* : mot à mot, le troisième jour avant les calendes de janvier.——Sextus Clodius, greffier, homme vendu et dévoué à Publius Clodius, le chef de ses satellites ; n'ayant jamais été magistrat, il n'avoit jamais porté la *robe prétexte*, la robe bordée de pourpre, que portoient les magistrats.

(2) Loi Ælia ; loi portée sur les auspices, qui permettoit aux magistrats d'interrompre les assemblées

1 4

(136)

et ces soutiens de la tranquillité publique. Peu
content d'avoir rétabli les communautés qu'a-
voit détruites le sénat, il en créa une infinité
de nouvelles composées d'esclaves et de toute
la lie du Peuple. Le même homme, livré à
de monstrueuses dissolutions, supprima cette
antique gardienne de la modestie et de la pudeur, je veux dire la sévérité de la censure.
Vous cependant, destructeur de la République
et de Rome, dont vous prétendez avoir été
le consul, vous n'ouvrites pas même la bouche
pour donner votre avis dans de si affreux
bouleversemens.

Je ne dis pas encore ce que vous avez fait,
mais seulement ce que vous avez laissé faire.
Toutefois, c'est à peu près la même chose,
sur-tout dans un consul, de ruiner lui-même
la République par de funestes loix, par de
séditieuses harangues, ou de la laisser ruiner
par d'autres. Peut-il, en effet, y avoir la
moindre excuse pour un consul, je ne dis

du Peuple, en annonçant des auspices contraires. Loi
Fusia ; loi qui marquoit les jours où l'on pouvoit
tenir ces assemblées, où l'on pouvoit traiter avec le
Peuple. Clodius avoit aboli ces loix, pour que rien
ne pût empêcher les opérations de son tribunat.

pas qui a de mauvais desseins, mais qui reste tranquille, qui s'endort dans les plus violentes tempêtes de la République? Il y avoit près d'un siècle que s'observoient chez nous les loix Ælia et Fusia; il y en avoit quatre que la censure exerçoit (1) sa sévérité: quelques méchans ont entrepris d'abolir ces loix; nul n'a pu réussir : il ne s'est trouvé personne assez audacieux, assez effronté, pour essayer de donner atteinte à la censure, pour empê-cher que tous les cinq ans nos mœurs ne fussent soumises à un sévère examen. Voilà, bourreau de la République, voilà ce qu'on a vu s'engloutir dans le gouffre de votre con-sulat.

Passons maintenant aux jours qui ont suivi ces jours de destruction. Cet homme (2), qui

(1) On sait que les censeurs pouvoient exclure qui ils vouloient du sénat, de l'ordre équestre, de sa tribu, quand il avoit dissipé son revenu, quand il étoit déréglé dans sa vie et dans ses mœurs. Ils restoient cinq ans en place; on en créoit tous les cinq ans de nouveaux. La plupart des éditions portent *rationem censoriam*, au lieu de *notionem censoriam* qui est bien préférable.

(2) *Cet homme*, Clodius. — *Devant le tribunal Aurélius;* dans l'endroit de la place publiqué, où se

ne sut jamais rougir des plus honteux excès, des plus infâmes complaisances, faisoit une levée d'esclaves devant le tribunal Aurélius : et vous, je ne dis pas que vous fermiez les yeux sur son action ; ce qui seroit déjà un crime ; je dis plus : vous le regardiez agir d'un œil plus gai qu'à l'ordinaire. Oui, perfide, traître à tous les temples, des armes étoient placées sous vos yeux dans le temple de Castor par un brigand, pour qui ce temple, sous votre consulat, fut la citadelle des citoyens pervers, le refuge des vieux soldats de Catilina, la forteresse d'un brigandage public, le tombeau des loix et de ce qu'il y a de plus saint dans la religion. Non seulement ma maison, mais tout le Palatium (1), étoit rempli du sénat, des chevaliers Romains, de toute la ville, de toute l'Italie : tandis que vous seul (ce sont ici des faits publics et notoires que je rappelle, et non des désordres domestiques qui peuvent être niés) ; vous seul, dis-je, non

rassembloient ordinairement la populace et les esclaves que l'on vouloit ameuter. C'étoit Aurélius Cotta qui avoit construit ce tribunal.

(1) Un des plus beaux quartiers de Rome, où étoit située la maison de Cicéron.

seulement vous n'avez pas essayé de pénétrer jusqu'à ce Cicéron (1), que vous aviez chargé le premier et avant tous de veiller aux suffrages dans les comices où vous avez été nommé consul ; ce Cicéron , le troisième dans le sénat à qui vous demandiez l'avis ; mais même vous avez assisté à tous les conseils tenus pour ma perte ; que dis-je ? vous y avez présidé avec la plus affreuse barbarie.

Mais que n'avez-vous pas osé me dire à moi-même , en présence de mon (2) gendre, votre parent ? Gabinius, disiez-vous , étoit dans

(1) Mot à mot , *à qui vous aviez donné dans vos comices la première tablette de la prérogative*. On appelloit *prérogative* la centurie qui donnoit la première son suffrage, et qui ordinairement entraînoit toutes les autres. Les candidats remettoient à leurs meilleurs amis une tablette pour marquer le nombre des suffrages, de peur qu'il n'y eût de la fraude. Pison avoit donné à Cicéron cette marque d'amitié, de le nommer le premier pour cet office dans les comices où il fut nommé consul.

(2) *De mon gendre*, de Caïus Piso, auquel Cicéron avoit marié sa fille Tullia. — *Accablé de dettes* : latin *foris esse*, qu'il étoit dehors, c'est-à-dire, que vu ses dettes énormes , il n'avoit plus ni terres ni maisons.

l'indigence, accablé de dettes ; il ne pouvoit subsister sans une province ; il espéroit tout du tribun, si vous agissiez de concert avec lui ; il n'attendoit rien du sénat ; vous vous prê- tiez, ajoutiez-vous, aux desirs de votre collègue, comme j'avois fait pour le mien ; il m'étoit inutile d'implorer le secours des consuls ; cha- cun devoit songer à soi. J'ai peine à rapporter de lui un certain trait (1) ; je crains que plusieurs ne soient pas encore pleinement convaincus de ces grossières débauches, qu'il couvre du masque d'un front sévère ; je le rapporterai cependant ; il se reconnoîtra du moins lui- même, et se rappellera avec quelque honte ses infamies. Vous ressouvenez-vous, ame de boue, que le jour où j'allai vous trouver, un peu avant midi (2), avec Caïus Piso ; vous sortiez

(1) *Un certain trait*. Latin *haec*, ce qui suit.

(2) Mot à mot, *environ à la cinquième heure*. On sait que les Romains partageoient le jour en quatre parties de trois heures chacune, et la nuit en quatre veilles chacune aussi de trois heures. On sait pareil- lement qu'ils ne faisoient leur repas que le soir, et que c'étoit une marque de débauche de le commencer auparavant. On sait enfin qu'ils ne se couvroient la tête que dans les tems de pluie, et qu'ils ne se ser- voient de pantoufles *soleis* que dans les repas.

alors de je ne sais quelle taverne , la tête couverte et en pantoufles ; que nous ayant exhalé les vapeurs infectes et de votre bouche et de votre estomac , vous vous excusiez sur une indisposition, qui vous obligeoit , disiez-vous, de vous purger avec des remèdes où il entroit du vin. Après avoir reçu cette excuse ; car enfin que pouvions-nous faire ? nous restâmes quelque tems exposés à l'odeur et aux fumées de votre crapule , jusqu'à ce que vous nous eutes chassés par l'insolence de vos réponses, autant que par les exhalaisons de votre intempérance.

Deux jours après , ce tribun à qui vous abandonniez (1) toute votre autorité de consul, vous ayant fait paroître dans l'assemblée du

___

(1) Mot à mot , *à qui vous livriez ainsi votre consulat de plein pied* , sans doute avec son tribunat, de façon, pour ainsi dire , qu'il pouvoit passer de l'un dans l'autre à sa volonté.—*Un Calventius Césoninus.* Le père de Pison , ayant pour surnom Césoninus, avoit épousé la fille du Calventius, Gaulois qui étoit venu s'établir en Italie. Le père de sa mère , son aïeul maternel, avoit été crieur public à Plaisance ; de là Cicéron l'appelle Demi-Plaisantin.—*Par un homme,* par Clodius.

Peuple , et vous ayant demandé ce que vous
pensiez de mon consulat ; en homme grave ,
comme un Atilius Calatinus , je crois , comme
un Scipion l'Africain , ou un Fabius Maximus ,
et non comme un Calventius Césoninus ,
demi-Plaisantin , vous lui répondez , éle-
vant un de vos sourcils jusqu'au front , ra-
baissant l'autre jusqu'au menton , que la cruauté
ne pouvoit vous plaire. Cette parole ne manqua
pas d'être louée par un homme bien digne de
vos louanges. Comment , scélérat , vous êtes
consul , et vous accusez le sénat de cruauté en
pleine assemblée ! oui , le sénat , puisque ce
reproche ne peut tomber sur moi , qui n'ai fait
qu'obéir à cette auguste compagnie. En effet ,
le rapport au sujet des conjurés , rapport aussi
fidèle que salutaire , étoit l'ouvrage du consul ;
le jugement et la punition étoient l'œuvre du
sénat. Vous qui blâmez sa conduite , vous faites
voir quel consul vous auriez été pour lors , si
votre consulat fût tombé à cette époque ; vous
auriez cru , sans doute , qu'on devoit fournir
Catilina d'argent et de vivres. Car enfin , quelle
différence mettez-vous entre Catilina et celui à
qui vous avez vendu pour une province l'autorité du sénat ; le salut des citoyens , la Répu-

blique entière ? Ce que j'ai empêché Catilina d'accomplir , lorsque j'étois consul, des consuls ont aidé Clodius à l'exécuter. Catilina vouloit massacrer le sénat ; vous et votre collègue vous l'avez détruit. Il vouloit abolir les loix ; vous les avez anéanties. Il vouloit renverser (1) sa patrie ; vous avez secondé celui qui la renversoit. S'est-il rien fait, sous votre consulat, sans la voie des armes ? Les conjurés vouloient embraser Rome , vous avez laissé embrâser la maison d'un citoyen , qui a sauvé Rome de l'embrâsement. Les conjurés, avec un consul qui vous ressemblât, n'auroient pas même songé à livrer Rome aux flammes. Ils ne vouloient point se priver de maisons ; mais ils pensoient que, tant que les maisons de la ville seroient debout , il n'y auroit point d'asyle pour leurs crimes. Ils attentoient à la vie des citoyens , et vous à leur liberté. Et en cela , vous l'emportez sur eux en barbarie, puisqu'avant que vous fussiez consul , la liberté étoit devenue si naturelle au Peuple Romain , qu'il auroit préféré la mort à la servitude. Mais ce

---

(1) Au lieu d'*interire* , je voudrois lire avec quelques savans *interimere*.

qui vous rend parfaitement semblable à Catilina et à Lentulus, c'est que vous m'avez
chassé de ma maison, c'est que vous avez
forcé Pompée de se renfermer dans la sienne.
Non, certes, les ennemis de la République
n'ont pas cru pouvoir jamais l'anéantir, tant
que je resterois dans la ville pour la garder,
tant qu'ils auroient en tête Pompée, ce vainqueur de toutes les nations. Vous avez même
cherché vous et les vôtres à m'immoler aux
mânes des conjurés, à expier leur mort par la
mienne ; vous avez déchargé sur moi toute la
haine renfermée dans les cœurs coupables des
pervers ; et si je ne me fusse dérobé à leur fureur, j'aurois été, sous vos auspices, égorgé
sur le tombeau de Catilina. Voulez-vous une
preuve plus convaincante de votre ressemblance
parfaite avec ce furieux, lorsqu'il est clair que
vous avez ameuté une troupe de misérables,
composée des restes languissans de la conjuration ; que vous avez ramassé de toutes parts
tous les scélérats, que vous avez déchaîné
contre moi la prison, que vous avez armé
les conjurés, que vous avez voulu exposer à
leurs épées et à leur fureur ma vie et celle de
tous les citoyens vertueux.

Mais

Mais je reviens , Pison , à cette auguste assemblée où l'on vous a fait paroître. La cruauté vous déplaît ; et (1) cependant lorsque le sénat eut arrêté qu'il témoigneroit sa douleur et son affliction , en prenant des habits de deuil ; lorsque la République , sous vos yeux , partageoit la tristesse du premier ordre de l'état ; que fites-vous , ame compatissante ? ce que ne fit aucun tyran , dans aucun pays barbare. Je ne parle point des défenses faites par un consul au sénat d'obéir à son propre décret ; peut-on rien imaginer de plus indigne ? Je reviens à la sensibilité de ce consul , qui trouve que le sénat a été trop cruel en sauvant la patrie. Il a osé ordonner conjointement avec cet homme (2), son digne émule, qu'il desiroit pourtant de surpasser dans tous les vices , il a osé ordonner que le sénat , malgré sa délibération , reprendroit ses habits ordinaires. Quel tyran dans toute la Scythie a jamais interdit les larmes à ceux qu'il plongeoit dans la douleur ? Vous laissez la cause de la tristesse , et vous

_____

(1) La plupart des éditions portent *cui* ; je préfère *qui* avec Paul Manuce.
(2) Gabinius.

Tome I X.   K

en ôtez les marques ! C'est en menaçant, et non en consolant, que vous arrêtez le cours des pleurs. Quand les sénateurs auroient pris les habits de deuil, non par une délibération publique, mais par des considérations particulières, ou par un simple mouvement de pitié, leur en interdire la liberté par vos ordonnances cruelles, c'eût été une odieuse tyrannie. Mais lorsque le sénat en corps l'avoit arrêté, lorsque les autres ordres l'avoient déjà fait, vous, consul, sorti de l'obscurité d'une taverne, de concert avec cette danseuse (1) si bien peignée, vous avez défendu au sénat Romain de pleurer la ruine et le renversement de la République.

Dernièrement il demandoit encore, à mon sujet, quel besoin j'avois eu de son secours, pourquoi je n'avois pas résisté à mes ennemis avec mes propres ressources. Comme si moi, qui ai secouru plus d'une fois les autres, comme si quelqu'un pouvoit être assez dépourvu d'appui, pour se croire, et plus en

---

(1) Gabinius, homme efféminé, et qui portoit les cheveux plus courts que les autres, parce qu'ils étoient bien bouclés. On sait que la danse chez les Romains étoit un exercice peu honnête.

sûreté avec un pareil défenseur, et plus en état de paroître avec un tel protecteur, avec un semblable garant. Je voulois, sans doute, moi, m'aider des conseils, ou m'appuyer des forces de ce stupide animal, de cette masse de chair infecte. J'avois des secours ou de la gloire à attendre de ce cadavre abandonné ! Je cherchois alors un consul, oui, un consul, non pas tel que je ne pouvois le trouver dans ce porc immonde, mais un magistrat suprême, qui, par sa prudence et sa fermeté, pût défendre une cause publique aussi importante ; mais un homme qui pût seulement, comme une souche et un tronc brut, rester debout et porter l'enseigne du consulat. En effet, toute ma cause étant celle et d'un consul et du sénat, j'aurois eu besoin du secours et du sénat et d'un consul. L'un de ces secours, vous, Pison et votre collègue, vous l'avez tourné à ma perte ; l'autre étoit entièrement ravi à la République. Cependant voulez-vous savoir quel étoit mon dessein en quittant Rome ; je ne l'aurois jamais quittée, et la patrie m'auroit retenu dans ses bras, si je n'avois eu à combattre qu'avec cet infâme gladiateur (1), avec vous et avec votre Gabinius.

(1) Clodius. *Bustuarius gladiator*, gladiateur qui

K 2

Ma cause étoit bien différente de celle de Quintus Métellus, cet illustre citoyen, qui, selon moi, mérite d'être associé au culte des Immortels. Il crut devoir céder à Marius, ce vaillant homme, consul pour la sixième fois; il craignoit d'en venir aux mains avec ses invincibles légions. Quel combat semblable aurois-je donc eu à soutenir? Aurois-je eu à me mesurer avec un Marius, ou avec quelqu'un de son caractère; et non plutôt d'une part avec un grossier épicurien, et de l'autre avec un vil ministre de Catilina? Ce n'est pas, sans doute, devant vous que j'ai pris la fuite; je n'ai redouté ni l'épaisseur de vos sourcils, ni les cymbales et les tambourins (1) de votre digne compagnon. Après avoir gouverné le vaisseau de la République, l'avoir conduit heureusement au port, malgré la violence des vents et des flots, je n'étois point assez timide pour redou-

---

avoit coutume de combattre *ad busta hominum in funeribus.* — Quintus Métellus, surnommé Numidicus, dont il est parlé dans plusieurs des discours qui précèdent.

(1) *Cymbala* et *crotala* étoient certains instrumens de musique qu'on frappoit avec mesure, et qui dirigeoient la danse.

ter les foibles nuages de votre front, et le
souffle empesté de votre collègue. Je voyois
souffler bien d'autres vents, je prévoyois bien
d'autres orages, bien d'autres tempêtes, auxquelles je me suis, non pas dérobé, mais
exposé seul pour le salut de tous. Aussi, à
mon départ, on vit tomber de mille mains
cruelles toutes les épées coupables. Vous cepen
dant, aussi dépourvu de sentiment que de raison,
lorsque tous les gens de bien, cachés et renfermés, se désoloient, que les temples gémis-
soient, que les maisons même de la ville se
lamentoient, vous embrassiez ce monstre
odieux (1), formé et composé du sang des
citoyens, des plus abominables adultères, des
plus horribles crimes, des plus infâmes excès
restés impunis; et dans le même temple, au
même instant et au même lieu, où il venoit de
conclure ma perte, vous vous faisiez payer,
non-seulement de mes funérailles, mais encore
de celles de la patrie.

Parlerai-je des festins que vous donnates
alors, de votre joie et de vos réjouissances,
de vos effroyables orgies avec vos méprisables

(1) Clodius.

K 3

compagnons ? Vous a-t-on vu sobre pendant ces jours ? Vous a-t-on vu rien faire digne
d'un homme libre ? Enfin , vous a-t-on vu paroître en public ? La maison de votre collègue
retentissoit des chants de musique , du soir
des cymbales ; il dansoit lui-même presque nud
au milieu du repas ; et lorsqu'il faisoit en tour-
nant ses diverses évolutions , il ne songeoit pas
même alors à la roue de la fortune (1), qui tourne
sans cesse pour Pison , qui n'est pas aussi
fin débauché , ni aussi bon musicien ; il se
livroit avec ses Grecs (2) aux plus grossiers
excès d'intempérance et de crapule. Oui, au
milieu du désastre de la République , il célébroit
un repas semblable à celui des Lapithes et des
Centaures (3). Et l'on ne sauroit dire s'il y buvoit
plus de vin qu'il n'en répandoit , ou qu'il n'en

(1) Tacite , dans son dialogue des Orateurs , se
moque , avec raison , de cette roue de la fortune ; il
trouve que toute cette phrase est petite et puérile.

(2) J'ai traduit comme si on lisoit, d'après la conjecture de quelques savans , *in suorum Graecorum*
au lieu de *in suo Graecorum*.

(3) On connoît dans la fable le repas des Lapithes
et des Centaures , qui se termina par une violente
querelle.

vomissoit. Et vous viendrez encore parler de
votre consulat ? Vous oserez dire que vous étiez
consul à Rome ? Croyez-vous donc que ce
soient les licteurs et la robe prétexte, qui fassent
le consul ; ces ornemens que, sous votre consulat, vous avez prostitués à un Sextus (1) Clodius ? Croyez-vous que les vraies marques de
la dignité consulaire soient celles qu'a portées
ce vil esclave d'un furieux ? C'est par le cœur
que l'on est consul, c'est par la prudence, par
le zèle, par la gravité, par la vigilance et les
soins, par l'attention à remplir constamment
tous les devoirs de sa place, et sur-tout celui
qu'impose le nom même de consul, sans doute
de consulter en toute chose le bien de la République. Sera-t-il pour moi un consul, celui
qui s'est imaginé qu'il n'existoit point de sénat
dans la République ? Me figurerai-je un consul
séparé de cette auguste compagnie sans laquelle
les rois même n'ont pu exister à Rome ? Ne
parlons point du reste : quoi ! on faisoit des

(1) Voyez plus haut. —— Je voudrois qu'on lût ici
dans le texte *in lictoribus et in togâ practextâ*. Nous
avons observé plus haut que l'historien Dion donnoit
deux licteurs aux *magistri vicorum* quand ils célébroient les jeux compitalitiens.

K 4

levées d'esclaves dans le forum ; en plein jour,
et à la vue de tout le monde, on portoit des
armes dans le temple de Castor; ce temple dont
on avoit fermé l'entrée, dont on avoit arraché
les degrés, étoit occupé par des gens armés,
par des restes de la conjuration, par cet homme
qui feignit jadis d'être l'accusateur de Catilina (1), et qui alors en étoit le vengeur ; les chevaliers Romains étoient exilés, les gens de bien
chassés du forum à coups de pierre ; il n'étoit
pas permis au sénat de secourir la République, ni
même de pleurer son désastre ; un citoyen que
cet ordre, de l'aveu de l'Italie et de toutes les
nations, avoit déclaré le conservateur de la
patrie, se voyoit, sans aucune forme de justice, contre les loix et les usages, se voyoit
banni par une troupe d'esclaves et de gens
armés, vous les appuyant, oui, vous les
appuyant de votre secours, ou du moins les
autorisant par votre silence : et l'on croira

(1) Catilina, au sortir de la province d'Afrique,
fut accusé par Clodius, qui s'entendit avec lui pour
le faire absoudre.——*Les chevaliers Romains*. L'orateur parle de Lamia, chef de l'ordre équestre, que
Gabinius avoit banni de sa propre autorité. —— *Un*
citoyen, Cicéron lui-même.

qu'alors il y ait eu des consuls à Rome ! Qui
donc nommera-t-on voleurs, brigands,
traîtres, tyrans, si l'on doit vous nommer
consuls ?

Le titre de consul, l'appareil, la majesté
du consulat, ont quelque chose de grand et
d'auguste : votre ame est trop étroite pour en
concevoir toute l'étendue, votre esprit trop
léger et trop mince pour en revêtir toute la
splendeur, votre génie trop foible pour en soutenir tout le poids ; vous êtes trop peu accou-
tumé à la prospérité, pour remplir un personnage aussi important, aussi grave, aussi
sérieux. Sans doute, comme je l'ai oui dire,
Séplasie (1), à votre premier aspect, vous
refusa pour consul de Capoue. Elle avoit
entendu parler des Décius et des Magius ; la
tradition lui avoit fait connoître ce fameux
Taurea Jubellius. Si ces hommes n'avoient
pas toute la gravité qu'on trouve ordinaire-

(1) Séplasie, place de Capoue, où il y avoit beaucoup de Parfumeurs. Pison étoit duumvir à Capoue,
dignité qui répondoit à celle de consul. Décius,
Magius, Taurea Jubellius, connus dans l'histoire,
qui fleurissoient à Capoue avant qu'elle fût soumise
aux Romains.

ment dans nos consuls, ils avoient au moins
quelque majesté, un extérieur et une démarche
dignes au moins de Séplasie et de Capoue. Si vos
Parfumeurs eussent vu Gabinius comme duumvir, ils l'auroient plutôt reconnu. Ces cheveux
bien frisés et bien parfumés, ces joues effémi-
nées et fardées, étoient vraiment dignes de
Capoue : je dis l'ancienne ; car pour celle
d'à présent, elle est toute remplie d'illustres
personnages, d'hommes courageux, d'excel-
lens citoyens, tous mes plus fidèles amis.
Aucun d'eux ne vous vit à Capoue revêtu
de la robe prétexte, sans gémir, sans me
regretter, sans se rappeller que, par mes conseils, j'avois sauvé la République entière, et
en particulier leur ville. Ils m'avoient érigé une
statue dorée, m'avoient adopté pour leur seul
protecteur, ils croyoient me devoir la conservation de leurs jours, de leurs fortunes et de leurs
enfans. Avant que je m'éloignasse de Rome,
ils me défendirent contre votre brigandage par
leurs députés et par leurs décrets ; lorsque j'en
fus sorti, ils demandèrent mon retour, sur le
rapport de Pompée qui s'étoit mis à la tête de
cette affaire, et qui arrachoit du sein de la République les traits dont l'avoit percé votre scé-

léralesse. Etiez-vous consul , lorsque, sur le
mont Palatin , ma maison brûloit , non par accident, mais parce qu'on y avoit porté la flamme
à votre instigation ? Y eut-il jamais dans cette
ville un grand. incendie où un consul ne soit
accouru pour y donner du secours ? Et vous ,
dans le tems même où ma maison étoit en feu,
tranquillement assis tout près chez votre belle-
mère , dont vous aviez ouvert la maison pour
recevoir les débris de la mienne , vous étiez là,
non pour éteindre l'embrâsement , mais pour
l'exciter ; et l'on voyoit un consul , je dirai
presque fournir des torches ardentes aux furies
de Clodius.

Le reste du tems, vous a-t-on regardé comme
consul ? Vous a-t-on obéi en rien ? S'est-on
levé quand vous arriviez au sénat ? A-t-on daigné répondre à vos propositions ? Doit-elle
être comptée dans la République, l'année où
le sénat est resté muet, la justice a été interrompue, les gens de bien étoient désolés ; où
vous avez exercé impunément votre brigandage
dans tous les quartiers de Rome; où un citoyen
fut obligé de sortir de la ville ; que dis-je ? où
toute la ville fut contrainte de céder à la perversité et à la fureur de Pison et de Gabinius? Mais,

infâme Césoninus (1), vous vit-on sortir de l'affreux bourbier d'un naturel pervers, lors même qu'un personnage fameux, réveillant enfin son courage, consultant les sentimens habituels de son cœur, redemanda tout-à-coup un véritable ami, un citoyen qui lui étoit dévoué ? Ce grand homme ne voulut pas laisser plus long-temps subsister les traces de vos crimes dans une République qu'il avoit illustrée et agrandie par ses conquêtes. Cependant alors Gabinius, tout méchant qu'il est, Gabinius qui n'a été vaincu que par vous en perversité, rentra avec peine en lui-même, mais enfin il y rentra ; il agit contre son ami Clodius, d'abord, n'étant pas bien décidé, ensuite un peu malgré lui, à la fin, il combattit pour Pompée de bonne foi et avec chaleur. Durant ce combat, le Peuple Romain éprouvoit à la vue d'un couple aussi pervers, la même (2) tranquillité qu'un

(1) J'ai suivi la leçon *Caesonine*, qui, à tous égards, est préférable. —— *Un personnage fameux*, Pompée. —— *Un véritable ami*, Cicéron.

(2) *La même tranquillité. AEquitas* doit se prendre ici au même sens que le mot *aequam* dans Horace,

AEquam memento rebus in arduis.
Servare mentem.

maître d'escrime en voyant combattre deux
méchans gladiateurs : il trouvoit un égal avantage à ce que l'un des deux pérît, et un profit
immense à ce qu'ils périssent tous deux. Quoi
qu'il en soit, Gabinius agissoit pour la bonne
cause. Il soutenoit l'autorité d'un grand homme :
c'étoit un scélérat, c'étoit un gladiateur, mais
il combattoit contre un scélérat, contre un
gladiateur comme lui. Pour vous, homme, sans
doute, religieux et scrupuleux, vous n'avez
point voulu rompre le traité que vous aviez
signé de mon sang, en faisant un pacte pour
des provinces. Car cet incestueux adultère (1)
avoit eu soin de ne vous donner une province, une armée, de l'argent qu'il avoit arraché des entrailles de la République, qu'à
condition que vous vous rendriez le complice
et le ministre de tous ses crimes. Aussi, avec
votre secours, quel tumulte Clodius n'excitat-
t-il pas dans la ville ? Les faisceaux d'un consul furent brisés, le consul lui-même frappé.
On voyoit tous les jours des traits et des
pierres voler, des citoyens prendre la fuite.

(1) Clodius, violemment soupçonné d'avoir un
commerce criminel avec sa sœur.

Enfin, on saisit auprès du sénat, armé d'un poignard, un homme qu'on savoit certainement y avoir été posté pour assassiner Pompée.

Vous vit-on jamais faire, je ne dis pas quelque démarche, quelque rapport, mais le moindre discours, la plus légère plainte ? Croyez-vous avoir été consul, lorsque, sous votre gouvernement, celui (1) qui, de concert avec le sénat, avoit sauvé la République, n'a pu rester même en Italie ; lorsque celui qui, par trois victoires éclatantes, nous avoit assujetti des nations dans les trois parties du monde, n'a pu paroître sûrement en public ? Etiez-vous consuls, vous et Gabinius, lorsque vous ne pouviez rien proposer, rien rapporter au sénat, que tout l'ordre ne se récriât, et ne déclarât que vous n'agiteriez aucune affaire, sans avoir auparavant rapporté la mienne ? lorsque, malgré le traité qui vous lioit à Clodius, vous vous annonciez

(1) *Celui*, Cicéron lui-même. —— *N'a pu rester même en Italie.* J'ai lu d'après Paul Manuce, *is neque in Italiá.* —— Je proposerois encore de lire *auctoritate* au lieu d'*auctoritatem* ; et j'ai traduit d'après cette correction. —— *Celui qui par trois victoires....* Pompée.

comme souhaitant vous rendre au vœu du sénat,
mais comme en étant empêchés par la loi du
même Clodius ? Une loi non reconnue loi par
de simples particuliers, une loi gravée par la
violence, infligée par des esclaves, imposée
par des brigands, dans un tems où le sénat
étoit anéanti, les gens de bien chassés du forum,
la République asservie, une loi portée contre
toutes les loix et sans aucune forme ; des
consuls qui redoutoient, disoient-ils, une pareille loi, les citoyens dans leurs cœurs, Rome
dans ses fastes, peuvent-ils les souffrir pour
consuls ? En effet, si vous ne regardiez pas
comme loi, ce qui étoit contre toutes les
loix, ce qui n'étoit qu'une violence tribuni-
tienne, que la proscription des biens et de la
personne d'un citoyen non condamné, non
dégradé ; si, dis-je, vous ne regardiez pas
comme loi ce qui ne l'étoit pas, mais que
vous fussiez arrêtés et retenus par le pacte
fait avec Clodius, doit-on vous regarder, je
ne dis point comme des consuls, mais comme
des hommes libres, vous dont un intérêt
sordide et un vil salaire ont asservi la
pensée, ont enchaîné la langue ? Que si seuls
vous reconnoissiez pour loi l'acte le plus illégal,

doit-on croire ou que vous étiez alors consuls,
ou que vous êtes présentement des consulaires,
vous qui ignorez les loix, les usages, les réglemens d'une ville où vous prétendez tenir
le premier rang ? Vous a-t-on jugés consuls,
lorsque revêtus des habits de général, vous par-
tiez pour des provinces achetées au prix de
mon sang, ou enlevées de force ? Oui, sans
doute, alors, si les citoyens ne vous ont pas
accompagnés à votre départ, s'ils ne vous ont
pas honorés d'un nombreux cortège, du moins
ils vous ont comblés de souhaits favorables
comme des consuls (1), et non chargés d'im-
précations comme des ennemis ou comme des
traîtres.

Vous, Pison, monstre horrible et infâme,
n'avez-vous pas encore osé me faire un reproche,
me faire un crime de mon départ, de ce départ
qui atteste votre cruauté et votre perversité ?
J'ai reçu dans ce tems, P. C., les immortels témoignages de votre amour et de votre estime,
dans ce tems où vous réprimâtes la fureur et l'in-

(1) Lorsque des magistrats partoient pour leurs provinces, c'étoit l'usage de les accompagner jusqu'aux
portes, et de les combler de souhaits favorables.

solence

solence d'un homme (1) vil et efféminé, non par des murmures sourds et confus, mais par des voix distinctes, mais par des cris éclatans. Comment, Pison, le deuil des sénateurs, le regret des chevaliers romains, la désolation de toute l'Italie, l'inaction du sénat demeuré muet pendant une année, le silence perpétuel des jugemens et du barreau, vous osez m'en faire un reproche ! c'est-à-dire, vous me reprochez ces coups et tous les autres que mon départ a portés à la République ! Quand ce départ eût été pour moi la plus affreuse disgrace, il seroit cependant plus digne de compassion que de mépris, il seroit moins infamant qu'honorable ; j'en aurois, moi, essuyé toute la peine, le crime et la honte en retomberoient sur vous. Mais puisqu'alors (ce que je vais dire paroîtra peut-être surprenant. je le dirai néanmoins) puisqu'alors j'ai été comblé par vous, P. C., de tant de bienfaits et d'honneurs ; loin de regarder mon départ comme une disgrace, si je puis avoir des intérêts séparés de ceux de la patrie, ce qui n'est

(1) De Clodius. Au lieu de *semivivi*, j'ai lu *semiviri*.

Tome I X. L

guère possible , je crois qu'en mon particulier
je devois, pour l'accroissement de ma gloire,
demander au ciel et souhaiter une pareille infortune. Et afin de comparer le plus beau de
vos jours avec le plus triste des miens, que
doit desirer de plus , pensez-vous , un homme
honnête et sage , ou de sortir de sa ville comme
j'en suis sorti , avec les vœux flatteurs de ses
concitoyens, qui tous supplient les Dieux pour
sa conservation , pour son rétablissement et
pour son retour; ou d'en partir, comme vous,
Pison , chargé de l'exécration et des impréca-
tions de tous les Romains , qui souhaitoient
que ce voyage pour vous fût sans fin et sans
terme? Pour moi , certes , si j'avois encouru une
haine aussi universelle , une haine sur-tout
aussi juste et aussi méritée , il n'y a point
d'exil que je ne préférasse au plus beau gouvernement.

Mais continuons le parallèle. Si le tems de
mon départ, ce tems le plus orageux de ma
vie , l'emporte sur le plus calme de la vôtre,
qu'est-il besoin de rapprocher les autres époques
où vous avez été couvert de déshonneur autant que j'ai été comblé de gloire? Aux calendes de janvier , ce premier jour serein qui

ait luî pour la République depuis ma disgrace,
le sénat, dans une assemblée des plus nombreuses, au milieu du concours de l'Italie, sur
le rapport de l'illustre et courageux Lentulus,
me rappella avec le consentement (1) du Peuple
Romain exprimé d'une voix unanime. Le même
sénat fit usage de son autorité et de la lettre
d'un consul pour me recommander aux nations étrangères, à nos lieutenans et à nos
magistrats, non comme un exilé, ainsi que
vous m'appellez, vil (2) Lombard, mais comme
un citoyen conservateur de la République,
titre qui me fut alors donné par le sénat. Je suis
le seul pour le retour duquel cette compagnie
auguste crut devoir implorer, par la voix et
la lettre d'un consul, le secours des citoyens
de toute l'Italie qui vouloient le salut de la
République (3). C'est pour me rappeller que

___

(1) J'ai lu avec un savant *Populi Romani* au lieu
de *Populo Romano*. Il y a des livres qui suppriment
tout-à-fait *Populo Romano*.

(2) Calventius, aïeul maternel de Pison, parti de
la Gaule Transalpine, étoit venu s'établir à Plaisance,
ville de l'Insubrie ou Lombardie. Voilà pourquoi
Cicéron appelle Pison *Insuber*.

(3) *Qui Rempublicam salvam esse vellent;* for-

(164)

toute l'Italie est accourue à la fois dans cette
ville comme à un signal. C'est au sujet de mon
rappel que Lentulus, ce grand homme, cet
excellent consul, que l'illustre et invincible
Pompée, et les autres principaux de l'état,
firent ces harangues aussi distinguées par la
force de l'éloquence (1) que par la multitude
des auditeurs. Le sénat, par un décret rendu
en ma faveur d'après le sentiment de Pompée
qui avoit ouvert cet avis, déclara ennemi de
l'état quiconque s'opposeroit à mon retour ;
et telles furent les paroles qui accompagnèrent
la décision de cette compagnie, que jamais
triomphe ne fut décerné en termes plus magnifiques, que ne fut porté le décret de mon rétablissement. Tous les magistrats s'étant réunis
alors, excepté un des préteurs (2), frère de

mule usitée dans les conjonctures critiques et importantes.

(1) J'ai adopté la leçon *gravissimae* au lieu de
gratissimae.

(2) *Un des préteurs*, Appius Claudius. —— *Deux
tribuns*, Sextus Attilius Serranus et Numérius Quin-
tius. *De lapide emptos.* On appelloit *de lapide empti*
des esclaves vendus à l'encan. —— *Dans la plus solemnelle des assemblées*; latin, dans une assemblée

mon ennemi, de qui on ne devoit pas exiger
une pareille démarche ; excepté deux tribuns
du Peuple, qui s'étoient vendus à Clodius ; le
consul Lentulus porta une loi pour mon rappel ; dans la plus solemnelle des assemblées,
de l'avis de Métellus son collègue, que cette
même République, qui, pendant son tribunat,
nous avoit désunis, rapprocha de moi pendant
son consulat, grace à la vertu et à la sagesse
du plus juste et du plus intègre des hommes.
Est-il besoin que je dise comment cette loi
fut reçue ? J'apprends de vous, P. C., que
nul citoyen n'a trouvé d'excuse assez légitime
pour ne pas assister à l'assemblée, que jamais
assemblée ne fut ni plus nombreuse, ni plus
brillante. Mais ce que je vois de mes propres
yeux, ce dont les registres publics font foi,
c'est que vous-mêmes avez sollicité, avez distribué (1), avez recueilli les suffrages ; et ce

par centuries.——*De Métellus*.... de Quintus Métellus
Népos, qui avoit été jusqu'alors ennemi de Cicéron.
——*Du plus juste*.... de Publius Servilius.

(1) *Distribué les suffrages*, c'est-à-dire, distribué
les marques des suffrages : voilà ce que signifie *diri-*
bitores tabularum.——J'ai préféré *diribitores* à *dis-*
tributores que portent la plupart des éditions. *Custodes*

que vous ne faites pas pour procurer des honneurs à vos parens les plus proches, vous excusant sur votre rang ou sur votre âge ; vous l'avez fait pour me rétablir, de votre propre mouvement, sans y être excités par personne.

Comparez maintenant, ô notre nouvel Épicure, sorti de l'étable et non de l'école (1), comparez, si vous l'osez, votre absence avec la mienne. Vous avez obtenu une province consulaire, dont votre cupidité, et non la loi de votre gendre avoit fixé l'étendue. Par la loi de César, loi aussi sage que juste, les Peuples libres l'étoient véritablement ; mais par cette loi que personne n'a regardée comme loi, excepté vous et votre collègue, toute l'Achaïe, la Thessalie, Athènes et toute la Grèce, vous étoient asservies ; vous aviez une armée, non pas telle que vous l'avoient donnée le sénat ou le Peuple Romain, mais telle

étoient proprement ceux qui veilloient à ce qu'il ne se commît aucune fraude.

(1) Cicéron veut dire que Pison n'étoit épicurien que pour se plonger dans de grossières voluptés, et non pour s'instruire. — *De votre gendre*, de César, qui avoit épousé Calpurnie, fille de Pison. — *Cette loi*, la loi de Clodius.

que l'avoit formée votre caprice. Vous aviez
épuisé le trésor. Qu'avez-vous fait dans votre
gouvernement avec une armée et une province
consulaires ? Je lui demande ce qu'il a fait ?
Dès qu'il fut arrivé, aussitôt.... mais je ne
parle pas encore de ses rapines, de ses con-
cussions, de ses exactions, du massacre des
alliés et de ses hôtes, de sa perfidie, de sa
cruauté ; je ne dévoile pas tous ses crimes.
Bientôt, s'il me prend envie, je l'attaquerai
comme voleur, comme sacrilège, comme assassin ; je me contente pour le moment de
comparer le tems de mes disgraces avec toute
la splendeur d'un *Imperator* (1). A-t-on jamais
obtenu une province avec une armée sans écrire
au sénat ? une province si vaste avec une armée si puissante ; sur-tout la Macédoine, qui
confine à tant de nations barbares, que les
gouverneurs n'ont jamais eu d'autres bornes
dans leur département que celles de leur bravoure et de leurs armes ; la Macédoine dont
on a pu voir revenir d'anciens préteurs qui

_____

(1) *Imperator*, titre que donnoient les soldats
même ou le sénat, après quelque exploit éclatant.
Pison se l'étoit fait donner par son armée.

n'aient pas triomphé, mais jamais d'anciens consuls, pourvu qu'ils n'aient point été condamnés à leur retour?

Cela est nouveau; mais voici qui l'est encore bien davantage. Ce vautour de la province, grands Dieux! a reçu le titre d'*Imperator*. N'osiez-vous pas même alors, nouveau Paul Emile (1), envoyer à Rome des lettres enveloppées de laurier? J'en ai envoyé, dites-vous. Qui jamais les a lues? Qui a demandé qu'on en fît lecture? Peu m'importe que, bourrelé par les remords de votre conscience, vous n'ayez pas osé écrire à un ordre que vous aviez méprisé, persécuté, anéanti; ou que vos amis aient supprimé vos lettres et condamné par leur silence votre audace téméraire. Je ne sais même lequel j'aimerois mieux, que vous ayez été assez effronté pour écrire au sénat, et qu'alors vos amis aient montré plus de pudeur et de prudence que vous; ou que vous ayez été plus retenu qu'à l'ordinaire, et qu'alors vos amis n'aient point blâmé votre

(1) On sait que Paul Emile avoit triomphé de Persée, roi de Macédoine. — *Des lettres enveloppées de laurier.* Ce qui se pratiquoit, lorsqu'on écrivoit au sénat après avoir remporté quelque victoire,

conduite (1). Mais quand même, par vos indignes outrages envers le sénat, vous ne vous seriez pas pour toujours fermé auprès de lui tout accès, qu'aviez-vous fait dans votre province dont vous dussiez lui écrire et vous féliciter? Lui auriez-vous mandé que vous (2) avez désolé la Macédoine, laissé prendre honteusement nos villes, pillé nos alliés, ravagé nos campagnes, obligé les Thessaloniciens de se construire une citadelle, les Thraces d'infester les grandes routes; lui auriez-vous mandé que notre armée est périe par le fer, la faim, le froid et les maladies? Supposé que vous n'ayez pas écrit au sénat, si vous avez été dans Rome plus pervers que Gabinius, vous vous êtes montré du moins plus modéré que lui dans votre province. Car cet insatiable gouffre, ce gourmand avide, né pour son ventre et non pour la gloire, après avoir persécuté dans sa province les chevaliers Romains et les fermiers publics, qui me sont unis d'inclination et

(1) J'ai traduit tout cet endroit comme si on lisoit; atque haud scio.... mittendis, et amicos.... consilii, quàm te videri.... soles, et tuum factum....

(2) Voyez pour tous les faits qui suivent, le discours sur les provinces consulaires.

par le rang qu'ils tiennent ; après les avoir dé-
pouillés tous de leurs fortunes , en avoir privé
beaucoup de l'honneur et de la vie ; après
n'avoir fait avec son armée que piller les villes,
dévaster les campagnes, épuiser les maisons,
il a osé (car que n'oseroit-il pas ?) demander
au sénat par une lettre des prières publiques.

Grands Dieux ! vous , Pison , ou plutôt
vous et votre collègue , gouffres et abîmes de
la République , vous déprimez ma fortune ,
vous vantez la vôtre ; et cependant en mon absence on a rendu pour moi dans le sénat des
décrets , on a prononcé devant le Peuple des
harangues , les villes municipales et toutes les
colonies se sont donné des mouvemens , les
fermiers publics, toutes les compagnies et tous
les ordres de l'état ont pris des délibérations
que je n'aurois jamais osé souhaiter, que je
n'aurois pu même imaginer : tandis que vous,
au contraire , vous avez été flétris d'un éternel
opprobre ? Quoi donc ? Si je vous voyois vous
et Gabinius attachés à une croix , éprouve-
rois-je plus de satisfaction en voyant vos corps
déchirés par les tourmens, que je n'en éprouve
en voyant vos noms déchirés par des affronts?
On ne doit pas sans doute regarder comme un

supplice ce qui peut arriver par accident, même
à des hommes de bien , même à des hommes
courageux. Vos Grecs, partisans de la volupté ,
le disent eux-mêmes. Que n'avez-vous pris
leurs leçons dans le sens que vous deviez les
prendre (1) ! Vous ne vous seriez jamais pros-
titué à tant d'infâmes désordres. Mais vous ne
voyez dans leurs préceptes que tavernes , vous
n'y voyez qu'impudicités, vous n'y voyez que la
plus grossière crapule. Toutefois, suivant ceux
même des philosophes qui font consister le
mal dans la douleur et le bien dans le plaisir ,
le sage , quoiqu'enfermé dans le taureau de
Phalaris , où il seroit grillé par des feux ardens ,
dira toujours que ce traitement est doux , qu'il
n'est pas capable de lui faire changer de visage. La vertu , selon eux, a la faculté de
rendre heureux l'homme de bien dans toutes
les circonstances. Qu'est-ce donc que la punition ? Qu'est-ce que le supplice ? C'est, à mon
avis , ce qui ne peut arriver qu'à un homme
coupable ; un crime commis , une conscience

(1) C'est-à-dire , que n'avez-vous pris le mot de volupté, non dans le sens de volupté grossière et cor-
porelle, mais dans le sens de plaisir de l'esprit et du
cœur !

embarrassée et bourrelée de remords, la haine de tous les gens de bien, la flétrissure d'un sénat équitable, la perte de sa dignité. Ce Régulus (1), à qui les Carthaginois firent couper les paupières, qu'ils firent lier dans une machine hérissée de pointes de fer, et mourir par insomnie, non, on ne peut dire de lui qu'il ait subi le supplice : on ne le peut dire de Marius, ce grand homme, que l'Italie qu'il avoit sauvée a vu plongé dans les marais de Minturnes, et que l'Afrique dont il avoit triomphé a vu jetté sur ses côtes par la tempête. Ce sont-là des coups de la fortune, et non les effets du crime. Or le supplice est la punition d'un délit. Pour moi, si je vous souhaitois quelque mal, ce que j'ai fait souvent (2), en quoi les Dieux ont exaucé mes prières, je ne vous souhaiterois, ni la maladie, ni les tourmens, ni la mort. Cette imprécation de

(1) On connoît par l'histoire la cause et la nature du supplice de Régulus.

(2) On peut observer ici au sujet des Romains, ce que j'ai observé souvent au sujet des Grecs, qu'ils ne se faisoient aucun scrupule de manifester les sentimens de haine et de vengeance.

Thyeste (1) est une invention de poëte pour
faire impression sur le Peuple et non sur le
sage. *Puisses-tu*, lui fait-il dire, *poussé par un
naufrage, être attaché à la pointe des rochers escarpés, y rester suspendu les entrailles hors du
corps, les arroser de ton sang noir et corrompu !*
Je ne serois pas certes affligé si pareille chose
vous arrivoit, mais enfin cela peut arriver à
tout le monde. Le Marcellus (2), qui a été
trois fois consul, qui s'est illustré par son
grand courage, par sa tendresse pour les siens
et par ses exploits militaires, est péri dans les
flots : mais, grace à sa valeur, il vit toujours
dans la mémoire des hommes. Cette mort doit
être regardée comme un accident et non comme
une punition. Qu'est-ce donc que la punition,
le supplice, les rocs escarpés, les croix ? Le
voici. Deux gouverneurs, dans des provinces
du Peuple Romain, commandent chacun une
armée ; on leur donne le titre d'*Imperator* : l'un
d'eux a été si abattu par les remords de ses

(1) Dans Ennius, qui avoit fait la tragédie de
Thyeste.

(2) Marcus Marcellus, petit-fils de celui qui avoit
pris Syracuse : il périt dans la mer en Afrique, un
peu avant la troisième guerre punique.

fautes et de ses forfaits , qu'il n'a osé adresser
au sénat aucune lettre , ni lui écrire d'une
province qui plus que toute autre a été une
source de triomphes. Oui, Pison , une province où les grands exploits de Torquatus,
personnage d'un mérite rare , lui ont valu le
titre d'*Imperator* qu'il vient d'obtenir du sénat
sur ma proposition (1) ; une province au retour
de laquelle nous avons vu , il y a peu d'années,
Dolabella, Curion, Lucullus, célébrer ici les
triomphes les plus magnifiques ; il n'est venu
de cette province aucun courier au sénat durant
le cours de votre gouvernement. On a apporté
une lettre de Gabinius ; on l'a lue ; on en a
fait le rapport au sénat. Grands Dieux ! pou-
vois-je souhaiter que mon ennemi essuyât un
affront que n'a jamais essuyé personne ; que le
sénat qui , par un excès de facilité , a con-
tracté l'habitude de décerner à ceux qui ont
remporté quelque avantage à la tête de nos
troupes , des honneurs aussi extraordinaires
par le nombre des jours que par les termes du
décret ; que le sénat , dis-je , fît cet affront

(1) Au lieu d'*absens* dans le texte, j'ai lu avec Paul
Manuce *à senatu.*

au seul Gabinius, de ne pas croire ce qu'annonçoit sa lettre, de refuser ce qu'elle demandoit ?

Quelle satisfaction pour moi, quel plaisir
touchant, quelle parfaite jouissance de voir
que cet ordre vous regarde comme des ennemis cruels, que les chevaliers Romains,
que les autres ordres, que toute la ville vous
déteste, qu'il n'est pas un homme de bien,
en un mot, pas un citoyen, pourvu qu'il
n'ait pas oublié sa qualité de citoyen, qui ne
fuie votre présence, qui n'évite votre commerce, qui ne vous méprise intérieurement,
enfin qui ne se rappelle avec horreur votre
consulat ? Voilà ce que je vous souhaitai toujours ; voilà ce que je desirai, voilà ce que
je demandai au ciel. Il est même arrivé plus
que je ne voulois : car, sans doute, je ne
vous souhaitai jamais la perte de votre armée.
Il vous est encore arrivé une chose qui, en
surpassant mes vœux, a bien contenté mon
ressentiment. Non ; il ne m'étoit pas venu à
l'esprit de vous souhaiter la folie et la démence
dans laquelle vous êtes tombé ; ce qui néanmoins auroit dû être l'objet de mes souhaits :
ce sont là, je l'avois oublié, les châtimens

inévitables établis par les Dieux contre les scélérats et les pervers. Car ne vous imaginez pas,
P. C. , comme vous le voyez sur le théâtre ,
que les Dieux emploient les torches ardentes
des furies pour effrayer les scélérats. C'est le
crime , ce sont les forfaits , c'est la perversité ,
c'est l'audace du coupable qui lui ôtent le sens
et la raison. Ce sont là les furies , ce sont là
les flammes , ce sont là les torches ardentes
qui tourmentent les méchans. Eh quoi , Pison ,
ne vous regarderois-je pas comme un extravagant , comme un furieux , comme un homme
dont l'esprit est aliéné , comme plus insensé
qu'Oreste et Athamas (1) , si célèbres dans les
tragédies , vous qui , premièrement , et c'est
là le plus fort , avez laissé dégarnie de soldats
la province de Macédoine où vous aviez transporté une si puissante armée, et qui , en second
lieu , pressé par Torquatus , le plus intègre
et le plus respectable des hommes , en avez
fait l'aveu vous-même il n'y a pas long-tems ?
Je ne parle point du désastre de la plus grande
partie de votre armée ; je veux qu'on l'attribue

(1) Athamas, fils d'Eole, roi de Thèbes ; Junon lui
inspira une fureur qui lui faisoit égorger ses propres
enfans.

à

à votre infortune. Mais quelle raison pouvez-
vous apporter d'avoir congédié vos troupes ?
En aviez-vous le pouvoir ? Quelle loi, quel
sénatus-consulte, quel droit, quel exemple,
vous y autorisoient ? N'est-ce pas être vraiment
insensé, que de ne connoître ni les loix, ni
le sénat, ni sa ville, ni ses concitoyens ? Il y
a de la folie à se frapper, à mettre en sang
son propre corps ; mais les coups qu'on porte
à son honneur et à sa réputation, ne sont-ils
pas bien plus graves ? Si vous aviez renvoyé tous
vos esclaves ; quoique cela ne regardât que
vous, vos amis se seroient crus tenus de vous
faire enfermer. Auriez-vous donc, sans l'ordre
du sénat et du Peuple, congédié les forces du
Peuple Romain et la garde de la province,
si vous aviez été dans votre bon sens ? Quant à
votre collègue, après avoir pillé les biens des
fermiers publics, les terres et les villes des alliés, après avoir dissipé ce butin immense,
en avoir englouti une (1) partie dans le gouffre
de ses passions insatiables, en avoir consumé
une autre par un luxe nouveau et inoui jusqu'a-

(1) Tous les *partim* de la phrase sont pour *partem*.
Il est rare de voir *partim* construit avec le génitif,
partim ejus praedac.

Tome I X.   M

lors , une autre en acquisitions dans les lieux
où il a tout pillé , une autre en échange pour
élever à Tusculum cette montagne (1) posée
sur une montagne ; dépourvu entièrement de
fonds , forcé d'interrompre cet énorme et
monstrueux édifice , il se vendit lui-même au
roi d'Egypte , il lui vendit ses faisceaux , l'armée du Peuple Romain , les oracles des Dieux
immortels , les réponses des prêtres , les décisions du sénat , la gloire et la dignité de l'empire. Les bornes de sa province étoient aussi
reculées qu'il l'avoit voulu , qu'il l'avoit souhaité , qu'il l'avoit obtenu au prix de ma tête
et de mon sang : il ne put néanmoins s'y renfermer. Il fit sortir son armée de Syrie. Pouvoit-il
la transporter hors de sa province ? Il se mit
à la solde et à la suite du roi d'Alexandrie (2).

(1) *Cette montagne,* c'est-à-dire, cet immense édifice construit sur les hauteurs du Tusculum. J'ai suivi
la leçon, *ad hunc Tusculanum in monte montem
exstruendum.*

(2) Ptolémée , roi d'Alexandrie, détrôné par ses
sujets, étoit venu à Rome , et avoit prié le sénat de
l'aider à se rétablir sur le trône. Le sénat avoit d'abord
décidé que celui des deux consuls dont la province
seroit la plus voisine d'Egypte , travailleroit à ce ré-

Quoi de plus honteux ? Il alla en Egypte, livra bataille aux Alexandrins. En quel tems le sénat ou le Peuple avoient-ils entrepris cette guerre ? Il s'empara d'Alexandrie. Qu'attendons-nous de son extravagance, sinon qu'il écrive au sénat, qu'il lui mande de si brillans exploits ? S'il eût été dans son bon sens, si les Dieux et la patrie ne se fussent pas vengés avec éclat en lui inspirant la folie et la démence, eût-il osé, je ne dis pas sortir de sa province, mais en faire sortir son armée, faire la guerre de son chef, entrer dans un royaume sans l'ordre du sénat ni du Peuple ? Démarches expressément défendues par une foule de loix anciennes, et sur-tout par les loix Cornélia et Julia (1), loix portées, l'une contre le crime

tablissement. Ce fut Lentulus qui en fut chargé, parce que le sort lui avoit donné la Cilicie avec l'isle de Cypre. Mais ensuite les prêtres Sibyllins ayant consulté les livres de la Sibylle, s'opposoient au rétablissement de Ptolémée. Le sénat en conséquence décida de ne donner à personne cette commission. Gabinius la prit de son chef, quitta sa province, et, moyennant une somme qu'il reçut du roi d'Egypte, le rétablit sur le trône.

(1) Loix portées par Lucius Cornélius Sylla, et par Jules César dans son premier consulat.

M 2

de lèze-majesté , l'autre contre celui de concussion. Mais ces réflexions, je les supprime : s'il n'eût pas été attaqué d'une vraie folie , eût-il osé se charger d'un emploi dont Lentulus , cet homme si dévoué à cet ordre , s'étoit démis sans hésiter par respect pour la religion , quoiqu'il la tînt et du sénat et du sort ; eût-il osé s'en charger , quand même la religion n'y auroit pas mis obstacle , lorsque les usages et les exemples de nos ancêtres, lorsque les plus rigoureuses peines portées par les loix , défendoient de l'accepter?

Mais puisque nous avons commencé le parallèle des principales époques de notre vie , comparons, si vous voulez, mon retour avec le vôtre. Je ne parlerai pas de celui de Gabinius : il s'est ôté tout moyen de revenir; je l'attends toutefois, et suis curieux de voir son impudence. Voici donc quel a été mon retour. Depuis Brindes jusqu'à Rome , toute l'Italie ne formoit qu'une file sans interruption. Il n'y avoit ni contrée , ni ville de quelque nature (1) qu'elle fût , d'où l'on n'envoyât

---

(1) Mot à mot, *il n'y avoit ni municipe , ni préfecture , ni colonie.*

au-devant de moi pour me féliciter ? Que
dirai-je de mon passage sur la route , de cette
affluence de personnes qui accouroient de toutes
les villes, du concours des pères de famille
qui sortoient des campagnes avec leurs femmes
et leurs enfans ? Que dirai-je de ces jours
dont la joie de mon arrivée faisoit comme
des jours de fêtes célébrées en l'honneur des
Immortels ? Ce jour seul fut pour moi l'immortalité même, ce jour où je revins dans
ma patrie , où je vis le sénat et tout le Peuple
Romain venir à ma rencontre , où Rome sortant , pour ainsi dire , de ses fondemens, me
parut s'avancer elle-même pour embrasser son
libérateur. Il sembloit , d'après la manière
dont elle me reçut, que non-seulement tous
les hommes et toutes les femmes de tous les
états , de tous les âges , de tous les ordres ,
de toutes les fortunes , de tous les quartiers ,
mais encore les murailles même , les temples
et les maisons, étoient transportés d'allégresse.
Les jours suivans , les pontifes , les consuls,
les sénateurs , me rétablirent dans la maison
dont vous m'aviez chassé, dans cette maison
que vous aviez pillée , que vous aviez brûlée ;
et ce qui n'avoit encore été fait pour per-

sonne, ils ordonnèrent qu'elle seroit recons-
truite aux dépens du trésor.

Voilà quel fut mon retour. Examinez maintenant le vôtre. Après avoir perdu votre armée,
vous ne rapportates d'entier chez vous que
ce front armé d'impudence. D'abord sait-on
quelle route vous suivites avec vos licteurs
ornés de (1) lauriers ? Quels chemins coupés,
quelles voies détournées, ne prites-vous pas
en cherchant avec soin tous les endroits dé-
serts ? Quelle ville vous a vu ? Quel hôte vous
a apperçu ? Quel ami vous a invité ? Ne pré-
fériez-vous point la nuit au jour, la solitude
au grand monde, les tavernes aux villes ?
De sorte que ce n'étoit pas, ce semble, un
fameux général qui revenoit de Macédoine,
mais un exilé mort qu'on en rapportoit.
Votre arrivée souilla Rome elle-même (2).

(1) Pison avoit obtenu en Macédoine, ou s'étoit fait
donner le titre d'*imperator*; or le privilège d'un impérator étoit de se faire précéder dans les provinces
par des licteurs dont les faisceaux étoient ornés de
lauriers.

(2) *Souilla Rome elle-même*, comme si on y eût
apporté un cadavre. Selon le sentiment des anciens,
une personne et un lieu étoient souillés par l'attou-
chement et par la présence d'un cadavre.—*De votre*

O vous, l'opprobre, non des Calpurnius, mais des Calventius, non de Rome, mais de Plaisance, non de votre maison paternelle, mais de votre famille maternelle, comment êtes-vous venu? Quel sénateur, quel citoyen, qui même de vos lieutenans est allé à votre rencontre ? Ce Flaccus (1), que vous ne méritiez pas d'avoir pour lieutenant, qui méritoit de partager, comme il a fait, les opérations de mon consulat, et de m'aider à sauver la République, étoit avec moi lorsque quelqu'un vint nous dire qu'on vous avoit vu assez près de la porte errer, avec vos licteurs. Je sais aussi que (2) Marcius, homme des plus courageux, fort habile dans l'art militaire, mon ami intime, étoit tranquillement chez lui,

famille maternelle; latin, _braccatae cognationis_, de parentage de Gaule Transalpine, de laquelle Gaule étoit Calventius, aïeul maternel de Pison. _Gallia braccata_, _Gallia togata_, Gaule Transalpine, Gaule Cisalpine, ainsi appellées _à togis et à braccis_.

(1) Publius Valérius Flaccus, le même pour lequel nous avons un discours de Cicéron : il étoit préteur lorsque celui-ci étoit consul.

(2) Il y a toute apparence que ce Marcius étoit le fils du Quintus Marcius Rex, qui avoit été consul avec Lucius Cæcilius Métellus.

M 4

lorsque vous n'étiez point éloigné de Rome,
lorsque vous arriviez. C'est à la victoire remportée par ces deux lieutenans, on le sait,
que vous devez le titre d'*imperator*. Mais pourquoi nommer ceux qui ne sont pas allés à
votre rencontre ? Je soutiens qu'il ne vint
presque personne de la troupe officieuse des
candidats, quoiqu'ils en eussent été avertis
et priés ce jour-là même et plusieurs jours
d'avance. Il y avoit à la porte des toges toutes
prêtes pour les licteurs ; ils mirent bas leurs
casaques, se revêtirent de ces toges (1), et
formèrent pour leur général un cortège tout-
à-fait nouveau. Enfin telle fut la manière dont
ce fameux général de Macédoine, après avoir
commandé une brillante armée et gouverné
durant trois ans une grande province, entra
dans Rome, que jamais commerçant obscur
ne fut moins escorté à son retour. Cependant
c'est sur cela même que, toujours prêt à se
défendre, il m'a trouvé en défaut. J'avois dit
qu'il étoit entré par la porte Cœlimontane ; cet
homme vif et prompt voulut soutenir (2) juri-

(1) Afin qu'il parût qu'il étoit venu des hommes de
la ville au-devant de Pison.
(2) Mot à mot, *m'attaqua en proposant de déposer.*

diquement contre moi qu'il étoit entré par
la porte Esquiline : comme si j'eusse dû en
être instruit, ou que quelqu'un de ceux qui
m'écoutent en eût eu la moindre nouvelle,
ou qu'il m'importât de savoir par quelle porte
vous êtes entré, pourvu que ce ne soit point
la triomphale, par laquelle tous les proconsuls
de Macédoine entrèrent toujours. Vous êtes
le seul qui, revêtu d'un commandement consulaire , soyez revenu de Macédoine sans
obtenir l'honneur du triomphe.

Mais vous avez entendu, P. C., la parole
d'un philosophe. Il n'a jamais, dit-il, désiré
le triomphe. Quoi? scélérat, opprobre et fléau
de la patrie, lorsque vous anéantissiez cet
ordre, que vous vendiez son autorité, que
vous asservissiez à un tribun votre puissance
consulaire , que vous renversiez la République,
que vous achetiez une province au prix de
ma tête et de mon sang, si vous ne desiriez pas le triomphe, quel étoit donc l'objet
de vos ardens desirs ? J'ai toujours remarqué

une somme, s'il n'étoit pas vrai qu'il fût entré . . . .
On connoît l'usage de déposer en justice une somme,
que l'on consentoit de perdre, si l'on soutenoit une
chose fausse.

moi et les autres, que ceux qui ambition-
noient une province, cachoient leur ambition
sous le nom spécieux de triomphe. On a vu
Silanus consul, et Antonius mon collègue, user
dans le sénat de ce prétexte. Non, on ne
peut désirer une armée, la demander ouvertement, sans prétexter le desir du triomphe.
Supposé que le sénat et le Peuple Romain,
malgré votre indifférence ou même vos refus,
vous eussent forcé d'entreprendre une guerre,
de commander une armée, il y auroit de la
petitesse et de la bassesse d'esprit à mépriser
l'honneur et l'éclat d'un juste triomphe. Oui,
s'il y a de la légéreté à poursuivre le fantôme
d'une vaine réputation, à (1) courir après l'ombre
d'une fausse gloire, c'est aussi la marque d'un
esprit foible, qui fuit l'éclat et le grand jour,
de rejetter une gloire légitime, cette récompense la plus honorable de la vraie vertu.
Mais quoi? Pison, vous n'avez obtenu votre
province ni sur la demande, ni d'après les
ordres du sénat, vous l'avez obtenue malgré
le sénat et durant son oppression; loin d'avoir
pour vous le vœu du Peuple Romain, aucun

(1) *Ut omnes.* Paul Manuce lit *et omnes.* J'adopte
cette leçon. Au lieu de *levis,* un critique propose *lacvi.*

homme libre ne vous a donné son suffrage ; cette province vous a été remise comme un salaire, sinon pour avoir renversé la République, du moins pour l'avoir trahie (1); la Macédoine devoit vous être livrée comme prix de tous vos crimes avec les bornes qu'il vous plairoit, à condition que vous livreriez la République à d'infâmes brigands ; je dis plus, vous avez épuisé le trésor, enlevé à l'Italie toute sa jeunesse, traversé une mer immense dans une saison rigoureuse : je vous le demande donc, si vous méprisiez le triomphe, quelle autre passion, malheureux corsaire, vous emportoit, sinon le desir aveugle du butin et des rapines ? Il n'est plus au pouvoir de Pompée de suivre vos principes : il s'est mépris ; il n'avoit pas goûté votre philosophie. L'insensé ! il a déjà triomphé trois fois. J'en rougis pour vous, Crassus. Pourquoi, après avoir terminé une guerre formidable, avez-vous demandé au sénat avec tant d'instance la couronne de (2) laurier ? Et vous, Servilius, Métellus,

(1) Au lieu de *perditae*, j'ai lu avec un savant critique *preditae*. J'ai lu aussi *traderetur* au lieu de *redderetur*.

(2) La couronne que l'on portoit dans le grand

Curion, Pupius, que n'avez-vous entendu les leçons sublimes de ce philosophe avant de tomber
dans l'erreur qui vous a séduits ! Pontinus,
mon parent, n'est plus libre de ne pas triompher, ayant déjà fait les sacrifices qui précèdent
le triomphe. Qu'ils étoient peu raisonnables
les Camille (1), les Curius, les Fabricius,
les Calatinus, les Scipions, les Marcellus,
les Maximus ! que Paul Emile étoit extravagant

triomphe. Marcus Crassus avoit terminé la guerre
contre Spartacus et les esclaves. Le sénat ne voulut
lui accorder pour une pareille guerre que l'ovation, le
petit triomphe ; mais il lui accorda par extraordinaire
la couronne de laurier, au lieu de la couronne de
myrte, qui étoit celle du petit triomphe. — *Pupius.*
Le latin porte *P. Africani* ; j'ai pensé avec Paul Manuce, que c'étoit une faute de texte, et qu'il falloit
lire *M. Pupi.* Marcus Pupius Piso avoit triomphé de
l'Espagne, comme Publius Servilius des Isaures,
Quintus Métellus de la Crète, Curion de quelques
parties de la Macédoine. Pontinus étoit préteur lorsque
Cicéron étoit consul; il triompha des Allobroges.

(1) Les Camille, les Curius, etc. : il seroit trop
long de rapporter les triomphes de tous ces grands
personnages; ils sont assez connus par l'histoire. —
Nos deux consuls, Pompée et Crassus. Le père de
Pompée triompha des habitans du Picenum et celui
de Crassus des Lusitaniens.

et Marius grossier! que les pères de nos deux consuls étoient dépourvus de jugement, puisqu'ils ont triomphé!

Mais comme il n'est pas possible de changer le passé, que cet épicurien informe, cet épicurien d'argille et de boue, ne donne-t-il ses beaux préceptes de sagesse à son gendre, ce grand et illustre général? Cet homme, croyez-moi, Pison, se laisse emporter à l'amour de la gloire; il est embrâsé, il brûle du desir d'un grand et superbe triomphe; il n'a pas étudié à la même école que vous; envoyez-lui un traité de votre composition. Ou plutôt, si vous pouvez avoir avec lui un entretien, méditez dès à présent les discours qui pourront réprimer sa trop grande ardeur, éteindre la passion qui l'enflamme. Vous ferez impression sur son esprit. Vous êtes grave et modéré, et c'est un homme vain qui court après la gloire; vous êtes savant, et il est ignorant; vous êtes le beau-père, et lui le gendre. Avec le ton agréable qui vous distingue, doué comme vous l'êtes du don de la persuasion, formé et perfectionné dans l'école, vous lui direz: eh! César, quel si grand plaisir trouve-tu dans ces prières publiques tant de fois décernées et durant tant de jours ? dans ces prières qui abusent les hommes, que les Dieux n'écoutent pas ; ces Dieux qui, comme l'a dit notre divin Epicure, ne connoissent ni la colère ni la faveur ? Ici vos raisonnemens philosophiques ne le persuaderont point : il verra par lui-même que les Dieux sont et ont été irrités contre vous. Vous passerez à un autre lieu commun ; vous parlerez sur le triomphe. Que signifie, lui direz-vous, ce char ? que signifient ces généraux enchaînés qui le précèdent, ces simulacres de villes, ces amas d'or et d'argent, ces lieutenans et ces tribuns à cheval, ces cris des soldats ? Que signifie toute cette pompe ? Rechercher les applaudissemens, traverser la ville monté sur un char, vouloir être regardé, ce sont là, crois-moi, des jeux et des amusemens d'enfans. Il n'y a rien dans tout cela de solide, rien que tu puisses saisir, que tu puisses rapporter à la volupté des sens. Que ne me prends-tu pour modèle ? J'étois dans une province qui a procuré l'honneur du triomphe à Flamininus, à Paul Emile, à (1) Métellus, à Didius, et

_____

(1) Quintus Métellus, surnommé Macédonicus. On sait comment la Macédoine a été un sujet de triomphe

à tant d'autres qui ont brûlé de ce vain desir ;
et voici comme j'en suis revenu. A la porte
Esquiline , j'ai foulé aux pieds les lauriers de
Macédoine ; avec quinze hommes mal vêtus ,
je suis arrivé à la porte Cœlimontane mourant
de soif. Un de mes affranchis m'y avoit loué
une maison deux jours auparavant ; et si cette
maison ne se fût trouvée vacante, je me serois
vu obligé, moi illustre *imperator*, de camper
au Champ-de-Mars. Cependant, César, sans
m'embarrasser de tous tes brancarts du triomphe, j'ai chez moi et j'aurai toujours des écus
bien sonnans. J'ai porté aussitôt mes comptes
au trésor , comme l'ordonnoit ta loi ; et c'est

pour Flamininus et pour Paul Emile. Quant à Titus
Didius, il avoit repoussé les Thraces voisins de la
Macédoine , et ces exploits lui méritèrent l'honneur
du triomphe. —— *Les lauriers de Macédoine* , c'est-
à-dire, les lauriers apportés de Macédoine , dont
étoient ornés les faisceaux des licteurs qu'il faisoit
marcher devant lui en qualité d'*imperator* , ayant
obtenu ce titre dans sa province. Au reste, Pison étoit
entré par la porte Esquiline, et de-là il avoit gagné
la porte Cœlimontane, où un de ses affranchis lui
avoit loué une maison. —— *Ex hâc die biduo* étoit
probablement une manière de parler. Il est certain que
ex hâc die est superflu.

le seul article en quoi je m'y suis conformé.
Si on te présentoit ces comptes, tu verrois
que personne ne sut mieux que moi tirer parti
de la philosophie. Ils sont rédigés avec tant
de goût et de finesse, que le greffier qui les
a remis au trésor, après les avoir transcrits,
disoit tout bas en se frottant la tête de la
main gauche : *voilà* (1) *bien les comptes ; mais
l'argent !* je ne doute pas, Pison, que vos
discours ne puissent ramener votre gendre tout
prêt à monter sur son char.

Ame basse, ame de boue, vous qui desho-
norez la race de votre père, je dirai presque
celle de votre mère, vos sentimens sont si
lâches, si abjects, si rampans, si sordides,
qu'ils ne paroissent pas même dignes de votre
aïeul maternel, crieur public à Milan (2).

---

(1) *Ratio quidem hercle apparet, argentum oichetai :*
vers du Trinumme de Plaute. *Oichetai,* mot grec qui
peut se rendre en latin par *abiit, periit.*

(2) Cicéron dit dans d'autres endroits que l'aïeul
maternel de Pison s'étoit établi à Plaisance ; pourquoi
le dit-il ici crieur public à Milan ? Paul Manuce
prétend que c'étoit comme pour faire honneur à cet
homme en le transportant à Milan, capitale de l'Insubrie ou Lombardie, plus distinguée que Plaisance,
mais beaucoup moins que Rome. — Lucins Crassus,

Crassus,

Crassus, le plus sage de nos citoyens, fouilla, pour ainsi dire, dans les Alpes avec des lances, pour chercher, en un lieu où il n'y avoit pas d'ennemi, quelque occasion de triomphe. Cotta, homme d'un grand génie, brûla du même desir, sans avoir d'ennemis à combattre. Ni l'un ni l'autre n'a triomphé. Ils furent privés de cet honneur, l'un par son collègue, l'autre par la mort. Vous vous êtes moqué, il y a quelque tems, de Pupius (1), qui desiroit les honneurs du triomphe, honneurs que vous étiez loin d'ambitionner, disiez-vous. La guerre qu'il avoit soutenue étoit peu considérable, comme vous l'avez dit ; il crut cependant que cet honneur n'étoit point à mépriser. Pour vous, plus savant que Pupius, plus prudent que Cotta,

célèbre orateur, gouvernant la Gaule citérieure, chercha une occasion de triompher, et demanda le triomphe aux sénateurs qui le lui refusèrent sur l'avis de Quintus Scœvola, son collègue. Quant à Cotta, le triomphe lui avoit été décerné ; mais une blessure qu'il avoit reçue s'étant rouverte, il mourut avant le jour de son triomphe.

(1) Marcus Pupius Piso, dont nous avons parlé plus haut, étoit un homme fort savant, sur-tout dans les lettres grecques.

plus doué de lumières , de génie et de sagesse que Crassus, vous méprisez ce que ces hommes, selon vous ; trop peu philosophes , ont jugé fort glorieux. Que si vous les blâmez , pour avoir desiré le triomphe, quoiqu'ils n'aient fait que des guerres peu importantes , ou même qu'ils n'en aient fait aucune ; vous qui avez dompté de si grandes nations , qui vous êtes distingué par de si grands exploits , vous ne deviez point mépriser le fruit de vos travaux, la récompense de vos périls , les décorations de votre bravoure. Et certes , vous ne les avez pas méprisés , quoique plus sage que Thémista (1); mais vous n'avez pas voulu exposer votre front d'airain aux reproches sanglans de cet ordre.

Vous voyez donc , puisque j'ai été assez ennemi de moi-même pour me comparer avec vous , que mon départ, mon absence et mon retour me donnent sur vous un insigne avantage : dans ces trois circonstances, je me suis vu , moi, comblé d'une gloire immortelle, tandis que vous , votre départ, votre absence et votre

_____

(1) Thémista , femme célèbre par ses connoissances dans la philosophie, à laquelle Epicure écrivoit souvent. J'ai traduit comme si on lisoit : *sis licet Themista sapientior; sed os tuum....*

retour vous ont couvert d'une éternelle ignominie.

Examinons maintenant la considération dont
vous jouissez dans la vie privée et civile, votre
crédit, le nombre de vos cliens, vos emplois
du barreau, les services que vous rendez, les
conseils que vous donnez, votre autorité et
vos opinions comme sénateur.: tout cela vous
donnera-t-il la préférence sur moi, ou, afin
de parler plus juste, sur le plus vil et le
plus abandonné des hommes ?

Le sénat vous hait, et vous convenez vous-
même que c'est avec justice ; vous avez renversé, anéanti, non-seulement son pouvoir et
sa dignité, mais encore l'ordre même et jusqu'à
son nom. Les chevaliers Romains ne peuvent
vous souffrir ; Lamia (1), un des plus illustres
et des plus distingués d'entre eux, s'est vu
exilé sous votre consulat. Le Peuple de Rome
souhaite votre ruine ; vous avez fait retomber
sur lui la honte de ce que vous aviez fait contre
moi par le ministère d'esclaves et de brigands.
Toute l'Italie vous abhorre, l'Italie, dont vous

(1) Lucius AElius Lamia, dont il est parlé dans
plusieurs des discours de Cicéron.

N 2

avez rejetté avec tant d'orgueil les décrets et les prières.

Faites l'épreuve, si vous l'osez, d'une si forte et si générale aversion. Nous sommes à la veille des jeux les plus brillans et les plus magnifiques (1) qui aient jamais été célébrés, des jeux tels qu'il n'y en eut jamais de mémoire d'hommes, et tels, je crois, qu'il ne peut y en avoir jamais à l'avenir. Montrez-vous au Peuple : hasardez-vous dans ces jeux. Vous craignez d'être sifflé ? où donc est votre philosophie ? qu'on ne crie après vous ? un philosophe doit-il s'en embarrasser ? Vous appréhendez, je pense, qu'on ne vous maltraite. En effet, la douleur est un mal dans votre système. L'opinion publique, l'infamie, le deshonneur, la honte, ne sont que des mots, de pures inepties. Mais, je n'en doute point, il n'osera se présenter aux jeux. S'il se trouve au festin public, ce ne sera pas pour y tenir son (2) rang, (à moins qu'il ne veuille se rencontrer avec Clodius, avec ses amours,) mais

(1) Les jeux que devoit donner Pompée dans la dédicace de son théâtre.

(2) *Son rang*, sans doute de sénateur; il se seroit trouvé en cette qualité avec Clodius, aussi sénateur,

pour satisfaire sa sensualité. Il nous laissera les jeux à nous autres gens du Peuple. Car ordinairement, dans ses discussions philoso-phiques , il préfère les plaisirs du ventre à ceux des yeux et des oreilles. Peut-être, P. C. , ne le connoissiez-vous que comme un voleur insatiable , après l'avoir connu comme un fripon cruel ; peut-être ne trouviez-vous en lui qu'un méchant , une ame sordide , un opiniâtre , un arrogant , un trompeur , un perfide , un impudent , un audacieux ; sachez qu'il n'est rien de plus déréglé et de plus dissolu que Pison, rien de plus livré aux excès de la table et de la débauche. Et n'allez pas vous imaginer dans cet homme une débauche ordi-naire. Toute débauche en général est vicieuse et répréhensible ; il en est une néanmoins plus digne d'un homme qui a de l'honneur et des sentimens. On ne voit chez Pison rien de magnifique, rien de délicat, rien de recherché, rien même , je le dis à la louange de mon ennemi , rien , hormis sa passion pour les femmes , qui puisse jetter dans de grandes dépenses : on n'y voit pas de vases d'or ou d'argent ciselés, mais de très-grandes coupes

N 3

qu'il a tirées de Plaisance (1), pour ne point paroître mépriser les siens. Sa table n'est pas couverte de coquillages et de poissons, mais chargée de grosses viandes un peu rances. Il est servi par des valets mal-propres, dont quelques-uns même sont déjà vieux. Son cuisinier lui sert de portier. Chez lui ni boulangerie ni cave. Le pain se prend au marché, et le vin au cabaret. Ses Grecs sont entassés à table, cinq sur un lit (2), souvent davantage ; pour lui, il est seul. On boit tant que de son trône il verse à boire. Sitôt qu'il a entendu le chant du coq, croyant que son aïeul est ressuscité, il fait desservir.

On me dira, d'où savez-vous ces détails ? Je ne veux outrager personne, et encore moins quelqu'un qui a de l'esprit, et un esprit cultivé. Je ne puis, quand je le voudrois,

(1) Nous avons vu que l'aïeul maternel de Pison s'étoit établi à Plaisance.

(2) On n'étoit ordinairement sur un lit que trois ou tout au plus quatre. —*De son trône* : il étoit toujours dans ses repas comme le roi du festin.—*Croyant son aïeul,...* Son aïeul maternel étoit Gaulois d'origine : on voit la mauvaise plaisanterie, et l'allusion dans *Gallicantum*. En latin, *Gallus* veut dire en même tems Gaulois et coq.

me fâcher contre cette espèce d'hommes. Il
est un certain Grec (1) , vivant avec Pison ,
homme , à dire vrai , je le connois pour tel ,
savant et poli, mais tant qu'il est avec d'autres
que Pison , ou qu'il est seul. Ce Grec l'ayant
vu dans sa jeunesse , avec cette austérité
sombre , dont il sembloit dès-lors menacer les
Dieux , ne rejetta pas l'amitié d'un noble , sur-
tout qui le recherchoit. Il entra si avant dans
son intimité , qu'il vivoit absolument avec lui ,
et ne le quittoit presque pas. Ce n'est point
devant des ignorans que je parle , mais sans
doute , dans une assemblée d'hommes polis et
instruits. Vous l'avez certainement entendu
dire ; les philosophes Epicuriens réduisent à la
volupté seule tout ce qu'on peut desirer dans
cette vie. Ont-ils tort ou raison ? Ce n'est pas
notre affaire , ou du moins ce n'est pas ici le
temps de l'examiner. Mais ce langage équivoque est souvent dangereux pour un jeune
homme , qui ne saisit pas toujours le véritable esprit des paroles. Aussi notre jeune
étalon n'eut pas plutôt entendu les grands
éloges qu'un philosophe donnoit à la volupté,

(1) Ce Grec étoit un nommé Philodème , qui a
composé et laissé , dit Asconius , des poëmes lascifs.

qu'il n'examina plus rien. Tous ses appétits
sensuels se réveillèrent ; et hennissant à des
discours qui paroissoient les flatter, il crut avoir
trouvé dans un précepteur de vertu, un maître
de dissolution et de débauche. Le Grec distin-
guoit d'abord, il vouloit lui faire saisir le véritable esprit de la morale d'Epicure. Le disciple,
comme on dit, prenoit aisément la balle au
bond (1), il approuvoit la doctrine telle qu'on
la lui présentoit ; il vouloit la marquer de son
sceau. Epicure, disoit-il, s'explique avec clarté,
car enfin, c'est un habile homme, et, à ce que
je pense, il ne peut concevoir de bien sans les
voluptés des sens. En un mot, le Grec complaisant et doux, ne voulut pas disputer trop
opiniâtrement contre un sénateur du Peuple
Romain. Au reste, le Grec dont je parle n'est
pas simplement versé dans la philosophie,
mais dans les belles-lettres, qui, dit-on, sont
négligées par le plus grand nombre des Epicuriens. Il fait des vers (2) d'une tournure si fine ;

_____

(1) Mot à mot, ce boiteux, comme on dit, retenoit
la balle. —— Un peu plus bas, j'ai traduit comme si
on lisoit, *Epicurum disertum dicere : est ille doctis-*
simus, et tamen dicit....

(2) Il reste du poëte grec Philodème plus d'une

si élégante, si gracieuse, qu'il est impossible
de rien produire de plus parfait en ce genre.
On pourra le blâmer, si l'on veut, pourvu que
ce soit avec douceur, non comme un audacieux,
un infâme, un pervers, mais comme un Grec
léger, un peu flatteur, en un mot, un poëte.
Ce Grec, cet étranger, devint ami de Pison
par hasard, ou plutôt contre son intention,
séduit par ce masque d'austérité qui a trompé la
plus puissante et la plus sage des villes. Lié avec
lui d'une amitié étroite, il ne pouvoit rompre
cette liaison : d'ailleurs, il craignoit de passer
pour inconstant. Prié, sollicité, forcé même,
il lui adressa beaucoup de petits poëmes composés à son sujet. Toutes les dissolutions de
Pison, toutes ses impudicités, tous ses genres
de repas, tous ses adultères enfin y sont décrits
dans des vers très-délicats ; et si on le vouloit,
on pourroit y voir toute sa vie comme dans un
miroir fidèle. Je vous en rapporterois bien
des morceaux, que plusieurs ont lu ou
entendu lire, si je ne craignois que les
objets même dont je m'occupe à présent ne

trentaine de petites pièces, sous le titre d'épigrammes,
qui l'annoncent vraiment tel que Cicéron le dépeint
ici et dans ce qui précède.

fussent trop étrangers au lieu où je parle. D'ailleurs, je ne veux point décrier l'auteur de ces vers. S'il avoit été plus heureux dans le choix d'un disciple, peut-être eût-il été plus austère et plus grave; mais le hasard le fit écrire dans un genre tout-à-fait indigne d'un philosophe. Car la philosophie, suivant l'opinion commune, doit apprendre la vertu et la morale, enseigner à bien vivre. Celui qui en fait profession me paroît avoir à soutenir un personnage infiniment respectable. Le hasard avoit jetté chez Pison notre Grec, qui se disoit philosophe, sans connoître toute l'importance de ce titre; le même hasard l'a plongé dans les infamies et dans les ordures de cet animal gourmand et immonde.

Dernièrement, après avoir loué les actions de mon consulat, éloge qui, de la part d'un homme diffamé, étoit pour moi une espèce d'infamie, ce vil Epicurien s'est avisé de dire: Ce n'est point autre chose que vos vers qui vous ont fait tort. On a établi, sous votre consulat, de trop rigoureuses peines contre un mauvais poëte, ou un poëte trop libre. Vous avez écrit, dit-il: *Qu'à la toge cèdent les armes.* —Eh bien!—C'est-là justement ce qui a excité contre vous de si violens orages. Mais je ne crois pas que l'inscription funèbre, gravée sur le tombeau de la République, lorsque vous étiez consul, porte : Voulez-vous, ordonnez-vous que (1) Cicéron, pour avoir fait un vers ; mais pour avoir puni des coupables. Cependant, puisque nous trouvons en vous, non un sévère Aristarque, mais un critique, vrai Phalaris, qui ne se contente pas de noter un vers foible, qui poursuit le poëte à main armée ; je suis bien aise de savoir ce que vous blâmez dans ces mots : *Qu'à la toge cèdent les armes.* Vous dites, répond-il, que le plus grand général le cédera

(1) *Que Cicéron.* J'ai sous-entendu, comme dans le latin, *soit exilé.* —— Paul Manuce observe judicieusement que Clodius dans sa loi ne s'étoit certainement pas servi du mot *vindicârit,* mais de ceux-ci, par exemple, *quòd cives Romanos indictâ causâ condemnârit.* ——Le mot latin *grammaticus* que j'ai rendu par *critique,* prouve que *grammairien* alors se prenoit dans un sens un peu plus étendu que chez nous. *Phalaris,* tyran d'Agrigente, fameux par sa cruauté. *Aristarque,* célèbre critique, d'une sévérité extrême, avoit noté tous les vers d'Homère qu'il regardoit comme indignes de ce grand poëte. ——*Le plus grand général.* Pison, comme nous voyons par la suite, vouloit désigner Pompée.

à votre toge. Vous apprendrai-je maintenant
les premiers élémens de la poésie, il faudroit
pour une tête de mulet comme la vôtre, non
des paroles, mais le bâton. La toge dont je
parle n'est pas cette toge dont je suis revêtu,
ni les armes, le bouclier et l'épée d'un seul général ; mais comme la toge est le symbole de
la paix et de la tranquillité, et les armes celui
du tumulte et de la guerre ; parlant le langage
des poëtes, j'ai voulu dire que la guerre et le
tumulte le céderoient à la paix et à la tranquillité. Demandez plutôt au poëte Grec votre
ami ; il reconnoîtra et approuvera cette figure,
sans être surpris que vous manquiez de sens.
Mais, dit-il, vous êtes embarrassé pour cet
autre vers, *Que le laurier cède à la parole* (1).
Mais plutôt je vous ai obligation ; car je
serois réellement embarrassé, si vous ne
m'aviez tiré d'embarras. Oui, lorsque timide
et tremblant, vous avez jetté par terre, à la
porte Esquiline, les lauriers (2) que vous aviez
arrachés avec vos mains rapaces de vos faisceaux

(1) J'ai préféré la leçon *linguae* à celle de *laudi*,
en pensant qu'à *laudi* qui est un peu plus bas, il
faut sous-entendre *eloquentiae*.

(2) *Les lauriers.* Voyez plus haut. — *De vos*

ensanglantés, vous avez montré alors que le laurier cédoit, non-seulement à la plus sublime éloquence, mais aux plus communs effets de la
parole. Cependant, scélérat, en attaquant ce
vers, vous vouliez faire entendre qu'il m'avoit
brouillé avec Pompée ; vous vouliez, s'il a pu
me nuire, faire croire que ma perte vient de
celui qu'il a offensé. Je ne dis point que ce vers
ne le regarde nullement, que je n'étois point
capable de choquer par une seule ligne celui
que je m'étois efforcé de louer dans nombre de
mes écrits et de mes discours. Mais je veux qu'il
en ait été offensé ; d'abord ne me pardonnera-
t-il pas une seule ligne, en faveur de tant de
volumes que j'ai composés à sa louange ? Ensuite, s'il étoit piqué, l'étoit-il jusqu'à vouloir
la ruine, je ne dis pas d'un intime ami, d'un
homme qui avoit si bien travaillé pour sa gloire
et pour celle de la République, d'un consulaire,
d'un sénateur, d'un citoyen, d'un homme
libre ; eût-il poussé la cruauté jusqu'à vouloir
perdre, pour un vers, je dis simplement un
homme ?

Pensez-vous à ce que vous dites ? Voyez-vous

faisceaux ensanglantés , par les exécutions cruelles
faites dans votre province.

(206)

devant qui et de qui vous parlez ? Vous
enveloppez dans votre crime et dans celui de
Gabinius les plus illustres personnages, et
vous le faites assez ouvertement. J'attaquois,
avez-vous dit il y a quelque tems, ceux que je
méprisois, je ménageois ceux qui étoient les
plus puissans, et à qui je devois en vouloir.
Quoique la conduite de tous n'ait pas été la
même, (car, qui ne voit pas de qui vous
voulez parler ?) je n'ai pourtant à me plaindre
d'aucun d'eux. Pompée, malgré tous ceux
qui s'opposoient à son affection pour moi,
m'a toujours chéri, m'a toujours jugé digne
de son amitié, a toujours désiré que je ne
fusse atteint d'aucune disgrace; et même que
je fusse comblé de distinctions et d'honneurs.
Ce sont vos intrigues, ce sont vos crimes,
ce sont vos calomnies odieuses, par lesquelles
vous lui faisiez entendre que j'en voulois à
ses jours, que sa vie étoit en péril ; ce sont
les mauvais rapports de ces perfides qui,
abusant de l'avantage d'une liaison intime,
lui ont, à votre instigation, fatigué les oreilles
de leurs impostures ; enfin, ce sont vos
empressemens pour obtenir des provinces,
qui nous ont empêchés de le joindre et de

conférer avec lui, moi et tous ceux qui étoient jaloux de sa gloire et du salut de la République. De-là qu'est-il arrivé ? Il ne lui étoit pas libre de suivre son propre sentiment, certains hommes ayant au moins ralenti son ardeur à me secourir, s'ils n'ont pu le détacher entièrement de moi. Lentulus (1), qui étoit alors préteur, Sanga, Torquatus, Lucullus, ne sont-ils pas venus vous trouver ? Tous ces citoyens et beaucoup d'autres s'étoient rendus à la maison d'Albe de Pompée pour le prier et le conjurer de ne pas abandonner mes intérêts qui se trouvoient liés à ceux de la République. Il vous les renvoya à vous et à votre collègue pour vous engager à entreprendre la défense de la cause publique, et à faire votre rapport au sénat. Il ne vouloit pas, disoit-il, combattre contre un tribun armé, sans être soutenu de cette auguste compagnie; si les consuls, armés d'un décret

(1) Lucius Cornélius Lentulus, qui fut consul avec Caïus Claudius Marcellus la première année de la guerre civile. Quintus Sanga, de la famille des Fabius. Torquatus père avoit été consul dans le tems de la première conjuration de Catilina. Marcus Lucullus, assez connu par ses exploits dans la guerre contre Mithridate.

du sénat défendoient la République, il prendroit les armes sans balancer. Ne vous rappellez-vous pas, misérable, ce que vous ré-
pondites alors? Tous en général, et sur-tout
Torquatus, étoient furieux de la sécheresse de
votre réponse. Vous n'étiez pas, disiez-vous,
aussi ferme que l'avoit été dans son consulat
Torquatus, que je l'avois été moi-même;
il n'étoit pas besoin d'armes et de combats:
je pouvois, en cédant, sauver de nouveau la
République; la résistance entraîneroit un
carnage horrible; enfin, et vous, et votre
gendre, et votre collègue; vous étiez résolus
à soutenir le tribun du Peuple. Et vous direz
encore, ennemi de l'état, traître à la patrie, que
je dois en vouloir à d'autres plus qu'à vous.

Quant à César, il n'a point pensé comme
moi dans certaines circonstances, je le sais;
mais enfin, je l'ai dit souvent en présence
de ceux qui m'écoutent; il vouloit que je
partageasse les opérations de son consulat et
les honneurs dont il faisoit part à ses meilleurs
amis; il m'a offert ces honneurs, il m'a prié,
il m'a pressé. Je ne me suis pas rendu à
ses désirs, peut-être par trop d'attachement
à mes opinions. Je ne demandois pas à être
chéri

chéri d'un homme dont les bienfaits mêm e n'avoient pu m'engager à trahir pour lui mes sentimens. On croyoit que , dans l'année de votre consulat, il seroit question si les actes de César de l'année précédente seroient confirmés ou abolis. Qu'est-il besoin d'en dire davantage? S'il a cru que j'avois seul assez de force et de pouvoir pour faire infirmer ses actes par ma résistance; pourquoi ne lui pardonnerois-je pas d'avoir préféré ses intérêts aux miens? Mais laissons-là le passé. Dès que Pompée eut embrassé ma défense avec toute la chaleur dont il étoit capable , sans épargner ni travaux , ni périls; lorsqu'il parcouroit pour moi les villes municipales, qu'il imploroit la protection de l'Italie , qu'il restoit sans cesse auprès du consul Lentulus , ce principal auteur de mon rétablissement , qu'il donnoit son avis (1) dans le sénat avec assurance ; lorsque devant tout le Peuple il s'annonçoit, non-seulement pour mon défenseur, mais encore pour suppliant dans ma cause : il associa à son zèle et prit pour l'aider,

(1) Mot à mot, *qu'il garantissoit son avis au sénat;* c'est-à-dire, qu'il ne se contentoit pas de donner son avis , mais qu'il le donnoit comme étant le meilleur.

César, qu'il savoit avoir une grande puissance, et nulle animosité contre moi. Vous le voyez, Pison, je dois être votre ennemi, un ennemi déclaré ; et loin d'être irrité contre ceux que vous désignez, je dois être leur ami. L'un, je m'en souviendrai toujours, m'a aimé comme lui-même ; l'autre, je pourrai l'oublier, s'est plus aimé que moi. D'ailleurs, quoique les braves se soient mesurés de près, on les voit dès que le combat est fini, déposer la haine avec les armes. Mais César n'a pu me haïr, non pas même lorsque nous étions divisés de sentimens. C'est le propre de la vertu, dont vous ne connoissez pas seulement l'ombre, de plaire aux grandes âmes, par sa beauté et par son éclat jusques dans la personne de leurs ennemis.

Je dirai sincèrement, P. C., ce que je pense, et ce que vous m'avez déjà entendu dire plus d'une fois ; César n'eût-il jamais été mon ami, eût-il toujours été mon ennemi ; fût-il disposé à rejetter mon amitié, à me garder une haine implacable, une haine éternelle : cependant, après les grandes choses qu'il a faites et qu'il fait tous les jours, pourrois-je m'empêcher d'être son ami ? Depuis qu'il commande nos troupes, ce n'est ni la hauteur des Alpes que j'oppose à l'escalade et au passage des Gaulois, ni la profondeur du Rhin, ce fleuve si rapide, aux nations les plus féroces de la Germanie. Oui, dussent les montagnes s'applanir, dussent les fleuves se dessécher, dussent les fortifications de la nature disparoître tout-à-coup, nous trouverions toujours pour l'Italie un sûr rempart dans les exploits et dans les victoires de cet illustre général. Mais puisqu'il me recherche, qu'il me chérit, qu'il me croit digne de toute son estime, chercherez-vous, Pison, à détourner sur lui la haine que je vous porte? Chercherez-vous à rouvrir les plaies (1) que vos crimes ont faites à la République? Quoique bien instruit de l'union qui régnoit entre nous deux, vous affectiez de n'en rien voir, vous me demandiez d'une voix tremblante pourquoi je ne vous dénonçois pas. Quant à ce qui me regarde, je ne vous ôterai jamais cette inquiétude (2) en vous assurant du contraire. Je dois néaumoins examiner quels

(1) J'ai traduit comme si on lisoit, *sic tuis scele-ribus inflicta vulnera refricabis?*

(2) *Nunquam istam imminuam curam infitiando tibi,* vers du poëte Accius.

O 2

soins et quel fardeau j'imposerois à un ami chargé d'aussi grandes opérations, occupé d'une guerre aussi importante. Au reste, malgré la langueur de notre jeunesse, et quoiqu'elle ne soit plus animée comme elle le devroit par l'amour de la gloire et des louanges, non, je n'en désespère pas, il se trouvera de nos jeunes gens qui ne dédaigneront point de dépouiller des décorations consulaires (1) ce cadavre abandonné, surtout puisqu'ils auront à accuser dans vous, Pison, un homme si foible, si dénué de ressources et de secours, un homme qui, par sa conduite, a annoncé que toute sa crainte étoit de paroître indigne du bienfait qu'il avoit reçu, s'il ne se montroit parfaitement semblable à son (2) bienfaiteur.

Croyez-vous que nous n'ayons pas fait une exacte recherche des maux et des désastres qu'a essuyés la province sous votre gouver-

(1) Plus un citoyen avoit un rang distingué, plus il y avoit de gloire à un jeune homme de l'accuser. Ici, dit Cicéron, il y aura de la gloire et nulle peine. *Du bienfait*, d'une riche province dont il avoit eu le gouvernement.

(2) *A son bienfaiteur*, à Clodius.

nement? Nous les avons découverts en suivant, non de foibles traces et de légers indices, mais les profondes empreintes de votre corps, laissées dans les bourbiers où vous vous êtes (1) roulé. Nous avons remarqué les crimes que vous avez commis à votre arrivée ' lorsqu'après avoir reçu de l'argent des habitans de Dyrrachium, pour faire mourir Plator, votre hôte, vous avez ruiné la maison de celui même dont vous aviez vendu le sang à prix d'or. Vous aviez reçu du même homme des esclaves musiciens et d'autres présens, vous l'aviez rassuré malgré ses allarmes et ses soupçons, vous l'aviez fait venir à Thessalonique sur la foi de votre parole : vous ne lui fites pas même subir le supplice établi par nos ancêtres. Ce malheureux auroit voulu expirer sous les coups de la hache de son hôte ; vous ordonnates au médecin que vous aviez amené de lui ouvrir les veines. A la mort de Plator vous ajoutates celle de Pleuratus, son compagnon,

(1) L'orateur se sert d'une métaphore prise d'un porc qui se roule dans la boue, par allusion au porc d'Epicure : il parloit d'un homme qui étoit Epicurien, et qui se faisoit gloire de l'être.

O 3

que vous fîtes mourir sous les coups de verges, sans respect pour son grand âge. Après vous être vendu trois cents talens (1) au roi Cottus, vous fîtes trancher la tête à Rabocentus, un des principaux de la nation Besse, quoiqu'il fût venu vous trouver dans votre camp comme ambassadeur, et qu'il vous promît de la part des Besses, de puissans secours, des renforts d'infanterie et de cavalerie. Et il n'est pas le seul que vous ayez ainsi sacrifié ; vous fîtes encore mourir les autres ambassadeurs qui étoient venus avec lui, dont vous aviez vendu les têtes au roi Cottus. Les Denselètes, nation toujours soumise à cet empire, au milieu même de la révolte générale des Barbares de la Macédoine, avoient défendu le préteur (2) Sentius : vous leur avez fait une guerre aussi injuste que cruelle; et pouvant trouver chez eux de fidèles alliés, vous avez mieux aimé vous en faire de redoutables ennemis. Ainsi

(1) Environ 900,000 liv. —— Cottus, Cotus, ou Cotys, roi d'une partie de la Thrace. —— les Denselètes dont il est parlé un peu plus bas, étoient des Peuples de Thrace.

(2) Caïus Sentius Saturninus, dont il est parlé dans le plaidoyer pour Plancius.

de défenseurs perpétuels qu'ils étoient de la Macédoine, vous les avez forcés d'en devenir les persécuteurs et les dévastateurs. Ils nous ont traversés dans la levée des impositions, ont pris nos villes, ravagé nos campagnes, asservi nos alliés, enlevé nos esclaves, ravi nos troupeaux; ils ont obligé les Thessaloniciens, qui ne croyoient plus pouvoir défendre leur ville, de se fortifier dans leur citadelle. Vous avez pillé le temple de Jupiter Urius (1), ce temple le plus ancien et le plus vénérable parmi les Barbares. Les Dieux immortels ont fait retomber sur nos soldats la punition de vos sacrilèges. Ces malheureux se trouvoient tous affligés de la même maladie, sans qu'aucun d'eux pût guérir dès qu'une fois il étoit attaqué; nul ne doutoit donc que des hôtes insultés, des ambassadeurs mis à mort, des alliés paisibles tourmentés par une injuste guerre, des temples profanés, ne fussent la cause d'une pareille désolation.

Par le peu que j'en viens de dire, vous pouvez juger de toutes vos cruautés et de

(1) *Urius*, favorable, du mot grec *ourios*. Il y a des éditions qui portent *Velsuri*, dont on ignore origine.

tous vos forfaits. Détaillerai-je maintenant
tous les traits divers de votre cupidité? dé-
velopperai-je les délits sans nombre qu'elle
renferme? Je n'offrirai en masse que les plus
connus. Les dix-huit millions de sesterces (1)
qui vous ont été donnés sur le trésor, pour
prix de mon sang, sous prétexte de l'entretien de votre maison, ne les avez-vous pas
laissés à Rome pour les faire valoir? Les
Apolloniates vous ayant remis à Rome deux cens
talens (2) pour être dispensés de payer leurs
dettes, n'avez-vous pas, de votre chef, livré
à ses débiteurs Fufius, chevalier Romain,
homme d'un mérite rare? En assignant des
quartiers d'hiver à votre lieutenant et à votre
préfet, n'avez-vous pas ruiné sans ressource
de malheureuses villes qui furent, non-seulement dépouillées de leurs biens, mais même
contraintes de subir les excès horribles de vos
infâmes passions? Quelles bornes avez-vous
mises à l'estimation du blé, en particulier
à celle du blé gratuit (3); si on peut appeller

(1) 2,250,000 livres.
(2) 600,000 livres.
(3) Il est parlé dans les Verrines, du blé *décuman*,
du blé *acheté*, du blé *estimé*, mais non du blé *lo-*
graire, que j'appelle blé *gratuit*.

gratuit un blé arraché par la violence et. la crainte ? Presque tous les Peuples, et sur-tout les Béotiens, les Byzantins, les habitans de la Chersonèse et de Thessalonique, se sont ressentis de ces cruelles vexations. Durant trois ans, vous avez été seul maître, seul vendeur, seul estimateur de tout le blé dans toute l'étendue de la province.

Que dirai-je des jugemens en matières capitales, des compositions faites avec les accusés, des sommes qu'ils vous donnoient pour éviter la peine de ceux que vous condamniez par cruauté, ou que vous absolviez par caprice ? Lorsque vous me verrez instruit sur quelque chef d'accusation, vous pouvez vous rappeller en vous-même combien de délits on en pourroit tirer. Vous rappellez-vous, par exemple, ce fameux arsenal que vous avez établi, dans lequel rassemblant tout le bétail de la province, sous prétexte de ramasser des peaux, vous renouvellates les gains immenses faits autrefois par votre père ? Car, dans votre jeunesse, durant la guerre (1) d'Italie, vous

(1) Guerre allumée par plusieurs Peuples d'Italie, qui s'étoient soulevés, parce qu'on leur refusoit le droit de suffrages qu'ils demandoient.

aviez vu votre maison s'enrichir par un arsenal dont votre père avoit l'inspection. Vous rappellez-vous qu'en mettant un certain impôt sur toutes les marchandises, vous avez rendu votre province tributaire de vos esclaves convertis en fermiers publics ? Vous rappellez-vous d'avoir vendu ouvertement les grades de centurion, de vous être servi d'un de vos esclaves pour distribuer les grades, d'avoir forcé les villes de donner tous les ans (1) la paie aux soldats, d'avoir établi, pour cet effet, des bureaux ? Vous rappellez-vous votre départ pour le Pont, et votre extravagante entreprise; votre saisissement et votre abattement à la nouvelle que la Macédoine étoit devenue province prétorienne : vous tombâtes alors évanoui, moins affligé de vous voir un successeur que de voir qu'on n'en donnoit pas à Gabinius ? Que dirai-je de votre ques-

____

(1) *Tous les ans*, sans doute où vous gouverneriez la province; à moins que Pison n'eût eu envie d'étendre au-delà cet établissement. —— *Votre entreprise*, qui n'eut pas lieu, que Pison ne put pas ou ne voulut pas exécuter. —— *Étoit devenue province prétorienne*, et que par conséquent un des préteurs de cette année vous succéderoit aussi-tôt.

teur, que vous avez renvoyé, quoiqu'il eût été édile (1) ; de vos lieutenans, que vous lui avez substitués, et dont les plus honnêtes ont essuyé vos outrages ? Que dirai-je des tribuns de soldats que vous avez rejettés, du brave Bébius qui a été assassiné par votre ordre ? Dirai-je que, désespérant de n'être point rappellé et remplacé, vous vous abandonnates à la tristesse, aux gémissemens et aux larmes ? que vous envoyates à ce prêtre (2) infâme du Peuple, six cens de nos amis et de nos alliés pour les exposer aux bêtes ? que, pénétré et accablé du chagrin de votre départ, vous vous rendites d'abord dans la Samothrace, ensuite à Thase avec vos jeunes danseurs, avec Autobule, Athamas et Timoclès, ces frères d'une charmante figure ? que de-là, vous retirant dans la maison de campagne

(1) Il est étonnant que Cicéron parle d'un questeur qui avoit été édile, lorsqu'on demandoit l'édilité après la questure.

(2) A Clodius, qui s'étoit introduit dans une assemblée de femmes où l'on sacrifioit pour le Peuple. Il étoit alors édile, et c'étoit pour les jeux qu'il devoit donner au Peuple que Pison lui envoyoit ces six cents hommes comme ayant été condamnés.

(220)

d'Euchadie, veuve d'Egésciste, vous y restates quelques jours plongé dans l'affliction ; qu'ensuite, consumé de douleur, vous vintes à Thessalonique pendant la nuit et sans être connu? que là, obsédé d'une foule de malheureux, et ne pouvant soutenir l'orage de leurs larmes et de leurs plaintes, vous vous réfugiates à Bérée, ville écartée de votre route : dans cette ville, un faux bruit vous ayant rendu le courage, et l'espoir que Quintus Ancharius (1) ne vous succéderoit pas, avec quelle ardeur, scélérat, ne vous êtes-vous point ranimé pour la débauche ? Je ne parle pas de l'or coronaire, cet or qui vous a tourmenté si long-tems, incertain si vous deviez le demander ou non. La loi de votre gendre défendoit et aux villes de le donner, et aux gouverneurs de le recevoir, à moins qu'on ne leur eût décerné le triomphe. Cependant, après avoir reçu cet argent et l'avoir dévoré, comme vous ne pouviez le revomir

(1) Alors préteur, nommé pour succéder à Pison. —— L'or coronaire. On appelloit ainsi l'or que les Peuples d'une province fournissoient à un général ou à un commandant pour les couronnes de son triomphe. —— De votre gendre, de César.

et le rendre, non plus que les cent talens des Achéens, vous en avez changé seulement le nom et l'objet. Je ne parle pas des diplômes expédiés de côté et d'autre dans toute la province, ni du nombre des vaisseaux, ni de la quantité du butin. Je ne parle pas des contributions en blés exigées à la rigueur, de la liberté ravie à des particuliers et à des Peuples dont les privilèges étoient formels : toutes choses expressément défendues par la loi Julia. L'Etolie, entièrement séparée des nations Barbares, se trouve située au sein de la paix, et presque au centre de la Grèce ; vous avez, ô peste et fléau de nos alliés, vous avez ruiné à votre départ cette malheureuse province. Vous avouez vous-même, et vous venez de le déclarer tout-à-l'heure, qu'Arsinoé, Strate et Naupacte, villes peuplées et célèbres, ont été prises par les ennemis. Mais par quels ennemis? sans doute par ces infortunés que vous obligeates, aussitôt après votre arrivée à Ambracie, de quitter les villes des Agrians et des Dolopes, d'abandonner leurs dieux et leurs foyers. Dans cette fin de votre commandement, illustre *imperator*, après avoir ajouté la ruine soudaine de l'Etolie à vos précédens ravages, vous congédiates votre armée, et vous aimâtes mieux vous exposer aux peines dues à une semblable prévarication, que de voir le petit nombre et les tristes restes de vos soldats.

Mais il faut vous montrer, P. C, la parfaite ressemblance de deux Epicuriens dans l'art militaire et dans le commandement des troupes. Albucius, après avoir triomphé dans la Sardaigne, fut condamné à Rome (1). Pison, qui s'attendoit à un sort pareil, éleva des trophées dans la Macédoine; et lorsque toutes les nations ont voulu que les trophées fussent des monumens et des témoignages de victoires et d'exploits guerriers, notre *impérator* à contre-tems en a fait, à la honte immortelle de sa race et de son nom, les funestes marques de villes perdues, de légions défaites,

(1) Titus Albucius, propréteur de Sardaigne, ayant défait une poignée de brigands, demanda au sénat les prières publiques qui lui furent refusées. Il avoit fait une espèce d'entrée triomphale dans une des principales villes de sa province : il fut condamné à son retour.—*Notre impérator à contre-tems*; c'est-à-dire, qui a obtenu ce titre pour des défaites, et non pour des victoires.

d'une province laissée sans défense et privée
du reste des soldats. Et afin qu'il y eût
quelque chose à graver sur la base des trophées., arrivé à Dyrrachium au sortir de sa
province, il fut investi par les soldats qu'il
disoit dernièrement à Torquatus avoir licenciés pour récompense de leur courage. Après
leur avoir promis avec serment de leur payer
le lendemain tout ce qui leur étoit dû, il se
cacha dans une maison. Il en sortit au milieu
de la nuit en pantoufles et en habit d'esclave,
monta dans un vaisseau, se détourna de
Brindes, et pénétra jusqu'aux extrémités de
la mer Adriatique. Cependant à Dyrrachium les
soldats recommencent à investir la maison où
ils le croyoient encore, où ils s'imaginoient
qu'il étoit caché ; ils l'entourent de feux.
Saisis de crainte, les habitans leur apprennent
que l'*impérator* Pison s'est enfui la nuit en
pantoufles. Les soldats se jettent sur sa statue,
parfaitement ressemblante, sur la statue que ce
grand général avoit fait ériger dans une place publique, pour ne point laisser périr la mémoire
d'un homme aussi aimable ; ils la précipitent de
sa base, la renversent, la mettent en pièces et
en dispersent les morceaux. Ce fut ainsi qu'ils

déchargèrent sur sa statue la haine qu'ils portoient à sa personne.

Ainsi, Pison, je ne doute pas que me
voyant instruit des principaux traits de vos
iniquités, vous ne me croyiez non moins bien
informé de tous les détails de vos infamies.
Il n'est pas besoin d'exciter mon ardeur, de
m'exhorter à vous accuser, il suffit de
m'en avertir. Or nul ne m'en avertira que la
République même ; et le tems, à ce qu'il me
semble, en est plus proche que vous ne l'avez
cru jusqu'ici. Ne voyez-vous pas, si la nouvelle
loi (1) pour la composition des tribunaux
est une fois reçue, quels juges nous aurons par
la suite ? Il ne sera point libre d'être nommé ou
de ne l'être pas comme on voudra. Le hasard
ne mettra personne dans ces compagnies nouvelles, le hasard n'en ôtera personne. La ca-
bale n'y trouvera point place pour acquérir du
crédit, ni la perversité pour se couvrir d'un
beau nom. Ceux-là siégeront avec le titre de
juges, que la loi même, et non la passion

(1) Loi portée par Pompée, consul, qui changeoit
les classes de juges, et les composoit d'après le revenu
des particuliers, en les prenant toujours dans les trois
ordres, d'après la loi Aurélia.

des

hommes, aura choisis. Ainsi donc , croyez-
vous n'engagerez personne contre votre
g   l'occasion et la circonstance éloigneront
ou   ageront , soit moi-même , ce que je ne
vou   point , soit quelque autre.

Po   oi , comme je l'ai déjà dit , je ne
regard   s, ainsi que la plupart, comme de vrais
suppli   armi les hommes, les condamnations,
les exi   la mort. Enfin il me paroît qu'on ne
doit r   ment regarder comme une punition ,
ce q   eut arriver à un homme innocent ,
à un   mme courageux , à un homme sage , à
un   me de bien, à un bon citoyen. La con-
da   ion que l'   ma   e contre vous ,
    Rutili   e vrai modèle
d   grité. Il m'a toujours sem   e les juges

    Rutilius , questeur en Asie , ayant défendu
   province contre les vexations des fermiers publics,
fut condamné à son retour par les chevaliers Romains
qui avoient alors le département des tribunaux. Il se
retira dans cette Asie qu'on l'accusoit d'avoir mal
gouvernée : il y fut accueilli avec toute la distinction
que méritoient ses vertus. —— Opimius étant préteur,
avoit pris la ville de Frégelles, étant consul il avoit
tué Caïus Gracchus qui troubloit la République. Accusé devant le Peuple, il fut absous ; il fut condamné
ensuite par un tribunal et mourut en exil.

Tome IX.   P

et la République avoient été plus punis que lui-même. Opimius fut chassé de sa patrie, lui qui, pendant sa préture et son consulat, avoit délivré la République des plus grands périls. Le crime, et les remords qui sont la peine du crime, n'étoient point pour celui qui a souffert l'injustice, mais pour ceux qui l'ont faite. Catilina (1), au contraire, fut renvoyé deux fois absous; celui dont vous teniez votre province a été renvoyé de même, quoiqu'il ait porté l'adultère jusque sur l'autel de la Bonne-Déesse. Est-il quelqu'un, dans une aussi grande ville, qui l'ait cru justifié de sacrilège, qui n'ait pas été persuadé que ceux qui l'avoient absous, s'étoient rendus coupables du même forfait? Attendrai-je que les soixante et quinze juges aient prononcé contre vous (2), lorsque

(1) Catilina fut accusé de concussion sous le consulat de Cotta et de Torquatus. Il subit quelque tems après une seconde accusation, on ne sait pas quel en fut l'objet. Il fut absous dans ces deux occasions. —— *Celui dont vous teniez votre province*, sans doute Clodius. Son sacrilège est assez connu.

(2) Mot à mot, *que les soixante et quinze tablettes*, (sur lesquelles les juges portoient leurs suffrages) *aient été distribuées*. Il paroît que les grands tribunaux étoient composés de soixante et quinze juges.

vous êtes déjà jugé par tous les hommes de toute
condition, de tout âge, de tout ordre? Vous croit-
on digne d'obtenir quelque honneur, digne d'être
abordé , digne seulement d'être salué ? Tous
détestent la mémoire de votre consulat, vos
actions, vos mœurs, votre figure, et jusqu'à votre
nom , qu'on voudroit bannir de la République
comme un nom de mauvais augure. Vos lieutenans ont rompu avec vous ; vos tribuns sont
vos ennemis ; vos centurions , et le peu de
soldats qui restent d'une si belle armée, soldats
que vous avez plutôt dispersés que licenciés ,
vous haïssent , vous souhaitent la mort , vous
ont en exécration. L'Achaïe épuisée, la Thessalie ravagée , Athènes mise en pièces , Dyrrachium et Apollonie désolées , Ambracie pillée,
l'Epire entièrement détruite, les Parthins et
les Bulliens joués et insultés , les Locriens, les
Phocéens, les Béotiens brûlés et ruinés ; l'A-
carnanie , l'Amphilochie, la Perrhébie et la
nation des Athananes vendues ; la Macédoine
livrée aux Barbares, l'Etolie perdue pour nous ;
les Dolopes et les habitans des montagnes
voisines , chassés de leurs villes et de leurs
territoires ; les citoyens Romains qui commercent dans ces lieux : tous ont senti que vous

(228)

n'étiez venu que pour les voler, les piller, les vexer, les traiter en ennemis. Aux jugemens si décisifs de tant d'hommes et de Peuples, ajoutez encore le vôtre, la sentence de condamnation que vous avez prononcée contre vous-même, vôtre arrivée secrète, votre marche furtive dans l'Italie, votre entrée dans cette ville sans nul cortège de vos amis, aucune lettre écrite de votre province au sénat, aucune victoire remportée pendant trois campagnes, aucune mention du triomphe : vous n'osez dire ce que vous avez fait, pas même où vous avez été. Lorsque de la Macédoine, d'une province source et pépinière de triomphes, vous n'avez rapporté que des feuilles de lauriers desséchées, lorsque vous avez jetté avec mépris ces feuilles aux portes de la ville, ne peut-on pas dire que vous avez prononcé contre vous-même une sentence (1) de condamnation ? Si vous n'aviez rien fait qui méritât les honneurs du triomphe, à quoi donc vous ont servi une brillante armée, de grandes sommes d'argent, un comman-

_____

(1) *Fecisse videtur* étoit la formule de condamnation d'un accusé. Quand les juges condamnoient, ils ne disoient pas *fecit*, mais *fecisse videtur*.

dement étendu , une province si fertile en triomphes et en victoires ? Mais si vous aviez eu des prétentions , si vous aviez pensé à ce que votre titre d'*Imperator* , à ce que vos faisceaux ornés de lauriers , à ce que vos trophées aussi honteux que risibles , annoncent que vous avez desiré et recherché ; peut-on être plus misérable , plus condamné que vous , qui n'avez osé parler au sénat , ni de vive voix , ni par écrit , de vos exploits militaires ? Est-ce bien à moi , qui fus toujours persuadé qu'on doit juger de la fortune de chaque homme , non par les succès , mais par les actions , est-ce bien à moi que vous avez le front de dire que notre réputation et notre sort ne dépendent pas de la sentence de quelques juges , mais de l'opinion de tous les citoyens ? Croyez-vous donc n'être point condamné dans l'opinion publique , vous que les Peuples (1) alliés , libres

---

(1) Le latin dit , *que les alliés* , *que les fœdérats.* Les villes alliées étoient distinguées des villes *fœdéra-tes* ; et voici la différence qu'on peut assigner entre ces sortes de villes. Les villes libres alliées étoient celles qui se gouvernoient par leurs propres loix sans être assujetties à aucun tribut. Les villes libres fœdérates se gouvernoient aussi par leurs propres loix , mais

P 3

ou tributaires , que les commerçans , que les
fermiers de nos domaines , que tous les
citoyens , que vos lieutenans et vos tribuns ,
que les restes de vos soldats échappés au glaive,
à la famine et à la maladie , jugent digne de
tous les supplices ? Doit-on regarder comme
non condamné un homme qu'on ne peut justifier des plus grands crimes , auprès du sénat ,
auprès des chevaliers Romains , auprès d'aucun
ordre, ni dans cette ville , ni dans toute l'Italie ?
un homme qui n'ose confier sa cause à personne , qui craint tout le monde, qui se hait lui-
même , qui lui-même se condamne ? Je ne
fus jamais altéré de votre sang ; je ne vous
souhaitai jamais ce dernier supplice , ce coup
si redouté dont le juge et la loi peuvent frapper
l'innocent comme le coupable. Mais Pison
avili , méprisé , dédaigné par les autres , abandonné par lui-même , dénué de tout espoir , se
croyant sans ressource , inquiet , alarmé au
moindre bruit , sans voix , sans liberté , sans
considération , sans aucune ombre de dignité

—————

étoient soumises à un tribut quelconque en vertu d'un
traité , *ex foedere ;* de-là on les appelloit *feoderatae.*
Il y avoit donc des Peuples libres alliés , des Peuples
libres fœdérats.

consulaire, frissonnant, tremblant, rampant
devant tous (1) : voilà ce que je voulois voir,
je l'ai vu. Si donc vous éprouvez le sort que
vous avez lieu de craindre, je n'en serai pas
affligé, je le confesse ; si par hasard on
tarde à vous rendre justice, je jouirai du
moins de votre profond abaissement : je serai
plus satisfait de vous voir redouter l'accusation
que la subir ; je vous verrai avec plus de joie
dans les transes continuelles d'un coupable, que dans l'humiliation passagère d'un
accusé.

PLAIDOYER

POUR MILON.

Sommaire.

CLODIUS épris d'amour pour la femme de César,
s'étoit introduit, déguisé en femme, dans la mai-

---

(1) *Adulantem omnes.* On voit qu'ici *adulari* se
construit avec l'accusatif. Il se construit ordinairement
avec le datif. Aussi des savans ont voulu lire *adulantem omnibus.*

son de celui-ci , où des dames romaines célébroient les mystères de la Bonne-Déesse (un des
noms donnés à Cybèle) , mystères auxquels les
hommes ne devoient avoir aucun accès. Reconnu
et accusé devant le sénat , il trouva moyen de se
faire absoudre. Cicéron avoit rendu contre lui
témoignage dans cette affaire. De-là cette inimitié violente qui le fit agir contre Cicéron dans
toutes les circonstances où il pouvoit lui nuire.
Etant tribun , il parvint à le faire exiler. Milon ,
ami zélé de Cicéron , étoit un de ceux qui
avoient le plus contribué à son rappel. C'étoit
un homme ferme , hardi , le plus redoutable adversaire de Clodius ; le plus opposé à ses fureurs.
Il demandoit le consulat pour la même année que
Clodius demandoit la préture. Celui-ci employoit
tous ses efforts pour empêcher Milon d'être
consul , et favorisoit de tout son pouvoir ses
compétiteurs.

Cependant Milon , comme pontife de Lanuvium , étoit obligé de se rendre dans cette ville,
pour y célébrer un sacrifice fixé à un certain jour.
Il part de Rome assez bien accompagné ; il rencontre sur la voie appienne , devant une chapelle
de la Bonne-Déesse , Clodius qui revenoit d'une
de ses maisons de campagne. Les gens de la suite

de l'un et de l'autre prennent querelle, la dispute s'échauffe. Clodius reçoit une blessure mortelle dans le combat, et reste mort sur le chemin. Son corps est porté à Rome par ses partisans, qui le présentent au Peuple dans la place
publique. La populace sur-tout, dont Clodius
vivant s'étoit comme constitué le chef, s'anime à
ce spectacle. Elle dresse à la hâte pour le mort
un bûcher près de la salle du sénat. La flamme
du bûcher se communique à cette salle et la con-
sume avec d'autres édifices publics. Toute la ville
fut beaucoup plus indignée de ces incendies que
de la mort de Clodius. Milon crut pouvoir profiter de ces dispositions pour rentrer dans Rome,
dont il étoit resté éloigné.

Les troubles occasionnés par la mort de Clodius, avoient empêché de procéder à l'élection
des magistrats; tout étoit en combustion dans
la ville: il fut décidé que Pompée seroit nommé
seul consul, et qu'on lui enjoindroit de prendre
des mesures pour que la République ne souffrît
aucun dommage; formule qui lui donnoit une
autorité absolue. Pompée s'étoit réconcilié avec
Clodius quelque tems avant sa mort; il en vouloit à Milon; il affecta d'avoir à craindre des
violences de celui-ci, fit des levées de troupes

dans toute l'Italie, distribua des gardes dans plusieurs quartiers de Rome, et en particulier dans sa maison, dont il ne sortoit jamais sans être bien escorté. Ce n'est pas tout : il porta une loi, en vertu de laquelle on devoit connoître extraordinairement de la mort de Clodius, et former un tribunal devant lequel Milon seroit accusé. Cicéron entreprit de défendre un ami intime, qui l'avoit servi avec tant de zèle dans des conjonctures importantes. Pompée parut au jugement, environné d'une garde publique, après avoir fait placer des soldats autour du tribunal et en divers endroits du forum. L'orateur, dit-on, effrayé par cet appareil et par les cris des partisans de Clodius, ne parla pas avec sa fermeté ordinaire. Milon fut exilé et se retira à Marseille.

Ce fut là que Cicéron lui envoya le discours tel que nous l'avons à présent, après l'avoir travaillé de nouveau. On peut le regarder comme le chef-d'œuvre de l'éloquence latine. Plusieurs discours de Cicéron sont plus intéressans pour le fond des choses, mais il n'en est pas d'aussi parfait, soit pour la disposition, soit pour l'élocution. Tout y est placé avec un art admirable pour produire l'effet qu'on désire. Véhé-

mence , douceur , adresse , force et subtilité du
raisonnement , pathétique du sentiment , transports d'une juste indignation , hardiesse ou noblesse des images et des figures , tout est mêlé
avec goût. Rien de négligé dans le style. La dic-
tion est tantôt vive , coupée et rapide , tantôt
pleine d'une majesté harmonieuse. Il règne dans
tous les détails un fini qui m'a coûté , en traduisant , plus que je ne saurois dire.

Voici comme l'orateur procède. Après l'exorde
le plus noble et le plus imposant , le plus propre
à intéresser les juges en faveur de Milon et à les
animer contre Clodius mort , le plus propre à
concilier leur attention et leur bienveillance ,
et à ramener Pompée lui-même ; après avoir exposé clairement le sujet de la première partie du
discours , et fait entrevoir celui de la seconde ,
Cicéron annonce qu'avant d'entrer dans le fond
de la cause , il va détruire quelques préjugés ou
préventions qui pouvoient lui être contraires. Le
fond de la cause est de savoir si c'est Clodius
qui a attaqué Milon , ou Milon qui a attaqué
Clodius. C'est le sujet de la première partie du
discours , laquelle constitue le fond de la cause ;
la seconde partie est de surabondance , et tend
à montrer que Clodius étoit un si méchant homme ,

un si mauvais citoyen, que, quand même Milon l'auroit tué de dessein prémédité, il devroit être récompensé, comme ayant rendu à la République le plus signalé service. Dans la première partie, l'orateur parle sur-tout à l'esprit par les raisonnemens et les inductions ; dans la seconde, il remue le cœur et frappe l'imagination par la vivacité des mouvemens et la beauté des tableaux.

Les adversaires de Milon prétendoient que par cela même qu'il avouoit avoir tué Clodius, il devoit être puni comme coupable de meurtre : ils ajoutoient que le sénat avoit prononcé contre lui, et que Pompée l'avoit déjà condamné. Cela formoit trois préjugés que Cicéron, qui ne manque jamais d'écarter avant tout ce qui peut empêcher l'effet de ses preuves, entreprend d'abord de détruire.

1°. Il prouve par plusieurs exemples pris dans l'histoire Romaine, par la loi naturelle et par la loi positive, qu'on peut tuer un homme sans être coupable.

2°. Il montre dans quel sens le sénat a condamné le meurtre de Clodius, auquel meurtre il a toujours applaudi dans la réalité : il fait voir que c'est contre l'aveu du sénat qu'on a établi un nouveau tribunal.

3°. Il tourne avec beaucoup d'adresse à son

avantage , ce que Pompée avoit fait contre celui qu'il défend ; il expose les raisons pour lesquelles il avoit établi un nouveau tribunal , fait l'éloge des juges qui composoient ce tribunal , et passe à la narration.

Elle est faite avec tout l'art possible , c'est-à-dire , qu'elle contient le germe de toutes les preuves, et n'offre pas une circonstance qui ne tende à montrer que c'est Clodius qui a attaqué Milon. Les preuves sont tirées du caractere de Milon et de Clodius , de l'intérêt que l'un pouvoit avoir à la mort de l'autre, des circonstances qui ont précédé l'action , de celles qui l'ont accompagnée , de celles qui l'ont suivie. Clodius avoit le plus grand intérêt à ce que Milon mourût , parce qu'il étoit un obstacle à ses fureurs : Milon au contraire devoit desirer que Clodius vécût , parce que ses fureurs étoient pour lui une source éternelle de gloire , et lui auroient valu le consulat. Clodius méprisoit les loix et la justice, il employoit toujours la violence, comme le prouve sur-tout l'exil de Cicéron : Milon se contentoit de repousser la violence. Il n'a point profité d'une foule d'occasions où il pouvoit tuer Clodius impunément , lorsqu'on lui en auroit su gré , et il l'auroit tué dans un tems *peu favorable , à la veille d'être élu consul ! La parole échappée à Clodius trois jours avant sa mort , le jour de son départ de Rome et de sa maison de campagne pour revenir , son cortége , le lieu de la rencontre , le départ de Milon , la troupe qui l'accompagnoit ; ces circonstances et quelques autres encore , démontrent que c'est Clodius qui a attaqué Milon, et non Milon Clodius. Parmi les circonstances qui ont suivi la mort de Clodius , les unes lui étoient visiblement favorables , telles que sa fermeté et sa constance lorsqu'il revint à Rome , fermeté et constance qui ne se démentirent jamais au milieu des bruits et des soupçons qui lui étoient désavantageux : les autres sembloient lui être contraires , telles que la liberté donnée par lui à quelques-uns de ses esclaves , et l'interrogatoire qu'on avoit fait subir à ceux qui n'avoient pas été affranchis. Les unes annoncent que Milon est innocent ; on ne peut pas inférer des autres qu'il soit coupable. La première partie de ce discours est terminée par une belle apostrophe à Pompée. L'orateur s'efforce de lui inspirer de la bienveillance pour Milon ; il lui insinue qu'il est de son intérêt de s'attacher un homme dont la fidélité et le courage pourront lui être par la suite d'un grand secours.*

Il rassure les juges en leur montrant que Pompée n'a point condamné Milon, et qu'ils peuvent l'absoudre sans lui déplaire.

Une longue énumération des violences et de crimes de Clodius ; un tableau frappant de sa perversité ; tout ce qu'il a fait de mal dans la République ; tout ce qu'il méditoit d'y faire ; la haine que tout le monde lui portoit pendant sa vie, et qui feroit craindre de le voir revivre, s'il étoit possible de le rappeller du tombeau ; les récompenses que mérite Milon pour avoir délivré l'état d'un pareil monstre ; les Dieux s'intéressant visiblement à la mort de Clodius et se vengeant enfin de ses impiétés sans nombre ; la salle du sénat auquel Clodius, quoique mort, a mis le feu par les mains de ses satellites ; voilà ce qui remplit la seconde partie, dans laquelle Cicéron déploie ce que l'éloquence a de plus véhément ' de plus noble et de plus majestueux.

La péroraison de ce discours est célèbre par la foule de sentimens divers qui l'animent. Milon avoit un caractère fier, incapable de se plier à la supplication : Cicéron prend pour lui le rôle de suppliant. Ainsi il intéresse tour-à-tour les juges, soit par les sentimens généreux et les discours magnanimes qu'il met dans le cœur et dans

la bouche de celui pour lequel il parle, soit par
les motifs touchans et les raisons pathétiques
qu'il emploie en son propre nom.

PLAIDOYER

POUR T. ANNIUS MILO.

IL y a peut-être de la honte à laisser entrevoir un mouvement de crainte en commençant
à parler pour le plus courageux des hommes ;
et lorsque Milon est plus allarmé pour la République que pour lui-même, je devrois, Romains, apporter à sa cause cette intrépidité dont
il donne l'exemple : cependant, je l'avoue,
ce nouvel appareil d'un tribunal nouveau (1)

(1) *Ce nouvel appareil d'un tribunal nouveau.* Il y
avoit deux choses extraordinaires dans le jugement de
Milon : d'abord un tribunal particulier établi pour
juger du meurtre de Clodius qu'on lui imputoit comme
un crime, quoiqu'il y eût des tribunaux établis en
vertu des loix, dans lesquels on pouvoit connoître de
ce meurtre ; Cicéron appelle ce tribunal *novum judi-*
cium, ce qui paroît répondre à ce que nous appellons
en françois *une commission* ; je l'appelle ici, et dans
la suite du discours, *un nouveau tribunal.* Ce qu'il y
m'intimide ;

m'intimide ; et de quelque côté que se tournent
mes regards , frappés d'un spectacle extraordinaire , ils ne retrouvent plus les dehors accoutumés du barreau. Ce n'est plus , en effet, cette
multitude que nous voyons tous les jours en-
tourer vos sièges ; nous n'avons plus à nos côtés
cette foule de citoyens qui se pressoient pour
nous entendre.

Les gardes répandus ici de toutes parts (1) ,
quoique destinés à prévenir la violence , ne
laissent pas que d'effrayer l'orateur par leur
aspect ; et en les voyant dans le barreau, dans le
sanctuaire de la justice , on a beau se dire qu'ils
sont utiles et même nécessaires à la sûreté ;
s'il ne reste aucune inquiétude , on ne peut se
défendre d'une impression de terreur (2).

avoit encore d'extraordinaire , c'étoient les gardes dont
Pompée avoit environné sa personne, qu'il avoit placées
autour du tribunal et en divers endroits du forum :
c'est ce que veut dire en latin le *nova forma.*

(1) *De toutes parts*, mot à mot, *devant tous les temples*, dont la place publique étoit environnée. J'ai
cru pouvoir supprimer cette circonstance.

(2). *Et en les voyant....* La phrase latine, *non offe-
runt tamen....* est un peu embrouillée. Je crois qu'il
faut l'entendre comme si l'orateur avoit écrit, *non
possunt tamen efficere apud oratoris animum , ut , in*

Si je croyois, Romains, que cet appareil
menaçât Milon, je céderois aux circonstances,
et me garderois de penser qu'un orateur pût élever la voix dans le tumulte des armes. Mais je
me sens pleinement rassuré par les intentions
d'un homme aussi juste et aussi prudent que
Pompée. Pompée est trop juste pour livrer au
fer des soldats la personne d'un accusé, dont il
a remis la cause à la décision des juges ; il est
trop prudent pour armer de l'autorité publique
l'audace d'une multitude emportée.

Ainsi ces armes, ces centurions, ces cohortes, loin de nous effrayer, nous tranquillisent ;
ils ne nous annoncent pas du péril, mais un
appui ; ils me promettent, pendant tout ce
discours, de la sûreté, et même du silence.
Quant au reste des auditeurs, j'entends les
vrais citoyens, ils nous sont tous favorables ; et
dans cette multitude d'hommes, qui, de tous les
endroits d'où l'on peut découvrir quelque partie du barreau, ont les yeux attachés sur vous,
et attendent avec impatience l'événement de

foro.... Au reste, l'orateur a peut-être affecté ici
quelque embarras dans la phrase, pour exprimer l'embarras où il se trouve, et pour rendre compte d'un
sentiment qu'il a peine à démêler.

cette affaire , il n'en est aucun qui n'applau-
disse au courage de Milon , qui ne se persuade
que ce jour va décider de son propre sort , du
sort de ses enfans , et que la cause d'un tel
homme devient la cause de la patrie. Je ne vois
qu'une sorte de gens qui soient déclarés et dé-
chaînés contre nous , ceux que la fureur de
Clodius a nourris de rapines , d'incendies , et
de tous les désastres publics , ces hommes
qu'on excita dans l'assemblée d'hier (1) à vous
dicter eux-mêmes le jugement que vous deviez
prononcer. Si aujourd'hui encore ils font entendre des cris , ces cris même doivent vous
avertir de conserver un citoyen qui , pour
votre salut , brava toujours cette espèce
d'hommes et leurs insolentes clameurs.

(1) *L'assemblée d'hier.* La veille que Cicéron prononça ce discours, le tribun Munatius Plancus avoit,
dans une harangue séditieuse , exhorté le Peuple à ne
pas souffrir que Milon sortît justifié de devant les
juges. *A vous dicter eux-mêmes*, en latin, *ut vobis
voce pracirent.* Lorsque les pontifes prononçoient une
formule de prière , ils ne la lisoient pas , ils avoient
quelqu'un derrière eux qui prononçoit chaque mot de
la prière , *voce praeibat,* et ils répétoient chaque
mot à mesure. C'est de-là qu'est prise l'expression latine *voce praeire.*

Q 2

Prêtez-nous donc, Romains, toute votre
attention, et si vous éprouvez des craintes,
n'hésitez pas à les bannir. Car si jamais, dans
une seule cause, vous eutes à prononcer sur
tous les gens de bien à la fois, sur tous les
hommes courageux zélés pour la patrie ; si
jamais des juges choisis dans les premiers ordres
de l'état (1), eurent occasion de manifester
par des actions et par des suffrages cette affection pour les bons citoyens, qu'ils témoignè-
rent souvent sur leurs visages et dans leurs
discours, c'est principalement en ce jour que
vous avez tout pouvoir de régler notre sort ;
en ce jour où vous allez décider si nous nous
consumerons éternellement dans les larmes,
nous qui nous sacrifiames toujours pour le
maintien de votre autorité ; ou si après avoir
été long-tems persécutés par des hommes pervers, il nous sera permis de respirer enfin sous
la protection de votre justice et de votre sagesse.

Qu'y a-t-il en effet, Romains, de plus mal-

(1) *Dans les premiers ordres de l'état.* Les juges
alors étoient choisis dans l'ordre des sénateurs, dans
celui des chevaliers, et dans celui des tribuns du
trésor.

heureux que Milon et moi ? Est-il une vie au monde plus traversée, plus tourmentée que la nôtre ? Engagés dans les affaires publiques par l'espoir des plus grandes récompenses, nous sommes même réduits à craindre les plus cruels supplices. Pour moi, j'ai toujours pensé que Milon, ce défenseur intrépide des bons, cet irréconciliable ennemi des méchans, seroit en butte aux orages et aux tempêtes dans ces assemblées tumultueuses dont le vent des factions soulève les flots ; mais j'étois bien éloigné de croire que, dans un jugement, dans un tribunal où siègent les principaux personnages des premiers ordres de l'état, les ennemis de Milon pussent concevoir quelque espérance, je ne dis pas de consommer sa ruine, mais d'affoiblir sa gloire, par le ministère de juges tels que vous.

Toutefois, Romains, je ne ferai valoir dans sa défense ni son tribunat, ni tous ses travaux pour le bien général. Si vous ne voyez de vos propres yeux que c'est Clodius qui a attaqué Milon, nous ne solliciterons point de grace en faveur de tant de services signalés rendus à l'état ; et si la mort de Clodius a assuré vôtre conservation (1), nous ne vous demanderons point de l'attribuer au courage de Milon plutôt qu'à la fortune de la République. Mais s'il est vrai que Clodius soit l'agresseur, si c'est un fait évident et plus clair que le jour ; alors, Romains, je me croirai en droit de vous supplier et de vous dire : si on nous a ôté tout le reste, qu'on nous laisse du moins la liberté de défendre impunément notre vie contre l'audace et la violence de nos adversaires.

Préparation à la cause, ou espèce de prolongement de l'exorde.

Mais avant que d'aborder le fond même de la cause, je crois devoir réfuter les objections qui ont été faites souvent dans le sénat par nos ennemis, dans l'assemblée du Peuple par de méchans citoyens, et qui viennent d'être répétées encore par nos accusateurs. Ainsi,

(1) *Et si la mort de Clodius....* Cicéron fait entrevoir ici la seconde partie de son discours, où il doit montrer que, quand même Milon auroit tué Clodius de propos délibéré, il devroit être récompensé, loin d'être puni, parce qu'il auroit rendu à l'état le plus signalé service.

(247)

libres de toute prévention , vous pourrez voir sans nuage l'objet sur lequel vous avez à prononcer.

Ils prétendent que tout homme qui s'avoue homicide , mérite la mort. Les insensés ! dans quelle ville avancent-ils ce principe ? Dans une ville qui vit intenter le premier procès (1) capital à Marcus Horatius, ce guerrier intrépide , qui , avant le règne de la liberté, fut renvoyé absous dans une assemblée du Peuple, quoiqu'il avouât lui-même avoir tué sa sœur de sa propre main.

Qui ne sait que, lorsqu'on informe d'un meurtre, il est d'usage ou de le nier absolument ou d'en soutenir la légitimité ? A moins peut-être qu'il ne faille regarder comme un insensé Scipion l'Africain qui , interrogé par le tribun Carbon , dans une assemblée séditieuse, sur ce qu'il pensoit du meurtre de Tibérius Gracchus, répondit qu'il le croyoit juste et légitime. Qui

(1) *Qui vit intenter le premier procès capital*, sans doute, devant le Peuple.——*Dans une assemblée du Peuple*, mot à mot, *dans les comices du Peuple Romain*. Dans les comices par curies ; car il n'y avoit alors de comices , ni par tribus , ni par centuries. Voyez Tite-Live , premier livre de son histoire.

Q 4

sans doute, il faudroit tenir pour criminels
Ahala, Nasica, Opimius, Marius, et sous mon
consulat, le sénat tout entier(1), s'il n'étoit
pas permis de faire périr des citoyens pervers.
Aussi, Romains, n'est-ce pas sans raison, que
des hommes fort éclairés ont imaginé dans
leurs poëmes, que les juges s'étant trouvés par-
tagés sur l'action d'un fils qui avoit tué sa mère
pour venger son père, l'accusé fut renvoyé
absous par l'avis, je ne dis pas d'une Déesse,
mais de la plus sage de toutes les Déesses (2).

(1) Il est parlé dans la première Catilinaire,
d'Ahala, de Nasica, d'Opimius, de Marius, qui tous,
sans aucune forme judiciaire, mirent à mort des citoyens pernicieux. Tibérius Gracchus fut tué par
Publius Scipio Nasica. Le sénat, sous le consulat de
Cicéron, prononça peine de mort contre Lentulus,
Céthégus, et d'autres conjurés.

(2) Oreste avoit tué sa mère Clytemnestre pour
venger la mort de son père Agamemnon qu'elle avoit
fait mourir. Il fut cité, disent les poëtes, dans l'aréopage devant un tribunal composé de plusieurs Dieux.
La déesse Minerve fut d'avis de le renvoyer absous.
Fictae fabulae, tragédies, poëmes héroïques, ouvrages
d'imagination.——*Si les loix des douze tables.* Personne n'ignore que les loix des douze tables étoient
le code le plus complet d'anciennes loix romaines.

Si les loix des douze tables permettent de tuer un voleur de nuit, armé ou non armé, et un voleur de jour, s'il est muni d'une arme, peut-on croire qu'on doive punir un meurtrier, de quelque manière qu'il ait commis le meurtre, en voyant les loix nous mettre quelquefois elles-mêmes le glaive à la main pour le plonger dans le sein d'un homme ?

Mais s'il est des circonstances où le meurtre soit permis, et il en est un grand nombre, c'est assurément lorsqu'à la justice se joint la nécessité, lorsque la force ne peut être repoussée que par la force. Un tribun de l'armée de Marius et parent de ce général, ayant voulu attenter à la pudeur d'un jeune soldat, fut tué par celui auquel il faisoit violence. Le vertueux jeune homme aima mieux s'exposer à la mort que de subir une infamie. Cité devant Marius, ce grand homme le déclara innocent et le renvoya absous.

Eh ! pourroit-il y avoir de l'injustice à tuer un brigand, à tuer celui qui attente à nos jours ? Pourquoi donc ces troupes d'esclaves

Elles avoient été rédigées par les décemvirs, magistrats nommés exprès pour cette opération.

qui nous suivent dans nos voyages? Pourquoi
ces épées dont nous nous armons? Seroit-il
permis de les prendre, s'il n'étoit jamais permis de s'en servir? Il est, Romains, il est
une loi qui n'est pas écrite, mais née avec
nous; que nous n'avons ni apprise, ni reçue,
ni lue, mais que nous avons puisée, respirée,
et comme sucée dans le sein de la nature;
une loi qui tient, non pas à nos mœurs, mais
à notre être; non pas à nos institutions civiles,
mais à notre constitution naturelle : elle veut,
cette loi, que si notre vie se trouve en butte
à la violence, exposée aux attaques d'un brigand ou d'un ennemi, tout moyen de la défendre soit reconnu légitime. Car les loix se
taisent au milieu des armes; elles n'exigent
pas qu'on attende leur secours, puisque celui
qui voudroit attendre périroit victime de l'injustice, avant que d'obtenir une juste protection.

Toutefois la loi même (1) qui fait défense,

_____

(1) *La loi même.* C'est de la loi Cornélia qu'il
s'agit ici, laquelle défendoit de porter une arme pour
tuer un homme. J'ai tâché de rendre avec le plus
de clarté et le plus de précision qu'il m'a été possible,
le raisonnement de Cicéron qui est un peu subtil.

non-seulement de tuer un homme, mais de porter une arme dans le dessein de le tuer, permet fort sagement, et tacitement en quelque sorte, de repousser une attaque. En effet, comme c'est moins l'arme qu'elle examine, que le dessein de celui qui l'a prise, on doit juger que celui qui s'est armé pour repousser une violence, ne s'est pas armé pour commettre un meurtre.

Ainsi, Romains, regardez ce principe comme bien établi dans la cause; car je ne doute pas que vous ne reconnoissiez vous-mêmes la solidité de notre défense, si vous ne perdez point de vue ce principe que vous ne sauriez oublier, que nous avons droit de tuer quiconque attaque nos jours.

Voici une autre objection souvent répétée par nos adversaires. Le sénat, disent-ils, a statué que la mort de Clodius étoit un acte de violence qui compromettoit l'ordre public. Mais cette mort, le sénat l'a approuvée par ses avis, je dis même par les plus vifs témoignages de satisfaction. Combien de fois n'ai-je pas agité cette affaire dans le sénat? quels applaudissemens n'a-t-on pas donnés à mes discours? applaudissemens aussi éclatans que sincères. Dans

les plus nombreuses assemblées, s'est-il trouvé
jamais plus de quatre ou cinq sénateurs qui n'ap-
prouvassent point l'action de Milon ? C'est ce
que prouvent les cris de ce tribun (1) forcené,
et ses tristes harangues étouffées par les flammes ; de ce tribun qui, pour me rendre odieux,
me représentoit comme ayant toute puissance
dans le sénat, répétoit sans cesse que les sénateurs se décidoient, non d'après eux-mêmes,
mais d'après moi. Si l'on doit nommer puissance
la foible considération dont je jouis dans les
bonnes causes, en faveur des services que j'ai
rendus à l'état, ou le peu de crédit que me
donne auprès des gens de bien mon zèle à défendre les malheureux (2), qu'on emploie ce
nom, j'y consens, pourvu que je ne fasse

(1) *Ce tribun forcené....* Ce tribun étoit Titus
Munatius Plancus, qui, haranguant le Peuple contre
Milon, dans le tems où la flamme du bûcher qui con-
sumoit le corps de Clodius, mit le feu à la salle du
sénat, fut obligé, par la violence de l'incendie, d'interrompre sa harangue et de prendre la fuite. Cicéron
donne plaisamment, à ce tribun, le nom d'*Ambustus*,
nom que portoit une branche de la famille des Fabius.

(2) Mon zèle à défendre les malheureux, en plai-
dant leurs causes devant les tribunaux. C'est-là le
sens de *officiosos labores.*

usage de mon pouvoir que pour sauver les bons citoyens de la fureur des hommes pervers.

Quant au nouveau tribunal devant lequel nous parlons, quoiqu'on ait pu l'établir sans injustice, le sénat n'a jamais été de cet avis. Il y avoit des loix, il y avoit des tribunaux pour connoître du meurtre et de la violence; et la mort de Clodius ne causoit point au sénat une douleur assez vive pour lui faire décider que l'on en connoîtroit extraordinairement. Quoi! on avoit soustrait Clodius à sa justice, quand il poursuivoit en lui un adultère sacri-lège (1); et il auroit décidé de venger sa mort par des formes extraordinaires! Pourquoi donc

(1) Latin, *stupro incesto*, c'est-à-dire, *stupro quo religiones violantur*. Clodius s'étoit introduit dé-guisé en femme dans la maison de César, où des dames romaines célébroient les mystères de la bonne-déesse. Son intention étoit de corrompre la femme même de César. Le sénat voulut le poursuivre; mais il trouva moyen de se soustraire à sa justice.——*L'at-taque de la maison de Lépidus.* Marcus Lépidus, peu après le meurtre de Clodius, avoit été nommé interroi. Scipion et Hypséus, compétiteurs de Milon dans la demande du consulat, firent attaquer la maison de Lépidus, parce qu'il ne tenoit pas les comices pour l'élection des consuls.

a-t-il prononcé que l'embrâsement de la salle du sénat, que l'attaque de la maison de Lépidus , que le meurtre même de Clodius , étoient des événemens où l'ordre public étoit compromis ? C'est que dans une ville libre , on doit regarder tout acte de violence comme étant de nature à compromettre l'ordre public. Car nous ne devons jamais désirer d'être obligés de repousser la violence (1), quoique nous nous trouvions quelquefois dans la nécessité de le faire. A moins qu'on ne dise que le meurtre de Tibérius Gracchus , que celui de son frère , que la défaite du parti de Saturninus (2), que ces événemens, quoiqu'avantageux pour la République , ne lui ont porté aucune atteinte. Aussi , comme il étoit certain qu'il y avoit eu un meurtre de commis sur la voie

(1) Latin , *illa defensio* , c'est-à-dire , *defensio talis qualis ea quâ Milo usus est adversùs Clodium.* Au lieu de *illa* , des éditions portent *ulla*.

(2) Tib. Gracchus fut tué par Nasica, Caïus son frère, par Opimius, Saturninus par Marius. *Ne lui ont porté aucune atteinte.* Des actes de violence, dans tout état , et sur-tout dans un état républicain , sont toujours d'un mauvais exemple : c'est un malheur qu'on soit obligé d'y recourir.

appienne, je ne décidai pas que celui qui s'étoit défendu avoit agi contre la République ; mais le fait présentant une attaque et de la violence, je blâmai la chose en général, et je laissai aux juges à décider quel étoit le coupable. Si un tribun furieux eût permis au sénat d'exécuter ce qu'il avoit résolu, nous n'aurions point aujourd'hui de nouveau tribunal. Le sénat vouloit qu'on jugeât cette affaire avant toute autre, mais toujours suivant les anciennes formes. L'avis fut divisé en deux (1) articles, sur la demande de quelqu'un que je ne nomme pas ; il n'est point nécessaire de dévoiler toutes les prévarications. Ce fut ainsi qu'une opposition achetée à prix d'argent, nous a privés d'une moitié de la décision du sénat.

Mais, dira-t-on, Pompée a jugé du fait et du droit, puisqu'il a porté une loi touchant le meurtre de Clodius commis sur la voie ap-

(1) *L'avis fut divisé en deux articles*. Latin ; *divisa sententia est*. On appelloit *dividere sententiam*, lorsqu'un avis présentant deux objets, on délibéroit d'abord sur l'un des deux, pour délibérer ensuite sur l'autre. Ici, par exemple, l'avis présentoit *extrà ordinem* et *veteribus legibus*. Le premier objet fut adopté ; un tribun du Peuple s'opposa à ce qu'on adoptât le second.

pienne. Eh bien ! qu'ordonne sa loi ? sans
doute qu'on informera. Mais de quoi informer ?
S'il y a eu un meurtre commis ? mais le fait
est constant. Par qui il a été commis ? mais
l'auteur est connu. Il a donc vu que, même
en avouant le fait, on pouvoit se défendre
par le droit. S'il n'eût pas vu qu'on pouvoit
absoudre un accusé qui avoue, sachant que
nous avouons il n'eût point ordonné d'information ; et en vous chargeant, Romains, de
juger cette cause, il ne vous eût pas remis le
pouvoir d'absoudre comme celui de condamner (1). Pour moi, loin que Pompée me paroisse avoir rien décidé contre nous, je crois
au contraire qu'il a voulu vous marquer l'objet précis qui devoit vous occuper dans ce jugement. Car ne pas infliger une peine à celui
qui avoue un meurtre, mais lui permettre de
se défendre, c'est penser qu'il faut informer,
non du meurtre même, mais des motifs du
meurtre.

(1) *Il ne vous eût pas remis....* mot à mot, *il ne
vous eût pas remis la lettre salutaire aussi bien que
la lettre triste.* Lettre salutaire, lettre A, lettre d'ab-
solution : lettre triste, lettre C, lettre de condamnation.

Pompée

Pompée nous dira, sans doute, si ce qu'il a fait de son propre mouvement, il a cru devoir le faire par égard pour la personne de Clodius ou à cause des circonstances. Un personnage d'une illustre origine, défenseur, et, pour ainsi dire, alors protecteur du sénat, oncle du généreux Caton, un de nos juges, Drusus fut tué dans sa maison lorsqu'il étoit tribun. On ne réclama point la puissance du Peuple pour venger ce meurtre, le sénat n'établit point de nouveau tribunal. Quel fut, selon le rapport de nos pères, le deuil de toute la ville, lorsque durant la nuit on eut étouffé dans son lit Scipion l'Africain? qui ne gémit pas alors? qui n'exhala pas sa douleur par des plaintes? Un homme que chacun eût désiré de voir immortel, s'il eût été possible, on n'a donc pu même attendre que la mort tranchât naturellement ses jours! Etablit-on un tribunal nouveau pour connoître de la mort de Scipion? non, sans doute. Pourquoi? c'est qu'on est également meurtrier, soit que l'on tue un homme illustre ou un homme obscur. Sachons distinguer, pendant qu'ils vivent, les principaux personnages et les derniers citoyens; mais que le meurtre des uns et des autres

Tome IX.   R

soit soumis aux mêmes loix et puni du même
supplice. A moins peut-être qu'on ne soit plus
parricide en tuant un père qui a été honoré
du consulat, qu'un père de basse condition ;
ou que la mort de Clodius soit plus atroce,
parce qu'il a été tué sur le chemin même,
monument de ses ancêtres. Car on ne cesse
de relever cette circonstance ; comme si le fameux Appius Cæcus (1) eût fait construire la
voie appienne, non pour l'usage du Peuple,
mais pour que ses descendans pussent y exercer
impunément leurs brigandages. Ainsi lorsque,
dans cette même voie, Clodius eut tué Papirius, chevalier romain, d'un mérite rare,
on n'a pas dû punir ce crime ; c'étoit un noble
qui n'avoit tué qu'un chevalier romain sur le
monument de ses ancêtres. Que de clameurs
aujourd'hui au sujet de cette voie appienne !
on s'en taisoit auparavant lorsqu'elle étoit ensanglantée par le meurtre d'un citoyen vertueux et distingué ; et l'on ne cesse d'en parler
aujourd'hui qu'elle est teinte du sang d'un
brigand et d'un parricide.

(1) Appius Cæcus, un des ancêtres de Clodius,
avoit fait construire la voie appienne, ainsi appellée
de son nom.

Mais pourquoi citer des faits anciens ? On
arrêta dans le temple de Castor un esclave
de Clodius que son maître y avoit aposté
pour assassiner Pompée ; on arracha à cet
esclave le poignard, avec l'aveu de son crime.
Depuis ce moment Pompée n'osa paroître
ni dans le forum, ni dans le sénat, il ne se
montra pas même en public : ce furent les
portes et les murs de sa maison, et non la
crainte des loix et de la justice, qui le mirent
à l'abri de la violence. Porta-t-on alors quelque
nouvelle loi ? établit-on quelque nouveau
tribunal ? Cependant si le crime, si la personne,
si la circonstance du lieu et du tems, autori-
sèrent jamais des formes extraordinaires, tout
se réunissoit alors pour les solliciter. L'assassin
avoit été posté dans le forum, dans le vestibule même du sénat : on tramoit la mort d'un
citoyen dont l'existence importoit au salut de
la République, et dans un tems où le coup
qui eût fait périr ce grand homme eût entraîné la ruine, non-seulement de notre empire,
mais de tous les Peuples du monde. Peut-
être le projet étant demeuré sans exécution,
n'a-t-on pas dû le punir ; comme si les loix
ne punissoient que les crimes consommés,

et non pas aussi le dessein de les commettre. Notre douleur a dû être moindre, le forfait n'ayant pas été exécuté; mais la punition n'en devoit pas être moins sévère.

Moi-même, combien de fois me suis-je dérobé aux poignards de Clodius et à ses mains ensanglantées? Si mon bonheur, ou celui de la République, ne m'eût garanti de ses violences, eût-on établi un nouveau tribunal pour informer de ma mort?

Mais à quoi pensé-je d'oser faire entrer un Scipion, un Drusus, un Pompée, moi-même enfin, en parallèle avec Publius Clodius? Tout le reste étoit supportable; la mort de Clodius est une calamité publique qui nous désespère tous : le sénat est dans les larmes, l'ordre équestre plongé dans la douleur, Rome entière abîmée dans la tristesse, toutes les villes de l'Italie sont dans le deuil et la consternation; jusqu'aux campagnes même redemandent un citoyen si utile, si bienfaisant, si débonnaire.

Non, Romains, non, ce n'est pas pour cette raison que Pompée a cru devoir établir un nouveau tribunal : cet homme sage, doué d'un esprit sublime et profond, a eu

(261)

des vues bien supérieures. Il s'est rappellé que
Clodius avoit été anciennement son ennemi,
et Milon son ami : il a craint que, s'il partageoit
les transports de la joie publique, on ne regardât
sa réconciliation avec Clodius comme peu
sincère. Entre beaucoup d'autres réflexions
qui l'ont guidé, la principale, c'est que la
rigueur de sa loi n'ôteroit rien à la vigueur de
vos décisions. Il a donc choisi les premiers
personnages des premiers ordres de l'état ; et
il est faux, comme le disent quelques-uns,
que dans le choix des juges il ait écarté mes
amis. Un homme aussi juste que Pompée n'a
pu le vouloir ; et quand il l'auroit voulu, il
n'auroit pu réussir en choisissant des gens de
bien. Car mon crédit n'est pas renfermé dans
de simples liaisons, qui ne peuvent être fort
étendues, parce qu'on ne peut vivre dans
une certaine intimité avec un grand nombre
de personnes : mais si nous avons quelque
pouvoir, ce pouvoir nous le devons aux grands
intérêts de la République qui nous ont asso-
ciés avec les gens de bien : or, choisissant
les plus intègres, et s'en faisant un devoir
religieux, Pompée n'a pu faire tomber son

R 3

choix sur des hommes qui ne me fussent pas attachés.

Et vous, Domitius, s'il vous a préféré à tout autre pour présider ce tribunal, il a considéré uniquement votre équité, votre droiture, votre fermeté, votre sagesse. Il a voulu que ce fût un personnage consulaire, sans doute parce qu'il croyoit que c'étoit aux principaux de l'état à résister aux caprices de la multitude et aux fureurs des mauvais citoyens. Il vous a choisi entre tous les consulaires, parce que, dès votre jeunesse (1), vous aviez donné les plus grandes preuves de votre courage à braver les emportemens du Peuple.

Ainsi donc (car il est tems de traiter le fond même de la cause) s'il n'est pas sans exemple qu'un accusé avoue le fait dont on le charge ; si le sénat n'a rien prononcé de contraire à nos desirs ; si l'auteur même de la loi, quoiqu'il n'y eût nulle contestation

_____

(1) Domitius, étant questeur, âgé de 31 ans, s'étoit opposé fortement à un tribun furieux qui portoit une loi pernicieuse. Cette opinion est beaucoup plus probable à tous égards, que celle des critiques qui prétendent qu'alors Domitius étoit préteur.

sur le fait, a permis cependant de discuter
le droit; enfin, si l'on a choisi pour présider
le tribunal, et pour juger, des hommes capables de peser toutes les raisons avec sagesse
et avec équité : il ne vous reste, Romains,
qu'à examiner lequel de Milon ou de Clodius
est l'agresseur. Et afin de vous donner plus
de facilité à suivre mes preuves, je vais vous
exposer le fait en peu de mots; écoutez-moi,
je vous prie, avec attention.

Exposition du fait.

Clodius qui s'étoit proposé de désoler la
République, durant sa préture, par toutes
sortes d'excès et d'attentats, voyoit bien que
le grand retard des comices (1) de l'année
précédente ne lui permettroit d'être préteur
que pendant quelques mois. Lui donc qui,
différent de tous les autres, ne considéroit
point la dignité de la place, qui vouloit
éviter d'avoir pour collègue Lucius Paulus (2),

(1) Personne n'ignore que les premiers magistrats
étoient nommés dans les comices par centuries, c'est-
à-dire, dans les assemblées du Peuple par centuries.

(2) Lucius Paulus, qui fut préteur sous les consuls
Calvinus et Messala. —— *Dans l'année où il le pou-*

R 4

citoyen d'une vertu rare, en même-tems qu'il désiroit avoir toute son année pour bouleverser la République, renonça soudain à demander la préture dans l'année où il le pouvoit, et attendit l'année suivante, non par scrupule, comme il arrive souvent, mais afin d'avoir, ainsi qu'il le disoit lui-même, pour gérer la préture, c'est-à-dire, pour ruiner la République, une année pleine et entière.

Une difficulté l'arrêtoit, c'est que sa préture sous un consul tel que Milon, seroit sans force et sans énergie : or il voyoit Milon porté au consulat par le vœu unanime du Peuple Romain. Il se rangea donc du côté de ses compétiteurs ; seul, même malgré eux, il dirigeoit pour eux toutes les démarches, et, comme il s'en vantoit publiquement, il portoit sur ses épaules tout le fardeau des comices. On le voyoit s'entremettre par-tout, convoquer les tribus, former une nouvelle tribu Colline (1),

voit, c'est-à-dire, à trente-neuf ans, sous les consuls que nous venons de nommer.

(1) La tribu Colline étoit une des quatre tribus de la ville : Clodius l'avoit tellement changée en la composant des plus mauvais citoyens, que c'étoit une nouvelle tribu, qui lui étoit entièrement dévouée.

la composer des citoyens les plus pervers qu'il enrôloit. Mais plus il faisoit agir de ressorts et d'intrigues, plus l'espoir de Milon se fortifioit de jour en jour. Lors donc que ce scélérat, déterminé à tous les crimes, vit un homme ferme, son plus grand ennemi, assuré de la dignité consulaire, nommé consul, en quelque sorte, à plusieurs reprises, dans les discours et même par les suffrages du Peuple (1), il commença à lever le masque, et à dire ouvertement qu'il falloit tuer Milon.

Il avoit amené de l'Apennin des esclaves sauvages et barbares, avec lesquels il avoit ravagé les forêts publiques et désolé l'Etrurie; on les voyoit dans Rome : il ne cachoit pas son projet : il disoit ouvertement que, si on ne pouvoit ôter le consulat à Milon, on pouvoit lui ôter la vie. Il l'a souvent donné à entendre dans le sénat, il l'a dit clairement dans une assemblée du Peuple. Bien plus, Favonius, homme d'un grand mérite, lui ayant demandé

_____

(1) *Par les suffrages du Peuple*, qui s'étoit assemblé plusieurs fois pour l'élection des magistrats, mais dont l'assemblée avoit été interrompue par des raisons particulières, de sorte que l'élection avoit été remise à un autre jour.

quel fruit il espéroit tirer de ses fureurs, puisque Milon étoit vivant : il ne le sera plus, répondit-il, dans trois jours ou tout au plus dans quatre ; et ce mot, Favonius alla sur le champ le rapporter à Marcus Cato, un de nos juges.

Cependant Clodius qui savoit (et ce n'étoit pas une chose difficile à savoir) que Milon, comme dictateur de Lanuvium, devoit faire dans cette ville un voyage fixé tous les ans à un certain jour et indispensable, qu'il devoit s'y rendre le 20 de janvier pour y nommer un pontife (1), partit brusquement de Rome la veille, afin de se disposer à attaquer devant sa terre Milon, comme l'évènement le prouva. Et il partit abandonnant une assemblée tumultueuse où sa fureur eût joué un grand rôle, assemblée qui se tint ce jour-là même, et qu'il n'eût jamais abandonnée, si tout plein de son projet, il n'eût voulu prendre des mesures pour le moment et le lieu de l'exécution. Milon, au

---

(1) *Un pontife*, le latin dit *un flamine*. Le flamine étoit un des principaux prêtres. *Prodere* étoit le mot propre pour l'élection d'un pontife.

contraire, se rendit ce même jour au sénat;
il y resta jusqu'à ce que la séance fût levée;
il revint chez lui, changea de vêtement et de
chaussure, attendit quelque temps que sa
femme, comme c'est l'ordinaire, eût fait tous
ses apprêts (1); enfin il partit si tard, que
Clodius, s'il eût dû revenir ce jour-là, eût
pu déjà être de retour.

Clodius se présente à Milon dans un équi-
page leste, à cheval, sans voiture, sans ba-
gage, sans aucun des Grecs qui le suivoient
toujours, sans sa femme, ce qui étoit fort
rare; tandis que Milon, ce prétendu assassin,
qui avoit fait le voyage exprès pour commettre un meurtre, enfermé dans une litière 2),

_____

(1) Cicéron s'arrête exprès aux plus légères circonstances du voyage de Milon, afin de montrer qu'il
ne se pressoit pas, et que par conséquent il n'avoit
aucun projet de meurtre. — *Sans aucun des Grecs....*
Les grands de Rome attachoient ordinairement à leurs
personnes des rhéteurs et grammairiens grecs, qui
les accompagnoient souvent dans leurs voyages.

(2) *Dans une litière.* Ce n'étoit pas proprement une
litière que la voiture dans laquelle étoit porté Milon;
c'étoit une espèce de carrosse nommé en latin *rheda.*
— *Sur les cinq heures du soir, ou à peu près.* Le
latin dit *presque à la onzième heure.* On sait que

ayant sa femme à ses côtés, enveloppé d'un ample manteau, traînoit après lui le long et embarrassant attirail de jeunes esclaves et de servantes timides.

Sur les cinq heures du soir, ou à-peu-près, Milon rencontre Clodius qui s'étoit posté devant sa maison de campagne. Aussi-tôt une foule d'hommes armés fondent sur lui de dessus un lieu élevé : ils arrêtent la litière et tuent le conducteur. Milon rejette son manteau, s'élance de sa voiture, et se défend avec courage : ceux qui suivoient avec Clodius (1) tirent leurs épées ; les uns viennent attaquer Milon par derrière, les autres, qui le croient déjà mort, se mettent à frapper les esclaves qui venoient les derniers. Ceux-ci,

les Romains partageoient le jour en quatre parties égales de trois heures chacune. Ainsi la onzième heure étoit une heure avant la nuit. C'est-à-dire, vers les cinq heures, parce qu'on étoit alors à la fin de janvier.

(1) *Ceux qui suivoient avec Clodius.* Cicéron distingue deux troupes de Clodius ; l'une séparée de lui, qui se présente devant la litière de Milon ; l'autre qui étoit avec lui, et qui tourne la litière pour attaquer Milon par derrière. *Recurrere ad rhedam,* c'est-à-dire, *retrò currere ad rhedam,* faire un circuit pour prendre les derrières de la voiture.

serviteurs fidèles , pleins d'ardeur et de courage,
ou périrent en défendant leur maître , ou voyant
que le fort de l'attaque étoit autour de sa voiture , qu'on les empêchoit de le secourir ,
entendant Clodius lui-même crier que Milon
étoit tué , et le croyant en effet.... je dirai la
chose comme elle s'est passée , sans nul dessein
d'éluder l'accusation : les esclaves de Milon
firent , sans l'ordre de leur maître , à son insu ,
hors de sa présence , ce qu'en pareille occasion
chacun voudroit que ses esclaves fissent
pour lui (1).

Première partie du discours ; ou établissement des
preuves.

Tout s'est passé , Romains , comme je viens
de le dire. L'agresseur a succombé , la force a
été repoussée par la force , ou plutôt le courage

---

(1) *Les esclaves de Milon firent....* Le tour qu'emploie ici Cicéron , est fort adroit pour adoucir ce que
la chose pouvoit avoir d'odieux. J'ai remarqué dans
un plaidoyer de Lysias , sur le meurtre d'Eratosthène ,
que l'orateur grec l'avoit employé avant l'orateur latin.
Au reste , la construction de la phrase latine est un
peu irrégulière ; j'ai cru devoir suivre , en traduisant,
cette irrégularité qui me paroît produire un bon effet.

a triomphé de l'audace. Je ne dirai pas ce que
la République et tous les gens de bien y ont
gagné, ce que vous y avez gagné vous-mêmes:
que ce ne soit pas là un avantage pour Milon,
dont la destinée est de n'avoir pu même sauver
ses jours sans vous sauver à la fois vous et
la République. Si Milon ne pouvoit tuer Clodius
légitimement, je n'ai rien à dire pour sa défense;
mais si on eut toujours le droit de repousser, par
tous les moyens possibles, toute violence qui
menaceroit notre pudeur, notre existence, notre
vie; si la raison l'enseigne aux hommes instruits,
la nécessité aux Barbares, la coutume aux nations, la nature même aux brutes; vous ne pouvez
condamner l'action de Milon sans déclarer en
même tems que quiconque tombera entre les
mains des brigands, doit périr par leurs
armes ou par vos décisions. Si Milon eût eu
cette pensée, il auroit mieux aimé assurément
exposer lui-même au fer de Clodius une vie
à laquelle ce furieux avoit déjà attenté plus
d'une fois, que d'être égorgé par vous, parce
qu'il ne se seroit pas laissé égorger par Clodius.
Mais si aucun de nos juges n'est dans ce sentiment, l'objet de la cause actuelle est donc de
savoir, non pas s'il y a eu un homme de tué;

nous l'avouons ; mais s'il a été tué justement ou non, question déjà agitée dans beaucoup d'autres causes. Il y a eu une attaque ; cela est certain, et c'est ce que le sénat a jugé un événement qui compromettoit l'ordre public. On ignore lequel de Milon ou de Clodius en est l'auteur, et c'est pour le savoir qu'on a porté une loi. Ainsi le sénat a statué sur l'action sans prononcer contre la personne ; Pompée a établi un nouveau tribunal pour informer, non du fait, mais du droit. La cause actuelle a-t-elle donc d'autre objet que d'examiner lequel de Clodius ou de Milon est l'agresseur ? non, sans doute. Si c'est Milon, qu'on le punisse ; si c'est Clodius, que Milon soit absous.

Comment donc prouver que c'est Clodius qui a attaqué Milon ? lorsqu'on parle d'un scélérat aussi audacieux, d'une ame aussi atroce, il suffit de montrer qu'il a eu de puissans motifs pour se délivrer de son ennemi, que sa mort lui donnoit de grandes espérances, lui procuroit de grands avantages. On peut donc appliquer ici ce mot de Cassius (1),

_____

(1) Lucius Cassius étoit un homme d'une extrême sévérité. Lorsqu'il présidoit un tribunal où il s'agissoit,

272)

qui *avoit intérêt de le faire?* quoique cependant le plus puissant intérêt ne porte jamais
au crime l'homme vertueux, tandis que le
plus léger avantage y détermine souvent le
pervers. Or, Clodius gagnoit à la mort de
Milon, non-seulement de n'être point préteur
sous un consul qui auroit arrêté tous ses attentats, mais encore de l'être sous des consuls
sous qui il espéroit se jouer de la République
dans ses fureurs, ainsi qu'il l'avoit projetté;
sinon avec leur secours, du moins sans leur
opposition; sous des consuls qui, comme
il raisonnoit lui-même, ne voudroient point,
quand ils le pourroient, réprimer ses violences,
parce qu'ils lui auroient obligation de leur
magistrature; et qui, quand ils le voudroient,
auroient peine à vaincre, dans un scélérat
déterminé, cette audace qu'avoit fortifiée une
longue habitude des forfaits.

Eh quoi, Romains, êtes-vous étrangers dans
votre propre ville? les bruits et les discours
qui y retentissent de toutes parts n'ont-ils pas

par exemple, d'un homme tué dont on ignoroit le
meurtrier, il demandoit qui est-ce qui avoit eu intérêt
à voir périr celui dont on poursuivoit la mort, *cui
bono fuisset perire eum de cujus morte agebatur.*

frappé

frappé vos oreilles? êtes-vous les seuls qui
ignoriez les loix, si l'on doit appeller de ce
nom de vrais alimens de discorde et les plaies
de la République, les loix, dis-je, les loix
odieuses dont il devoit nous imposer à tous
le joug ? Montrez-nous, Sextus Clodius (1),

(1) Ce Sextus Clodius étoit dévoué et vendu à
Clodius, tandis qu'il vivoit : il le servit même après
sa mort. Il avoit été son secrétaire pendant son tribunat. Ce fut lui qui porta son corps dans la place
publique, qui l'exposa aux regards de la populace,
laquelle lui fit un bûcher de tous les bois qu'elle
trouva sous ses mains. La flamme de ce bûcher mit
le feu à la salle du sénat. C'est par allusion à cet incendie, que Cicéron, un peu plus bas, appelle Sextus
Clodius *lumen curiae*, en plaisantant sur l'équivoque.
Cette expression peut signifier, l'ornement du sénat,
un de ses plus illustres membres, ou le flambeau qui
a mis le feu à la salle du sénat. Il portoit le nom de
Clodius, parce que, sans doute, il étoit un des affranchis ou un des cliens de Clodius. On sait que le
Palladium étoit une statue de Minerve, qui, dit-on,
étoit descendue du ciel dans un temple qu'on bâtissoit
à Troie, en l'honneur de cette déesse. L'oracle assura
que la ville ne seroit jamais prise tant que la statue
ne seroit point enlevée. Ulysse et Diomède passèrent
par des souterreins, entrèrent de nuit dans le temple
et enlevèrent la statue.

Tome IX. S

montrez-nous ce recueil de vos loix, que vous
avez, dit-on, enlevé de la maison de votre
maître, pendant la nuit, au milieu des armes
et du tumulte, comme un nouveau Palladium,
afin, apparemment, d'aller gratifier de ce
présent rare et armer de cette pièce importante
quelque tribun, si vous en trouviez qui voulût
soumettre son tribunat à toutes vos volontés.
Eh mais! il a lancé sur moi un de ces regards, dont il accompagnoit les menaces ter-
ribles qu'il nous faisoit à tous. Sans doute,
oui, cette lumière du sénat m'en impose. Pouvez-
vous croire, Sextus, que je vous en veuille
à vous, qui m'avez vengé de mon plus mortel
ennemi beaucoup plus cruellement que ma
douceur naturelle ne me permettoit de le
desirer? C'est vous qui avez jetté hors de sa
maison le cadavre sanglant de Clodius, qui
l'avez traîné dans les rues, sans le faire accompagner des portraits de ses ancêtres, sans
cortège, sans pompe, sans éloge, à demi
brûlé sur un bûcher misérable; c'est vous qui
l'avez laissé en proie aux chiens errans pendant
la nuit. Votre conduite est affreuse; cependant comme c'est sur mon ennemi que vous
avez exercé vos cruautés, si je ne puis vous

Iouer, je ne dois pas du moins vous en vouloir.

On ne pouvoit envisager la préture de Clodius sans craindre les plus extraordinaires innovations ; et l'on sentoit que sa fureur se déchaîneroit librement, à moins qu'on n'eût pour consul uu homme qui eût assez de hardiesse et de force pour l'enchaîner. Or , tout le Peuple Romain ne voyant que Milon capable de réprimer un tel préteur, quel citoyen eût balancé à donner son suffrage pour se mettre lui-même hors d'allarme et la République hors de péril ? Mais à présent que Clodius n'est plus, il faut que Milon emploie les voies ordinaires pour soutenir ses prétentions. Cette gloire unique qui n'appartenoit qu'à lui, et qui augmentoit tous les jours par de nouveaux avantages remportés sur de nouvelles fureurs , est tombée avec Clodius. Vous, Romains, vous avez gagné de n'avoir plus à redouter aucun citoyen ; Milon a perdu dans Clodius une source éternelle de gloire, un moyen continuel d'exercer son courage, son plus puissant solliciteur dans la poursuite du consulat. Aussi le consulat de Milon qui, du vivant de Clodius, étoit à l'abri de toute atteinte, a commencé à être ébranlé du mo-

ment de sa mort. La mort de Clodius nuit
donc à Milon, loin de lui servir.

Mais, dira-t-on, la haine a prévalu ; l'inimitié
et l'animosité l'ont entraîné ; il vouloit venger
une injure, satisfaire son ressentiment. Eh !
si ces motifs étoient plus foibles dans Milon
que dans Clodius ; que dis-je ? s'ils étoient
très-forts dans celui-ci et nuls dans celui-là,
que voulez-vous de plus ? En effet, pourquoi
Milon, qui ne voyoit dans Clodius qu'un
aliment toujours nouveau et une occasion
perpétuelle de gloire, l'eût-il haï, sinon de
cette haine que tout bon citoyen porte aux
méchans ? Clodius, au contraire, avoit lieu
de haïr (1) Milon, d'abord, comme un des
principaux instrumens de mon rappel, ensuite,

(1) *Avoit lieu de haïr.* Latin, *ille erat ut odisset,*
c'est-à-dire, *erat ut ille odisset, erat illi locus, erat
illi causa cur odisset.* Horace a dit dans une de ses
odes, *est ut viro vir latiùs ordinet....—Fut l'accusé
de Milon.* Milon avoit accusé Clodius de violence,
en vertu de la loi Plotia portée contre la violence :
Clodius avoit trouvé moyen d'empêcher que le jugement n'eût lieu ; mais il resta toujours l'accusé de
Milon, *reus Milonis.* L'expression latine m'a paru
énergique, et je me suis hasardé à la faire passer en
françois.

comme le plus redoutable écueil de ses fureurs et de ses violences, enfin, comme son
accusateur. Car Clodius, en vertu de la loi
Plotia, fut l'accusé de Milon tant qu'il vécut.
Avec quel dépit croyez-vous que ce tyran se
soit vu éternellement dans les liens d'une
accusation? quelle haine ne devoit pas l'animer
contre celui qui l'y tenoit ; haine assez naturelle et même juste, quoique dans le plus
injuste des hommes?

Reste à faire parler en faveur de Clodius
son caractère et sa conduite habituelle, et à
faire valoir les mêmes présomptions contre
Milon. Clodius n'usa jamais de violence,
Milon l'employa toujours. Quoi donc? Romains, lorsque je quittai Rome au milieu de
tous vos regrets, étoit-ce un jugement que je re-
doutois? n'étoit-ce pas plutôt les troupes d'esclaves, les armes et la violence? auriez-vous
donc eu une juste raison de me rappeller,
si Clodius ne m'eût chassé injustement? Peut-
être qu'il m'avoit ajourné et poursuivi (1)

(1) *Mulctam irrogare*, qui se trouve dans le latin,
doit s'expliquer ainsi, *rogare ut mulcta reo imponatur.*
—*Peut-être qu'il m'avoit ajourné....* On sent que
tout le ton de cet endroit est ironique. Clodius pour-

comme criminel de lèze-majesté au premier
chef; j'avois peut-être à craindre un jugement
dans une cause qui étoit mauvaise, qui étoit la
mienne, dans une cause qui n'étoit pas honorable, qui n'étoit pas la vôtre. Je n'ai pas voulu,
Romains, exposer aux armes de nos esclaves,
aux violences de misérables, pressés par le
besoin ou noircis de crimes, des citoyens
sauvés par ma vigilance et à mes propres
risques. Car j'ai vu, oui, j'ai vu Hortensius (1)
ici présent, cette lumière et cet ornement de
la République, sur le point d'être tué de la
main des esclaves, parce qu'il prenoit ma
défense. Dans ce tumulte, le sénateur Vibié-
nus, homme de bien, qui étoit avec lui,
fut si maltraité, qu'il en perdit la vie. Depuis
ce moment, le poignard que Catilina avoit
transmis à Clodius se reposa-t-il jamais ? C'est
ce poignard qui attenta si souvent à mes jours;

suivoit Cicéron, pour avoir fait mourir, dans la personne des conjurés, des citoyens sans les entendre.
Or, sa cause certainement étoit belle; c'étoit la cause
du sénat, puisqu'il ne les avoit fait mourir que pour
venger la République, qu'après avoir pris les avis
du sénat.

(1) C'est l'orateur Hortensius, qui fut au barreau
le rival et l'ami de Cicéron.

c'est lui auquel je ne souffris pas que vous fussiez en butte à cause de moi ; c'est lui qui osa attaquer la vie de Pompée ; c'est lui qui teignit du sang de Papirius la (1) voie appienne, ce monument des Clodius ; c'est lui, oui, c'est lui qui long-tems après vient de nouveau menacer ma tête : on sait que dernièrement encore, près du palais (2), j'ai presque tombé sous ses coups.

Voit-on rien de semblable dans Milon, dont la violence se borna toujours à empêcher Clodius d'opprimer la République par ses violences, à réprimer par la force un homme qu'on ne pouvoit arrêter par des voies juridiques ? S'il eût voulu lui donner la mort, combien d'occasions ne se sont pas offertes ? et quelles occasions ? qu'elles étoient favorables ! Ne pouvoit-il pas tirer de ce furieux une vengeance légitime, lorsqu'il défendit sa maison et ses foyers contre ses attaques ? Ne le pou-

(1) *Istam Appiam*, sous-entendez *viam*, qui se trouve exprimé dans quelques livres.

(2) *Près du palais*. Le palais (*regia*) se trouvoit dans la rue sacrée, et avoit été occupé, dit-on, par le roi Ancus Marcius. On ignore quelle est la circonstance dont Cicéron veut ici parler.

S 4

voit-il pas lorsque Sextius, un de ses collègues,
homme ferme, excellent citoyen, fut blessé ?
Ne le pouvoit-il pas lorsque Fabricius, homme
rempli de vertu, qui portoit une loi pour mon
rétablissement, fut repoussé du forum où il se
fit un horrible carnage ? Ne le pouvoit-il pas
lorsqu'on assiégea la maison de Cécilius, préteur aussi ferme qu'équitable ? Ne le pouvoit-il
pas le jour où fut portée la loi qui me rappelloit à Rome, où toute l'Italie qui étoit accourue en foule pour travailler à mon rappel, eut
avoué hautement une action dont toute la
République n'eût pas craint de s'attribuer la
gloire, quoique Milon seul en eût été l'auteur ?
On avoit alors pour consul un personnage aussi
courageux qu'illustre, ennemi de Clodius,
Lentulus qui vouloit punir ses crimes, défendre le sénat, seconder vos vues, soutenir
l'accord unanime des citoyens, me rendre à
ma patrie. On comptoit sept préteurs, huit
tribuns, tous mes défenseurs et ses adversaires. Pompée, ennemi de Clodius, étoit à
la tête de ceux qui s'occupoient de mon retour.
Il donna son avis dans le sénat avec beaucoup de force, et son éloquence entraîna
toute l'assemblée ; il exhorta le Peuple Romain

à se déclarer pour moi : le décret qu'il porta à Capoue en ma faveur , excita les habitans de l'Italie qui n'attendoient que ce signal et qui imploroient sa protection , il les fit tous accourir à Rome pour consommer l'affaire de mon rappel. Enfin l'empressement de me revoir allumoit contre Clodius la haine de tous les citoyens. Loin de punir celui qui alors lui eût ôté la vie , on eût même songé à le récompenser. Milon cependant sut se contenir dans toutes ces occasions ; il employa deux fois contre Clodius les voies de la justice , jamais celles de la violence. Et ensuite , lorsque simple particulier il fut accusé par Clodius auprès du Peuple , lorsqu'on se jetta sur Pompée qui parloit pour lui , avoit-il alors , je ne dis pas une belle occasion , mais une forte raison de le faire périr ? Derniérement encore , lorsqu'Antoine (1) eut fait concevoir à tous les gens de bien le plus grand espoir de salut ,

(1) Antoine, c'est le fameux triumvir. D'après ce que dit Cicéron ailleurs , Antoine ne fut pas toujours ennemi de Clodius. —— *Sous des dégrés* , d'une boutique de libraire, lesquels dégrés étoient de bois , et n'étoient pas à demeure. Le même fait est rapporté dans la seconde Philippique.

lorsque ce jeune noble, s'étant chargé avec courage de la cause publique dans une importante conjoncture, tenoit enfermée cette bête féroce, qui s'échappoit toujours des liens de la justice ; quel lieu et quel tems favorables, grands Dieux ! Lorsque Clodius prenoit la fuite et s'étoit allé cacher sous des dégrés, eût-il été difficile à Milon de nous délivrer de ce commun fléau par une action qui, sans nuire à ses intérêts, combloit Antoine de gloire ? Au Champ-de-Mars, dans les assemblées pour l'élection des magistrats, combien de fois a-t-il eu la facilité de se défaire de Clodius ? Ne le pouvoit-il pas lorsque ce forcené étoit venu fondre sur l'enceinte où l'on donnoit les suffrages, faisant tirer des épées, faisant lancer des pierres, et qu'ensuite effrayé à la vue de Milon, il fuyoit précipitamment vers le Tibre, lorsque vous et tous les gens de bien vous faisiez des vœux pour que Milon voulût user de tout son courage ?

Ainsi donc, celui dont il ménagea les jours lorsque ce mort eut satisfait tous les citoyens, il aura voulu l'assassiner lorsque cette même mort en mécontentoit quelques-uns ! une vie qu'il épargna quand il pouvoit l'attaquer avec droit, sans aucun risque, dans un lieu et dans un tems favorables , il ne l'aura point épargnée quand il y attentoit sans raison , avec péril , dans un lieu et dans un tems contraires ! sur-tout, Romains , à la veille d'être élu consul , lorsqu'il touchoit au jour de l'élection , dans un tems (je sais par expérience quelles craintes , quelles inquiétudes cause la poursuite des honneurs , et principalement la recherche du consulat) dans un tems où nous redoutons le blâme public , et même les plus secrets soupçons , où le moindre bruit populaire , la fable la plus frivole , la plus vaine , la moins fondée , nous glace d'effroi , où nous interrogeons sans cesse les regards de tous les citoyens. Car rien de si foible , de si délicat , de si fiêle, de si léger, que cette fleur d'estime et de bienveillance de la part du Peuple ; du Peuple qui non-seulement voit avec peine les vices des candidats, mais souvent même accueille avec dédain leurs plus beaux titres à l'estime. Uniquement occupé depuis si longtems de l'attente de ce grand jour , Milon se seroit donc présenté à l'auguste assemblée du Champ-de-Mars, les mains encore fumantes de sang , et portant sur son front l'aveu de son crime. Une pareille témérité est-elle croyable

dans Milon ? N'est-elle pas plus que probable
dans Clodius qui se flattoit , dès que Milon
ne seroit plus , de régner en maître ?

Et ce qui est essentiel dans un acte de violence , ignore-t-on qu'il n'est pas de plus grand
attrait pour commettre le crime que l'espoir de
l'impunité ? Mais lequel des deux avoit cet
espoir ? Est-ce Milon que l'on voit aujour-
d'hui accusé pour une action consacrée par la
gloire , ou du moins justifiée par la nécessité ?
Est-ce Clodius , cet audacieux qui bravoit les
tribunaux et les peines judiciaires , ce cœur dé-
pravé qui ne trouvoit rien de piquant dans ce
qui étoit permis par la nature (1) ou par les
loix ?

Mais pourquoi raisonner , pourquoi discourir plus long-tems ? J'en appelle à vous , Petil-
lius , dont la vertu égale le courage , et à vous,
Caton ; je vous prends tous deux à témoins ,
vous que les Dieux même semblent nous avoir
donnés pour juges ; vous l'avez entendu de la
bouche de Favonius , et vous l'avez entendu
du vivant de Clodius : celui-ci lui avoit dit en

_____

(1) *Permis par la nature.* Cicéron fait ici allusion
au commerce incestueux de Clodius avec sa sœur.

propres termes , que Milon ne seroit pas en
vie dans trois jours. Trois jours après , la
chose est arrivée comme il l'avoit dit. Clodius
n'ayant point balancé à découvrir son dessein,
croit-on qu'il ait balancé à l'exécuter ?

Comment donc a-t-il pu être instruit du départ de Milon ? je l'ai dit en exposant le fait.
Connoître le jour fixé pour les sacrifices du dictateur de Lanuvium , n'étoit pas bien difficile.
Il a vu que Milon étoit obligé de partir pour
Lanuvium le jour même qu'il est parti. Il a
donc pris les devans. Mais quel jour ? celui-là
même où , comme je l'ai déjà dit, il se tint
une assemblée tumultueuse convoquée par
un tribun à ses gages ; et certes il n'eût jamais
choisi ce jour-là , jamais il n'eût abandonné
cette assemblée , jamais il ne se fût privé des
clameurs qui devoient y retentir , s'il n'eût
été pressé de consommer le crime qu'il méditoit. Loin donc qu'il eût aucune raison pour
sortir de Rome , Clodius en avoit même pour
rester : du côté de Milon , au contraire , nul
moyen de rester , raison et même nécessité
de partir.

Mais si Clodius a su que Milon prendroit
tel jour pour se mettre en route , tandis que

Milon n'a pu même soupçonner que Clodius s'y mettroit ce même jour, qu'aurez-vous à dire ? D'abord je demande comment Milon l'a pu savoir .; ce qu'on ne peut demander par rapport à Clodius. En effet, quand il ne s'en seroit informé qu'à Titus Patina, son intime ami, il a pu savoir que Milon, comme dictateur, devoit créer un pontife à Lanuvium ce jour-là même. Mais il pouvoit en être instruit par mille autres, par tous les habitans de Lanuvium. Pour Milon, d'où a-t-il pu connoître le retour de Clodius ? Je veux qu'il ait cherché à s'en assurer, voyez ce que je vous accorde ; je veux même qu'il ait corrompu un esclave, comme l'a dit Arrius, mon ami (1) : lisez les dépositions de vos témoins. Cassinius, surnommé Schola, d'Intéramne, dont le témoignage, il n'y a pas long-tems, a fait trouver Clodius, à la même heure, à Rome et à Intéramne, Cassinius, un de ses intimes et de ses compagnons, a déposé que Clodius devoit rester à sa maison d'Albe ce jour-là, mais qu'on lui annonça tout-à-coup que Cyrus

_____

(1) Arrius étoit un des accusateurs de Milon ; ainsi c'est ironiquement que Cicéron l'appelle son ami.

l'architecte étoit mort, que d'après cette nouvelle il se décida à partir sur-le-champ pour Rome. Caïus Clodius, aussi compagnon de Clodius, a fait la même déposition.

Voyez, Romains, tout ce que décident en notre faveur ces différens témoignages. D'abord il en résulte que Milon n'est point parti avec le dessein d'attaquer Clodius sur la route, puisqu'il ne devoit pas l'y rencontrer. Ensuite (eh! pourquoi ne parlerois-je pas aussi à ma décharge?) vous savez que les amis de Clodius, en demandant un nouveau tribunal, osèrent dire que Milon, il est vrai, avoit été l'instrument du meurtre, mais qu'un homme plus puissant en avoit donné le conseil. J'étois, sans doute, le brigand et l'assassin que désignoient ces citoyens pervers, ces hommes méprisables. Mais ils sont confondus par leurs propres témoins, puisqu'ils prétendent que Clodius ne seroit pas revenu ce jour à Rome, s'il n'eût appris la mort de Cyrus. Je respire, je suis tranquille ; je ne crains plus de paroître avoir médité ce que je n'ai pu même imaginer.

Mais poursuivons. Clodius, nous objectera-t-on peut-être, ne pensoit donc point lui-même

(288)

à attaquer Milon, puisqu'il devoit rester dans sa maison d'Albe, dont, sans doute, il ne seroit point sorti pour commettre un assassinat. Aussi, l'exprès que l'on prétend avoir annoncé à Clodius la mort de Cyrus, ne lui a-t-il point annoncé que Cyrus étoit mort, mais que Milon approchoit. Car pourquoi lui eût-il annoncé la mort d'un homme qu'il avoit laissé mourant à son départ? J'étois avec Clodius, j'ai scellé avec lui le testament; testament qui avoit été fait à la vue de tout le monde, et par lequel Cyrus nous instituoit héritiers l'un et l'autre. Quoi donc? Clodius l'avoit laissé la veille au matin rendant déjà les derniers soupirs, et on seroit venu lui annoncer le lendemain au soir qu'il étoit mort!

Mais je suppose qu'on lui ait annoncé la mort de Cyrus, étoit-ce une raison pour précipiter son retour à Rome, pour se jetter au milieu de la nuit? Pourquoi donc un tel empressement? Est-ce parce qu'il étoit héritier? Ce n'étoit pas une raison pour user d'une si grande diligence; et quand même le motif eût été pressant, que gagnoit-il à partir cette nuit? Que perdoit-il à ne revenir que le lendemain matin? Mais si Clodius a dû plutôt

éviter

éviter que désirer d'entrer de nuit dans la
ville, Milon, comme agresseur, sachant qu'il
devoit arriver pendant la nuit, devoit se placer
en embuscade et l'attendre aux environs de
Rome. Il l'eût attaqué à la faveur des ténèbres,
dans un lieu suspect et rempli de brigands.
S'il eût nié le meurtre, on l'eût cru sur sa
parole, puisque aujourd'hui qu'il l'avoue, on
désire qu'il soit renvoyé absous. On eût accusé
le lieu même, ce lieu si propre à receler et à
cacher des brigands; car, sans doute, Milon
n'eût été ni décelé par les ténèbres de la nuit,
ni dénoncé par le silence de la solitude : on
eût soupçonné tous les habitans de ces lieux,
que Clodius avoit insultés et privés de leurs
biens, ou qu'il menaçoit de pareils traitemens;
on eût pu enfin traduire en justice l'Etrurie
toute entière. Ce qu'il y a de certain encore,
c'est que Clodius, en revenant d'Aricie, est
entré dans sa maison d'Albe. En supposant
donc que Milon eût su que Clodius étoit à
Aricie, il devoit penser que, même avec le
projet de revenir à Rome ce jour-là, il en-
treroit dans sa maison de campagne qui bor-
doit le chemin. Pourquoi donc n'a-t-il pas été
à sa rencontre avant qu'il pût s'arrêter dans

cette maison ? ou pourquoi ne l'a-t-il pas
attendu dans le lieu où il devoit se rendre la
nuit ?

Jusqu'ici, Romains, tout concourt à la
charge de Clodius et à la décharge de Milon.
Milon trouvoit son avantage à laisser vivre
Clodius ; Clodius, pour réussir dans ses projets, ne soupiroit qu'après la mort de Milon :
Clodius portoit une haine mortelle à Milon,
Milon n'avoit aucun sujet de haïr Clodius : l'un
employa toujours la violence, l'autre se contenta
de la repousser : Clodius avoit dit publiquement
et ouvertement que Milon ne seroit pas en vie
dans peu de jours ; Milon ne dit jamais rien
de semblable : le jour du départ de Milon
devoit être connu de Clodius, le retour de
Clodius étoit inconnu à Milon : le voyage
de celui-ci étoit indispensable, le voyage de
celui-là étoit même déplacé : l'un ne faisoit
pas un mystère du jour de son départ, l'autre
cachoit soigneusement celui de son retour :
le premier n'a pas changé de dessein, le second a inventé un prétexte pour en changer.
Milon, s'il vouloit attaquer Clodius, devoit
l'attendre de nuit aux environs de Rome :
Clodius, quand même il n'eût pas craint Milon,

auroit dû craindre d'arriver à Rome pendant la nuit.

Passons maintenant à un article essentiel ; voyons auquel des deux le lieu même de la rencontre étoit plus favorable. Peut-on en douter, Romains, et faut-il y réfléchir long-tems ? La rencontre s'est faite devant une terre de Clodius, sur laquelle terre celui-ci pouvoit, sans peine, avoir à ses ordres mille bras robustes, employés alors à ses folles constructions. Milon pouvoit-il se flatter de vaincre un adversaire posté sur un lieu élevé et sur son propre terrein ? Avoit-il, d'après cela, préféré cet endroit à tout autre ? N'y fut-il pas plutôt attendu par Clodius, qui fondoit la victoire sur l'avantage du poste ?

Le fait, Romains, le fait parle de lui-même, et c'est la meilleure des preuves. Si l'on ne vous en faisoit pas un simple récit, mais qu'on vous en mît le tableau sous les yeux, vous verriez clairement lequel des deux étoit l'agresseur, lequel des deux n'avoit aucun mauvais dessein. L'un, enfermé dans une litière, couvert d'un manteau, avoit sa femme à ses côtés. Quoi de plus incommode, quand on médite un meurtre, qu'une telle voiture, un tel vêtement, une

telle compagnie? Quoi de moins propre pour
un combat, que d'être enveloppé d'un manteau,
emprisonné dans une litière, presque enchaîné
auprès d'une femme? Voyez à présent Clodius
sortir de sa maison de campagne brusquement;
pourquoi? le soir; quelle nécessité? fort tard;
le devoit-il, sur-tout dans cette saison (1)? Il
est entré, dit-on, dans la maison de Pompée.
Etoit-ce pour voir Pompée? il le savoit à Alsium;
pour voir sa maison? il y avoit été mille fois.
Pourquoi donc tous ces délais et tous ces détours?
il attendoit Milon, et ne vouloit pas perdre
l'avantage du lieu. Maintenant comparez l'équi-
page leste d'un brigand avec l'embarrassant
attirail de Milon. Clodius avoit toujours sa
femme avec lui, il ne l'avoit pas alors. Toujours en voiture, il étoit pour lors à cheval.
Ses Grecs ne le quittoient jamais, ils le suivoient même lorsqu'il se rendoit en hâte au
camp d'Etrurie (2); ici rien de frivole dans son

(1) *Sur-tout dans cette saison.* J'ai déjà remarqué
plus haut qu'on étoit alors à la fin de janvier.

(2) *Lorsqu'il se rendoit en hâte au camp d'Etrurie,*
sans doute pour y aller joindre Catilina, dont Clodius
fut violemment soupçonné d'être un des complices:
on prétendoit même qu'il s'étoit mis en route pour se

cortège. Milon, contre son ordinaire, traînoit à sa suite une troupe de musiciens et d'esclaves au service de sa femme. Clodius, qui n'eut jamais avec lui que des troupes de débauchés et de courtisanes, n'avoit alors que des braves d'élite (1).

Pourquoi donc a-t-il succombé? parce que le voyageur n'est pas toujours tué par le brigand, mais que le brigand l'est quelquefois par le voyageur; et quoique Clodius, bien préparé, vînt fondre sur des adversaires surpris, ce n'étoit après tout qu'une femme qui s'attaquoit à des hommes. D'ailleurs Milon, sans être tou-

rendre à l'armée de Catilina, campée dans l'Etrurie, mais qu'il revint sur ses pas. On sait au reste que les grands seigneurs Romains affectoient d'avoir toujours à leur suite des Grecs savans et lettrés. Ces hommes, par cela même qu'ils se mettoient comme au service d'un noble, n'étoient pas fort estimés, et par mépris on les appelloit *Graeculi*.

(1) *N'avoit alors que des braves d'élite* ; mot à mot, *n'avoit alors personne , que comme qui diroit un brave homme choisi par un autre brave homme.* Dans les guerres subites et imprévues , les Romains chargeoient quelquefois les plus braves de se choisir chacun un homme qui leur ressemblât : cela s'appelloit *vir à viro lectus.*

T 3

jours préparé contre Clodius autant qu'il pouvoit l'être, il étoit néanmoins toujours à peu
près suffisamment. Il ne perdoit jamais de vue
combien ce méchant homme étoit intéressé à
sa perte, quelle haine il lui portoit, et de quoi
son audace étoit capable. Aussi n'exposoit-il
jamais sans précaution et sans défense une tête
qu'il savoit vendue, pour ainsi dire, et mise à
un grand prix. Ajoutez encore les hasards et
les incertitudes des combats, les caprices de la
fortune qui, au moment même où le vainqueur
triomphant dépouille déjà son ennemi, le réti-
verse souvent et le frappe de la main du vaincu
terrassé. Ajoutez enfin la sottise du chef appe-
santi par la nourriture, par le vin, par le som-
meil; il attaque par derrière Milon séparé de
la moitié de sa troupe, sans faire attention à
cette moitié qui arrivoit; il va tomber au
milieu d'hommes furieux, qui croyoient leur
maître tué, qui n'espéroient plus le revoir:
est-il étonnant qu'il soit demeuré victime du
juste ressentiment de serviteurs fidèles qui
vouloient venger la mort de leur maître?

Pourquoi donc Milon les a-t-il affranchis?
Il craignoit, peut-être, que les douleurs de la
question ne les contraignissent enfin de le dé-

noncer ; que les tourmens ne leur fissent avouer qu'ils avoient tué Clodius sur la voie Appienne. Qu'est-il besoin de torture ? que voulez-vous savoir ? Si Milon a tué Clodius? Oui , il l'a tué.. S'il l'a tué légitimement ou non ? Cela n'a rien de commun avec la torture. La torture est pour le fait, le jugement pour le droit. Examinons donc ici le véritable point de la cause ; ce que vous voulez découvrir par la torture, nous en convenons. Que si vous demandez pourquoi Milon a affranchi ses esclaves , et non plutôt pourquoi il les a trop peu récompensés , vous vous entendez mal à blâmer la conduite d'un ennemi. Cet homme qui parle toujours avec vigueur et fermeté, Caton a dit, et il l'a dit dans une assemblée tumultueuse qu'il sut calmer par sa seule présence , que ce n'étoit pas la liberté seulement, mais les plus magnifiques récompenses que l'on devoit à des esclaves qui avoient défendu la vie de leur maître. Quelle assez grande récompense, en effet, pouvoit donner Milon à des esclaves si zélés, si courageux, si fidèles, auxquels il doit la vie? Que dis-je, la vie? il leur doit bien plus : grace à eux encore, son sang et ses blessures n'ont point assouvi la haine et

T 4

les regards de son plus cruel ennemi. S'il
ne les eût pas affranchis, il eût donc fallu livrer
à toutes les horreurs de la torture, les ven-
géurs du crime, les défenseurs de leur maître,
les conservateurs de ses jours. Ah! sans
doute, si quelque chose peut adoucir ses maux,
c'est de penser, quoi qu'il arrive, que sa reconnoissance leur a toujours payé le prix de leur
service.

Mais Milon est chargé par des esclaves
qu'on a interrogés dans le vestibule du temple
de la Liberté. Quels sont donc ces esclaves?
sans doute les esclaves de Clodius. Qui les a
requis? Appius (1). Qui les a produits? Appius.
D'où sont-ils sortis? de chez Appius. Bons
Dieux, quelle sévérité! La loi defend d'inter-
roger un esclave contre son maître, à moins
qu'il ne s'agisse d'un sacrilège, comme jadis

_____

(1) Cet Appius étoit un des accusateurs de Milon,
neveu de Clodius mort. — *D'un sacrilège.* Latin,
de incestu, c'est-à-dire, *de diis violatis.* — *Approche
bien près des Dieux.* On sent bien que l'orateur joue
sur l'équivoque des mots, et qu'il fait allusion à
l'audace de Clodius, qui voulut s'ingérer dans les
mystères de la bonne-déesse, et qui pénétra dans son
sanctuaire.

lorsqu'on informa contre Clodius. Clodius approche bien près des Dieux ; oui , et bien plus près que lorsqu'il pénétra dans leur sanctuaire, puisqu'on informe de sa mort comme d'un attentat aux cérémonies religieuses. Quoi qu'il en soit, nos ancêtres n'ont pas voulu qu'on interrogeât des esclaves contre leur maître. Non qu'il fût impossible de découvrir la vérité par ce moyen ; mais ce moyen leur sembloit odieux, et plus affligeant pour des maîtres que la mort même. Et lorsqu'on interroge contre l'accusé les esclaves de l'accusateur, peut-on parvenir à la vérité ?

Mais encore, quel étoit l'interrogatoire ? comment y a-t-on procédé ? Hola , toi , Ruscion , (par exemple) ne vas pas mentir. Clodius a-t-il attaqué Milon ? — Oui. — Tu seras mis en croix. — Non. — Tu peux espérer ta liberté. Quoi de plus infaillible qu'une pareille information ? Pour l'ordinaire , on se saisit sur-le-champ des esclaves qu'on veut mettre à la question ; on les sépare des autres ; on les jette dans un cachot, afin qu'ils n'aient de communication avec personne. Ici , après avoir été cent jours au pouvoir de l'accusateur, l'accusateur les produit lui-même. Peut-on

rien imaginer de plus exact, de plus authentique, qu'un pareil interrogatoire ?

La vérité brille à vos yeux par un assez
grand nombre de preuves éclatantes ; toutefois
si vous ne voyez pas encore assez clairement
que Milon est revenu à Rome avec une conscience pure, sans avoir à se reprocher aucun
crime, sans être intimidé par aucune crainte,
troublé par aucun remords, rappellez-vous,
au nom des immortels, la promptitude de son
retour, son entrée dans le forum, lorsque la
salle du sénat étoit en feu, sa fermeté, sa
contenance et ses discours. Il s'est livré non-
seulement au Peuple, mais au sénat ; non-
seulement au sénat, mais aux troupes levées
pour la sûreté commune ; non-seulement à
ces troupes, mais au pouvoir de celui entre
les mains duquel le sénat avoit remis tous
les intérêts de l'empire, toute la jeunesse de
l'Italie, toutes les armes de la République.
Eh certes, il n'eût ou une grande confiance
dans sa cause, il ne se fût jamais abandonné
à un homme qui prenoit l'allarme pour l'état,
qui étoit rempli de soupçons, qui écoutoit tous
les discours, et en croyoit une partie. C'est
une voix puissante, Romains, que celle de

la conscience ; oui , et tel est son double
pouvoir, que l'homme qui n'a rien à se reprocher est tranquille , tandis que le coupable
voit toujours en face le supplice.

Ce n'est donc pas sans une raison solide
que les sénateurs ont toujours reconnu l'innocence de Milon. Ils voyoient, ces hommes
sages , les motifs de sa conduite , sa fermeté ,
son assurance. Avez-vous oublié , Romains,
quels étoient , à la première nouvelle de la
mort de Clodius , les rumeurs et les discours
non-seulement des ennemis de Milon , mais
encore de quelques personnes mal instruites ?
On prétendoit qu'il ne reviendroit pas à Rome.
En effet , supposé qu'il eût tué Clodius par
un mouvement de haine ; de colère et de
vengeance , il seroit , disoit-on , assez satisfait
de sa mort pour s'éloigner sans peine , content d'avoir vu couler le sang de son ennemi :
ou, dans le cas qu'il eût voulu par cette mort
servir la patrie, ferme comme il l'est, il ne
balanceroit point , après l'avoir sauvée à ses
propres risques , de se soumettre aux loix , nous
laissant jouir des avantages qu'il nous auroit
conservés , et emportant avec lui une gloire
immortelle. Plusieurs alloient jusqu'à citer

Catilina et ses projets monstrueux ; Il éclatera,
disoient-ils ; il s'emparera de quelque poste ;
il fera la guerre à sa patrie. Qu'ils sont donc
quelquefois à plaindre , les citoyens qui ont
le mieux mérité de la République ! On ne
se contente pas d'oublier leurs plus signalés
services ; on leur prête encore les plus noirs
forfaits. Tous ces discours se sont trouvés faux ;
or certainement ils se seroient trouvés vrais,
si Milon se fût permis quelque action que
n'auroient pu avouer l'honneur et la justice.

Que dirai-je des calomnies atroces qui furent
ensuite accumulées contre lui, calomnies qui
auroient effrayé quiconque se seroit senti coupable de la moindre faute ? comme il les a soutenues ? grands Dieux ! que dis-je , il les a soutenues ? comme il a su les mépriser et n'en tenir aucun compte ? Ces calomnies , toutefois,
étoient de nature à faire impression sur un
homme coupable , quelque intrépide qu'il pût
être , et même sur un homme innocent , s'il
n'eût eu l'ame la plus forte. On l'accusoit de
tenir en réserve des amas de harnois , de boucliers , d'épées , de dards et de javelots. Point
de quartier dans la ville , point de rue où il
n'eût loué une maison. Il avoit transporté des

armes par le Tibre dans sa maison d'Ocricule (1);
celle qu'il a sur la descente du Capitole, il
l'avoit remplie de boucliers ; tout étoit plein
de brandons pour embrâser la ville. On débita
ces calomnies, on y ajouta presque foi, et
on ne cessa de les croire qu'après une information.

Pour moi, je louois l'incroyable vigilance de
Pompée ; mais je le dirai comme je le pense:
ceux à qui la République s'est remise toute entière, sont obligés, malgré eux, de tout écouter.
N'a-t-il pas même fallu entendre un je ne sais
quel Licinius, misérable cabaretier du grand
cirque ? Suivant son rapport, les esclaves de
Milon s'étant enivrés chez lui, lui avoient
avoué qu'ils avoient formé le complot d'assassiner Pompée ; l'un d'eux, ajoutoit-il, l'avoit
frappé de son épée, de peur qu'il ne les dénon-
çât. Il va porter cette nouvelle à Pompée dans ses
jardins ; Pompée me fait appeller un des premiers : d'après le conseil de ses amis, il fait
son rapport au sénat. Les violens soupçons
du zélé défenseur de la patrie et de ma per-

(1) Ocricule étoit un bourg près du Tibre, sur la
voie Flaminia.

sonne , ne pouvoient que me faire trembler
pour des jours aussi précieux ; j'étois surpris
néanmoins qu'un cabaretier fût cru sur sa parole, qu'on écoutât l'aveu d'esclaves pris de
vin , et qu'une blessure au côté , qui ne paroissoit qu'une légère piqûre , fût regardée comme
un coup frappé de la main d'un gladiateur.

Mais , je le vois , sans craindre réellement ,
Pompée se précautionnoit contre tout ce qui
avoit l'apparence de dangers , pour que vous
fussiez à l'abri de toute crainte. On rapportoit
que la maison de l'illustre et brave César (1)
avoit été assiégée une partie de la nuit. On
n'avoit rien entendu , on ne s'étoit apperçu
de rien , dans un des quartiers les plus peuplés
de la ville ; cependant on écoutoit ce rapport.
Je ne pouvois soupçonner de timidité Pompée,
dont le courage est à toute épreuve; je croyois
que chargé de toute la République , il ne pouvoit montrer trop de vigilance. Dernièrement au
Capitole , dans une assemblée nombreuse du
sénat , un sénateur osa dire que Milon avoit
un poignard caché sous sa robe. Puisqu'un ci-

(1) C'est le fameux César : depuis qu'il avoit été
nommé souverain pontife , il habitoit dans la principale rue de Rome , dans la rue Sacrée.

toyèn tel que lui ne pouvoit être justifié par l'innocence de sa conduite, Milon, sans rien répondre, ouvrit sa robe dans ce temple auguste, et fit parler la chose même. Tous les rapports furent reconnus l'ouvrage du mensonge et de la malignité.

Que si cependant on n'est pas encore rassuré au sujet de Milon, ce n'est plus, ô Pompée, (car c'est à vous que j'adresse la parole, et j'élève la voix assez haut pour que vous puissiez m'entendre), ce n'est plus l'accusation actuelle (1) que nous redoutons ; ce sont, oui, ce sont uniquement vos soupçons qui nous épouvantent. Si Milon vous est suspect, si vous pensez qu'il ait jamais tramé ou qu'il trame en ce jour quelque mauvais dessein contre vous ; si les levées de l'Italie, comme le disent quelques-uns de ceux qui les font par vos ordres; si ces armes qui frappent de tous côtés nos regards ; si les cohortes placées dans le Capitole, et les gardes distribués dans toute la ville ; si l'élite de la jeunesse préposée à la défense de votre maison et de votre personne,

_____

(1) *L'accusation actuelle.* Latin, *Clodianum crimen*, l'accusation au sujet de la mort de Clodius.

n'a été armée que pour réprimer les violences de Milon ; si c'est contre Milon seulement que tous ces préparatifs ont été faits , que toutes ces troupes ont été levées , que toutes ces sûretés ont été prises , on lui croit, sans doute , un crédit, une puissance , un courage et des forces bien supérieures et bien extraordinaires , s'il est vrai que contre lui seul on ait choisi le général le plus distingué , on ait armé toute la République.

Mais qui ne voit qu'on vous a remis entre les mains le corps entier de la République dans un état d'ébranlement et de foiblesse, pour le fortifier et l'affermir avec le secours de ces armes qui nous environnent? Ah! sans doute, si Milon en avoit eu la liberté , il vous auroit fait convenir vous-même que jamais homme ne fut plus cher à un autre que vous à lui ; qu'il s'exposa à tous les périls pour le maintien de votre dignité ; qu'il combattit souvent pour votre gloire contre le monstre affreux dont nous a délivrés son courage ; que tout son tribunat a été dirigé par vos avis à mon rappel , l'objet alors de tous vos vœux ; qu'ensuite vous l'aviez défendu dans une affaire capitale , secondé dans la demande de la preture ;

ture ; qu'il s'étoit flatté d'avoir deux amis attachés à lui pour toujours, vous par vos bienfaits, et moi par les siens. S'il n'eût pu réussir
à vous convaincre de ses sentimens ; si vos
soupçons eussent été si profondément enracinés
dans votre cœur, que rien n'eût pu les en
arracher ; si à moins de la perte de Milon,
l'Italie devoit être toujours agitée par des levées, si Rome devoit toujours voir des soldats
dans ses murs ; avec son caractère et ses principes, il n'eût point balancé à sortir de sa
patrie, en vous adressant les paroles qu'il vous
adresse même à présent (1).

(1) *En vous adressant....* Latin, *te, Magne,
tamen antestaretur, quod nunc etiam facit. Antestari*
se disoit proprement de ceux qui, citant quelqu'un en
justice, avertissoient les personnes présentes, en leur
touchant l'oreille, de ne pas oublier qu'ils avoient
cité en justice cet homme, et d'en rendre témoignage
dans l'occasion. Les paroles qui suivent sont mises par
l'orateur dans la bouche de Milon, ce que prouvent
ces mots *quod nunc etiam facit.* L'éloge de Milon qui
termine, semble annoncer, il est vrai, que c'est Cicéron qui parle; mais on peut supposer que, par une
espèce d'irrégularité oratoire, et pour mettre plus de
naturel dans le discours, l'orateur parle, à la fin,
en son nom, oubliant, pour ainsi dire, que c'est
Milon qui parle.

Tome I X.   V

Voyez , grand Pompée , voyez combien
la scène du monde est variable et changeante,
combien la fortune est inconstante et légère,
combien les amis sont peu sûrs, et leurs liaisons purement politiques ; combien , dans
les circonstances périlleuses, on voit les parens
même prendre l'allarme , déserter et fuir. Le
tems , le tems amenera quelqu'une de ces
révolutions , que l'expérience nous apprend
n'être que trop fréquentes ; révolutions qui,
sans compromettre votre sûreté , du moins je
l'espère , pourront altérer votre bonheur; un
jour viendra où vous regretterez, peut-être,
le plus fidèle de tous les amis , le plus courageux de tous les hommes, le plus ferme
de tous les caractères.

Qui pourroit croire cependant que Pompée,
si instruit des usages de nos ancêtres, si versé
dans le droit public et dans l'administration
des affaires ; chargé par le sénat de veiller à
ce que l'état ne souffrît aucun dommage ,
formule unique qui arma toujours assez puis-
samment les consuls, sans qu'ils eussent besoin
d'autres armes ; qui pourroit croire que Pompée,
après avoir levé et armé des troupes, eût
attendu la décision d'un tribunal, pour arrêter

les projets d'un citoyen qui anéantiroit les tribunaux même ? Pompée, oui, Pompée a fait assez connoître la fausseté des imputations faites à Milon, puisqu'il a porté une loi en vertu de laquelle, d'après mon sentiment, vous devez l'absoudre, ou du moins vous le pouvez, de l'aveu de tout le monde. Si Pompée paroît ici entouré d'une garde publique, il fait assez voir que son intention n'est pas de vous effrayer ; eh! qu'y auroit-il de moins digne de lui, que de vous forcer à condamner un homme, que l'autorisoient à punir et les usages de nos ancêtres et le droit de sa place? Non, il ne veut pas vous effrayer, mais vous rassurer, et vous faire comprendre que, malgré les cris et le tumulte de l'assemblée d'hier (1), vous pouvez aujourd'hui prononcer librement ce que vous dictera l'équité.

(1) La veille de ce discours, le tribun Munatius Plancus avoit assemblé le Peuple, l'avoit exhorté à fermer les boutiques, à se trouver tous au jugement, et à ne point permettre que Milon échappât.

V 2

Seconde partie du discours, où l'orateur prouve que, quand même Milon auroit tué Clodius de propos délibéré, il devroit être récompensé plutôt que puni.

Pour moi, Romains, l'imputation du meurtre de Clodius n'a rien qui m'épouvante, et je ne suis pas assez dépourvu de raison, assez peu instruit de vos vrais sentimens, pour ignorer ce que vous pensez de la mort d'un tel homme. Quand je n'aurois pas voulu justifier Milon comme j'ai fait, il pourroit impunément s'écrier devant vous, et usant d'un mensonge honorable, vous dire : J'ai tué, oui, Romains, j'ai tué, non un Spurius Melius, non un Tiberius Gracchus.....; l'un, faisant le sacrifice de son bien pour remédier à une disette, et paroissant s'attacher trop à la partie indigente du Peuple, avoit seulement encouru le soupçon d'aspirer à régner dans Rome ; tout le crime de l'autre étoit d'avoir soulevé la multitude pour faire déposer son collègue ; et cependant les meurtriers de ces deux citoyens ont rempli tout l'univers de la gloire de leur nom : moi j'ai tué (car il oseroit le dire après avoir délivré la patrie au péril de ses jours) j'ai tué celui que des femmes distinguées par leur naissance ont surpris voulant souiller les plus saints mystères par un adultère infâme ; celui que le sénat a souvent décidé de faire punir de mort , pour expier par son supplice la profanation de nos cérémonies religieuses ; celui que Lucullus , dans un interrogatoire , sous la foi du serment , a déclaré coupable d'un inceste avec sa propre sœur ; j'ai tué celui qui , à la tête de vils esclaves , a chassé de Rome un citoyen (1) que le sénat , que le Peuple , que toutes les nations regardoient comme le conservateur de Rome et le sauveur de toutes les nations ; celui qui donnoit et ôtoit les royaumes , qui distribuoit à son gré toute la terre ; celui qui , après avoir inondé de sang la place publique , a forcé , par la violence des armes , de se renfermer dans sa maison , le personnage le plus admirable par ses vertus et par ses exploits ; celui qui s'est livré , sans scrupule , aux crimes les plus horribles , aux plus infâmes débauches , qui a mis le feu au temple des Nym-

(1) Ce citoyen étoit Cicéron lui-même. Plus bas , *le personnage le plus admirable* , sans doute Pompée.

phes , pour anéantir toute trace du dénombrement (1) des citoyens consigné dans les
registres publics; celui enfin qui ne connoissoit plus aucune loi, aucun droit civil, aucun
titre de propriété ; qui s'emparoit du terrein
d'autrui, non plus par d'injustes procès , par
des arrêts subreptices et de fausses revendica-
tions (2) , mais à force ouverte, et en faisant
marcher des cohortes de gens armés ; qui
employoit les armes et la violence pour dépouiller de leurs possessions, non-seulement
les Etrusques qu'il méprisoit souverainement,
mais Varius, homme ferme, excellent citoyen,
un de nos juges ; qui, la toise à la main,

(1) *Du dénombrement*. Latin , *recensionis*. *Recensio*
étoit proprement le catalogue ou rôle des pauvres
citoyens , à qui l'état faisoit des distributions de blé.

(2) *Par des procès injustes*.... Comme il m'a été
impossible de trouver , en françois , des expressions
qui répondent justement aux expressions latines, je
vais expliquer , en peu de mots , celles-ci. *Calumnia
litium*, ce sont de mauvaises chicanes. *Injustae vin-
diciae*, ce sont des provisions ou possessions provi-
soires que l'on obtient par des arrêts surpris au juge.
Sacramento contendere, c'étoit déposer une somme que
l'on consentoit à perdre , si le champ qu'on revendi-
quoit n'étoit pas revendiqué à bon droit.

parcouroit avec des architectes les maisons
de campagne et les jardins des particuliers ;
dont la cupidité prenoit le Janicule et les
Alpes pour les seules bornes de ses domaines ;
qui n'ayant pu obtenir de Pacavius, chevalier
Romain d'un rare mérite, de lui vendre une
isle qu'il possédoit sur le lac Prélium (1) , y
fit transporter à l'instant dans des barques,
des matériaux, de la chaux, du moëlon, des
outils, et sous les yeux du maître qui le
regardoit du rivage, eut l'audace de bâtir
sur un fonds étranger ; qui osa signifier à
Furfanius : à qui s'adressoit-il, grands Dieux !
(car pourquoi parler de la malheureuse Scantia
et du jeune Aponius, qu'il menaça de la
mort, s'ils ne lui abandonnoient leurs jardins) ?
qui, dis-je, osa signifier à Furfanius que, s'il ne
lui comptoit la somme qu'il lui avoit demandée, il feroit transporter chez lui un cadavre,
afin de jetter sur un tel homme l'odieux
d'un assassinat ; qui profita de l'absence de son
frère Appius, mon sincère ami, pour le dé-

(1) La plupart des éditions lisent *in lacu Pretio* :
un fameux géographe prétend qu'il faut lire *in lacu
Prelio*, leçon confirmée, en partie du moins, par
plusieurs manuscrits.

V 4

posséder d'une de ses terres; qui avoit résolu d'élever une muraille devant la maison de sa propre sœur, de la placer tellement, qu'elle devoit lui ôter l'usage de son avant-cour (1), et même toute liberté d'entrer chez elle ou d'en sortir.

Ces excès toutefois étoient comme devenus supportables, quoique dans sa rage il attaquât également la République et les particuliers, ceux qui étoient loin et ceux qui étoient près, les étrangers et les siens. Par un prodige de patience à peine croyable, nous nous étions habitués, nous nous étions comme endurcis aux violences de ce forcené. Mais comment eussiez-vous pu éloigner ou supporter les maux dont vous menaçoit sa fureur, ces maux prêts à fondre sur vous? S'il eût été revêtu du consulat ou de la préture, je ne parle pas des alliés, des nations étrangères, des princes et des monarques; vous eussiez fait des vœux pour qu'il se jettât sur des étrangers plutôt que sur vos possessions, sur vos maisons et sur vos biens. Je dis vos biens :

(1) *Vestibulum* en latin n'étoit pas ce que nous appellons en françois *vestibule*, une partie de l'édifice tenant à l'édifice, mais un espace vuide devant la maison.

vos enfans, certes, vos enfans et vos femmes n'eussent jamais été à l'abri de ses brutales passions. Croyez-vous que je me livre à mon imagination quand je dis ce qui est clair, ce qui est évident, ce dont nous avons la preuve en main, qu'il auroit levé une armée d'esclaves pour envahir l'état et engloutir vos fortunes ?

Si donc Milon, tenant son épée ensanglantée, s'écrioit ; Venez, citoyens, écoutez-moi : j'ai donné la mort à Clodius ; les fureurs de ce pervers que la crainte des loix et des jugemens ne pouvoit plus réprimer, ce bras et ce fer les ont repoussées de vos têtes ; si les loix, si la justice, si les tribunaux, si la liberté, si la pudeur et la chasteté, ne sont point bannies de Rome, c'est à moi seul (1) qu'on en est redevable. Un tel discours, s'il sortoit de la bouche de Milon, pourroit-il offenser les oreilles du Peuple ? Est-il quelqu'un maintenant qui n'approuve, qui n'exalte son action ? qui ne reconnoisse et ne publie que jamais homme ne rendit à l'état un aussi important

(1) *Moi seul.* Latin, *per me ut unum*, c'est-à-dire, *ut per me unum....* Car c'est ainsi qu'il faut arranger les mots pour le sens.

service , ne causa une aussi grande joie au Peuple Romain , à toute l'Italie , à toutes les nations ? Je ne puis dire quels furent autrefois dans les événemens heureux les transports de la publique allégresse : notre siècle a déjà vu plusieurs victoires éclatantes de nos plus fameux généraux ; aucune n'a excité de joie ni aussi vive , ni aussi durable.

Retenez bien ceci , Romains : vous et vos enfans, je l'espère, vous verrez mille biens arriver dans la République. A mesure qu'ils se présenteront, vous aurez toujours à vous dire que vous n'auriez joui d'aucun de ces avantages, si Clodius eût vécu. Nous avons tout lieu d'espérer (et nos espérances, je crois, ne seront pas illusoires) que, sous le consulat d'un aussi grand homme, la licence étant réprimée, toutes les passions contenues, les loix et les tribunaux se raffermissant, cette année même sera l'époque du salut de l'empire. Aurions-nous donc la folie de croire que, du vivant de Clodius, nous eussions éprouvé cette heureuse révolution? Mais les biens qui ne sont qu'à vous, vos possessions et vos propriétés , que seroient-elles devenues sous la domination de ce furieux? En fussiez-vous

demeurés paisiblement les maîtres ? Je ne crains
pas de paroître animé par l'inimitié et le ressentiment , ni me répandre contre lui en invectives avec plus de chaleur que de vérité.
En effet , quoique je dusse avoir des raisons
particulières de le haïr, il étoit tellement l'ennemi de tous, que ma haine se perdoit presque
dans la haine générale.

On ne peut dire , Romains, on ne peut
même imaginer tout ce qu'il y avoit de perversité , tout ce qu'il y avoit d'atrocité dans
cet homme. Ecoutez , je vous en conjure ,
écoutez attentivement ma supposition. On
informe dans ce tribunal de la mort de Clodius : figurez-vous donc (nos pensées sont
libres , et nous voyons des yeux de l'esprit ,
ainsi que de ceux du corps, les objets que
nous voulons voir), figurez-vous que je suis
réduit à ne pouvoir obtenir que Milon soit
absous qu'en rendant la vie à Clodius. Quoi ?
je vous vois frémir ! quelle terreur ne vous
causeroit-il donc pas vivant, puisque tout mort
qu'il est, il effraie vos esprits par la seule
idée de le voir reparoître ? Mais si Pompée
lui-même , qui eut toujours assez de courage
et de bonheur pour exécuter des choses avant

lui impraticables, si Pompée eût eu le choix,
ou d'établir ce tribunal pour informer de la
mort de Clodius, ou de le rendre à la vie,
à quoi pensez-vous qu'il se fût déterminé?
Quand même, par un sentiment d'amitié pour
Clodius, il eût voulu le rappeller du tombeau,
il ne l'eût pas fait par amour pour la République. Vous siégez donc pour venger le
meurtre d'un homme que vous ne voudriez
pas rappeller à la vie, si vous en aviez le
pouvoir! on informe de sa mort en vertu d'une
loi qu'on n'eût eu garde de porter, s'il eût
pu revivre en vertu de cette même loi! Celui
donc qui auroit tué un tel homme, crain-
droit-il, en l'avouant, d'être puni par ceux
qui lui devroient leur conservation?

Les Grecs décernent des honneurs divins
aux meurtriers des tyrans. Que n'ai-je pas
vu dans Athènes et dans les autres villes de
la Grèce? quels sacrifices, quelles hymnes et
quels cantiques consacrent leur mémoire? On
les honore presque à l'égal des immortels,
on leur rend une sorte de culte. Et le vengeur de tant de crimes, le conservateur d'un
si grand Peuple, non-seulement ne recevra
de vous aucun honneur, vous souffrirez même

qu'il soit traîné au supplice ? Il avoueroit,
s'il eût vraiment attaqué Clodius, oui, il avoueroit qu'il lui a donné la mort avec une volonté
pleine et entière, pour défendre la liberté commune ; ce qu'il devroit, certes, non-seulement
avouer, mais publier à haute voix. En effet,
s'il ne nie pas une action fort simple, pour
laquelle il ne demande que d'être renvoyé
absous, hésiteroit-il à faire un aveu qui devroit
même lui mériter les récompenses de la gloire ?
à moins qu'il ne croie que vous lui sauriez
plus de gré d'avoir sauvé ses jours que d'avoir
défendu vos droits (1) ; sur-tout lorsque son
aveu, si vous étiez reconnoissans, lui obtien-
droit les honneurs les plus magnifiques. Si
vous n'approuviez pas son action ? cependant,
comment ne pas approuver une action qui
nous sauve ? mais enfin si son courage n'étoit
pas agréable à ses concitoyens, tout son malheur

(1) On ne voit pas trop ce que Cicéron entend par
vestri ordinis : les juges ne formoient pas un ordre
particulier dans l'état. On pourroit entendre *ordinis
senatorii,* si l'on ne savoit que les membres de la
commission qui jugeoit Milon, avoient été pris dans
tous les ordres. Au reste, un savant voudroit supprimer
ce mot *ordinis,* qui ne se trouve pas dans un manuscrit.

se réduiroit à sortir paisiblement d'une ville ingrate. Eh ! ne seroit-ce pas le comble de l'ingratitude , lorsque tout le monde est dans la joie , de laisser dans l'affliction l'auteur seul de la joie publique ?

· Au reste , en poursuivant les traîtres à la patrie , nous eumes toujours pour maxime que c'étoit à nous à braver la haine et les dangers , puisque c'étoit à nous que devoit en revenir la gloire. Quel seroit mon mérite de m'être potté , pendant mon consulat, pour vous et pour vos enfans , à des démarches si hardies , si j'avois cru que ces démarches ne devoient pas me susciter les plus vives persé-cutions ? Quelle est la femme qui n'auroit pas la force de délivrer la patrie d'un citoyen pervers et dangereux , si elle n'avoit aucun péril à craindre ? Défendre l'état avec la même ardeur, quoiqu'on ait devant les yeux la haine, les tourmens , la mort même, c'est-là , sans doute , se montrer vraiment homme. Il est d'un Peuple reconnoissant de récompenser dignement les citoyens qui l'ont bien servi ; il est d'un homme courageux de ne point se repentir , même à la vue des supplices, d'avoir signalé son courage. Milon feroit donc le même aveu qu'ont fait Ahala, Nasica, Opimius, Marius, que nous avons fait nous-mêmes : et, si la République étoit reconnoissante, il s'en applaudiroit ; sinon il lui resteroit tou-jours, au milieu de ses disgraces, le ferme appui de sa conscience.

Mais ce n'est pas, Romains, non, ce n'est pas à Milon que vous devez la mort de Clodius : votre bonheur, la fortune de Rome, les Dieux immortels, revendiquent ce bienfait comme leur propre ouvrage. Et l'on ne sauroit penser autrement, à moins que de nier l'exis-tence de cette puissance céleste, de cette sou-veraine majesté, dont les traits éclatent d'une manière si sensible, dans la grandeur de votre empire, dans la beauté de ce soleil qui nous éclaire, dans le mouvement du ciel et des astres, dans la vicissitude régulière des saisons, et plus encore, dans la sagesse de nos ancêtres qui, pénétrés de respect pour les cérémonies saintes des auspices et des sacrifices, les ont observées religieusement eux-mêmes, et les ont transmises fidélement à leur postérité. Elle existe, oui, elle existe cette intelligence divine ; et puisque dans nos corps, dans ces machines si frêles, on ne peut se dispenser

de reconnoître un principe de vie et de sentiment, peut-on n'assigner aucun principe à
tous ces grands et magnifiques mouvemens de
la nature ? Doutera-t-on de son existence,
parce qu'il ne paroît pas, parce qu'il ne se
voit pas ? comme si cette ame elle-même qui
règle tous nos jugemens et toutes nos démarches, qui m'inspire et m'anime en ce moment où je parle, nous pouvions l'appercevoir,
nous pouvions savoir seulement ce qu'elle est
et où elle est.

Or, cette puissance suprême, qui tant de
fois sauva notre empire par des secours ines-
pérés et presque miraculeux, c'est elle qui
nous a enfin délivrés d'un horrible fléau, d'un
citoyen funeste, en lui inspirant la pensée de
provoquer et d'irriter, par une injuste violence, le plus brave des hommes ; c'est elle
qui l'a fait tomber sous les coups de celui dont
la mort, s'il eût eu l'avantage, lui eût assuré
l'impunité de ses crimes et une licence éternelle.

Non, ce n'est pas à des moyens humains,
ni à une providence divine peu marquée,
que nous devons attribuer la mort de Clodius.
Les objets muets de la vénération publique,
semblent s'être animés eux-mêmes en voyant
                                        tomber

tomber ce monstre , et avoir repris sur lui leurs droits outragés. Ici je vous atteste et je vous implore , collines sacrées des Albains(1); bois vénérables, que Clodius a détruits et profanés ; autels antiques, dont l'origine remonte jusqu'à celle de Rome, vous que ce scélérat a renversés dans son aveugle fureur , pour élever sur vos ruines des masses de constructions insensées ; vous avez fait éclater enfin votre sainteté et votre puissance, cette sainteté et cette puissance qu'avoient bravées tous ses excès. Et vous , du haut de votre montagne sainte , grand Jupiter , Dieu tutélaire du Latium , vous dont il avoit souillé les lacs et les bois par tant de crimes et d'infamies, vous avez enfin ouvert les yeux sur les forfaits de cet insigne coupable. C'est à vous , oui, c'est à vous , c'est en votre présence , qu'une vengeance juste , quoique tardive , a immolé cette victime dont le sang vous étoit dû. Seroit-ce

(1) *Collines sacrées des Albains*, près desquelles Clodius avoit reçu le coup de la mort. On voit que l'orateur rassemble ici toutes les circonstances du lieu les plus capables de faire impression , et de montrer que la mort de Clodius étoit un effet de la vengeance céleste.

donc par un effet du hasard, que Clodius
ayant livré le combat devant une chapelle
consacrée à la Bonne-Déesse, placée sur le
sol du jeune et vertueux Gallus (1), il a reçu
sous les yeux de la déesse elle-même, le premier coup qui a été suivi d'une mort affreuse ;
ensorte qu'il parût n'avoir été absous dans un
jugement inique (2) que pour être réservé à
cette punition éclatante ?

N'est-ce pas encore par un effet de la
colère celeste, que les satellites de Clodius,
dans leur fureur, l'ont jetté, l'ont brûlé,
tout couvert de sang et de boue, sur un
bûcher fait à la hâte, sans les images de ses
ancêtres, sans spectacles, ni chants, sans

---

(1) *Du jeune et vertueux Gallus*, mot à mot, *de
Titus Sextius Gallus, jeune homme rempli de mérite et de vertu*. J'ai supprimé, en françois, cet attirail qui auroit ralenti la phrase. Les Romains n'en
étoient pas choqués, parce que c'étoit l'usage de
nommer les personnes avec leurs noms et prénoms,
et d'accompagner ces noms et prénoms d'épithètes honorables, si elles jouissoient de quelque considération.

(2 *Dans un jugement inique,* dans le jugement où
Clodius, accusé d'avoir profané et souillé les mystères
de la bonne-déesse, fut renvoyé absous, ayant corrompu les juges par argent.

pleurs et sans éloges , sans pompe et sans
suite , sans aucun de ces honneurs funèbres
qu'on ne refuse pas même à des ennemis ? Les
Dieux , sans doute , ne permirent pas que
les portraits de grands hommes honorassent
les funérailles d'un infâme parricide , et que
sa mort fût outragée ailleurs que dans le lieu
même où sa vie avoit été condamnée.

Certes , je trouvois bien dure et bien
cruelle la destinée du Peuple Romain , qui
voyoit ce méchant homme insulter à la République depuis tant d'années, qui le voyoit
et le souffroit. Il avoit souillé par l'adultère
les mystères les plus augustes de la religion ;
il avoit annulé les sénatus - consultes les plus
respectables ; il s'étoit racheté ouvertement,
à prix d'or , des mains de ses juges ; étant
tribun , il avoit persécuté le sénat , détruit
ce qui avoit été fait, du consentement de tous
les ordres , pour le salut de la République ;
il m'avoit chassé de ma patrie , il avoit pillé
mes biens , brûlé ma maison , tourmenté ma
femme et mes enfans , déclaré à Pompée une
guerre odieuse, massacré magistrats et particuliers , mis le feu à la maison de mon
frère ; il avoit dévasté l'Etrurie, dépouillé

de leurs possessions et chassé de leurs demeures une foule de citoyens ; il poursuivoit le cours de ses violences et de ses injustices ; Rome, l'Italie, les provinces, les royaumes, n'étoient plus un champ assez vaste pour ses emporte-mens ; on gravoit (1) déja chez lui les loix qui devoient nous asservir à nos esclaves ; nous ne possédions rien qu'il ne regardât, pour peu qu'il en fût jaloux, comme devant être à lui l'année de sa préture : Milon étoit le seul obstacle à ses projets. Pompée auroit pu les rompre ; mais Clodius, par sa nouvelle réconciliation, se flattoit de l'avoir comme enchaîné. La puissance de César étoit la sienne (2), disoit-il ; il avoit appris, par mon malheur, à ne pas craindre les gens de bien : Milon seul le gênoit.

(1) Les loix n'étoient gravées sur l'airain et déposées dans le temple de Saturne ou de Cybèle que quand elles avoient été proposées et acceptées ; Cicéron, par une exagération oratoire, dit que Clodius faisoit graver chez lui les loix qu'il vouloit porter, comme étant bien sûr qu'elles seroient acceptées dans une assemblée de gens qui lui étoient vendus.

(2) César ayant besoin de Clodius pour ses projets, l'avoit laissé agir pendant son tribunat, et paroissoit favoriser ses violences.

Ce fut alors, comme je l'ai déjà dit, que les Dieux immortels inspirèrent à ce pervers, à ce forcené, le dessein d'attaquer Milon. Ce fléau de la patrie ne pouvoit périr autrement : la République eût vu échouer contre lui son autorité. Etoit-ce le sénat qui auroit limité son pouvoir dans sa préture ; le sénat qui, lorsque Clodius n'étoit que simple particulier, avoit inutilement déployé contre lui sa puissance ? Etoient-ce les consuls qui auroient eu la force de réprimer un tel préteur ! D'abord, Milon n'étant plus, il eût disposé des consuls ; ensuite, quel consul eût eu assez de courage pour résister à un préteur qu'il auroit vu pendant son tribunat persécuter cruellement un personnage (1) consulaire ? Il eût tout envahi, tout usurpé ; il seroit maître de tout. Par une loi nouvelle, trouvée chez lui avec les autres dont il étoit l'auteur, il eût fait de nos esclaves ses affranchis. Enfin, si les Dieux immortels n'eussent inspiré à ce lâche, à cet efféminé, la pensée d'attaquer un homme aussi brave, vous n'auriez plus aujourd'hui de République. N'eût-il fait aucun mal, préteur ou consul

(1) *Un personnage consulaire*, Cicéron lui-même.

X 3

(pourvu toutefois que ces temples et ces murs eussent pu subsister assez long-tems et attendre son consulat), n'eût-il fait aucun mal vivant, puisque mort il a embrâsé la salle du sénat par les mains de Sextus Clodius , un de ses satellites ?

Vit-on jamais rien de plus affligeant, de plus affreux, de plus déplorable, que cet incendie ? Le temple auguste de l'ame et du conseil public, le sanctuaire de Rome , l'autel des alliés , le port de toutes les nations , le temple choisi par le Peuple Romain pour être le siège du premier ordre de l'état , fut donc embrâsé , consumé, profané ! Que cette indignité eût été commise par une multitude ignorante , ce seroit déjà un évènement cruel : mais ç'a été l'ouvrage d'un homme seul ; et s'il s'est porté à de tels excès, pour venger la mort de son chef, que n'eût-il pas fait pour exécuter ses ordres ? C'est dans la salle du sénat qu'il a jetté le corps de Clodius, afin qu'après son trépas Clodius brûlât ce sénat même qu'il avoit bouleversé pendant sa vie. Et l'on parlera encore de la voie Appienne , tandis que l'on ne dira rien de la salle du sénat ! et l'on croira qu'on eût pu défendre le forum contre Clodius vivant , lui dont le corps

inanimé a embrâsé le sénat! Arrachez-le, si
vous pouvez, arrachez-le du milieu des morts;
réprimerez-vous ses fougues quand il vivra,
vous qui n'avez pu arrêter les violences de son
cadavre privé de sépulture? à moins peut-être
que vous n'ayez contenu ceux qui ont couru
avec des torches à la salle du sénat, avec des
haches au temple de Castor, qui ont traversé
toute la place publique avec des épées. Vous
avez vu le fer levé sur le Peuple Romain, le
frapper indignement; vous avez vu l'assemblée
troublée et dissipée par d'horribles violences,
lorsqu'on écoutoit en silence le tribun Cœlius (1), homme courageux, que rien n'étonne
dans le gouvernement de la République, que
rien n'ébranle dans ses résolutions, entièrement dévoué à la volonté des gens de bien, à
l'autorité du sénat, et qui, dans cette affaire,
dirai-je heureuse ou malheureuse pour Milon?
a donné l'exemple d'une fermeté admirable et
presque surnaturelle.

_____

(1) Ce devoit être le Marcus Cœlius, ami de Cicéron, pour lequel nous avons un plaidoyer de cet
orateur. D'autres nomment le tribun dont il est ici
question, Marcus Cécilius.

X 4

PÉRORAISON.

Mais j'en ai assez dit sur le fond de la cause ; peut-être même me suis-je trop étendu sur des objets qui lui sont étrangers. Que me reste-t-il maintenant, Romains, sinon de vous supplier et de vous conjurer d'accorder au plus intrépide des hommes une compassion qu'il n'implore pas lui-même, et que j'implore, que je sollicite malgré lui ? Si, lorsque nous fondons tous en larmes, il n'en coule aucune des yeux de Milon ; si vous ne voyez aucune altération sur son visage, ni dans sa voix, ni dans ses discours ; si sa contenance et son langage sont toujours également fermes, est-ce une raison pour lui être moins favorables ? n'en est-ce pas une plutôt pour vous intéresser davantage à son sort ? Eh ! si dans les combats des gladiateurs, de ces hommes d'une condition vile et abjecte, nous n'avons que du mépris et même de la haine pour ces timides combattans qui demandent lâchement la vie ; si au contraire nous nous intéressons tous à la conservation de ces généreux athlètes qui présentent fièrement la gorge à l'épée du vainqueur, si nous leur accordons notre pitié,

quand ils ne la réclament pas, plutôt que quand
ils l'implorent, combien plus devons-nous être
dans cette disposition pour des citoyens remplis
de courage ?

Ils me pénètrent, ils me déchirent le cœur,
ces discours que ne cesse de me répéter Milon,
et que j'entends tous les jours de sa bouche.
Que mes concitoyens, dit-il, que mes concitoyens vivent et se maintiennent dans une
parfaite sécurité, qu'ils soient heureux, qu'ils
soient triomphans. Puisse-t-elle subsister, cette
ville superbe, et cette patrie qui me sera toujours chère, de quelque manière qu'elle paie
mes services. Puisque je ne puis jouir avec mes
compatriotes d'une République tranquille,
qu'ils en jouissent seuls, qu'ils en jouissent
sans moi, mais toujours par moi. Je me retire,
je pars : si je n'ai pas l'avantage de vivre au
sein d'une patrie heureuse, je ne la verrai pas
du moins dans le trouble ; et la première ville
où j'aurai trouvé des mœurs et de la liberté,
c'est là que j'établirai mon asyle.

Espérances trompeuses ! ajoute-t-il, travaux
superflus ! inutiles projets ! moi qui, pendant
mon tribunat, voyant la République opprimée,
m'étois livré au sénat que j'avois trouvé anéanti,

aux chevaliers Romains dont les forces étoient languissantes, aux gens de bien à qui les violences de Clodius avoient fait perdre tout crédit, aurois-je pu croire que la protection des gens de bien me manqueroit un jour ? Et vous, Cicéron (car il m'adresse souvent à moi-même la parole), après vous avoir rendu à votre patrie, aurois-je pu prévoir qu'il n'y auroit point place pour moi dans cette même patrie ? Où est maintenant ce sénat, auquel nous fumes toujours si dévoués ? où sont les chevaliers Romains, ces chevaliers Romains, vos amis si fidèles ? où est ce zèle ardent des villes de l'Italie ? où sont ces applaudissemens des Peuples ? où est enfin, ô Marcus Tullius, où est cette éloquence qui a défendu un si grand nombre de malheureux ? serai-je le seul, moi qui tant de fois ai bravé la mort pour vous, serai-je le seul qu'elle ne pourra défendre ?

Et ces discours, Romains, il ne me les adresse pas en pleurant comme je fais ici, mais avec ce visage ferme et tranquille que vous lui voyez. Il ne se plaint pas de l'ingratitude de ses concitoyens, seulement il les accuse de trop de timidité, de trop regarder

autour d'eux tous les périls qu'ils peuvent
courir. Il avoue qu'afin de mettre en sûreté
vos jours, il s'est attaché cette grossière multitude, cette populace qui, excitée et menée par
Clodius, menaçoit vos fortunes, qu'il l'a non-
seulement subjuguée par son courage, mais
gagnée par ses immenses largesses (1) ; et si
ces présens ont pu adoucir la dernière classe des
citoyens, il ne doute pas qu'il n'ait obtenu
votre estime par les services signalés qu'il a
rendus à la République. Il déclare que, même
dans la circonstance actuelle, le sénat lui a
donné les plus grandes preuves de bienveillance,
et quel que soit le sort que la fortune lui réserve,
qu'elle ne pourra l'empêcher d'emporter avec
lui les marques de zèle et d'affection qu'il a
reçues de vous et des principaux ordres de
l'état. Il se rappelle qu'il ne lui a manqué pour
être consul, que d'être proclamé par la voix du
hérault, ce qui ne fut jamais son ambition ;
mais qu'il a été désigné par les suffrages una-

---

(1) *Par ses immenses largesses*, mot à mot, *par
ses trois patrimoines*. Milon étoit de la famille Papia,
où il avoit trouvé un patrimoine : le second, il l'avoit
eu d'Annius, son aïeul maternel : on ignore quel
étoit le troisième.

nimes du Peuple (1), ce qui étoit l'unique objet de ses vœux ; qu'enfin , supposé même que ce soit à lui qu'en veulent ces soldats qui nous environnent , il n'a contre lui que le soupçon d'un crime qu'il désavoue hautement, et non l'accusation d'un fait dont il pourroit se glorifier.

Il ajoute ces maximes d'une vérité incontestable ; que les ames courageuses et sages sont moins jalouses de la récompense des belles actions que des belles actions elles-mêmes ; que dans le cours de sa vie il n'a rien fait que d'honorable , puisqu'il n'est rien de plus noble et de plus grand que de tirer sa patrie du péril ; qu'on est heureux lorsqu'on trouve dans ses concitoyens une reconnoissance qui égale la grandeur du service , mais qu'on n'est pas malheureux lorsque le service surpasse leur reconnoissance ; que cependant , si la vertu pouvoit

(1) *Qu'il a été désigné par les suffrages unanimes du Peuple* , dans des assemblées qui avoient été interrompues pour des causes particulieres. — *Que le soupçon d'un crime....* Pompée soupçonnoit Milon d'avoir déjà attenté et d'être encore dans la disposition d'attenter à ses jours. C'est pour cela qu'il avoit affecté de venir au jugement entouré d'une garde publique.

envisager un prix , le plus beau de tous est la gloire ; qu'elle seule nous console de la briéveté de la vie , par les longs ressouvenirs de la posté-rité ; qu'elle nous rend présens où nous ne som-mes pas ; qu'elle nous fait vivre même après la mort ; qu'enfin elle sert à l'homme de dégré pour s'élever jusqu'au séjour des immortels. Le Peuple Romain, dit-il , et toutes les nations, ne cesseront de parler de moi ; je serai l'éternel entretien des âges les plus reculés. Bien plus , aujourd'hui même que mes ennemis cherchent à allumer contre moi tous les flambeaux de la haine publique, on exalte mon courage dans toutes les grandes assemblées , on rend par-tout aux Dieux des actions de grace solemnelles. Je ne dis rien des fêtes de l'Etrurie instituées et célébrées en mon honneur: il ne s'est guère écoulé que trois mois depuis la mort de Clo-dius ; et le bruit , que dis-je ? la joie de cette mort s'est déjà répandue au-delà des bornes de l'empire Romain. Ainsi , peu m'importe où pourra exister ce corps mortel , puisque la gloire de mon nom occupe déjà et habitera à jamais toutes les contrées de l'univers.

Voilà , Milon , ce que vous me dites souvent dans nos secrets entretiens , et moi , voici ce

que je vous dis en présence de nos juges. La
générosité de vos sentimens est au-dessus de
mes éloges ; mais plus votre courage est sublime,
plus l'idée seule de notre séparation me déchire
le cœur. Et si vous m'êtes enlevé, il ne me reste
pas même la consolation des plaintes ; je ne
pourrai même montrer de ressentiment contre
ceux qui m'auront percé d'un trait aussi cruel :
car ce ne seront point des ennemis qui vous
arracheront d'entre mes bras, ce seront mes
amis les plus chers ; ce ne seront point des
hommes de qui j'aurai reçu quelque injure,
mais des hommes qui me comblèrent toujours
de bienfaits. Non, Romains, non, jamais vous
n'affligerez mon ame d'une assez vive douleur....
et pourroit-on m'en causer de plus vive qu'en
me séparant de Milon ? celle-ci même ne sera
pas capable de me faire oublier l'estime dont
vous m'avez toujours honoré. Si vous l'avez
oubliée, vous, ou si j'ai pu vous déplaire (1),
pourquoi votre ressentiment n'éclate-t-il pas
sur moi plutôt que sur Milon ? Je serois heureux

(1) Latin, *si in me aliquid offendistis*, locution
remarquable, qu'il faut entendre comme si on lisoit,
si vos aliquâ in re offendi, ou, *si quid in me vos
offendit.*

de mourir avant que d'être témoin d'une disgrace aussi affreuse.

La seule consolation qui me soutient encore ,
Milon , c'est que je n'ai manqué pour vous dans
cette occasion ni de zèle , ni d'amitié, ni de tendresse. J'ai bravé pour vous l'inimitié des hommes puissans ; pour vous j'ai souvent exposé
ma tête au fer de vos ennemis ; je me suis abaissé,
je me suis humilié devant un grand nombre
de personnes à cause de vous ; mes biens , ma
fortune et celle de mes enfans , je les ai dévoués
à vos intérêts. Aujourd'hui même , si votre
vie doit être en butte à quelque violence , si
vos jours sont en péril , je demande à recevoir
moi-même le coup. Que me reste-t-il à dire ou
à faire pour reconnoître les services que vous
m'avez rendus , sinon de partager votre sort ,
quel qu'il puisse être ? Je ne refuse rien , je
consens à tout; et je vous en supplie, Romains,
ou couronnez vos bienfaits par la conservation
de l'homme courageux que je défends , ou
croyez , si vous le condamnez , que ces
bienfaits périront avec lui.

Les larmes qu'il me voit répandre ne peuvent
ébranler Milon : il a une fermeté d'ame incroyable ; il ne connoît point d'exil par-tout où

il y a place pour la vertu ; la mort, à ses yeux, n'est que le terme de la vie, et non pas une peine. Qu'il garde cette fierté de caractère avec laquelle il est né. Mais vous, Romains, quels seront vos sentimens ? Conserverez-vous le souvenir de Milon en bannissant sa personne ? Y aura-t-il sur la terre un lieu plus digne de posséder une si rare vertu que celui qui l'a vu naître ? Je m'adresse à vous, cœurs magnanimes, qui tant de fois avez versé votre sang pour la patrie, braves centurions, braves soldats, je m'adresse à vous dans le péril qui menace un homme généreux, un citoyen intrépide : quoi ? non-seulement en votre présence, mais lorsque vous êtes armés, lorsque vous protégez ce tribunal, tant de vertu sera chassé de Rome, banni de l'empire, relégué chez des Barbares !

Quel malheur que le mien ! quelle infortune que la mienne ! Vous avez pu, Milon, me rappeller dans ma patrie avec le secours des hommes qui sont aujourd'hui vos juges, et je ne pourrai vous y retenir avec le même secours ! Que répondrai-je à mes enfans qui voient en vous un second père ? Que vous répondrai-je, Quintus, mon frère, qui êtes
maintenant

maintenant absent (1) , et qui avez partagé tous mes malheurs ? Vous dirai-je que je n'ai pu conserver Milon dans Rome avec le secours de ceux même dont il s'est servi pour me faire revenir ? et dans quelle cause ? dans une cause dont le sujet excite la joie de tous les peuples. Auprès de quels juges ? auprès de ceux même qui ont trouvé leur repos dans la mort de Clodius. Qui est-ce qui les aura suppliés ? moi.

Quel crime si atroce ai-je donc commis, Romains ? de quel horrible forfait me suis-je donc souillé , lorsque j'ai (2) recherché , découvert , exposé au grand jour , étouffé , avant qu'elle éclatât pour notre perte , cette affreuse conjuration qui menaçoit la République entière ? C'est-là la source de tous les maux où nous avons été plongés moi et les miens. Pourquoi me faire revenir ? étoit-ce pour exiler

(1) Le frère de Cicéron étoit alors dans la Gaule , lieutenant de César.

(2) *Illa indicia communis exitii* , c'est-à-dire , *illas litteras à conjuratis ad Catilinam et Allobroges datas.* Les verbes *indagavi, patefeci, protuli* se construisent avec *illa indicia* , mais non pas *extinxi* : il faut supposer *atque illud commune exitium extinxi.*

Tome IX.   Y

sous mes yeux ceux même qui m'ont rappellé
de l'exil ? Ne souffrez pas, je vous conjure,
que mon retour me soit plus amer que ne
l'a été même mon départ. Eh ! comment
pourrai-je me croire rappellé dans Rome,
si on arrache d'entre mes bras les auteurs de
mon rappel ? Plût (1) aux Dieux (pardonne,
ô ma patrie ; je crains que ma tendresse pour
Milon ne m'emporte à un blasphême contre
toi) plût aux Dieux que non-seulement Clodius
vécût, mais qu'il fût préteur, consul, dictateur,
si je pouvois à ce prix m'épargner le spectacle
d'une pareille infortune !

Quelle magnanimité, grands Dieux, que
celle de Milon ! qu'il mérite bien, Romains, que
vous le conserviez ! Non, dit-il, non ; mais
que Clodius ait subi son juste châtiment, et
nous, s'il le faut, essuyons une injustice. Un si
grand homme, né pour sa patrie, mourra-t-il
ailleurs que dans sa patrie ? ou du moins, ne
mourra-t-il pas pour elle (2)? Quoi? tandis que

_____

(1) Le verbe *fecissent* n'a point de suite ; dans le
trouble de la passion, l'orateur reprend l'*utinam* sans
le *fecissent* qu'il paroît avoir oublié.

(2) *Ou du moins ne mourra-t-il pas pour elle ?* Il

vous aurez par-tout des preuves éclatantes de
la force de son ame , vous refuseriez à son
corps un tombeau dans l'Italie ! Qui de vous
donnera sa voix pour bannir de Rome un
citoyen que tous les peuples appellerent à
l'envi, si vous le bannissez ? Quel bonheur pour
la ville qui le recevra dans son enceinte ! quel
malheur pour la nôtre , si elle le perd ! quelle
ingratitude , si elle le jette hors de ses murs !

Mais finissons ; je sens que les larmes étouf-
fent ma voix ; et Milon ne veut pas qu'on
emploie pour lui les larmes. Tout ce que je
vous demande , Romains , tout ce que je vous
demande avec instance, c'est d'oser prononcer
d'après vos vrais sentimens. Votre zèle , votre
courage , votre équité , seront applaudis , croyez-
moi , par celui (1) sur-tout qui , en choisissant
des juges , a cru devoir prendre les citoyens les
plus intègres , les plus fermes et les plus sages.

faut suppléer ainsi dans le latin , *aut si fortè alibi
moriatur , nonne pro patriá morietur ?*

(1) *Par celui*, sans doute, par Pompée.

DISCOURS DE CICÉRON,

pour Caïus Rabirius Postumus.

Sommaire.

Ptolémée Aulétès , roi d'Alexandrie , ayant
été chassé du trône par ses sujets , vint à Rome ,
où il obtint du sénat qu'il seroit rétabli avec une
armée romaine. Mais ensuite le sénat changea
d'avis , lorsqu'on eut consulté les livres Sibyllins qui défendoient de rétablir Ptolémée. Ne
pouvant donc obtenir sa demande , ce prince
partit de Rome , où il avoit emprunté de l'argent à Postumus , dont il lui avoit fait des billets. Ptolémée se transporta en Syrie ; il s'adressa
à Gabinius , gouverneur de cette province , et
lui promit dix mille talens (environ 30,000,000
livres) s'il le rétablissoit sur le trône. Rentré
dans ses états avec son secours , il appella auprès
de lui Postumus ; et le fit intendant de ses finances.
Gabinius , au retour de sa province , fut accusé de
concussion , et condamné , quoique défendu par

Cicéron, qui s'étoit réconcilié avec lui à la solli-
citation de Pompée. Il ne put ni payer la somme à
laquelle les juges le condamnèrent, ni donner de
répondans ; en conséquence Caïus Memmius d'après
la loi Julia quò ea pecunia perveuerit, *qui auto-*
risoit à poursuivre celui qui pouvoit être saisi des
deniers qu'on répétoit, Caïus Memmius, dis-je,
accusa Postumus comme étant saisi des deniers
qu'on ne pouvoit prendre sur Gabinius. Postu-
mus avoit été obligé de s'enfuir d'Alexandrie,
n'ayant plus rien, et soutenu uniquement par les
libéralités de César, son ami intime.

Cicéron entreprit de le défendre. Après un exorde
et une courte narration, où il tâche d'intéresser
les juges en faveur de Postumus, où il montre
comment il a été amené à prêter de grandes sommes
au roi d'Alexandrie, il détruit les uns après
les autres les griefs de l'accusateur.

1°. *Postumus a prêté de l'argent pour corrompre*
le sénat. On pourroit justifier le sénat ; mais,
sans s'arrêter à cette justification, on peut dire
que Postumus a prêté de l'argent à Ptolémée, sans
être responsable du mauvais usage qu'il en pour-
roit faire.

2°. *Postumus ne peut être poursuivi comme étant*
saisi des deniers qu'on répète sur Gabinius. Cette

poursuite est irrégulière, parce que Postumus
n'a pas été cité dans l'arbitration de la peine.
D'ailleurs, il peut se défendre par une fin de
non recevoir, les chevaliers Romains et le Peuple
n'étant pas assujettis à la loi d'après laquelle on
l'accuse. L'orateur s'étend un peu sur cette dernière réponse.

3°. Postumus a sollicité Gabinius de rétablir le roi
d'Alexandrie : on démontre la fausseté de cette
imputation.

4°. Postumus a été intendant du prince, il a
quitté la toge romaine pour prendre le manteau
grec. La nécessité fait son excuse ; il est plus
digne de compassion que de haine ; on ne doit pas
faire un crime d'un malheur.

5°. L'accusateur reprochoit à l'accusé d'avoir levé
de l'argent pour lui, lorsqu'il en levoit pour Gabinius, et il s'appuyoit du témoignage des députés d'Alexandrie. Cicéron détruit le reproche et
infirme l'autorité des témoins.

6°. Postumus a de l'argent et il le cache. L'orateur
montre qu'il n'est rien resté au malheureux dont
il a pris la défense, qu'il n'est soutenu que par
les libéralités de César : il exalte la générosité
de ce grand homme, qui, au milieu de ses éclatans exploits et des importantes affaires qui

l'occupent, n'oublie pas ses amis dans la dé-
tresse.

La péroraison du discours est pathétique et propre
à toucher les juges en faveur de l'accusé.

Cette cause a dû être plaidée l'an de Rome 699,
de Cicéron 53.

PLAIDOYER

POUR CAÏUS RABIRIUS POSTUMUS.

SI quelqu'un de vous, Romains, pense qu'on
doit blâmer Postumus d'avoir abandonné toute
sa fortune (1), une fortune sur-tout si bien fondée, si bien établie, au pouvoir et au caprice
d'un monarque; il peut ajouter à son sentiment, non-seulement le mien, mais encore
celui de Postumus même, qui désapprouve
sa propre conduite bien plus hautement que
personne. Toutefois nous jugeons pour l'ordinaire des actions par les événemens ; et suivant
qu'on a bien ou mal réussi, nous trouvons
qu'on a bien ou mal pris ses mesures. Si le

_____

(1) Le *fortunae opes* a paru extraordinaire à quelques
savans : ils croient qu'il faudroit lire *suas fortunas.*

prince avoit eu de la bonne foi, il n'y auroit
rien de plus sage que Postumus : comme il l'a
trompé, c'est le plus insensé des hommes ;
ensorte que la sagesse ne consiste plus qu'à bien
deviner.

Mais enfin si quelqu'un croit que l'on doive
condamner, ou la vaine ambition ou la conduite peu réfléchie, ou, pour me servir du
terme le plus fort, la folie de Postumus, je
ne combats point son opinion ; je le prie seulement, puisqu'il voit la faute de Postumus si
cruellement punie par la fortune même, de ne
pas aggraver encore le sort désastreux qui l'ac-
cable. C'est bien assez de ne pas relever un malheureux tombé par imprudence ; le fouler aux
pied quand il est à terre, ou le pousser dans le
précipice, il y auroit certes de l'inhumanité ;
d'autant plus surtout qu'il est naturel aux
hommes de se livrer avec ardeur aux talens
qui ont distingué leur famille : ils voient la renommée (1) se plaire à célébrer le mérite des
pères, pour engager les fils à en perpétuer le

(1) Paul Manuce me paroît expliquer fort bien la
phrase latine ; *quòd sermo hominum creberrimus sit
ex patrum virtute ad memoriam ejus laudis propa-
gandam.*

souvenir. On a vu , dans la gloire des armes , Paul Emile imité par Scipion , et Quintus Maximus par son fils ; je dis plus, on a vu le fils de Publius Décius imiter son père dans le sacrifice de sa vie et dans le genre même de sa mort (1). Comparons ici les petites choses aux grandes.

Caïus Curius , père de Postumus , au tems de notre enfance, étoit le chef de l'ordre équestre ; il joignoit à beaucoup de vertu une connoissance profonde des fermes publiques. On n'auroit pas si fort applaudi à ses grandes vues dans les affaires , s'il n'eût montré en même tems un cœur sensible et généreux. En augmentant sa fortune , il paroissoit , non fournir une proie à l'avarice , mais des moyens à la bienfaisance. Né d'un tel père , quoiqu'il ne l'eût jamais vu (2) , Postumus , guidé par la nature même qui a tant de force sur nous , et animé par les discours continuels de sa famille , se trouva engagé dans les mêmes occupations (3).

(1) On connoît dans l'histoire le dévouement des Décius, père et fils.

(2) Il étoit né après la mort de son père ; de-là son surnom de Postumus.

(3) Au lieu de *culpae*, j'ai lu avec Paul Manuce

Il fit beaucoup d'affaires, contracta beaucoup d'engagemens, prit à ferme de grandes
parties des revenus publics, prêta aux
Peuples, eut des intérêts dans plusieurs provinces, se confia aux monarques, et prêta une
somme immense à ce roi même d'Alexandrie :
cependant il ne cessoit pas d'enrichir ses amis,
de leur donner des commissions, de leur confier des parties importantes, de les soutenir de
son crédit et même de sa bourse. En un mot, il
étoit une parfaite image de son père par la
grandeur des vues et par la générosité.

Cependant, chassé du trône, Ptolémée vint
à Rome avec de perfides intentions (1),

curae. Je n'ignore pas néanmoins que *culpac* pourroit
s'expliquer absolument. On pourroit distinguer ce que
l'orateur blâme dans le père de Postumus et dans
Postumus lui-même, et ce qu'il loue dans tous les
deux. Il blâme leur trop grande passion d'augmenter
leur fortune, il loue l'usage qu'ils faisoient de leur
crédit et de leurs richesses.

(1) C'est-à-dire, avec l'intention de tirer de l'argent
des uns, et de corrompre les autres par des largesses.
— *La Sibylle.* On conservoit à Rome des livres sibyllins, ou prétendus oracles d'une Sibylle, que l'on
consultoit dans certaines occasions. On y avoit trouvé

comme l'avoit annoncé la Sibylle , et comme
ne l'a que trop éprouvé Postumus. Il manquoit
d'argent , il en demanda à Postumus qui eut
le malheur de lui en prêter. Ce n'étoit pas
pour la première fois : il lui en avoit déjà prêté
sans le voir lorsqu'il régnoit ; et il ne croyoit
pas qu'il y eût de la témérité à se livrer à lui
avec confiance , personne ne doutant qu'il ne
fût rétabli sur le trône par le sénat et le Peuple.
Cette confiance fut poussée trop loin ; il prêta
jusqu'à l'argent de ses amis. Il avoit tort : qui
est-ce qui le nie ? Qui est-ce qui ne lui en fait
pas maintenant un reproche ? Puisqu'il a mal
réussi , peut-on croire qu'il ait bien pris ses
mesures ? Mais lorsque de grands projets nous
ont engagés dans une affaire , il est bien difficile de ne point poursuivre jusqu'au bout. Le
prince étoit suppliant , il demandoit , il pressoit , rien qu'il ne promît : et Postumus étoit
réduit à craindre de perdre ce qu'il avoit déjà
prêté , s'il refusoit de prêter encore. Rien de
plus souple que Ptolémée , rien de plus complaisant que Postumus ; il se repentoit d'avoir
commencé sans qu'il lui fût libre de s'arrêter.

un article touchant Ptolémée , lequel empêchoit d'employer une armée pour le rétablir.

Et c'est de-là que naît le premier grief dont
on le charge. Ce sénat, dit-on, a été corrompu. Dieux immortels ! est-ce donc là cette sévérité dans les tribunaux si ardemment desi-
rée (1)? Ceux qui nous corrompent sont accusés,
et nous qui avons été corrompus, nous ne le
sommes pas. Défendrai-je ici le sénat ? je dois
en toute rencontre défendre un ordre dont j'ai
reçu de si grandes faveurs : mais ce n'est pas de
quoi il s'agit en ce moment, et la cause du
sénat n'a rien de commun avec celle de Postumus. Quand il ne seroit pas certain que c'étoit
pour les dépenses de son voyage, pour la ma-
gnificence de son train et de son cortège, que
Postumus a remis de l'argent à Ptolémée,
qu'il y a eu des billets (2) de faits dans la maison

(1) On avoit desiré long-tems que les chevaliers
Romains occupassent les tribunaux avec les sénateurs,
et on l'avoit enfin obtenu. — *Ceux qui nous corrompent.* Cicéron dit *nous*, parce qu'il étoit lui-même
du nombre des sénateurs.

(2) Ptolémée, voyant que les livres de la Sibylle
empêchoient qu'il ne fût rétabli sur le trône par un
des consuls, avec une armée, comme l'avoit décidé
d'abord le sénat, partit de Rome : il s'arrêta dans
une maison de Pompée, où il fit des billets, par les-

d'Albe de Pompée , lorsque le monarque parti
de Rome s'en retournoit dans son pays ; il
seroit toujours vrai de dire que celui qui donnoit l'argent , ne devoit pas examiner quel
usage en devoit faire celui qui le recevoit. Postumus ne prêtoit pas à un brigand , mais à
un roi : il ne prêtoit pas à un ennemi du Peuple
Romain , mais à un prince qu'un consul avoit
été chargé par le séna t de rétablir sur le trône :
il ne prêtoit pas à un monarque qui fût étranger
pour cet empire , mais à un souverain avec
lequel il voyoit qu'on avoit conclu un traité
dans le Capitole. Si celui qui a prêté l'argent
est coupable , et non celui qui en a mal usé,
il faut condamner celui qui a forgé et vendu une
épée , et non celui qui avec cette épée a tué
un citoyen. Ainsi vous, Memmius , vous ne
devez pas jetter dans un tel décri le sénat à
l'autorité duquel vous vous êtes dévoué dès
votre jeunesse ; et moi, je ne dois pas employer une défense étrangère à la cause de Postumus ; à cette cause qui , de quelque nature
qu'elle soit , n'a rien de commun avec le sénat.

Mais si je prouve qu'elle n'a rien non plus

quels il s'engageoit de payer l'argent qu'il avoit emprunté à Postumus.

de commun avec Gabinius., vous n'aurez certes
plus rien à dire. Examiner ceux qui sont saisis
de l'argent pris par un concussionnaire (1) , est
comme une suite de son jugement et de sa condamnation. On a arbitré la peine de Gabinius ; il n'a pas donné de répondans ; le Peuple
n'a pu reprendre sur ses biens toute la somme
à laquelle il a été condamné. Il existe une loi
juste ; la loi Julia ordonne de poursuivre ceux
qui seront saisis de l'argent pris par celui qui
a été condamné. Si cet article de la loi Julia (2)
est nouveau , ainsi que beaucoup d'autres qui
sont réglés avec plus d'exactitude et de sévérité que dans les loix anciennes ; à la bonne
heure , qu'on introduise encore cette nouvelle
espèce de jugemens. Mais si la loi Julia a pris
cet article en propres termes , tel qu'il se trouvoit , non-seulement dans la loi Cornélia ,
mais même auparavant dans la loi Servilia ; au

___

(1) Ces mots *quò eà pecunia pervenerit* sont les
propres expressions de la loi. —— Un peu plus bas,
ou il faut ajouter *potuit* à *recipi*, ou il faut changer
recipi en *recepta est.*

(2) *Loi Julia* , loi portée par Jules César. ——*Loi
Cornélia* , *loi Servilia* , loi portée par Lucius Cornélius
Sylla , par Caïus Servilius Glaucia.

nom des Dieux, que faisons-nous ? Pourquoi
introduire dans la République une nouvelle
forme de jugemens ? Je parle ici, Romains,
d'une coutume qui est connue de vous tous,
et si l'expérience est le meilleur maître, qui
doit m'être plus connue qu'à personne. J'ai
accusé de concussion ; j'ai prononcé comme
juge sur ce crime ; j'en ai informé comme
préteur ; j'ai défendu nombre de citoyens ;
dans ce genre, il n'est aucune partie dont je
pusse tirer (1) quelque connoissance, que je
n'aie traitée : nul, je le soutiens, n'a jamais
été accusé comme étant saisi d'argent pris par
un autre, sans être cité dans l'arbitration de
la peine (2). Or, nul n'étoit cité dans l'arbitration de la peine que sur la déposition des
témoins, ou sur les livres des particuliers,
ou sur les registres des villes. Aussi ceux
qui craignoient pour eux - mêmes se trou-

(1) J'ai suivi la correction qui change *discendi* en
dicendi.

(2) Il ne faut pas oublier que dans les accusations
de concussion et de péculat, il y avoit deux jugemens,
supposé que l'accusé fût reconnu coupable, le premier
où l'on prononçoit la sentence de condamnation, le
second où l'on arbitroit la peine.

---

voient à l'arbitration de la peine (1) ; et lorsqu'ils étoient cités, ils détruisoient sur-le-champ l'accusation, s'ils le jugeoient à propos. Que s'ils appréhendoient la haine trop récente d'un public prévenu, ils attendoient, pour répondre, une conjoncture plus favorable : et par-là un très-grand nombre sont souvent sortis pleinement absous.

Mais ce qui se fait aujourd'hui est nouveau et sans exemple. Le nom de Postumus n'est nulle part dans l'arbitration de la peine. Que dis-je, dans l'arbitration ? vous-mêmes, Romains, vous venez d'être juges de Gabinius. Un seul témoin a-t-il nommé Postumus ? Je dis témoin ? L'accusateur en a-t-il parlé ? Avez-vous enfin entendu le nom de Postumus durant tout le cours du jugement ? Postumus ne reste donc pas comme accusé après une cause jugée ; mais on a saisi de préférence un chevalier Romain pour l'accuser de concussion. Quels registres produit-on contre lui ? des registres qui n'ont pas été lus dans le jugement de Gabinius. Quel témoin ? un témoin

(1) Il faut ou changer *inferendis* en *æstimandis*, ou le prendre dans le même sens.

qui

qui ne l'a nommé nulle part. Quelle arbitration ? une arbitration où il n'est point parlé de Postumus. Quelle loi ? une loi à laquelle il n'est pas assujetti. La chose maintenant, Romains, est abandonnée à votre prudence et à votre sagesse. (1). C'est à vous de considérer, non ce que vous pouvez, mais ce que vous devez. Car s'il est question de ce que vous pouvez, vous êtes les maîtres de bannir de Rome qui vous voudrez. Le scrutin qui en donne le droit, cache la passion de celui qui prononce. Vous n'avez pas à craindre les reproches du scrutin, si vous ne redoutez pas ceux de votre conscience. En quoi donc consiste la sagesse du juge ? Elle consiste à examiner, non-seulement ce qu'il peut, mais encore ce qu'il doit; à se rappeller non-seulement l'étendue, mais encore les limites de son pouvoir. On vous donne le droit de prononcer. En vertu de quelle loi ? en vertu de la loi Julia touchant la concus-

(1) Tout cet article des juges qui doivent juger suivant la loi, et de certaines loix auxquelles n'étoient pas assujettis les chevaliers Romains, est traité beaucoup plus au long dans le plaidoyer pour Cluentius. Je renvoie à ce plaidoyer.

Tome I X. Z

sion. Contre quel accusé ? contre un chevalier
Romain. Mais l'ordre équestre n'est pas assujetti à cette loi. Postumus (1), dites-vous,
est accusé en vertu de l'article qui est contre
lui, *quiconque sera saisi d'argent pris par un
autre.* J'étois juge de Gabinius, on ne lui a
fait aucune grace dans l'arbitration de la
peine, à cause de l'article de la loi qui
donnoit recours sur Postumus. J'entends
maintenant. Postumus est donc accusé en
vertu d'une loi dont lui-même, dont tout
son ordre est affranchi.

Ici je ne m'adresserai pas à vous, chevaliers
Romains, à vous dont on attaque les droits
dans ce jugement, plutôt qu'à vous, sénateurs (2), qui devez protection à l'ordre

(1) Cicéron fait parler ici un des juges qui avoient
condamné Gabinius. J'ai traduit comme si on lisoit;
illo, inquit, capite (sans doute *reus est Postumus*)
QUO *PECUNIA PERVENERIT, quod erat in Postumum.
Cùm in Gabinium judex essem, nihil Gabinio datum
cùm in eum lites aestimarentur.* J'ai ajouté dans ma
traduction, *à cause de l'article de la loi qui donnoit
recours sur Postumus;* c'est la raison pourquoi on avoit
été rigoureux envers Gabinius dans l'estimation de la
peine.

(2) Sylla avoit donné le département des tribunaux

équestre. Vous en avez déjà donné plusieurs preuves, et sur-tout dernièrement dans une cause pareille. Un grand et illustre consul, Pompée, proposoit de délibérer sur cette même question ; quelques avis durs, mais en petit nombre, tendoient à assujettir à la loi Julia les tribuns (1), les préfets, les greffiers, tous les officiers de la suite des magistrats : vous-mêmes, membres de ce tribunal, et tout le sénat en corps, vous crutes devoir vous y opposer ; et quoique alors, vu la foule des coupables, on fût animé au point de vouloir poursuivre même les innocens, toutefois déjà embarrassés d'éteindre la haine allumée contre vous, vous ne permites pas qu'on lui fournît ce nouvel aliment. Voilà donc quels sont les sentimens du sénat. Et vous, chevaliers Romains, quel parti voulez-vous prendre ? Glaucia (2), homme infâme, mais esprit subtil,

aux seuls sénateurs ; mais depuis quelque tems le droit de juger, d'après une loi de Lucius Aurélius Cotta, avoit été partagé entre les sénateurs, les chevaliers Romains et les tribuns du trésor.

(1) Tribuns de soldats, qui étoient au nombre de quatre dans chaque légion. Préfets de cavalerie, qui commandoient un escadron.

(2) Caïus Servilius Glaucia, homme séditieux,

Z 2

avertissoit le Peuple de faire attention, quand on lisoit une loi, à la première ligne; d'être tranquille, si on y parloit de dictateur, de consul, de préteur, de commandant de cavalerie; la loi ne le regardoit point; mais d'être attentif, si on y lisoit ces mots, *quiconque après l'établissement de cette loi*, de prendre garde qu'on ne l'assujettit à une nouvelle espèce de jugement. Vous aussi, chevaliers Romains, tenez-vous maintenant sur vos gardes. Vous le savez, je suis originaire de l'ordre équestre, je vous fus toujours dévoué. Tout ce que je dis, c'est par intérêt et par affection pour votre ordre. Chacun a ses attachemens; moi je vous ai toujours choisis d'un amour particulier. Je vous en avertis, je vous en préviens, je vous l'annonce, aujourd'hui qu'il en est encore tems, j'en atteste tous les Dieux et tous les hommes : tandis que vous le pouvez, tandis que vous êtes libres de le faire, veillez à ce qu'on ne rende pas votre condition et celle de tout votre ordre plus dure qu'il ne peut la souffrir; le mal, croyez-moi, s'étendra plus loin que vous ne pensez.

qui étant préteur fut tué dans une sédition avec le tribun Saturninus.

Marcus Drusus, tribun du Peuple aussi puissant que noble, portoit cette loi unique contre l'ordre équestre, *quiconque aura pris de l'argent pour juger* : les chevaliers Romains s'y opposèrent hautement. Quoi donc? vouloient-ils que cela fût permis? Point du tout. Ils regardoient la corruption comme une bassesse, comme une horreur; mais ils prétendoient qu'on ne devoit être assujetti à certaines loix que quand on avoit embrassé un certain genre de vie. Vous aimez un rang distingué dans la ville, la chaire curule, les faisceaux, les commandemens, les provinces, les sacerdoces, les triomphes, enfin votre image transmise à vos enfans pour perpétuer le souvenir de votre nom. Mais vous êtes en même-tems sujet à plus d'inquiétudes, vous avez plus à craindre des tribunaux et des loix. Nous n'avons jamais, disoient-ils, méprisé les distinctions, mais nous nous sommes attachés à une vie paisible et tranquille. Elle ne nous offre pas de dignités, qu'elle ne nous offre pas non plus de peines et d'embarras. Vous me direz : vous êtes aussi juge que moi séna-teur. Oui, mais vous avez demandé à juger (1),

(1) *Vous avez demandé à juger*, en demandant les

Z 3

et moi j'y suis forcé. Ainsi qu'il me soit permis
de n'être pas juge, ou que je ne craigne pas
les loix portées contre les sénateurs. Laisserez-vous perdre, chevaliers Romains, le privilége que vous avez reçu de vos pères? Ne
le faites pas, je vous le conseille. Non-seulement la prévention publique, mais, si vous
n'y prenez garde, les propos calomnieux vous
feront traîner devant les tribunaux. Si on vous
annonçoit que le sénat délibère de vous
asservir à ces loix, vous croiriez devoir courir à
la salle du sénat. Si on portoit une loi, vous
voleriez du côté de la tribune. Le sénat
a voulu que vous fussiez affranchis de cette
loi ; le Peuple ne vous y a jamais assujettis :
vous êtes venus ici libres, prenez garde d'en
sortir liés et enchaînés. Car si on suscite une
affaire à Postumus qui n'étoit ni tribun, ni
préfet, ni ami intime de Gabinius, ni officier
de sa suite ; comment se défendront à l'avenir
ceux de votre ordre qui se trouveront impli-

magistratures qui vous ont rendu sénateur. Or il vous
étoit libre de ne pas demander ces magistratures. Au
lieu de *legem lege senatoriâ*, un savant propose *legem*
senatoriam.

qués dans ces sortes de causes avec nos magistrats ?

Vous avez, dit l'accusateur, sollicité Gabinius à rétablir le roi. Un sentiment de délicatesse ne me permet pas de parler mal de Gabinius. Un homme avec qui je me suis réconcilié, quoique mon ennemi juré, un homme défendu par moi avec zèle, je dois le respecter dans son malheur. Oui, quand Pompée ne m'auroit pas engagé à me réconcilier avec lui avant sa disgrace, son infortune le feroit maintenant. Mais enfin, lorsque vous dites que Gabinius est parti pour Alexandrie, à la sollicitation de Postumus, si vous n'en croyez pas la défense de Gabinius, oubliez-vous aussi votre (1) accusation ? Gabinius avoit agi, disoit-il, pour le bien de la République, parce qu'il craignoit la flotte

_____

(1) *Votre accusation*, dans laquelle vous prétendez qu'on avoit promis à Gabinius dix mille talens. —— *La flotte d'Archelaüs.* Archelaüs avoit épousé la fille de Ptolémée ; voyant ce prince chassé du trône, il s'étoit emparé d'Alexandrie. —— *Vous prétendez le contraire.* Vous prétendez que c'est l'amour de l'argent qui a engagé Gabinius à entreprendre de rétablir sur le trône Ptolémée.

Z 4

d'Archelaüs, parce qu'il croyoit que la mer seroit pleine de pirates; il prétendoit même que la loi le lui permettoit. Vous, son ennemi, vous pretendez le contraire. Je vous le pardonne, et d'autant plus que Gabinius a été condamné. Je reviens donc à mon sujet, et à votre accusation.

Pourquoi crier si haut et soutenir avec tant de force qu'on avoit promis à Gabinius dix mille (1) talens? Il falloit, sans doute, trouver un orateur bien insinuant pour gagner l'homme le plus cupide comme vous le représentez, pour lui persuader de ne pas tant dédaigner deux cens quarante millions de sesterces. Dans quelque dessein qu'ait agi Gabinius, il agissoit d'après lui-même : quelle qu'ait été son idée, elle lui appartenoit. Soit qu'il ait cherché la gloire, comme il le disoit, ou l'argent, comme

(1) Dix mille talens attiques, deux cens quarante millions de sesterces, sont la même somme, et reviennent à trente millions de notre monnoie. *Huic* dans ce qui suit a beaucoup embarrassé les commentateurs. Les uns le changent en *homo*, les autres en *hui*, particule admirative. Ou il faut admettre ces changemens, ou rapporter *huic* à Ptolémée, et sous-entendre *aliquis* à *perblandus*.

vous le voulez, c'étoit pour lui qu'il a travaillé. Postumus étoit-il attaché à Gabinius ? étoit-il de sa suite ? Non, dit l'accusateur. En effet, Postumus s'étoit transporté de Rome dans la Cilicie (1) avec un projet bien arrêté et des espérances certaines ; il ne suivoit pas le conseil de Gabinius que le rétablissement du roi ne regardoit pas, mais l'avis de l'illustre Lentulus qui avoit été autorisé d'abord par le sénat à le rétablir. Mais il a été intendant du prince. Oui, et même il a été détenu dans ses prisons, il a couru risque de perdre la vie dans les supplices. Que n'a-t-il pas encore souffert par le caprice du monarque, par la nécessité des conjonctures ? Quoi qu'on dise,

(1) Au lieu de *Romam* j'ai lu *Româ*, *Româ contenderat* sans doute *in Ciliciam*. Il avoit été décidé d'abord que Lentulus, un des consuls, quand il gouverneroit la Cilicie en qualité de proconsul, rétabliroit Ptolémée sur le trône, mais on avoit changé d'avis lorsqu'on eut consulté les livres de la Sibylle. Postumus néanmoins espérant que, si Ptolémée étoit rétabli, l'argent qu'il avoit prêté lui seroit remis, fit des tentatives auprès de Lentulus, en se rendant dans la Cilicie sa province, pour le déterminer à écouter plutôt la première décision que le vain scrupule : il paroît qu'il ne réussit pas.

tout se réduit à le blâmer d'avoir été s'établir
dans la cour d'un roi, de s'être abandonné à
son pouvoir. A dire vrai, il y avoit de l'imprudence : car quoi de plus imprudent pour un
chevalier Romain, pour un citoyen de cette
République la plus libre qui fut jamais, de se
transporter de Rome dans un lieu où il faut
obéir et s'asservir à un autre ?

Mais enfin Postumus n'a que des connoissances
ordinaires ; ne lui pardonnerai-je pas une faute
dans laquelle je vois que sont tombés les hommes
les plus sages ? Nous le savons, Platon (1),
l'homme, sans contredit, le plus éclairé de toute
la Grèce, se vit exposé aux plus grands risques
pour ses jours par l'injustice de Denys, tyran
de Sicile, à qui il s'étoit abandonné ; Callisthène,
ce savant personnage, qui s'étoit attaché au
grand Alexandre, fut tué par ce prince ;
Démétrius, surnommé de Phalère, fameux à
Athènes par sa science, et par la sagesse de
son administration, mourut dans ce même.

_____

(1) On peut voir dans Diogène Laërce, dans Plutarque et dans d'autres historiens, ce que rapporte
ici l'orateur, de Platon, de Callisthène, et de Démétrius de Phalère.

royaume d'Egypte de la morsure d'un aspic
qu'il approcha de sa poitrine.

Avouons-le, il ne peut rien y avoir de moins
raisonnable que de se transporter sciemment
dans un lieu où l'on doit perdre sa liberté.
Mais cette folie de Postumus est justifiée par
une première folie plus considérable, qui doit
faire regarder comme un trait de sagesse cette
démarche si folle d'être venu dans une cour,
de s'être abandonné aux caprices d'un roi.
Oui, sans doute, c'est moins persister à être
fou (1) qu'être sage trop tard, lorsqu'on s'est
jetté follement dans l'embarras, de s'en tirer
par tous les moyens possibles. Qu'on regarde
donc comme un point fixe et inébranlable, qui
ne sauroit être changé ni révoqué, ce premier
pas qui fait dire aux amis de Postumus, qu'il
a eu de l'ambition; à ses ennemis, qu'il a
commis une faute; qui le fait convenir lui-
même de sa haute imprudence, d'avoir confié
à un monarque son argent et celui de ses amis,
d'avoir risqué toute sa fortune. Après cette
première démarche, il lui falloit souffrir le

(1) Je lis avec un manuscrit, *si quidem non tàm
semper stulti.*

reste pour se libérer enfin lui et ses amis (1).
Ainsi, Memmius, reprochez à Postumus,
tant que vous voudrez, qu'il a porté le manteau grec, qu'il a pris des vêtemens peu con-
venables à un Romain. Rebattre de pareils
reproches, c'est dire et répéter que témérai-
rement il a confié son argent à un prince,
il s'est abandonné lui, sa fortune et son honneur aux caprices d'un monarque. Sa conduite
étoit imprudente, je l'avoue : mais la chose étoit
faite, on ne pouvoit la changer. Il falloit prendre
à Alexandrie le manteau grec, afin de pouvoir
retenir à Rome la toge romaine ; ou s'il gardoit
la toge, il falloit renoncer à toute sa fortune.

Nous voyons souvent des citoyens Romains, ou même des jeunes gens nobles,
et quelques sénateurs de la première
naissance, prendre la coëffure asiatique (2)

(1) J'ai traduit comme si on lisoit *se aliquandò ac
suos.* — Un peu plus bas j'ai suivi la leçon *unum
dices atque idem.*

(2) Mot à mot, *avec la petite mitre, cum mitellá.*
Quel étoit le *mitra* et le *mitella,* il seroit trop long
de l'expliquer ; il suffit de savoir que c'étoit une sorte
de bonnet dans une forme particulière, propre à certains Peuples d'Asie.

pour leur plaisir et leur amusement, non dans leurs jardins et dans leurs maisons de plaisance, mais à Naples, cette ville si fréquentée. Vous voyez la statue du général Sylla avec un long manteau : vous voyez dans le Capitole la statue du Scipion qui a fait la guerre en Asie et qui a vaincu Antiochus ; elle est avec un long manteau, et même avec une chaussure étrangère (1) : costume qui n'a pas été repris en justice, ni même blâmé dans des discours. Quant à Rutilius (2), des circonstances impérieuses le justifieront plus aisément. Surpris par Mithridate à Mitylène, il n'évita la cruauté du monarque qu'en changeant de costume. Rutilius, qui étoit pour nos Romains un modèle de prudence, de vertu, de probité antique, un personnage consulaire, a donc pris des brodequins et un manteau grec !

(1) Latin *cum crepidis*. Les *crepidæ* étoient des espèces de sandales propres à certains Peuples de la Grèce.

(2) C'est ce Rutilius qui fut condamné si injustement au retour de la province qu'il avoit gouvernée, et qui s'exila volontairement dans la province même qu'on l'accusoit d'avoir opprimée par ses vexations : il y fut accueilli avec tous les égards que méritoit sa vertu.

On ne crut pas alors devoir accuser la personne, mais la conjoncture : et l'on fera un
crime à Postumus d'un habillement qui lui
donnoit l'espérance de pouvoir enfin rentrer
dans son ancienne fortune!

Dès qu'il fut venu à Alexandrie, qu'il
se fut rendu à la cour de Ptolémée (1), le
prince lui annonça que l'unique moyen de
recouvrer son argent, c'étoit de se charger
de l'administration de ses trésors. Or, il ne
le pouvoit qu'avec le titre d'intendant : c'est
le nom que porte celui qui est chargé par
le roi du soin de ses finances. Postumus trouvoit l'emploi désagréable ; mais il n'étoit pas
possible de le refuser. Le nom même lui
étoit odieux ; mais il n'avoit pas inventé ce
nom, on le donnoit dans ce pays à l'admi-
nistrateur des finances royales. Il n'avoit pas
moins de répugnance pour l'habillement ;
mais, sans cet habillement, il ne pouvoit
ni porter le nom d'intendant, ni en remplir

(1) Latin, *ad Auletem. Auletes*, joueur de flûte :
surnom de Ptolémée, qui lui avoit été donné, parce
qu'il aimoit beaucoup cet instrument.——Un peu plus
bas, *quasi dispensationem*, le *quasi* tombe sur *dispensationem*, qui est beaucoup plus fort que *curationem*.

les fonctions. Il étoit donc contraint par la nécessité, qui, selon la pensée d'un de nos poëtes (1), dompte et soumet les plus grandes forces. Il falloit mourir, dit-on ; car c'est là ce qu'on dit encore. Postumus, certes, l'auroit fait, si, dans un tel désastre de ses affaires, il eût pu mourir sans se déshonorer (2).

Ne faites donc pas, Memmius, un crime d'un malheur ; ne reprochez pas à Postumus l'injustice d'un monarque ; ne jugez pas de la volonté et des intentions par ce qui est l'effet de la nécessité et de la violence. Croyez-vous donc qu'on doive blâmer ceux qui sont tombés entre les mains des ennemis ou des pirates, s'ils font par contrainte ce qu'ils ne feroient pas librement ? Aucun de nous n'ignore, quoique nous ne l'ayons pas éprouvé, comment les rois traitent avec les autres hommes. C'est des rois qu'est ce langage : *écoute et obéis* (3) ; *si tu dis un mot de plus qu'on ne te*

(1) On ignore quel est ce poëte.

(2) S'il se fût donné la mort, il eût laissé sa mémoire chargée de toutes les dettes qu'il avoit contractées pour remettre des sommes immenses au roi d'Alexandrie.

(3) Ces paroles et les suivantes sont prises de la

demande... et cés menaces, *que je te retrouve ici dans deux jours, tu mourras.* Nous lisons ces traits dans les livres, nous les voyons représenter sur le théâtre, non-seulement pour nous amuser, mais pour nous instruire, pour nous apprendre à nous tenir sur nos gardes et à fuir certaines liaisons.

Mais l'emploi même qu'a occupé Postumus fait naître contre lui une accusation. En levant de l'argent pour Gabinius sur les dixièmes exigés (1), il en a levé pour lui-même, dit l'accusateur. Je ne conçois pas ce qu'il veut dire. Postumus a-t-il ajouté au dixième un centième, comme ont coutume de faire nos receveurs, ou a-t-il retranché de la somme totale ? S'il a ajouté un centième, Gabinius a dû toucher onze mille talens (2). Mais l'ac-

---

tragédie de quelque ancien poëte. — *Si tu dis un mot...* J'ai suivi la leçon, *praeter rogitatum si loquare.*

(1) Au lieu d'*imperatorum*, je crois avec de savans critiques qu'il faut lire *imperatis* ou *imperati eris.* — Un peu plus bas, au lieu de *centesima*, je crois avec un savant qu'il faut lire *centesimae*, de sorte que *decumae* soit au datif et *centesimae* au génitif.

(2) Environ 33,000,000 livres. Dix mille talens, 30,000,000 livres. Mille talens, 3,000,000.

cusateur ne lui en a reproché que dix mille,
et les juges n'ont prononcé que pour dix
mille. J'ajoute même ceci : peut-on croire,
Memmius, ou qu'en levant un impôt aussi
considérable (1), on ait ajouté mille talens ;
ou qu'un homme, selon vous si cupide,
ait permis qu'on retranchât mille talens de
la somme qui pouvoit lui revenir ? Il n'étoit
dans le caractère, ni de Gabinius de faire
une telle concession, ni du monarque de souffrir qu'on chargeât ses sujets d'un tel surcroît
d'imposition. Les députés d'Alexandrie vien-
dront témoigner contre nous. Ils n'ont pas
déposé contre Gabinius, ils ont même rendu
témoignage en sa faveur. Où donc sont les
pratiques des tribunaux ? où sont les usages ?
où sont les exemples ? Est-il ordinaire qu'on
dépose contre celui qui a recueilli l'argent,
quand on n'a point déposé contre celui au
nom duquel on le recueilloit ? Mais si on
ne dépose pas quand on ne l'a point fait auparavant, dépose-t-on même quand on a rendu
un témoignage favorable ? En pareil cas, on

(1) Je voudrois avec un savant qu'on pût lire, *aut
tàm gravi oneri tributorum, tantâ pecuniâ cogendâ.*

Tome I X. .A a

regardé l'affaire comme préjugée d'après les mêmes témoins , dont on lit seulement (1) les dépositions , sans produire les personnes.

L'accusateur , mon ami intime , va jusqu'à dire que les Alexandrins ont eu pour rendre témoignage en faveur de Gabinius la même raison (2) que j'ai eue pour le défendre. Quant à moi , Memmius, la raison pour laquelle j'ai défendu Gabinius , c'est que je m'étois réconcilié avec lui ; et je ne me repens pas que mes inimitiés finissent, que mes amitiés soient éternelles. Si vous croyez que c'est contre mon gré , et pour ne point déplaire à Pompée , que j'ai défendu Gabinius , vous ne nous connoissez ni lui , ni moi. Pompée n'auroit pas voulu que je fisse rien contre mon gré à cause de lui ; et moi à qui la liberté de tous les citoyens avoit été si chère, je n'aurois pas sacrifié la mienne. Tant que j'ai été l'ennemi de Gabinius, je n'ai pas cessé d'être l'ami de Pompée ; et lorsqu'à la sollicitation de Pompée j'ai pardonné à Gabinius

_____

(1) J'ai traduit comme si , au lieu de *testium* , on lisoit *tantùm*, comme veulent quelques savans.

(2) *La même raison*, c'est-à-dire, l'envie de plaire à Pompée.

ses torts, comme je le devois, je n'ai pas gardé de haine dans le cœur : j'aurois craint, en usant de perfidie, de faire injure à celui-là même à qui j'avois accordé sa demande. En refusant de me réconcilier avec un ennemi, je n'insultois point Pompée : au lieu que si ma réconciliation, qu'il avoit ménagée, n'eût pas été sincère, je manquois à Pompée, je me manquois sur-tout à moi-même.

Mais laissons ce qui me regarde, revenons aux Alexandrins. Quelle est leur impudence? quelle est leur audace? Dernièrement, sous vos yeux, dans l'affaire de Gabinius, on les interrogeoit à chaque instant : ils disoient qu'on n'avoit pas remis d'argent à Gabinius. On lisoit à plusieurs reprises la déposition de Pompée : le monarque lui avoit écrit qu'on n'avoit remis d'argent à Gabinius que pour les troupes. On n'a pas cru alors, dit Memmius, les députés d'Alexandrie. Eh bien ! les croira-t-on à (1) présent? Pourquoi les croiroit-on? Est-ce parce qu'ils affirment à présent ce qu'ils nioient alors? Quoi donc? doit-on croire, quand ils

_____

(1) J'ai traduit comme si on lisoit avec Paul Manuce, *quid postea ? credetur nunc ?*

affirment, des témoins qu'on n'a pas crus
quand ils nioient ? Au reste, s'ils ont déposé
alors suivant la vérité, sans aucun déguise-
ment, ils mentent aujourd'hui. S'ils ont menti
alors, qu'ils nous instruisent de la vérité. Après
tout, qu'ils se taisent ou qu'ils parlent (1),
nous connoissions auparavant Alexandrie par
oui dire, nous la connoissons maintenant par
nous-mêmes. C'est de là que viennent tous
les prestiges ; de là toutes ces impostures et
toutes ces fraudes qui fournissent tant à la
comédie. Pour moi, je suis impatient de voir
paroître ces témoins, et d'examiner leur figure.
Ils ont déposé dernièrement pour nous sur
ces mêmes bancs. Avec quelle insolence ils
rejettoient l'inculpation des dix mille talens ?
Vous connoissez déjà l'impertinence des Grecs.
Ils gesticuloient des épaules. Alors, je crois,
ils parloient pour la conjoncture ; aujourd'hui,
sans doute, la conjoncture n'est plus la même.
Dès qu'un homme s'est parjuré, on ne doit

(1) J'ai lu, en traduisant, *sileant, dicant, audie-
bamus.*—Un peu plus bas, *c'est de-là que viennent....*
Les Egyptiens passoient pour de grands enchanteurs.
Ce Protée si fameux par toutes les formes qu'il prenoit,
étoit d'Egypte.

plus le croire à l'avenir, jurât-il par tous les Dieux; sur-tout puisque, dans ces sortes de causes, ce n'est pas même l'usage d'écouter de nouveaux témoins, et qu'en conséquence on garde les mêmes juges, pour qu'ils soient instruits de tout, et qu'il ne puisse rien se forger de nouveau.

Dans les procès pour recouvrement d'argent, les derniers accusés ne sont pas condamnés sur des instructions qui leur soient propres, mais sur celles déjà faites contre le premier accusé. Si donc Gabinius eût donné des ré-pondans, ou si le Peuple eût tiré sur ses biens toute la somme à laquelle il avoit été con-damné, Postumus auroit pu avoir entre les mains une grande partie de l'argent, sans qu'on lui eût rien redemandé. Dé-là il est facile de voir que, dans cette espèce de cause, on ne redemande d'argent qu'aux officiers ou ministres du magistrat condamné, qui, dans le premier jugement, ont été convaincus d'être saisis de deniers qu'il a pris (1). Mais au-jourd'hui que fait-on ? quel pays habitons-

_____

(1) J'ai traduit en lisant *quod ex eâ pecuniâ ad ali-quem comitum ejus qui damnatus est....*

nous? Peut-on rien citer, peut-on rien imaginer
de plus extraordinaire, de plus étrange, de
plus irrégulier? On accuse celui qui, loin
d'avoir rien pris au monarque, comme Gabinius a été jugé l'avoir fait, lui a prêté des
sommes immenses. Le prince, qui n'a pas
rendu à Postumus, a donc donné à Gabinius. Mais puisque devant à Postumus, il a
donné, non pas à lui, mais à Gabinius ;
après la condamnation de celui-ci, a-t-il rendu
l'argent à Postumus, ou le lui doit-il encore ?

Postumus, dit-on, a de l'argent, et il le
cache ; car il en est qui le prétendent. Quelle
singulière espèce de vanité et d'ostentation !
Quand même il auroit amassé sans avoir jamais rien eu, ce ne seroit pas encore une
raison de cacher sa fortune. Mais après avoir
hérité de deux amples patrimoines (1), après
avoir augmenté son bien par des voies honnêtes, quel seroit son motif de vouloir être
regardé comme n'ayant rien ? Lorsqu'il prêtoit
son argent pour en tirer intérêt, il travailloit
à devenir plus riche ; et lorsqu'il a retiré ce

(1) L'un, de Curius, son père par la nature ; l'autre,
de Caïus Rabirius, son oncle, son père par adoption.

qu'il avoit prêté, est-il jaloux de la nouvelle espèce de gloire de passer pour pauvre ?

Il a exercé, dit-on, dans Alexandrie une tyrannie odieuse. Dites plutôt qu'il a gémi lui-même sous un tyran superbe. Il a souffert la prison, il a vu dans les fers ses amis intimes, il a souvent eu la mort devant les yeux ; enfin il s'est enfui de ce royaume presque nud et réduit à l'indigence.

Mais (1) il a tiré de l'argent d'ailleurs en faisant le commerce : il a eu des vaisseaux en mer : on a entendu parler à Pouzzoles de ses marchandises, on les a vues ; marchandises trompeuses, il est vrai, du papier, du lin, du verre : plusieurs grands vaisseaux en étoient chargés ; mais il y avoit un petit bâtiment

---

(1) J'ai lu comme dans de bonnes éditions, *at permutata aliundè pecunia est : ductæ naves Postumi Puteolis sunt, auditae visaeque merces, fallaces quidem et fucosae, chartis, et linteis, et vitro delatae : quibus quum multae naves refertae fuissent, una non patuit parva. Cataplus ille puteolanus, sermo.... aestatem unam, non plures, aures refersit istis sermonibus.* J'ai tâché de tirer le sens le plus raisonnable possible d'un endroit fort obscur.

qu'on ne montroit pas (1). Cette arrivée de vaisseaux au port de Pouzzoles, les bruits de ce tems-là, l'appareil des navires et des marchandises, le nom de Postumus un peu décrié dans l'esprit des personnes malveillantes d'après une certaine prévention qu'il lui restoit de l'argent entre les mains, il n'en fallut pas davantage pour remplir les oreilles de mille discours pendant un été seulement.

Voici la vérité, Romains ; si cette grande générosité de César envers tout le monde, ne se fût signalée envers Postumus d'une manière peu commune, il y a long-tems que nous ne verrions plus celui-ci dans le forum (2). César s'est chargé seul de tous les bons offices que Postumus recevoit de ses amis ; et le fardeau que tant d'autres partageoient dans sa prospérité, il le soutient seul dans ses disgraces. Vous ne voyez donc plus que l'ombre et le simulacre d'un chevalier Romain conservés par le secours et la protection d'un seul de ses amis.

(1) *Qu'on ne montroit pas*, sans doute parce qu'il renfermoit des effets précieux.

(2) Parce que n'ayant plus le revenu d'un chevalier Romain, il n'oseroit paroître sans les distinctions de son rang.

On ne lui peut plus ravir que ce fantôme, que ce reste de son ancien rang soutenu par le seul César. Dans son état misérable, laissons-lui de ce rang le plus qu'il est possible. Regardera-t-on comme l'effet d'un mérite médiocre, qu'un si grand homme témoigne un tel attachement sur-tout à un malheureux dans le désastre de ses affaires, à un malheureux dont il est éloigné, lui placé dans une élévation d'où il lui est difficile de jetter un regard sur les intérêts d'autrui : ajoutez que César est si occupé des grandes choses qu'il a déjà faites et qu'il fait encore, qu'on ne devroit pas être surpris de lui voir oublier les autres, et que supposé qu'il s'en souvînt, il pourroit s'excuser sans peine comme s'il les avoit oubliées ?

Je connois en César nombre de qualités rares et sublimes ; mais ses autres vertus, comme sur un grand théâtre, se trouvent exposées aux regards des Peuples. Choisir une place pour un camp, ranger son armée en bataille, emporter les villes d'assaut, renverser les plus épais bataillons, souffrir la rigueur de l'hiver et des froids que nous supportons à peine au sein de nos demeures ; poursuivre l'ennemi lors même que la saison rigoureuse oblige les

bêtes sauvages de se cacher au fond de leurs
retraites, lorsque, par le droit des nations,
toutes les guerres cessent dans tout l'univers :
ce sont là de grandes choses, qui est-ce qui
le nie? Mais pour tout cela on se sent animé
par la magnifique récompense de vivre à
jamais dans la mémoire des hommes ; et il
est moins surprenant qu'on soit capable de
tels efforts quand on soupire après l'immortalité.

Ce que je loue aujourd'hui dans César a
vraiment de quoi surprendre ; une action pareille
n'est pas célébrée dans les vers des poëtes,
dans les fastes de l'histoire, mais elle est pesée
dans la balance du sage. Un chevalier Romain, son ancien ami, attaché, dévoué à
sa personne, ruiné, non par de folles dépenses,
non par de honteuses profusions pour satisfaire
des passions criminelles, mais par le désir
d'étendre son patrimoine ; César l'a reçu dans
sa chûte, il ne l'a pas laissé tomber, il l'a
soutenu, il l'a appuyé de son crédit et de
sa fortune, il le soutient encore actuellement,
il retient son ami sur le bord du précipice,
sans être ébloui par l'éclat de son propre
nom, sans que la hauteur de sa fortune et

la splendeur de sa gloire offusquent les lumières de son intelligence. Que les actions
dont je parlois d'abord soient estimées grandes,
comme elles le sont en effet, je ne m'y oppose
point. On pensera ce qu'on voudra de mon
jugement ; pour moi, cette générosité envers
ses amis, ce souvenir de l'amitié dans une
telle puissance, dans une telle fortune, je
les préfère à toutes les autres vertus. Loin
de dédaigner, loin de rejetter cette bonté
rare et extraordinaire dans d'illustres et puissans
personnages, vous devez, Romains, la chérir et
travailler à l'étendre, et cela d'autant plus qu'on
a comme choisi ce tems (1) pour donner
atteinte à la gloire de César. On ne peut rien
lui ravir de cette gloire, qu'il ne le supporte
avec courage ou qu'il ne le recouvre sans
peine : mais s'il apprend qu'on a diffamé un
de ses meilleurs amis, ce coup l'affligera sen-
siblement ; et ce qui lui aura été enlevé sera
perdu sans ressource.

J'en ai dit assez pour ceux qui ne nous
sont point contraires ; j'en ai trop dit pour

_____

(1) *Ce tems ;* le tems où, loin de Rome, il illustre
l'empire par ses conquêtes. *Pour donner atteinte à la
gloire de César,* en condamnant un de ses amis intimes.

vous, Romains, qui nous êtes favorables, comme nous nous en flattons.

Mais je veux satisfaire, dirai-je les soup-çons? dirai-je la malveillance? dirai-je la cruauté du public? Eh bien! Postumus a caché de l'argent; il tient dans ses coffres les trésors du roi. Est-il quelqu'un parmi un si grand Peuple, qui voudroit des biens de Caïus Rabirius Postumus pour un (1) sesterce? Hélas! avec quelle douleur j'ai prononcé ces mots! Est-ce vous, Postumus, qui êtes le fils de Curius, le fils de Caïus Rabirius par adoption, son neveu par la nature? Est-ce vous qui vous êtes montré si généreux envers tous vos amis, dont la bonté en a enrichi un si grand nombre? vous qui n'avez rien prodigué folle-ment, qui n'avez rien dépensé pour vos passions? J'adjuge vos biens, ô Postumus! pour un seul sesterce. Quelle triste et dure fonction que la mienne! ce malheureux souhaite même, supposé que votre arrêt (2) le con-

_____

(1) *Pour un sesterce*, manière de parler ancienne, c'est-à-dire, au moindre prix possible. Le sesterce, comme on sait, valoit environ deux sols et demi de notre monnoie.

(2) J'ai traduit comme si on lisoit d'après un savant

damne , il souhaite que ses biens soient vendus , si chacun doit être entièrement payé. Il
ne s'embarrasse que d'acquitter ses engagemens;
et vous, Romains , pussiez-vous oublier votre
bonté naturelle , vous ne pouvez lui enlever
plus qu'il n'a perdu. Ne le condamnez pas ,
je vous en supplie, et cela d'autant moins qu'on
lui demande un argent étranger , lorsqu'on ne
lui rend pas le sien propre : on cherche à
exciter la haine contre celui que la pitié doit
secourir. Mais, Postumus, après m'être acquitté
envers vous , comme je l'espère , autant que
j'ai pu , je verserai encore des larmes pour
celles que je vous ai vu répandre en abondance dans ma disgrace : je vous les dois ces
larmes, je vous les rends aujourd'hui. Je me
remets devant les yeux cette nuit déplorable
pour tous les miens , où vous m'avez livré
toute votre personne avec toutes vos richesses ,
où à mon départ vous m'avez fourni des
hommes pour m'accompagner , des hommes
pour me défendre , et même toute la quantité

critique , *optat miser ut , si condemnetur à volis , ità
bona* ....— *Si chacun* .... Celui qui achetoit les
biens d'un homme obéré , étoit obligé de payer les
créanciers.

d'or dont j'avois besoin dans cette conjoncture. Vous n'avez abandonné en mon absence,
ni mes enfans , ni mon épouse. Je puis (1) produire mille témoins de votre générosité ; et j'ai
plus d'une fois entendu dire que les généreux
procédés de votre père lui avoient été d'un
grand secours dans une accusation capitale :
mais je crains tout maintenant , j'appréhende
qu'on ne jette de l'odieux sur la bonté même.
Les pleurs de tant d'hommes annoncent assez
combien vous êtes cher à vos amis et à vos
proches : pour moi , la douleur m'ôte toutes
mes forces et m'étouffe la voix. Je vous
supplie , ô vous qui composez ce tribunal , de
ne pas ravir au meilleur des hommes le nom
de chevalier Romain , la douceur de votre présence , la jouissance de cet air que nous respi-
rons. Tout ce qu'il vous demande , c'est qu'il
lui soit permis de regarder cette ville sans
baisser les yeux , de marcher droit dans ce
forum ; avantage dont la fortune l'auroit privé,
si le crédit et les richesses d'un seul ami ne
fussent venus à son secours.

(1) Au lieu de *reductos*, je crois qu'il faut lire *pro-*
ductos.

(383)

DISCOURS

POUR MARCELLUS.

Sommaire.

MARCUS CLAUDIUS MARCELLUS, issu d'ancêtres illustres, étoit distingué par son mérite personnel, et par les premiers honneurs qu'il avoit obtenus. Il avoit été consul avec Servius Sulpicius Rufus, célèbre jurisconsulte. Même avant la guerre civile, il parla fortement contre César dans le sénat, il s'attacha ensuite au parti de Pompée, et se trouva à la bataille de Pharsale : mais après cette bataille, sans se joindre à ceux qui continuèrent la guerre en Afrique, et sans se rendre auprès de César pour solliciter son pardon, il se retira à Mitylène, où il se consola de ses disgraces par le témoignage de sa conscience et par l'étude des lettres qu'il aimoit passionnément. Quelque tems après, lorsque toutes les guerres furent terminées, et que César, de retour à Rome, y étoit tout-puissant, Caïus Marcellus, frère de Marcellus, se jetta à ses pieds dans le sénat, pour lui demander le rappel de son frère : tous les sénateurs se joignirent à lui pour appuyer sa demande. César, naturellement doux et généreux, ne put refuser une grace qui lui étoit demandée par tout le sénat ; il consentit au retour de Marcellus, contre lequel il se permit seulement quelques plaintes.

Cicéron, intime ami de Marcellus, crut devoir rompre le silence qu'il avoit gardé depuis les guerres civiles, et remercier César dans le sénat même d'avoir bien voulu rappeller un tel homme et un tel ami. Après avoir expliqué la raison qui lui fait rompre le silence, il loue dans le style le plus noble et le plus magnifique, l'action de César qu'il préfère à tous ses exploits guerriers. Il exalte cette douceur et cette modération qui lui ont fait toujours desirer la paix, et traiter favorablement les partisans de la paix, parmi lesquels il se range. Il oppose la douceur de César à la dureté de la plupart de ses adversaires, dont il est obligé de convenir. César s'étoit plaint qu'on en vouloit à sa vie, et avoit manifesté ses soupçons. L'orateur s'efforce de le tranquilliser, en lui montrant tout le monde intéressé à sa conservation, et une foule d'amis prêts à lui faire un rempart de leurs corps, s'il avoit à craindre quelque attaque. Le même César
répétoit

répétoit souvent ces paroles, J'ai assez vécu pour la nature et pour la gloire. *Cicéron prend de-là occasion de lui montrer ce qui lui reste encore à faire, et en quoi consiste sa gloire véritable. C'est ici, suivant moi, le plus bel endroit du discours, celui où l'orateur dévoile les plus nobles sentimens et les plus grands principes. Quelques-uns ont reproché à Cicéron d'avoir trop loué et trop flatté César dans ce discours ; mais ils n'ont pas fait assez d'attention qu'il ne le loue et ne le flatte que pour l'amener à entendre cette vé-rité essentielle, qu'il lui met sous les yeux avec une liberté généreuse, qu'on est vraiment grand, non en conquérant des Peuples, non en rédui-sant ses ennemis, mais en faisant du bien à ses semblables. Le discours est terminé par de nou-veaux remerciemens adressés à César pour le rappel de Marcellus, qu'il vient d'accorder aux vœux de ses amis et de tout le sénat.*

Ce discours a été prononcé l'an de Rome 707, de Cicéron 61. Marcellus ne profita point de la grace qui lui étoit accordée par César. Lorsqu'il étoit en route pour revenir, il fut assassiné par un furieux nommé *Magius*, qui l'avoit accom-pagné dans son exil, et qui lui en vouloit, parce qu'il lui avoit refusé de payer ses dettes.

Tome I X.   B b

DISCOURS

POUR MARCELLUS.

APRÈS le long silence que m'avoient imposé dans ces derniers tems, moins la crainte que la douleur et la honte (1), je reprends enfin aujourd'hui la parole, PÈRES CONSCRIPTS, pour exprimer mes sentimens et mes pensées aussi librement que je le fis toujours. Témoin d'une bonté si rare, d'une clémence si admirable et si extraordinaire, d'une modération si parfaite dans un pouvoir absolu, d'une sagesse merveilleuse et presque divine; pourrois-je encore me taire? Oui, il m'a paru que César, en rendant Marcellus à la République et au sénat, lui rendoit ainsi qu'à moi la voix et la pensée, pour en faire jouir le sénat et la République.

(1) Cicéron explique ensuite la cause de ces deux sentimens. Je voyois avec douleur éloigné de Rome un citoyen tel que Marcellus; j'avois honte de rentrer sans lui dans la carrière de l'éloquence. *Dolebam enim .... nec mihi persuadere poteram, nec fas esse ducebam.*

J'étois affligé, P. C., j'étois pénétré de douleur, quand je voyois qu'un tel homme, engagé avec moi dans le même parti, ne jouissoit point du même sort que moi. J'avois peine à me persuader qu'il me fût permis de rentrer dans notre ancienne carrière de l'éloquence, séparé de cet ami fidèle, de ce digne émule, qui s'associa toujours à mes études et à mes travaux. Vous me la rouvrez donc, César, cette carrière que je m'étois fermée moi-même; vous excitez tout le sénat à bien augurer de la République, et vous faites briller en quelque sorte à ses yeux le fanal de l'espérance. L'exemple de plusieurs citoyens et ma propre expérience m'avoient déjà appris, ce que vient (1) de m'apprendre plus particulièrement encore la faveur que vous nous accordez à tous, en rendant Marcellus aux desirs du sénat et du Peuple, malgré les sujets de plainte que vous avez allégués contre lui; oui, cette faveur im-

_____

(1) J'ai suivi la leçon *in omnibus*, qui, selon moi, est la seule bonne. L'orateur dit que l'exemple de tous lui apprend maintenant..... *l'exemple de tous;* car c'est un bienfait accordé à tous, que le bienfait accordé au seul Marcellus. Il me semble donc qu'il ne faut pas supprimer l'*in* avant *omnibus*.

signe vient de me convaincre que, lorsqu'il s'agissoit de l'autorité de cet ordre et de la dignité de la République, vous leur faisiez volontiers le sacrifice de vos soupçons et de vos ressentimens. Le vœu de tous les sénateurs pour le rappel de Marcellus, votre décision à son sujet qui est d'un si grand prix et d'un si grand poids, lui font recueillir en ce jour le plus doux fruit de toute sa vie passée. Jugez de-là, César, combien il est glorieux d'avoir accordé une grace qu'il est si honorable d'avoir reçue. Marcellus, sans doute, est heureux, puisque son rétablissement nous cause à tous autant de joie qu'il en éprouvera lui-même. Il est heureux, je le répète ; mais ajoutons qu'il est bien digne de son bonheur. En effet, qui jamais posséda, dans un dégré plus éminent, la probité, l'éclat de la naissance, l'intégrité des mœurs, l'amour des sciences et des lettres, en un mot tous les genres de mérite ?

Non, César, toute la fécondité du génie le plus abondant, toute l'énergie de l'éloquence et toute la pompe du style, ne pourroient suffire, je ne dirai pas à orner par le discours, mais à raconter simplement vos actions guerrières. J'ose assurer néanmoins, sans craindre

de vous offenser , que ces actions ne pro-
curent pas une gloire supérieure à celle dont
vous venez de vous couvrir en ce jour. Cent
fois , dans mes réflexions et dans mes conver-
sations journalières , je me suis plû à rapprocher de vos exploits tous ceux de nos généraux et des généraux étrangers , tous ceux
des plus puissantes nations , tous ceux des
plus illustres monarques : cent fois je me
suis dit qu'ils ne sont comparables aux vôtres,
ni pour la grandeur des intérêts , ni pour le
nombre des combats , ni pour la variété des
pays subjugués, ni pour la rapidité des succès ,
ni pour la diversité des guerres ; et que jamais mortel n'a pu parcourir (1) aussi vîte en
voyageur les immenses intervalles que vous
avez parcourus en vainqueur , que jamais la
rapidité de sa course n'eût pu égaler celle de
vos conquêtes.

De telles actions sont merveilleuses, elles sont
au-dessus de toute idée , de toute imagination ;
oui , et il faudroit être dépourvu de raison

(1) *N'a pu parcourir*.... Il suffit d'avoir une légère
teinture de l'histoire romaine , pour savoir que César
avoit fait la guerre et remporté des victoires dans
presque toutes les contrées du monde.

B b 3

pour refuser d'en convenir; mais enfin on peut en trouver encore de plus sublimes. Il est des détracteurs de la gloire militaire qui, pour en dépouiller les généraux et leur en ôter la propriété, la communiquent aux instrumens et aux causes de leurs triomphes. Et assurément, la valeur des soldats, l'avantage des lieux, les secours des alliés, une flotte plus nombreuse, des subsistances plus faciles, contribuent beaucoup au succès des armes. La Fortune, sur-tout, en réclame une grande partie ; elle regarde la guerre comme son domaine ; et toutes les prospérités militaires, elle les croit presque uniquement son ouvrage. Mais la gloire, César, que vous venez dans ce moment d'acquérir, personne ne la partage avec vous : quelque grande qu'elle soit, et combien ne l'est-elle pas ! elle vous appartient, oui, elle vous appartient toute entière. Ni centurion, ni tribun, ni cohorte, ni légion'(1), ne peuvent détacher une feuille de votre couronne. La For-

---

(1) Le latin porte, *centurion*, *préfet*, *cohorte*, *turme*. Centurion, commandant de cent fantassins. Préfet, officier de cavalerie. Cohorte, corps d'infanterie, dixième partie de la légion. Turme, troupe de cavalerie.

tune elle-même, cette fière maîtresse des événemens humains, ne se présente pas ici pour par-
tagér l'honneur de votre action; elle vous le
cède, elle avoue qu'il vous est propre, qu'il
est à vous seul tout entier, puisque la témérité ne peut s'allier avec la prudence, et que
le hasard ne se trouva jamais où préside la
sagesse.

Vous avez soumis, César, des nations redoutables par la férocité de leurs mœurs, for-
midables par la multitude de leurs soldats, iné-
puisables par la variété de leurs ressources,
presqu'inabordables par l'immensité des dis-
tances; mais vous n'avez vaincu pourtant que ce
qui étoit susceptible de l'être. Car il n'est point
de puissance et de force, que la force et le
fer ne viennent à bout de briser et de détruire.
Mais se vaincre soi-même, étouffer son ressentiment, modérer sa victoire, relever de sa
chûte un adversaire distingué par sa naissance,
son génie, son courage; et non-seulement le
relever, mais se plaire encore à rehausser
sa dignité et son rang; c'est-là un héroïsme
qui vous élève au-dessus des plus grands hommes, ou plutôt qui vous assimile aux Dieux
mêmes.

Ainsi donc , César, vos exploits militaires seront , il est vrai, célébrés non-seulement dans notre langue et dans nos annales , mais dans les langues et dans les annales de toutes les nations ; et les âges futurs ne se tairont jamais sur vos louanges immortelles. Toutefois je ne sais comment il arrive que , même à la lecture ou au récit de pareils exploits , on est comme étourdi et interrompu (1) par les cris des soldats et par le son des trompettes. Mais si l'on nous raconte ou si nous lisons un trait de clémence , d'humanité , de justice , de modération , de sagesse ; si ces vertus se sont signalées sur-tout dans la colère ennemie de la raison , et après la victoire naturellement insolente et superbe , avec quelle ardeur ne nous portons-nous pas , dans des récits vrais ou faux , à chérir même des personnages que nous n'avons jamais vus ?

Mais vous , César, qui êtes ici présent , vous dont nous contemplons les traits , dont nous connoissons les sentimens et les pensées , en qui tout annonce le desir de conserver à la

(1) Le verbe latin *obstrepere* est ordinairement neutre : ici *obstrepi* est pris passivement , comme si on lisoit *strepitu obturbari*.

République ce qu'a épargné la fureur des
armes, quels magnifiques éloges, quelles tou-
chantes marques d'attachement et d'affection,
pourront vous témoigner toute notre reconnoissance ? Ces murs même, à ce qu'il semble,
voudroient vous rendre grace de ce que bientôt les vertus d'un de nos principaux citoyens
seront replacées (1) sur ces sièges si glorieuse-
ment occupés par ses ancêtres et par lui-même.
Pour moi, P. C., lorsque je voyois avec vous
couler les larmes du frère de Marcellus, cet
homme si respectable à tant de titres, si recom-
mandable par sa piété fraternelle, le souvenir
de tous les Marcellus a pénétré mon cœur. Oui,
César, en faisant grace à un de leurs descendans, vous avez rendu à ces illustres morts
leur ancienne dignité, et, pour ainsi dire,
arraché à la destruction les foibles restes d'une
si noble famille.

C'est donc avec justice que vous préférez ce
jour à vos plus beaux jours de triomphe, à
ces jours qu'on a peine à compter. Le trait
que nous célébrons est uniquement l'ouvrage

(1) Latin, *illa auctoritas*, c'est-à-dire, *Marcellus,
vir tantâ auctoritate donatus.*

de César. Les victoires remportées sous votre commandement sont éclatantes, sans doute ; mais quel appareil d'armes et de soldats ne vous environnoit pas alors. Ici vous êtes à la fois le commandant et le soldat. Le tems abolira vos trophées et les monumens de vos conquêtes, parce qu'il n'est pas d'ouvrage fait de la main des hommes que le tems ne mine et ne détruise : mais (1) la justice et la douceur, dont vous venez de donner l'exemple, fleuriront tous les jours de plus en plus ; et la durée des siècles, qui consumera les monumens érigés en votre honneur, ne fera qu'ajouter un nouveau lustre au mérite de cette action. Déjà vous aviez surpassé en modération et en clémence tous les vainqueurs des guerres civiles ; aujourd'hui vous vous êtes surpassé vous-même. Je crains de ne pouvoir faire entendre ma pensée telle que je la conçois ; il me semble que c'est de la victoire même que vous avez triomphé en n'usant pas des droits qu'elle vous donnoit sur les vaincus. Nous aurions pu perdre la vie

(1) *At hace tua justitia....* Ce second membre devroit être au subjonctif comme le premier, pour que la phrase fût régulière ; mais ces sortes d'irrégularités ne sont pas rares chez les orateurs.

par les loix de la guerre, qui livroient nos personnes au vainqueur ; nous avons été conservés par le bienfait de votre clémence. Vous êtes donc le seul qu'on doit appeler vraiment invincible, puisque vous avez vaincu la rigueur et les droits de la victoire même.

Et voyez, P. C., jusqu'où s'étend la sage magnanimité de César. Nous tous qu'une malheureuse destinée, funeste à la République, a entraînés dans la guerre civile, si nous avons failli par une suite de la fragilité humaine, du moins avons-nous été absous de crime ? En effet, lorsque fléchi par vos prières, César a conservé Marcellus à la République, lorsqu'il m'a rendu à elle et à moi-même pour la seconde fois sans que personne l'en ait prié, lorsqu'il a rendu à eux-mêmes et à la patrie tous ces illustres personnages que nous revoyons aujourd'hui dans cette assemblée avec leur ancienne splendeur, ce ne sont pas des ennemis de Rome qu'il a introduits dans le sénat ; mais il a jugé que, si la plupart s'étoient engagés dans la guerre civile, c'étoit faute de le bien connoître, c'étoit par une fausse terreur, plutôt que par esprit de parti, ou par des vues de vengeance. Pour moi, dans cette guerre, j'ai toujours cru qu'on devoit songer à la paix et se prêter à des voies de conciliation ; j'ai toujours vu avec peine qu'on rejettoit la paix, qu'on refusoit même d'écouter ceux qui la demandoient avec instance. Non, je n'ai jamais approuvé la dernière guerre civile, ni aucune des précédentes : mes conseils toujours amis de la paix et de la tranquillité, repoussoient les combats et les armes. J'ai suivi le chef du parti contraire plus par attachement à sa personne que par raison d'état ; et ma sincère reconnoissance pour ses services m'a porté si loin, que, sans passion comme sans espoir, je courois volontairement à ma perte. Ma conduite alors ne fut jamais équivoque. Avant qu'ont eût pris les armes, on me vit en plein sénat parler fortement pour la paix, et dans le cours de la guerre tenir constamment le même langage même au péril de mes jours. Personne ne sera donc assez mauvais juge pour douter des sentimens de César sur la guerre civile, puisqu'il a pardonné sur-le-champ aux partisans de la paix, tandis qu'il a gardé contre les autres quelque ressentiment. Peut-être cela devoit-il moins surprendre, lorsque les événemens étoient encore incertains et le sort des armes douteux ; mais un vainqueur qui chérit les partisans de la paix, n'annonce-t-il pas qu'il auroit mieux aimé ne pas combattre que de vaincre ?

Je puis rendre ici témoignage aux dispositions de Marcellus ; ses sentimens dans la guerre, comme dans la paix, furent toujours d'accord avec les miens. Combien de fois, et avec quelle douleur, l'ai-je entendu se plaindre de l'orgueil de certains hommes, et redouter sur-tout la férocité qu'inspire la victoire ! Et c'est là, César, ce qui doit nous rendre votre clémence plus précieuse, à nous qui avons été témoins des événemens ; car ce ne sont plus les deux partis, mais les victoires qu'il faut comparer entr'elles. Nous avons vu la vôtre se terminer par l'issue des combats. Rome n'a point vu tirer l'épée dans son enceinte. Les citoyens que nous avons perdus, c'est la fureur de la guerre, et non le ressentiment de la victoire, qui nous les a enlevés. Et sans doute, s'il le pouvoit, César en arracheroit un grand nombre au tombeau, puisque, autant qu'il le peut, il conserve les citoyens échappés du même champ de bataille. Quant à l'autre parti, tout ce que j'en puis dire, c'est que nous

apprehendions tous que la victoire ne portât
trop loin le ressentiment. En effet, quelques-
uns menaçoient non-seulement quiconque avoit
pris contre eux les armes, mais encore tout
ce qui étoit demeuré neutre. On ne devoit pas
examiner, disoient-ils, ce qu'auroit pensé chacun, mais en quel lieu chacun se seroit trouvé.
Il me semble donc que, si les Dieux immortels, pour punir le Peuple Romain de quelque faute, ont allumé cette guerre civile si funeste et si déplorable, appaisés maintenant,
ou enfin satisfaits, ils ne nous ont laissé de
ressource que dans la clémence et dans la sagesse du vainqueur.

Félicitez-vous donc, César, de cet inesti-
mable avantage; jouissez de votre fortune et
de votre gloire, jouissez sur-tout des fruits de
vos vertus et de votre heureux naturel,
de ces fruits si précieux et si doux pour le
sage. Quand vous vous rappellerez vos exploits militaires, vous aurez souvent à rendre
graces à votre valeur, et aussi plus d'une fois
à votre fortune. Mais quand vous penserez au
bienfait de nous avoir conservés avec vous dans
la République, vous n'aurez à louer que votre
admirable bienfaisance, votre générosité rare,

votre sagesse supérieure : qualités sublimes que
je regarde comme les plus grands, et même,
j'ose le dire, comme les seuls et uniques biens.
Car la vraie gloire brille avec tant d'éclat,
la sagesse et la grandeur d'ame ont par elles-
mêmes tant de dignité, que ces seuls avantages doivent être réputés des dons permanens
de la vertu, et tous les autres des faveurs
passagères de la fortune. Ne vous lassez donc
pas, César, de pardonner à des citoyens vertueux, à des citoyens sur-tout qui ont failli,
non par esprit de haine ou de faction, mais
parce qu'ils croyoient remplir un devoir et
servir la République (1) ; opinion erronée
peut-être, mais du moins innocente. Ce n'est
pas votre faute, si quelques-uns vous ont craint ;
mais votre plus grand éloge, c'est que tous les
autres ont pensé que vous n'étiez pas à craindre.

Je passe maintenant à vos plaintes amères,
à ces soupçons si sensibles à notre cœur.
Tous les citoyens, et principalement ceux d'entre
nous qui vous doivent la vie, n'ont pas moins
d'intérêt que vous-même à empêcher l'effet de

(1) La République paroissoit être du côté de
Pompée, qui avoit avec lui les consuls et la plupart
des magistrats.

ces soupçons. Ils ne sont point fondés, je le crois ; je ne chercherai pas néanmoins à les affoiblir. Votre sûreté, César, fait la nôtre ; et s'il faut donner dans un extrême, j'aime mieux paroître trop timide que pas assez prévoyant.

Mais quel est l'insensé qui voudroit attenter à vos jours ? Seroit-ce un de vos amis ? Pouvez-vous donc avoir de meilleurs amis que ceux d'entre nous à qui vous avez accordé la vie contre toute espérance ? Seroit-ce un de ceux même qui ont marché sous vos étendarts ? Eh ! peut-on supposer un homme assez furieux pour ne point préférer à sa propre vie celle d'un chef auquel il doit ses plus grands avantages ? Mais si vos amis ne forment contre vous aucun projet criminel, on dira que vous avez à craindre vos ennemis. Quels sont ces ennemis ? Tous ceux qui l'étoient ont perdu la vie par leur opiniâtreté, ou l'ont conservée par votre clémence : de sorte que vos ennemis ont péri sur le champ de bataille ; ou s'il en est échappé, ils sont devenus vos amis les plus fidèles.

Cependant, comme il est dans le cœur humain mille replis secrets, mille détours cachés, augmentons, j'y consens, vos soupçons.

nous

nous augmenterons par-là votre vigilance. Or, est-il un homme assez peu instruit de l'état des choses, si étranger aux affaires, si indifférent pour ses propres intérêts et pour ceux de la République, qui ne voie qu'à votre salut est attaché le sien, et que de la vie d'un seul dépend la vie de tous. Pour moi, César, qui suis occupé de vous nuit et jour, comme je le dois, je n'appréhende pour vous que les maladies, que ces accidens communs auxquels notre frêle nature est sujette ; et je fremis quand je pense que de la vie d'un seul mortel dépend le sort d'un empire qui doit être immortel. Mais si, aux accidens naturels et ordinaires se joignent encore de secrettes embûches et de noires trahisons, quel Dieu, quand il le voudroit, pourroit secourir la République ?

Vous seul, César, pouvez réparer les maux inévitables que la guerre a causés dans l'état, et qui en ont ruiné la sage constitution. C'est à vous à rappeller la confiance, à rétablir la justice, à réprimer la licence, à favoriser la population : c'est à vous à raffermir, par des loix sévères, toutes les parties du corps politique qui sont relâchées. Au milieu des horreurs de la guerre, dans la fermentation des esprits, dans le tumulte des armes, on devoit s'attendre que la République, ébranlée par de violentes secousses, quel que fût l'évènement, perdroit beaucoup de sa splendeur, de sa stabilité, de sa force ; et que les deux chefs, les armes à la main, se permettroient bien des excès qu'ils auroient condamnés eux-mêmes au sein de la paix. Vous devez à présent, César, fermer toutes ces plaies, que la guerre nous a faites : nul autre que vous ne sauroit les guérir.

Ce n'est donc qu'à regret que je vous ai entendu proférer ces paroles et si belles et si sages : *j'ai assez vécu pour la nature* (1) *et pour la gloire.* Oui, assez peut-être, si vous le voulez, pour la nature ; assez même, si vous le voulez encore, pour la gloire : mais, ce qui importe le plus, la patrie, avez-vous assez vécu pour elle ? Laissez donc ces grandes maximes de la philosophie sur le mépris de la mort ; ne soyez pas philosophe à notre détriment. On me l'a souvent dit, vous répétez trop fréquemment cette parole : *J'ai assez vécu pour*

(1) César étoit alors dans sa cinquante-sixième année.

moi-même. Oui, César, je vous permettrois de le dire, si vous étiez ne pour vous seul : mais comme le salut de tous les citoyens l'affermissement de toute la République doivent faire partie de vos actions glorieuses, sans doute, loin que vous ayez mis le comble au grand ouvrage que vous méditez, vous n'en avez pas encore jetté les fondemens. Est-ce donc sur la modération de votre ame, et non sur les besoins de la République, que vous mesurez la durée de vos jours?

Mais si je vous prouve que vous n'avez pas même encore assez vécu pour votre gloire ; pour la gloire que, malgré votre sagesse, vous ne pouvez vous défendre d'aimer passionnément? Laisserai-je donc après moi peu de gloire ? direz-vous. Vous en laisserez assez pour plusieurs grands hommes, trop peu pour vous seul ? Quelque vaste carrière qu'on ait fournie, c'est peu de chose quand il reste encore plus d'espace à parcourir. Que si le but unique de vos exploits immortels étoit d'avoir vaincu vos adversaires, et de laisser la République dans l'état où vous la voyez. prenez-y garde, César, votre vertu, toute supérieure qu'elle est, pourroit bien avoir plus d'éclat que de

Ce 2

gloire solide. La gloire, à dire vrai, n'est que le tribut éclatant que la renommée paie, en les publiant par-tout, à une foule d'importans services rendus à nos concitoyens, à notre patrie, à tout le genre humain. Affermir la République, jouir dans la paix et le repos d'une félicité dont vous serez l'auteur; voilà, César, ce qui vous reste encore à faire; c'est-là le terme de vos glorieux travaux, et comme le dernier acte de la vie la plus illustre. Quand vous vous serez acquitté envers la patrie, et qu'ayant rempli le plus long cours de la nature, vous serez rassasié de vivre, dites alors, si vous voulez, dites que vous avez assez vécu. En général, tout ce qui doit finir ne peut être de longue durée; et quand la fin est venue, tout le plaisir passé n'est compté pour rien, parce qu'il sera sans retour.

Mais, que dis-je? votre grand cœur ne se renfermera jamais dans les bornes étroites que la nature a fixées à notre vie, il brûla toujours du désir de l'immortalité. Pour vous, César, la vie n'est pas simplement ce souffle qui anime le corps : votre vie véritable est celle que fortifiera la mémoire des siècles, qu'alimentera la postérité, que soutiendra l'immortalité même. C'est pour cette vie qui s'étendra sans fin, c'est pour la postérité que vous devez travailler, c'est à ses regards qu'il faut vous montrer grand. Jusqu'à présent vous avez assez fourni à son admiration ; elle attend aujourd'hui une matière à son estime. Ce long amas de commandemens, de gouvernemens, le Rhin, l'Océan, le Nil (1), tant de batailles, de victoires, de monumens, de triomphes ; le récit de toutes ces merveilles étonnera, sans doute, les races futures : mais si cette ville n'est affermie par vos sages établissemens, votre nom, quoique répandu au loin, errera, pour ainsi dire, sans demeure fixe, sans domicile assuré. Il restera parmi nos descendans, comme parmi nous, deux partis divisés sur la gloire de vos actions. Les uns les éleveront jusqu'aux cieux, d'autres y trouveront peut-être quelque chose à désirer, et quelque chose d'important, si vous n'éteignez les restes des dissentions civiles, en rétablissant la patrie ; de sorte que la guerre paroisse avoir été l'ouvrage du destin, et notre tranquillité le chef-d'œuvre de votre sagesse.

(1) César avoit soumis le Rhin, l'Océan, le Nil, en soumettant les Germains, les Bretons, les Alexandrins.

C c 3

Songez donc à mériter même les suffrages de ces juges devant qui vous paroîtrez dans la suite des siècles, de ces juges qui vous jugeront avec plus d'impartialité que nous, parce qu'ils seront exempts de passion, d'amour, de haine, de jalousie. Si leur jugement, après le trépas, suivant l'opinion fausse de certains hommes, doit vous être indifférent, du moins ne vous est-il pas indifférent aujourd'hui de vous montrer tel qu'un jour aucune tache ne puisse obscurcir l'éclat de votre gloire.

Les citoyens étoient divisés de volontés et de sentimens, et leurs dissentions ont fini par enfanter une guerre cruelle. Chaque parti avoit son camp et son armée ; on étoit partagé entre deux chefs également illustres, et les motifs de détermination n'étoient pas assez clairs. Plusieurs ne savoient ce qu'exigeoit d'eux l'intérêt de l'état ; plusieurs, ce que demandoit leur propre avantage : plusieurs ignoroient ce qui étoit convenable ; quelques-uns même, ce qui étoit juste et légitime. La République est enfin délivrée d'une funeste et déplorable guerre. Le vainqueur a été celui dont les succès, loin d'irriter sa haine, ne devoient qu'exciter sa clémence, celui qui ne devoit pas juger

dignes de l'exil ou de la mort tous ceux
contre lesquels il pouvoit être animé. Les
uns ont quitté volontairement les armes (1),
les autres se les sont vu arracher. Suivant moi ,
ce seroit être ingrat et injuste, lorsqu'on n'a
plus d'armes à craindre, de rester toujours
armé dans le cœur ; et j'estimerois davantage
celui qui a péri sur le champ de bataille, qui
a versé son sang pour la défense de son parti ;
car, ce qui paroît aux uns opiniâtreté , peut
passer aux yeux des autres pour constance.

Toute division est enfin appaisée par le
succès des armes, et les discordes éteintes par
la clémence du vainqueur; il ne reste donc
plus, si on a de la sagesse, ou simplement
de la raison, qu'à se réunir tous de cœurs et
de volontés. Nous ne pouvons subsister, César,
à moins que vous ne viviez, à moins que vous
ne persistiez dans ces dispositions généreuses
dont vous nous avez donné, en tant d'occasions, et sur-tout aujourd'hui, les plus éclatans
témoignages. Ainsi, comme nous voulons tous
le salut de l'état, nous vous exhortons, nous

(1) *Les uns ont quitté volontairement les armes* ,
après la bataille de Pharsale : *les autres* , ceux qui
ont continué la guerre en Afrique.

vous conjurons de veiller au salut de votre
personne ; et puisque vous croyez avoir encore
quelque péril à craindre , je le dis au nom de
tous , nous vous promettons , non-seulement
de vous faire garder jour et nuit , mais de
vous garder nous-mêmes, et de vous former
de nos propres corps un rempart pour votre
défense.

Mais pour finir par où j'ai commencé, nous
vous temoignons, César, la plus vive reconnoissance, plus vive néanmoins dans nos
cœurs que dans nos discours. Nous avons tous
les mêmes sentimens, ainsi que vous avez pu
le remarquer par les supplications et les larmes
de tous les sénateurs; mais comme il n'est
pas nécessaire que tous prennent ici la parole,
on me charge de remplir ce devoir, qui devient pour moi, en quelque sorte, une obligation
indispensable , et parce que le sénat le desire ,
et parce qu'il m'appartient plus qu'à personne
de remercier César d'avoir rendu Marcellus à
cet ordre, au Peuple Romain et à la République. Les autres voient avec satisfaction ,
dans son rappel, un bienfait commun à tous ,
plutôt qu'une grace accordée à un seul : moi
qui, pendant le temps où ce rappel étoit encore

incertain, ai prouvé par mes inquiétudes, mes soins et mes démarches, toute l'amitié qu'on m'a toujours connue pour lui, amitié qui le cédoit à peine à la tendresse de Caïus Marcellus, cet excellent frère, ne dois-je pas lui donner des preuves particulières de mon attachement, en ce jour où je me vois délivré de mes craintes et de mes sollicitudes cruelles ? Ainsi, César, je vous rends graces pour m'avoir rétabli dans mon ancien rang, pour m'avoir même décoré de nouvelles distinctions, et pour avoir enfin, ce que je ne croyois pas possible, mis le comble à tous vos autres bienfaits par une dernière faveur.

DISCOURS

POUR Q. LIGARIUS.

Sommaire.

AVANT qu'il y eût aucune apparence de guerre civile, Quintus Ligarius étoit parti pour l'Afrique, en qualité de lieutenant, avec le proconsul Considius. Lorsque celui-ci quitta l'Afrique, il y laissa Ligarius pour gouverner la province.

La guerre civile s'alluma entre César et Pompée ;
Publius Actius Varus , partisan de Pompée ,
qui avoit été préteur en Afrique , étant venu
à Utique dans ces circonstances , accepta le
commandement qui lui fut offert. Ligarius
resta avec lui en Afrique jusques après la bataille de Pharsale, sans qu'il lui fût possible de
se retirer. Lucius Tubero , père de Quintus
Tubero , qui accuse Ligarius , avoit été nommé
par le sénat pour aller gouverner l'Afrique , et
pour assurer cette province à Pompée , dont lui
et son fils étoient zélés partisans. Les deux Tubérons
se transportèrent donc dans la province ; mais
ils la trouvèrent occupée par Varus qui leur en
refusa l'entrée. Ils se réfugièrent au camp de
Pompée , et combattirent contre César à la
bataille de Pharsale. Il paroît qu'après cette
bataille ils rentrèrent en grace avec le vainqueur
qui leur accorda son amitié. La plupart de
ceux qui avoient échappé de Pharsale se reti-
rèrent en Afrique , où la guerre recommença.
Ligarius y étoit resté avec Varus. Lorsque César
eut terminé cette guerre , un peu irrité contre
ceux qui l'avoient allumée , il sauva la vie à
Ligarius , mais à condition qu'il resteroit exilé
de toute l'Italie , et qu'il ne pourroit pas y ren-

trer. *Peu de tems après, les deux frères de Ligarius, avec Cicéron et quelques autres personnes, entreprirent d'obtenir de César la grace
de Ligarius. Ils se transportèrent dans sa maison
et se jettèrent à ses pieds ; mais le dictateur resta
inexorable. Cependant Quintus Tubero, qui en
vouloit à Ligarius pour lui avoir fermé l'entrée
de l'Afrique, le dénonça et l'accusa en forme.
La cause fut portée au forum, et plaidée par
Cicéron, en présence de César qui en étoit le
juge. César étoit bien aise d'entendre Cicéron,
mais il avoit prononcé d'avance et avoit apporté
la condamnation de Ligarius toute signée.*

L'orateur, après un exorde plein d'une ironie
fine et une narration fort adroite, excusa Ligarius avec tant d'art, attaqua l'accusateur avec
tant de force, profita si bien de tout ce qu'il y
avoit d'irrégulier dans sa conduite, s'insinua
d'une manière si naturelle dans l'ame du juge,
en le rappellant à ses principes de clémence et de
générosité, que la condamnation de Ligarius
lui tomba des mains, et qu'il ne put s'empêcher
de lui faire grace. Ainsi l'orateur eut l'avantage de triompher, non d'une multitude ignorante, mais d'un grand homme, qui connoissoit
et qui avoit pratiqué lui-même tous les artifices

et toutes les ressources de l'éloquence, qui s'étoit prémuni contre celle de Cicéron, et qui étoit venu avec la ferme résolution de ne rien accorder. Son discours est un chef-d'œuvre d'insinuation. C'est un de ses plus beaux et des plus difficiles à traduire. Il y règne beaucoup de grace et de finesse ; et c'est ce qui coûte le plus à transporter dans une autre langue.

Au reste, César avoit quelque raison d'en vouloir à Ligarius et de le craindre. Car quoiqu'il eût obtenu de lui sa grace, il se mit du nombre des conjurés qui lui ôtèrent la vie. Brutus, dit-on, étant venu le voir et le trouvant retenu au lit, à cause de quelque indisposition : Mon cher Ligarius, lui dit-il, quel tems prends-tu pour être malade? Ligarius se doutant de quelque chose, se relève sur son coude et lui répond : Brutus, si tu formes quelque dessein digne de toi, je me porte bien.

DISCOURS

POUR Q. LIGARIUS.

UN nouveau genre d'accusation, inoui jusqu'à ce jour, est porté à votre tribunal, César: Quintus Tubéro, mon parent, accuse Quintus

Ligarius d'avoir été en Afrique ; et Caïus
Pansa (1), malgré la supériorité de son génie,
comptant, sans doute, sur ses liaisons intimes
avec vous, n'a pas craint d'en convenir. Je ne
sais donc quel parti prendre. Persuadé que vous
n'aviez par vous-même nulle connoissance de ce
fait, que vous n'aviez pu vous en instruire d'ailleurs, j'étois venu pour surprendre, à la faveur de
cette ignorance, la grace d'un citoyen malheureux. Mais puisque la vigilance de notre adversaire a su découvrir un secret que je croyois bien
caché, puisque sur-tout l'aveu de Pansa, mon
intime ami, ôte tout moyen de contester la
chose, il ne nous reste, je crois, d'autre ressource que de tout avouer, et, sans recourir à
d'inutiles discussions, d'implorer cette clémence
qui a déjà pardonné à tant de citoyens une
conduite plus imprudente que criminelle. Vous
avez donc Tubéron, tout ce que peut souhaiter
un accusateur ; vous avez un accusé qui s'avoue
coupable, mais dont le crime est d'avoir été

(1) Caïus Vibius Pansa n'étoit point père de Tubéron, comme l'a pensé faussement un scholiaste, mais
un ami de César, et probablement un de ceux qui
l'avoient supplié pour Ligarius. On apperçoit et on
sent le ton ironique de tout cet exorde.

engagé dans le même parti que vous , dans le
même parti que votre père , cet homme si esti-
mable à tous égards. Ainsi donc, avant que
de rien reprocher à Ligarius , il faut que vous
reconnoissiez l'un et l'autre votre propre délit.

Il n'y avoit encore aucune apparence de
guerre civile , lorsque Ligarius partit pour
l'Afrique , en qualité de lieutenant, avec le
proconsul Considius. Pendant sa lieutenance ,
il se fit tellement aimer des citoyens et des
alliés , que Considius , en quittant sa province ,
auroit mécontenté les habitans , s'il eût laissé
quelqu'autre pour la gouverner. Ainsi Ligarius,
après avoir long-tems , mais en vain , refusé
cette administration , l'accepta malgré lui. Il
gouverna pendant la paix , et se rendit aussi
agréable aux alliés qu'aux citoyens Romains,
par sa droiture et son intégrité.

La guerre s'alluma tout-à-coup , et ceux qui
étoient en Afrique , apprirent les hostilités
avant les préparatifs. A cette nouvelle , les uns
par une ardeur imprudente , les autres par une
crainte aveugle , n'ayant d'abord en vue que
de veiller à leur conservation , mais bientôt
brûlant de former un parti , travailloient à se
donner un chef. Ligarius dont les yeux se tour-

noient vers Rome , et dont tout le désir étoit
de revoir sa famille , ne prit aucune part à ces
mouvemens. Cependant Varus , qui autrefois
avoit gouverné l'Afrique, en qualité de préteur,
arrive à Utique (1). On accourt aussitôt à lui.
Il saisit avec une avidité extrême le commandement qu'on lui offre , si l'on doit appeller de
ce nom le pouvoir conféré à un simple particulier par les clameurs d'une multitude ignorante , sans nul concours de l'autorité publique.
Ainsi Ligarius , qui étoit disposé à refuser de
pareils commandemens , se tranquillisa un peu
à l'arrivée de Varus.

Jusqu'à présent , César , Ligarius est sans
reproche. Il est sorti de Rome lorsqu'il n'y avoit
aucune guerre civile , lorsqu'il n'y en avoit pas
même l'apparence. Il est parti pendant la paix
en qualité de lieutenant ; et telle a été sa conduite dans une province alors très-paisible,
qu'il étoit de son intérêt que la paix fût durable.
Son départ assurément n'avoit rien qui dût
vous offenser ; et son séjour ? encore moins.
Il est parti librement , sans aucun motif dont

(1) Utique , ville d'Afrique , bâtie par les Phéni-
ciens. Ce fut dans cette ville que Caton se donna la
mort : d'où il fut nommé Caton d'Utique.

il pût rougir ; et il s'est vu contraint de rester pour des raisons qui lui font honneur. Voilà donc deux circonstances où l'on ne peut rien reprocher à Ligarius , soit lorsqu'il est parti en qualité de lieutenant , soit lorsque cédant aux vœux de la province , il est demeuré pour la gouverner.

Il est une troisième époque, celle où il a séjourné en Afrique après l'arrivée de Varus. Si on lui en fait un crime , c'est le crime de la nécessité et non de la volonté. S'il lui eût été libre de sortir d'Afrique , auroit-il préféré le séjour d'Utique à celui de Rome, la société de Varus à celle de frères qui lui sont si étroitement unis , enfin des étrangers à sa propre famille ? Son amour extrême pour ses frères lui ayant causé , durant le cours de sa lieutenance , les plus vifs regrets et les plus cruelles inquiétudes , se seroit-il vu volontiers arraché à leur tendresse durant les discordes civiles ?

Vous n'avez donc encore , César , dans Ligarius , aucun trait caractérisé d'opposition à vos intérêts. Examinez , je vous prie , avec quelle fidélité je défends sa cause , puisque je vais jusqu'à trahir la mienne. O clémence admirable , digne des plus grands éloges , digne

digne d'être célébrée par toutes les bouches
éloquentes, dans toutes les histoires et par
toutes sortes de monumens! Cicéron ose devant
vous justifier un homme d'une faute dont il
s'avoue lui-même coupable : et il ne craint pas
vos réflexions secrettes, et il ne redoute pas
ce qu'il peut vous faire penser contre lui en
parlant pour un autre. Jugez vous-même de
ma sécurité : voyez quelle confiance m'inspirent
votre générosité et votre sagesse, quels rayons
de lumière elles répandent sur moi tandis que
je vous parle. Je vais élever la voix assez haut
pour que le Peuple Romain puisse m'entendre.

Oui, César, la guerre étoit commencée,
elle étoit même déjà fort avancée, lorsque,
sans y être contraint en aucune manière, par
choix et de mon propre mouvement, je suis
parti pour le camp où l'on avoit pris les armes
contre vous. Devant qui donc osai-je faire cet
aveu? devant celui même qui, quoique instruit
de mes démarches, m'a rendu à la République
avant que de m'avoir vu ; qui m'a écrit
d'Egypte (1) pour m'annoncer qu'il me conser-

____

(1) D'Egypte, où César s'étoit transporté après

voit mon ancien rang ; qui seul dans tout l'Empire Romain revêtu du titre d'*Impérator* , m'a permis de partager avec lui ce titre; qui m'a fait dire par Pansa lui-même , que je pouvois faire porter devant moi les faisceaux ornés de lauriers , prérogative honorable dont j'ai fait usage aussi long-tems que je l'ai voulu ; qui enfin n'auroit pas cru m'avoir véritablement rétabli , s'il m'eût privé de la moindre de mes distinctions.

Jugez maintenant , Tubéron , si , après avoir fait l'aveu de ma propre faute , je voudrois dissimuler celle de Ligarius. J'ai commencé par m'accuser moi-même , afin que Tubéron me pardonnât de lui imputer la même conduite. J'applaudis à ses talens et à ses succès , soit en considération de notre alliance (1) , soit parce que j'estime son esprit et le genre de ses études , soit enfin parce qu'il me semble

---

avoir vaincu Pompée. Le titre d'*imperator* étoit un titre honorifique que donnoient les soldats après quelque exploit heureux. Cicéron l'avoit obtenu après avoir défait une troupe d'ennemis dans la Cilicie. La bonté de César le lui conserva.

(1) *De notre alliance.* On croit que le père de Tubéron avoit épousé la sœur de Cicéron.

que les succès d'un jeune parent font rejaillir sur moi quelque gloire. Mais, je le demande, qui est-ce qui fait un crime à Ligarius d'avoir été en Afrique ? c'est celui, oui, celui qui a voulu passer dans cette même province, qui se plaint que Ligarius lui en ait fermé l'entrée, et qui certainement a porté les armes contre César. Car enfin, Tubéron, à qui en vouloit votre épée nue dans les plaines de Pharsale ? quel sein brûloit-elle de percer ? quelle étoit l'intention, quel étoit le but de vos armes ? Votre courage, vos mains, vos yeux, quel ennemi cherchoient-ils dans la mêlée ? que vouliez-vous ? que prétendiez-vous (1) ? Je suis trop pressant ; mon jeune adversaire se trouble: je reviens à moi.

Je me suis trouvé dans le même camp que vous, Tubéron : or, avions-nous l'un et l'autre d'autres vues que d'acquérir la puissance

_____

(1) Quelques-uns ont prétendu, d'après Plutarque dans la vie de Cicéron, que ce fut cet endroit qui fit tomber la condamnation de Ligarius des mains de César. Ce morceau, sans doute, est très-vif et fort animé, il étoit propre à ébranler César : mais je crois que ce fut l'ensemble de tout le discours, et non ce morceau unique qui le détermina.

dont jouit maintenant le vainqueur ? Quoi donc, César, ceux dont le pardon fait l'éloge de votre clémence, ceux-là même vous exciteront à la cruauté ? Pour moi, Tubéron, je ne reconnois pas ici votre prudence, encore moins celle de votre père : et je suis étonné qu'un homme aussi distingué par son esprit et par ses lumières, n'ait pas réfléchi davantage sur la nature de cette cause. Avec un peu plus de réflexion, il vous eût conseillé, j'en suis certain, d'agir autrement que vous ne faites. Vous accusez un homme qui avoue sa faute. Ce n'est point assez. Vous poursuivez un homme dont la cause, ainsi que je le prétends, est meilleure que la vôtre, ou du moins est la même, de votre propre aveu.

Cette conduite est extraordinaire, sans doute ; ce que je vais dire tient du prodige. Votre accusation ne tend pas seulement à faire condamner Ligarius, mais à le faire mourir. Voilà ce dont, avant vous, aucun citoyen Romain n'avoit donné l'exemple : une telle cruauté répugne à nos mœurs. Il n'y a que des Grecs légers ou les peuples les plus barbares, dont la haine soit altérée du sang de leurs ennemis. Quel est votre dessein, Tubéron ? est-ce d'éloigner Li-

garius de Rome , de le séparer de sa famille ,
de ses frères , de Brocchus son oncle , de son
cousin , fils de ce respectable personnage , de
toute société avec nous ? Est-ce, en un mot,
de le priver de sa patrie et de tous les objets
qui lui sont chers ? Mais n'en est-il pas privé ?
peut-il l'être davantage ? un ordre rigoureux
lui défend l'entrée de l'Italie ; il gémit dans
l'exil. Ce n'est donc pas sa patrie que vous
voulez lui ôter, il l'a perdue déjà, c'est
la vie. Eh ! Tubéron , même sous ce dictateur (1) qui livroit à la mort tous ceux qu'a-
voient proscrits sa haine , nul ne se comporta
jamais avec une telle barbarie. Lui-même ordonnoit les meurtres sans qu'on les sollicitât ;
lui-même invitoit à ces meurtres par des récompenses. Cependant ces excès de cruauté
furent punis quelques années après , par celui-là
même que vous voulez rendre aujourd'hui (2)
cruel.

(1) Ce dictateur , sans doute Sylla. César s'étoit
montré contraire à ses partisans : il en avoit fait périr
plusieurs, et avoit rétabli les enfans des proscrits.
(2) Dion rapporte que quelques-uns de ceux qui,
invités par des récompenses, avoient porté à César
les têtes de citoyens proscrits, furent condamnés sur

Je ne demande point la mort de Ligarius, direz-vous. Je le crois , certes. Je vous connois
trop , vous et votre père, je connois votre famille , je connois les vertus de Tubéron ; vous
avez , je le sais , des mœurs douces , vous
aimez les sciences et les lettres ; je sais tout ce
que vous êtes. Je suis donc convaincu que
vous ne cherchez pas à répandre le sang ; mais
votre conduite n'est point assez réfléchie. Votre
accusation feroit croire que vous ne vous con-
tentez pas du genre de peine qu'éprouve Ligarius : or quelle autre peine lui reste-t-il à subir
que la mort ? Exilé comme il est de sa patrie ,
que demandez-vous davantage ? qu'on ne lui
pardonne point ? Mais cette demande seroit
plus dure encore et plus cruelle. Quoi ? le pardon que nous demandions à César dans sa
maison , que nous sollicitons par nos prières,
par nos larmes, prosternés à ses pieds , comptant moins sur la bonté de notre cause que sur
la clémence de notre juge : vous ferez tous vos
efforts pour nous empêcher de l'obtenir ! vous

l'accusation de César. Il ajoute que le même César
étant préteur, ne fit aucune grace à ces mêmes assassins, quoiqu'ils eussent été mis à l'abri de la punition
par les loix cornéliennes.

viendrez vous jetter au milieu de nos sanglots, nous arracher des pieds de César , nous interdire le ton de supplians ! Si , lorsque nous sollicitions dans sa maison la grace de Ligarius (démarche qui ne sera pas inutile , à ce que j'espère ,) vous fussiez survenu tout-à-coup en vous écriant: César, n'allez point les en croire, n'allez point pardonner , n'allez point vous laisser toucher (1) par des frères qui sollicitent la grace d'un frère ; ne seroit-ce pas là avoir dépouillé tout sentiment d'humanité ? Mais combien n'est-il pas plus dur de venir, comme accusateur, vous opposer dans le forum , à une grace sollicitée dans la maison de César; et lorsqu'il y a tant de malheureux , de vouloir fermer l'asyle de la clémence et de la commisération ?

César, je dirai librement ce que je pense. Si , dans cette élévation de votre fortune , vous n'aviez pas eu autant de douceur que vous en avez par vous-même , oui , par vous-même (je sais ce que je veux dire) , votre victoire seroit une source de deuil et de désolation.

(1) Il faut remarquer dans le texte *misereatur* avec le sens impersonnel; des livres portent *misereat*.

Combien parmi les vainqueurs qui voudroient que vous fussiez cruel , puisqu'il s'en trouve même parmi les vaincus ! Combien qui, vous empêchant de pardonner à personne , mettroient obstacle à votre clémence , puisque ceux même qui en ont ressenti les effets , ne veulent pas que vous les étendiez sur d'autres !

Si nous pouvions persuader à César que Ligarius n'a pas été en Afrique ; si , par un mensonge officieux et compatissant, nous voulions sauver un citoyen infortuné ; il faudroit n'être pas homme pour venir , dans une aussi critique et aussi périlleuse conjoncture, combattre et réfuter notre mensonge : et si quelqu'un avoit droit de le faire , ce ne seroit pas du moins celui qui auroit embrassé le même parti et éprouvé le même sort. Mais enfin autre chose est de vouloir que César ne soit pas trompé , ou de ne point vouloir qu'il pardonne. Vous diriez alors , Tubéron : César, n'allez pas croire ce qu'ils disent ; Ligarius a été en Afrique , il a porté les armes contre vous. Que dites-vous maintenant ? Ne pardonnez pas. Cette parole ne doit point sortir de la bouche d'un homme , ni être adressée à un homme. Celui qui vous l'adressera , César , étouffera dans son cœur tout sentiment d'humanité, mais sans pouvoir jamais endurcir le vôtre.

Lorsque Tubéron s'est présenté devant vous, son début a été, si je ne me trompe, qu'il venoit vous dénoncer le crime de Ligarius. Assurément, César, vous n'avez pu voir sans surprise, ou qu'on se soit servi d'un terme dont on n'a fait usage pour aucun autre (1), ou que ce terme ait été employé par un homme engagé dans le même parti que Ligarius, ou enfin vous vous êtes demandé quel nouveau crime on avoit à produire. Vous appellez crime, Tubéron, la démarche de Ligarius? Pourquoi? Jamais on n'appella de ce nom l'opposition au parti de César : les uns l'appellent erreur, les autres frayeur ; ceux qui sont moins indulgens la nomment prétention ambitieuse, passion, haine, opiniâtreté ; les plus sévères la qualifient de témérité : vous seul la nommez un crime. Pour moi, si on me demande l'expression propre qui caractérise nos malheurs, je dirai qu'une certaine fatalité aveuglant tout-à-coup les esprits, les a entraînés malgré eux,

(1) *Vel quòd de nullo alio quisquam*, sous-entendez *locutus est.*

ensorte qu'on ne doit pas s'étonner que la prudence humaine ait été contrainte de céder à l'absolue nécessité du destin. Qu'on ne nous fasse point un crime d'être malheureux. Mais que dis-je ? Pouvons-nous l'être sous César vainqueur ? Aussi ne parlé-je pas de nous, mais de ceux qui ont péri sur le champ de bataille. Qu'ils aient été passionnés, emportés, opiniâtres ; mais que Pompée et tant d'autres que la mort nous a ravis, ne soient pas regardés comme des criminels, des furieux, des parricides. Vous entendit-on jamais, César, tenir un pareil langage ? Que vouliez-vous en prenant les armes, sinon repousser un affront (1) ? Votre armée invincible avoit-elle d'autre dessein que de défendre ses droits et de soutenir l'honneur de son général ? Et lorsque vous desiriez

(1) *Repousser un affront.* Le sénat ne vouloit point permettre à César de demander un second consulat, et de garder le gouvernement des Gaules tout le tems qui lui avoit été accordé sous le consulat de Pompée et de Crassus. —— *Ses droits.* Parce que, sans doute, un grand nombre des soldats de César avoient donné leurs suffrages pour établir la loi qui lui permettoit de demander le consulat en son absence, et qui prorogeoit son commandement dans les Gaules.

la paix, étoit-ce pour vous réunir à des hommes criminels ou à des citoyens vertueux? Sans doute, les bienfaits dont vous m'avez comblé perdroient à mes yeux tout leur prix, si je me regardois comme un criminel à qui vous avez daigné faire grace. Et quel service auriez-vous rendu à la République en rétablissant dans toutes leurs distinctions un si grand nombre de criminels? Vous n'avez regardé, César, les commencemens de nos malheurs que comme une division entre citoyens, comme une dissension civile, et non comme une guerre formelle entre des ennemis déclarés. Les deux partis desiroient le bien de la République; mais des vues particulières et une trop grande chaleur les éloignoient du but. La dignité des chefs étoit presque égale ; celle de leurs partisans ne l'étoit peut-être pas (1). On ne savoit lequel des deux partis étoit le meilleur, parce qu'il y avoit des rapports sous lesquels on pouvoit les approuver l'un et l'autre. Aujourd'hui on doit, sans doute, regarder comme le meilleur celui que les Dieux ont favorisé. Eh !

(1) *Celle de leurs partisans ne l'étoit peut-être pas.* Pompée avoit avec lui tous les consulaires et tous les magistrats.

qui pourroit, César, après tous les témoignages de votre clémence, ne pas applaudir à
une victoire qui n'a coûté la vie qu'à ceux qui
sont morts les armes à la main ?

Mais laissons la cause de tous et revenons à
celle de Ligarius. Croyez-vous, Tubéron,
qu'il ait été plus facile à Ligarius de sortir de
l'Afrique, qu'à vous (1) de n'y pas aller ? Pouvions-nous n'y pas aller, direz-vous, puisque
le sénat nous en avoit donné l'ordre ? Si vous
me demandez mon avis, vous ne le pouviez
nullement. Mais enfin le sénat y avoit aussi
envoyé Ligarius. Et Ligarius a obéi au sénat
dans un tems où l'on ne pouvoit se dispenser
de l'obéissance : vous, au contraire, vous lui
avez obéi dans un tems où il étoit libre de ne
pas lui obéir. Vous en fais-je donc un crime ?
Non, Tubéron ; votre naissance, votre nom,
votre famille, vos principes, vous en impo-
soient la loi. Mais que vous condamniez dans
les autres une démarche dont vous vous pré-

_____

(1) *Qu'à vous.* Dans tout cet endroit Cicéron emploie
le pluriel, parce qu'il parle des deux Tubéron, père
et fils. Lucius Tubero fut nommé par le sénat pour
gouverner l'Afrique. Il partit pour sa province avec
Quintus Tubero, son fils, qui ne le quitta pas.

valez même , c'est ce que je ne puis m'empêcher de blâmer.

D'après un sénatus - consulte , on tira au
sort les provinces : celle d'Afrique échut à votre
père. Il étoit absent , et même retenu par la
maladie , dont il vouloit se faire une excuse.
Mes liaisons avec Lucius Tubéro m'ont instruit
de ces particularités. Elevés ensemble , logés à
l'armée sous la même tente , unis depuis par
une alliance , nous avons toujours vécu dans
une étroite amitié , dont le goût pour les mêmes
études a encore resserré les liens. Je sais donc ,
Tubéron, que votre père vouloit rester à Rome.
Mais on le pressoit tellement , on lui oppo-
soit (1) avec tant de force le nom sacré de la
République , que, malgré sa répugnance , il
ne put résister aux vives sollicitations qui lui
étoient faites. Il céda , ou plutôt il déféra à
l'autorité d'un grand homme , et il partit avec
ceux qui soutenoient la même cause. Mais
ayant été un peu retardé dans sa marche (2) ,

(1) Latin , *aiebant , opponebant :* quelques livres
portent *aiebat , opponebat ;* et l'on pense que l'orateur
parle de Caton , zélé partisan de Pompée , et que le
même Caton est le grand homme dont il est parlé
ensuite.

(2) *Retardé dans sa marche.* Cicéron ne dit pas ce

lorsqu'il arriva, l'Afrique étoit en d'autres mains. Voilà l'origine du crime qu'on impute à Ligarius, ou plutôt de la haine que Tubéron lui porte. Car si on peut faire un crime de la simple volonté, avoir voulu gouverner l'Afrique, qui est comme la citadelle de toutes les provinces, et semble destinée à soutenir éternellement la guerre contre Rome, est-ce un moindre crime pour vous que pour un autre d'en avoir voulu garder pour lui le gouvernement ? Cependant cet autre n'étoit pas Ligarius. Varus prétendoit avoir l'autorité ; il avoit du moins les faisceaux.

Quoi qu'il en soit, sur quoi portent vos plaintes, Tubéron ? On nous a fermé, dites-vous, l'entrée de notre province. Eh bien ! si l'on vous y avoit reçu, l'auriez-vous livrée à César, ou l'auriez-vous armée contre lui ? Voyez, César, quelle liberté, ou plutôt quelle hardiesse nous inspire votre bonté généreuse. Si Tubéron répond que son père vous auroit livré l'Afrique, où l'avoient envoyé le sénat et le

---

qui avoit pu retarder Lucius Tubero dans sa marche; il y a toute apparence que c'étoit sa maladie, dont il n'étoit pas encore rétabli parfaitement.

sort, je ne craindrai pas ici, devant vous-même, à qui cette démarche eût été si utile ; je ne craindrai pas de lui en faire les plus vifs reproches. Non, César, quelque avantageux qu'eût pu vous être une telle conduite, vous ne l'auriez pas approuvée. Mais je n'insiste pas sur cette supposition, moins parce qu'elle peut choquer votre oreille toujours si indulgente, que parce qu'elle pourroit offenser Tubéron, en paroissant lui prêter une intention qu'il n'eut jamais (1). Vous alliez donc en Afrique, cette province la plus opposée au parti de César, où régnoit un monarque puissant, ennemi de ce parti : province où les habitans et beaucoup de riches citoyens Romains qui y sont établis, étoient dévoués à Pompée. Qu'auriez-vous fait ? Répondez, Tubéron ; quoiqu'après tout je ne

(1) *Une intention qu'il n'eut jamais*, sans doute l'intention de livrer à César une province qui lui avoit été confiée par le sénat. —— *Un monarque puissant*, Juba, roi de Mauritanie et d'une partie de la Numidie. —— *De riches citoyens....* On appelloit en latin, *conventus*, des citoyens Romains établis dans une province pour y faire le commerce, ou pour d'autres motifs. *Conventus firmi atque magni*, sous-entendez *inimici huic causae. Aliena voluntas*, sans doute *provincialium*.

doute pas de ce que vous auriez fait, quand je vois ce que vous avez fait réellement. On vous a refusé l'entrée de votre province, et on vous l'a refusée, dites-vous, de la manière la plus outrageante. Comment avez-vous pris cet affront? A qui en avez-vous porté vos plaintes? A celui, sans doute, dont l'autorité (1) vous avoit fait partir pour aller vous associer à ses armes. Si c'étoit pour les intérêts de César que vous alliez en Afrique ; après qu'on vous en eut défendu l'entrée, c'étoit auprès de César que vous deviez vous retirer. Vous vous êtes retiré auprès de Pompée. Quel droit avez-vous donc de vous plaindre à César, et d'accuser Ligarius de, vous avoir empêché de prendre les armes contre César? Ici, je vous le permets, parez-vous d'un mensonge, si vous voulez ; dites que vous auriez livré l'Afrique à César, si vous n'en aviez été empêchés par Varus et par quelques autres (2) : alors je conviendrai

(1) *A celui dont l'autorité.* Il s'agit du même Caton, dont il est question plus haut : à moins qu'il ne s'agisse de Pompée dans les deux endroits, selon la pensée de savans critiques.

(2) J'ai traduit d'après la leçon d'un ancien livre, *si à Varo et quibusdam aliis prohibiti non essetis.*

que

que Ligarius est bien coupable de vous avoir enlevé une si belle occasion d'acquérir de la gloire.

Mais voyez , je vous prie, César, la constance du père de Tubéron , ce citoyen d'un mérite rare. Quelque estime que j'aie toujours fait et que je fasse toujours de cette vertu , je ne vous en parlerois point à présent , si je ne savois que vous la mettez vous-même au dessus de toutes les autres. Qui donc montra jamais plus de constance , disons mieux , plus de patience ? Quel est l'homme qui , dans une dissension civile , n'ayant pas été reçu de son parti , en ayant été même durement rejetté , retourne-roit à ce même parti ? Il faut une ame bien généreuse, pour que nul affront, nulle violence, nul péril , ne puissent détacher du parti et du sentiment qu'on a une fois embrassés. Eh ! quand tout le reste, honneurs, naissance (1), talens, considération , auroit été égal dans Tubéron et dans Varus, ce qui n'étoit pas ; Tubéron du moins avoit cet avantage qu'il venoit dans sa province , par ordre du sénat,

_____

(1) *Naissance.* Les Tubérons étoient Eliens, et les Eliens étoient une des plus nobles familles de Rome.

Tome IX.   E e

revêtu d'une autorité légitime. Exclus de cette province, il n'alla pas joindre César, de peur qu'on ne l'accusât d'agir par ressentiment ; il ne retourna point à Rome, de crainte qu'on ne lui reprochât d'aimer trop son repos ; il ne se retira point dans quelque autre pays, pour ne point paroître condamner le parti auquel il s'étoit attaché : il se réfugia en Macédoine, au camp de Pompée, dans les bras du parti même qui l'avoit rejetté avec insulte.

Mais peut-être, Tubéron, que Pompée s'étant montré peu sensible à l'affront que vous aviez reçu vous et votre père, vous vous êtes refroidis l'un et l'autre, et que, renfermés dans son camp, vous en étiez éloignés de cœur. Ou plutôt, comme il arrive dans les guerres civiles, vous, ainsi que moi-même et tous les autres, ne desirions-nous pas tous de vaincre ? Pour moi j'avois toujours conseillé la paix ; mais alors il étoit trop tard. Il y auroit eu de la folie de songer à la paix, lorsqu'on voyoit les armées en présence. Je le répète, nous desirions tous de vaincre, et vous en particulier, qui vous étiez rendu dans un camp où vous ne deviez attendre que la victoire ou la mort. Toutefois, je ne doute pas que maintenant vous ne préfériez à l'avantage d'avoir vaincu, l'état honorable que vous devez au vainqueur. Je ne parlerois pas ainsi, Tubéron, si vous aviez à rougir de votre constance, ou César à se repentir de ses bienfaits. Maintenant je vous demande si ce sont vos injures personnelles que vous cherchez à venger, ou celles de la République. Si ce sont celles de la République (1), comment vous excuserez-vous de tenir encore à votre ancien parti? Si ce sont les vôtres, vous êtes dans l'erreur de croire que César se constituera le vengeur de vos ennemis, lui qui a pardonné aux siens.

Vous parois-je, César, m'occuper beaucoup de justifier Ligarius sur le grief dont on l'accuse? est-ce sa cause que je défends? tous mes moyens ne se réduisent-ils pas à implorer votre bonté, votre clémence, votre commisération? J'ai défendu, César, bien des causes, et même avec vous, lorsque le desir de parvenir aux honneurs vous retenoit au barreau. Assurément

(1) Voici, je crois, le raisonnement de Cicéron qui n'est point très-facile à saisir. Si vous prétendez, dit-il à Tubéron, venger les injures de la République, vous croyez donc toujours que César est ennemi de la République, comme quand vous défendiez le parti de Pompée.

E e 2

on ne m'entendit jamais adresser au tribunal ces paroles : Pardonnez , Romains, à l'accusé : il s'est trompé, il a fait une faute ; il l'a faite par mégarde ; si jamais il y retombe. . . . On parle ainsi à un père. On dit à des juges : Il ne l'a point fait, il n'y a pas même songé ; les témoins sont subornés , le crime est supposé. Dites , César, que c'est comme juge que vous examinez la cause de Ligarius ; demandez-moi dans quel camp il a porté les armes, je garde le silence ; je n'emploie pas même ces raisons qui peut-être feroient impression sur des juges : Il est parti pour l'Afrique avant la guerre , en qualité de lieutenant ; laissé pendant la paix , il a été surpris par la guerre, durant laquelle même , loin de montrer contre vous de l'animosité , il étoit tout à vous de cœur et d'inclination. On parle ainsi à un juge , mais je parle à un père : Je me suis trompé, j'ai commis une faute , je m'en repens, j'implore votre clémence , je sollicite mon pardon. Si vous n'avez pardonné à personne avant moi , ma demande est téméraire ; si vous avez déjà pardonné à une infinité d'autres , faites-moi grace, vous qui m'avez donné droit d'espérer.

Eh ! comment Ligarius ne pourroit-il pas

espérer sa grace, lorsqu'il est permis à Cicéron (1) de la solliciter auprès de vous? Au reste,
nous ne fondons notre espoir, ni sur ce discours,
ni sur le zèle de ceux de vos amis qui sollicitent pour Ligarius. Car j'ai vu et j'ai compris
ce qui vous touchoit sur-tout, lorsqu'on s'intéressoit au rétablissement d'un citoyen : j'ai
remarqué que vous aviez plus d'égard aux motifs
des personnes qui sollicitent qu'aux sollicitations en elles-mêmes, que vous ne regardiez
pas si l'intercesseur est votre ami, mais s'il l'est
de celui pour lequel il intercède. Ainsi, César,
vous comblez vos amis de tant de faveurs, que
je regarde quelquefois ceux qui sont les objets
de vos libéralités, comme plus heureux que
vous-même qui leur prodiguez vos bienfaits.
Cependant, je le répète, vous êtes moins sensible aux sollicitations en elles-mêmes qu'aux
motifs des personnes qui sollicitent; et plus leur
douleur vous paroît légitime, plus vous vous
intéressez à leur demande.

En rétablissant Ligarius, vous obligerez
nombre de vos amis, sans doute; mais je me

_____

(1) A Cicéron, qui s'est trouvé dans le camp de
Pompée, qui a porté les armes contre vous, et auquel
vous avez fait grace.

contente ici de vous rappeller à votre usage.
Je püis vous présenter des hommes courageux
honorés de toute votre estime ; tous ces Sabins (1), qui sont la fleur de l'Italie et la force
de la République : ils vous sont connus. Re-
marquez la tristesse et la douleur dont ils sont
pénétrés. Je ne doute pas de vos sentimens pour
Brocchus : vous voyez ses larmes et celles de
son fils ; vous voyez sur les personnes de tous
deux les signes (2) de leur affliction.

Que dirai-je des frères de Ligarius ? Ne croyez
pas , César, que nous vous sollicitions pour
un seul homme. Votre décision va conserver
à Rome trois Ligarius , ou les lui enlevera tous
trois. L'exil seroit préférable , pour les deux
frères de Ligarius , à leur patrie, à leur maison , à leurs Dieux pénates, si lui seul reste
exilé. Ah ! s'ils s'aiment comme des frères
doivent s'aimer, si leur tendrese est réelle, si
leur douleur est sincère , que le titre de frères
dont ils se glorifiet , que leur amitié vrai-

(1) *Tous ces Sabins.* Il y toute apparence que
Ligarius étoit originaire du pays Sabins.

(2) *Squalor* en latin étoit l'extérieur et les habits
négligés que l'on prenoit lorsqu'on étoit dans le deuil
et l'affliction.

ment fraternelle , que leurs larmes , vous touchent.

Rappellez-vous , César , cette parole qui vous a valu la victoire. Nous regardions comme ennemis tous ceux qui n'étoient pas avec nous ; vous, au contraire , à ce qu'on nous rapportoit , vous disiez que vous regardiez comme vos partisans tous ceux qui n'étoient point contre vous. Ne voyez-vous donc pas que tous ces personnages distingués , que toute la maison des Brocchus , que Marcius , Césétius , Corfidius , que tous ces chevaliers Romains ici présens en habit de deuil , ces hommes , qui non-seulement vous sont connus , mais que vous honorez de votre estime ; ne voyez-vous pas que , d'après vous-même , ils étoient tous vos partisans ? Nous étions irrités contre eux, nous nous offensions qu'ils ne fussent pas avec nous ; plusieurs même des nôtres les mena-çoient. Conservez donc à vos partisans leurs amis et leurs proches , afin que cette parole , ainsi que toutes les autres sorties de votre bouche , soit complettement vérifiée.

Si vous pouviez connoître à fond le parfait accord qui règne entre les Ligarius , vous jugeriez que les trois frères étoient vos partisans.

E e 4

Peut-on douter, en effet, que , si Ligarius eût
pu être en Italie , il n'eût tenu la même conduite que ses frères ? Quel est celui qui connoissant le concert unanime et l'union étroite
de trois frères qui sont presque du même âge (1) ,
ne se persuade pas qu'on auroit vu tout arriver ,
plutôt que de les voir divisés d'intérêts et de
sentimens ? Oui , César , les trois Ligarius
étoient vos partisans dans le cœur : un seul
s'est vu entraîné par les circonstances ; et quand
même il auroit agi avec dessein , il seroit dans
le même cas que tant d'autres à qui pourtant
vous avez pardonné.

Je vais plus loin encore , je suppose qu'il
soit parti exprès pour prendre les armes , qu'il
se soit séparé de vous, que même il se soit
détaché des deux autres Ligarius ; ceux-ci ,
vos partisans, vous supplient pour leur frère.
Lorsque j'avois une grande part à votre confiance , j'ai été témoin et je me souviens de ce

___

(1) *Trois frères qui sont presque du même âge.*
Voilà comme j'ai entendu *in hâc propè aequalitate
fraternâ. Aequalis* , en latin , veut dire ; qui est du
même âge. Les trois frères apparemment se suivoient
de fort près. Ils avoient été élevés ensemble, et n'en
devoient être que plus unis.

que Titus Ligarius fit pour vos intérêts et pour votre gloire. Mais c'est peu que je m'en souvienne ; vous-même, César, je l'espère, vous qui, par une qualité qui n'appartient pas moins à votre esprit qu'à votre cœur, ne savez oublier que les injures, vous ne pouvez penser aux services que Titus Ligarius vous a rendus étant questeur, sans vous rappeller aussi la conduite de quelques-uns de ses collègues (1). Or, ce Titus Ligarius, qui ne pouvoit prévoir l'avenir, qui n'a eu sans doute d'autre vue que de vous prouver son affection et son zèle, vient aujourd'hui vous demander en suppliant la grace de son frère. Si, par reconnoissance pour les services d'un seul, vous accordez aux deux autres cette grace, vous obligerez à la fois trois frères vertueux ; vous les rendrez à eux-mêmes, à tous ces illustres personnages, à nous leurs amis, à la République entière.

Ce que vous avez fait dernièrement dans le sénat pour un citoyen (2) distingué par son

(1) César ayant besoin d'argent, Titus Ligarius lui avoit facilité les moyens de s'emparer des deniers du trésor, malgré les oppositions des autres questeurs ses collègues.

(2) *Un citoyen*, sans doute Marcellus, pour lequel

mérite et sa naissance, faites-le maintenant
dans le forum pour des frères estimables,
chéris de toute cette assemblée. Vous avez
rendu l'un aux vœux du sénat ; rendez l'autre
aux vœux du Peuple, de ce Peuple dont les
sentimens vous furent toujours si précieux.
Et si le jour où vous avez rétabli Marcellus a
été aussi glorieux pour vous qu'agréable au
Peuple Romain, je vous en conjure, César,
saisissez avec empressement toutes les occasions
de vous couvrir d'une pareille gloire. Le grand
moyen pour gagner les cœurs, c'est la bonté.
De toutes vos vertus, il n'en est pas qui vous
réponde de l'attachement et de l'admiration du
Peuple comme la clémence. Rien, non, rien
ne rapproche plus les mortels des Dieux que
de savoir pardonner. Pouvoir conserver à l'état
un grand nombre de citoyens, est le plus magnifique privilège de votre rang ; le vouloir,
est la plus belle qualité de votre ame.

Peut-être cette cause auroit demandé un plus
long discours ; votre bonté, je n'en doute pas,

Cicéron a fait un discours de remerciement adressé à
César. Marcellus est nommé d'abord dans le latin,
mais j'ai cru que cela feroit un meilleur effet dans la
traduction, de ne le nommer qu'après.

auroit exigé moins de paroles. Ainsi donc, César, persuadé que ni moi ni personne ne pouvons auprès de vous autant que vous, je vous laisse à vous-même, et je vous prie seulement d'observer, qu'en accordant la grace d'un seul homme absent, vous l'accorderez à tous ceux dont la présence vous sollicite.

DISCOURS

POUR LE ROI DÉJOTARUS.

Sommaire.

DÉJOTARUS, prince de Gallogrèce, ou Galatie, ami fidèle du Peuple Romain, l'avoit servi avec zele dans toutes ses guerres. Pour récompenser sa fidélité et ses services, le sénat l'avoit établi roi de la petite Arménie. La guerre s'étant allumée entre César et Pompée, il suivit le parti de ce dernier avec chaleur, et se transporta lui-même en personne à son camp de Pharsale avec un corps de cavalerie. Il fut obligé de plier sous César vainqueur, qui lui ôta

la petite Arménie et une partie de ses anciens
états, en lui conservant le titre de roi à lui et
à son fils. Nous voyons, par Cicéron, que
Déjotarus fournit à César des secours considérables de troupes et d'argent, et qu'il le reçut
dans son palais où il lui fit des présens magnifiques. Ce fut quelque tems après cette réception
que Castor, petit-fils de Déjotarus, engagea
Phidippe, médecin et esclave de ce prince, à
accuser son maître d'avoir voulu tuer César
dans son palais, lorsqu'il l'y avoit reçu. Cicéron, ami de Déjotarus, entreprend de le défendre. La cause est plaidée dans la maison même
de César.

Avant que de détruire l'accusation, l'orateur,
suivant son usage, cherche à écarter ce qui pouvoit être contraire à celui qu'il défend, et à intéresser son juge en sa faveur. Après avoir exposé, avec adresse, les motifs qui étoient de
nature à le troubler en parlant, la nature de
l'accusation, la bassesse de celui qui accuse,
la cruauté de celui qui mène l'intrigue, la présence d'un juge qui est partie dans la cause,
le lieu même où il parle, il excuse, avec beaucoup de dignité le prince d'avoir suivi le parti
de Pompée ; il fait valoir sa modération après la

bataille de Pharsale, et les services qu'il a rendus
à César après cette journée. Le caractère et
la conduite de Déjotarus détruisent l'accusation,
qui se détruit d'elle-même par la manière dont
elle est tissue, par les propres paroles des accusateurs. C'est ce que fait voir Cicéron avec autant d'art que de force et de véhémence. Il détruit quelques autres reproches des adversaires,
et implore pour l'accusé, cette bonté et cette
générosité que César avoit signalées envers
beaucoup d'autres. Il s'efforce de lui persuader
que le prince n'a point gardé contre lui de ressentiment ; qu'il lui sait gré de ce qu'il lui a
laissé, sans lui en vouloir de ce qu'il lui a ôté.

Il paroît que César ne rendit pas à Déjotarus ses bonnes graces, mais qu'au moins il
n'ajouta pas foi à l'accusation, puisque, sans
lui faire de bien, il ne lui fit pas plus de mal
qu'il ne lui en avoit déjà fait. Au reste, le discours composé pour le roi Déjotarus, est vraiment digne de Cicéron et de ses autres ouvrages.
Cependant il paroît lui-même, dans une lettre
écrite à un de ses amis, en faire peu de cas,
et le trouver à peine digne de voir le jour. Mais
on peut appeller ici du jugement de l'orateur,
qui ne pouvoit se résoudre à trouver fort bon

un discours qui n'avoit pas produit tout l'effet
qu'il avoit lieu d'en attendre.

DISCOURS

POUR LE ROI DÉJOTARUS.

DANS toutes les causes importantes , il m'est
ordinaire, César , de me sentir en commençant
plus déconcerté (1) qu'il ne paroîtroit convenir
à mon âge et à mon expérience : mais principalement dans cette cause de Déjotarus , tels
sont mes sujets de trouble , qu'autant le zèle
pour sa défense échauffe mon ardeur , autant
la crainte glace et arrête mes paroles,

D'abord j'ai à parler pour un roi menacé
de perdre sa vie ou son trône : et quoique
l'accusation qui fait courir à Déjotarus de
tels risques n'ait rien d'injuste , seulement parce
qu'il s'agit de desseins criminels formés ,
dit-on , contre votre personne ; cependant il
est si extraordinaire qu'un roi subisse un procès

(1) Cicéron déclare dans un autre discours , qu'il
ne commençoit jamais à parler en public, sans trembler
et frissonner de tout son corps.

capital, qu'on n'en a pas encore vu d'exemple. De plus, un prince que j'ai tant de fois comblé d'éloges, de concert avec tout le sénat, pour les services continuels qu'il rendoit à la République, j'ai maintenant à le justifier du crime le plus atroce.

Je suis encore troublé par la cruauté d'un des accusateurs et par la bassesse de l'autre. Que Castor (1) est cruel, pour ne pas dire scélérat et dénaturé, d'avoir intenté contre son aïeul une accusation capitale, d'avoir rendu sa jeunesse redoutable à celui dont il devoit soutenir et protéger la vieillesse ; d'avoir cherché dans le crime et dans le parricide une occasion de faire briller ses talens naissans ; enfin, d'avoir gagné par argent l'esclave de son aïeul, de l'avoir arraché d'auprès des ambassadeurs de ce prince pour l'engager à accuser son maître ! Mais lorsque je voyois l'impudence d'un misérable fugitif, que je l'entendois accuser son maître, un maître absent, un maître dévoué à notre République, j'étois moins affligé des outrages faits à la

_____

(1) Castor, petit-fils de Déjotarus par une fille de ce prince qu'avoit épousé son père.

majesté royale , qu'allarmé du péril qui nous
menace tous. Il est défendu par nos loix d'appliquer un esclave à la torture pour en tirer des
charges contre son maître, quoique ce soit un
moyen de lui arracher malgré lui la vérité : et
l'on voit aujourd'hui un esclave se porter de lui-
même à accuser celui qu'il devroit , au milieu
même des tourmens, s'abstenir de nommer !

Une autre circonstance, César, me trouble ,
et seroit capable de m'effrayer , si je ne me
rappellois combien est grande votre sagesse ;
sagesse qui seule peut rendre juste ce qui dans
la réalité est une injustice. Avoir à défendre
un accusé devant celui même aux jours duquel
on l'accuse d'avoir attenté , c'est une position
en soi fort hasardeuse. Non , il n'est presque
personne qui , juge en sa propre cause, n'é-
coute plus volontiers ses intérêts que ceux de
l'accusé. Mais , César, la considération de votre
vertu sublime diminue en moi cette crainte ;
et quand je pense au jugement que vous voulez
qu'on porte de vous ; je redoute moins l'arrêt
que vous allez prononcer sur Déjotarus.

Enfin , le lieu même où je parle ne laisse
pas de me faire impression. Chargé de la cause
la plus importante qui fut jamais ; je la plaide
dans

dans une salle particulière , je la plaide hors de
ce concours et de cette affluence de Peuple qui
anime le zèle de l'orateur. Je ne vois ici que
vous , César ; je ne suis soutenu que par votre
présence et vos regards ; tout mon discours s'a-
dresse à vous seul , circonstance bien capable ,
sans doute , de me faire espérer le triomphe de
la vérité , mais aussi moins propre à exciter
les mouvemens de la parole , à lui donner toute
sa force et toute sa véhémence. Si cette même
cause César , je la plaidois dans la place publique , vous ayant pour auditeur et pour juge ,
quelle ardeur ne m'inspireroit pas le concours
du Peuple Romain ? Quel seroit le citoyen qui
ne s'interessât à la cause d'un prince qu'il sauroit avoir consacré toute sa vie à nous servir
dans nos guerres ? Je porterois mes regards sur
la salle du sénat , je les tournerois vers le
forum , je prendrois à témoin le ciel même ;
et en me rappellant ainsi les bienfaits dont
le sénat , le Peuple et les Dieux immortels ont
comblé Déjotarus , le champ ne pourroit
jamais manquer à l'éloquence de l'orateur.
Mais puisque l'espace étroit du lieu où je
me vois renfermé me prive de tous ces avantages , puisque ce lieu est de nature à ralentir

la vivacité de mon action, c'est à vous, César,
qui avez plaidé bien des causes, à juger par
vous-même de ma situation présente ; c'est
à votre équité et à votre attention favorable à
venir diminuer mon trouble et mes allarmes.

PRÉPARATION A LA CAUSE.

Mais avant que d'en venir au fond même de
l'accusation, je dois dire un mot de la confiance que montrent les accusateurs. Quoiqu'ils
paroissent manquer de talens, d'usage et d'expérience, ce n'est cependant pas sans espoir et
sans but qu'ils ont entrepris cette cause.

Ils n'ignoroient pas que Déjotarus avoit eu
le malheur de vous déplaire ; que, par l'effet
d'un mécontentement de votre part, il avoit
éprouvé quelques disgraces et quelques pertes (1). Ils ne l'avoient pas oublié, et ils
savoient que vous leur étiez favorable autant
que vous lui étiez contraire. Ils se persuadoient
donc qu'en l'accusant devant vous-même d'un
crime qui intéressoit le salut de votre personne,

---

(1) *Quelques disgraces et quelques pertes.* César
avoit ôté à Déjotarus la petite Arménie que lui avoit
donnée le sénat, et une partie de la Gallogrèce.

la calomnie trouveroit une entrée facile dans un cœur déjà blessé. Ainsi, César, je vous le demande au nom de votre fidélité inviolable, de votre caractère ferme et de votre bonté généreuse, délivrez-nous de la crainte que nous donneroit le soupçon seul du plus léger ressentiment contre Déjotarus. Je vous en conjure par cette main que vous lui avez présentée en signe d'hospitalité, cette main sur laquelle on peut plus compter encore dans les promesses et dans les engagemens, que dans les guerres et dans les combats. Vous avez voulu loger dans le palais du prince, et renouveller avec lui une hospitalité ancienne : ses Dieux pénates vous ont reçu ; les autels et les foyers du monarque vous ont vu ami et réconcilié. On vous fléchit aisément, César, et il n'est besoin que de vous fléchir une fois. Jamais ennemi, après que vous lui avez pardonné une offense, n'apperçut en vous le moindre reste d'animosité. Mais, que dis-je, ennemi ? qui ne connoît la nature des reproches que vous faites à Déjotarus ? Vous ne l'avez jamais traité d'ennemi ; vous vous êtes plaint de lui seulement comme d'un ami peu fidèle, qui avoit marqué plus d'attachement pour Pompée que pour vous.

Ff 2

Vous disiez même que vous lui auriez pardonné cette préférence , s'il se fût contenté de donner du secours à Pompée , ou de lui envoyer son fils , et qu'il se fût excusé sur son âge d'y aller en personne. Par-là , en le déchargeant de toute accusation grave , vous ne laissiez subsister que de légers torts envers l'amitié. Aussi , loin de sévir contre ce monarque , vous l'avez affranchi de toute crainte , en le reconnoissant pour votre hôte , et en lui conservant le titre de roi.

En effet , ce n'étoit point par un sentiment de haine qu'il avoit pris parti contre vous ; l'erreur commune l'avoit entraîné. Ce roi à qui le sénat avoit confirmé ce titre par les plus honorables décrets , et qui dès sa jeunesse avoit conçu pour cet ordre la plus profonde vénération ; ce roi , dis-je , éloigné de Rome et étranger , se sentit troublé par les mêmes motifs qui nous ont égarés , nous qui sommes nés et qui avons toujours vécu au sein de la République. Il entendoit dire que c'étoit d'après la décision de tout le sénat qu'on avoit pris les armes ; que les consuls, les préteurs , les tribuns du Peuple , et ceux d'entre nous qui

avoient obtenu le titre d'*Imperator* (1), avoient
été chargés du soin de défendre la République.
Ces nouvelles allarmoient vivement un prince
aussi zélé pour les intérêts de notre empire , et
lui faisoient craindre pour le salut du Peuple
Romain auquel il voyoit le sien attaché. Cependant , malgré de telles allarmes , il crut devoir
se tenir tranquille. Mais quel fut son trouble
lorsqu'il eut appris que les consuls s'étoient
enfuis de l'Italie ; que tous les consulaires (car
c'est ainsi qu'on le lui rapportoit), que tout
le sénat avoient déserté Rome ; que toute l'Italie
étoit comme répandue hors de ses frontières ?
Ces bruits et ces nouvelles pénétroient dans
l'Orient (2) , sans être accompagnés de circonstances qui auroient pu détromper les esprits.
Déjotarus n'apprenoit rien des conditions que
vous aviez proposées , de votre amour pour
la paix et la concorde, des ligues formées par
certains hommes contre les intérêts de votre

(1) Le titre d'*imperator* étoit un titre honorifique
donné par les troupes ou par le sénat après quelque
exploit heureux. Cicéron l'avoit obtenu après avoir
défait une troupe d'ennemis dans la Cilicie. César le
lui conserva après la bataille de Pharsale.

(2) Dans le royaume de Déjotarus , situé à l'Orient.

gloire (1). Quoique les choses fussent en cet état, il ne fit néanmoins aucun mouvement, jusqu'à ce qu'il lui fût venu des députés de Pompée avec une lettre de ce général.

Pardonnez, César, pardonnez à Déjotarus d'avoir cédé à la haute considération d'un illustre personnage que nous avons tous suivi, et sur la tête duquel les Dieux et les hommes avoient accumulé les plus brillantes distinctions auxquelles vous-même vous avez mis le comble. Quoique vos actions éclatantes aient effacé celles de tous les autres capitaines, nous n'avons point pour cela perdu le souvenir de Pompée. Qui est-ce qui ignore quels étoient son crédit et sa réputation, quelle gloire il s'est acquise dans toutes sortes de guerres, quels honneurs il a reçus du Peuple, du sénat, de vous-même ? Pompée avoit surpassé en gloire tous ses prédécesseurs, autant que vous l'avez emporté sur Pompée et sur les autres. Aussi comptions-nous avec admiration les guerres de ce rare personnage, ses consulats, ses victoires,

_____

(1) On vouloit empêcher César de demander un second consulat, et le rappeller de sa province avant le tems.

ses triomphes ; mais les vôtres, nous ne saurions les compter.

Déjotarus, dans une guerre malheureuse et fatale, se rendit donc auprès d'un général, sous lequel il avoit servi tant de fois dans des guerres légitimes et contre les ennemis de l'état : les droits de l'hospitalité, les liens d'une amitié étroite, sembloient lui prescrire cette démarche. Il se rendit au camp de Pompée, ou comme un ami zélé sollicité par son ami, ou comme un allié fidèle mandé par le général, ou comme un citoyen docile appellé au drapeau par le sénat auquel il s'étoit fait une loi d'obéir : il s'y rendit enfin pour être le compagnon de sa fuite et non de son triomphe, pour partager ses périls et non sa victoire. Aussi après la bataille de Pharsale, abandonna-t-il le parti de Pompée ; il ne voulut point poursuivre des espérances dont il ne voyoit pas le terme ; il crut s'être acquitté suffisamment envers l'amitié, s'il lui étoit redevable de cette dette, ou avoir assez payé le tribut à la fragilité humaine, s'il avoit été dans l'erreur. Il se retira dans son royaume, où il demeura tranquille jusqu'à ce que la guerre d'Alexandrie lui fournit l'occasion de signaler son zèle pour vos intérêts. Il

F f 4

a reçu et fait subsister dans ses états l'armée de l'illustre Domitius (1) : il a fait passer à Ephèse de l'argent à celui que vous y aviez envoyé comme le plus fidèle et le plus sûr de vos amis: après avoir ordonné une première vente de ses effets , il en a ordonné une seconde , une troisième , et vous en a envoyé le produit pour fournir aux frais des guerres que vous aviez à soutenir: il a même voulu partager vos périls, il a combattu près de votre personne contre Pharnace (2) , regardant vôtre ennemi comme le sien : services qui vous furent si agréables , que vous lui donnates le titre de roi et lui permîtes d'en prendre toutes les décorations.

(1) Domitius, un des partisans de César, et un des chefs de ses troupes. —— On ne sait pas quel est le personnage que l'orateur désigne ensuite sans le nommer. —— *Après avoir ordonné une première vente.* Une première vente pour la guerre d'Alexandrie, une seconde pour la guerre contre Pharnace, enfin une troisième pour la guerre d'Afrique.

(2) Pharnace, fils et meurtrier de son père Mithridate. Il vouloit profiter des discordes civiles de Rome pour reconquérir les états qui avoient appartenu à ses ancêtres.

RÉFUTATION DES GRIEFS.

Ainsi donc ce Déjotarus que vous avez garanti de la mort, que vous avez décoré du titre le plus honorable, c'est lui qui est accusé d'avoir voulu attenter à vos jours dans son propre palais ; ce que vous ne pouvez soupçonner assurément, à moins que vous ne le jugiez le plus forcené des hommes. Car, pour ne pas dire ici quel crime ç'eût été de faire périr son hôte en présence même de ses Dieux pénates ; quelle atrocité d'éteindre la plus brillante lumière qu'aient jamais eue les nations ! quelle férocité de ne pas craindre le vainqueur du monde ! quelle insensibilité et quelle ingratitude de traiter comme un tyran (1) celui de qui l'on tient le titre de roi ! pour ne parler, dis-je, d'aucune de ces considérations, de quelle fureur Déjotarus n'eût-il pas dû être transporté pour soulever contre lui seul tous les monarques, dont plusieurs étoient ses voisins, tous les Peuples libres, tous les alliés de Rome, toutes nos provinces, enfin tout l'univers ? Se seroit-il

(1) Plusieurs éditions portent *in eum* : j'ai préféré la leçon *in eo*.

exposé à voir ses états détruits, son palais renversé, son épouse, son fils et lui-même déchirés et mis en pièces, s'il eût, je ne dis pas exécuté, mais seulement formé le projet d'un aussi horrible attentat?

Mais peut-être que Déjotarus est un téméraire, un imprudent, qui ne voyoit pas les suites de son crime. Et quel homme fut jamais plus réservé, plus circonspect, plus sage? quoiqu'au reste c'est moins par sa prudence et par la solidité de son esprit, que par sa vertu et sa regularité scrupuleuse, que je veux ici le défendre. Vous connoissez, César, la probité de ce monarque, vous connoissez la pureté de ses mœurs et la fermeté de ses principes. Peut-on avoir entendu parler du nom Romain et ignorer l'intégrité de Déjotarus, sa sagesse, sa vertu, son inviolable fidélité? Ainsi un crime dont ne pourroit être capable, ni l'homme le plus inconsidéré qui craindroit de se perdre sur-le-champ, ni le plus déterminé scélérat, s'il n'étoit tout-à-fait insensé; les accusateurs prétendent qu'il a été tramé par un prince aussi sage que vertueux.

Mais voyez, César, comment leur accusation, loin d'être vraisemblable, est propre au contraire à éloigner tout soupçon. Lorsqu'arrivé près du château Lucéius, vous allates loger dans le palais du roi votre hôte, celui-ci, disent-ils, avoit préparé dans une salle particulière les présens qu'il vous destinoit. Il comptoit vous y conduire au sortir du bain, avant que vous vous missiez à table ; et c'étoit là qu'il avoit aposté des gens armés pour vous assassiner. Voilà en substance sur quoi est bâtie l'accusation intentée par un fugitif contre son roi, par un esclave contre son maître.

Pour moi, César, lorsqu'on vint me prier de me charger de cette cause, en me disant que Castor avoit corrompu Phidippe, médecin et esclave de Déjotarus, envoyé à Rome à la suite des ambassadeurs de ce prince, je fus frappé aussitôt de cette pensée : Castor, me disois je à moi-même, a suborné le médecin délateur ; il supposera, sans doute, un crime d'empoisonnement. Quoique contraire à la vérité, la supposition eût été assez conforme à l'usage des accusateurs. Que dit le médecin ? pas un mot d'empoisonnement. Cependant ce crime pouvoit se commettre, d'abord avec plus de secret, en mêlant le poison dans un aliment solide ou dans un breuvage, ensuite avec plus

d'impunité, parce qu'on peut le nier après
l'avoir commis. Si Déjotarus vous eût fait
assassiner, il auroit soulevé contre lui non-
seulement la haine, mais les armes de toutes
les nations. S'il eût employé le poison, il
n'auroit jamais, il est vrai, caché son crime
aux Dieux vengeurs de l'hospitalité violée,
mais peut-être en auroit-il dérobé la connoissance aux hommes. Ainsi, Phidippe, un crime
dont l'exécution étoit plus facile et moins
périlleuse, il ne vous l'a point confié, à vous
qu'il connoissoit pour un médecin (1) habile,
qu'il regardoit comme un esclave fidèle : et
il ne vous a caché ni le dessein qu'il avoit formé
d'assassiner César, ni les mesures qu'il avoit
prises pour exécuter ce dessein!
— Mais avec quelle adresse ils ont ourdi leur
imposture ? Ce n'est, disent-ils, qu'à votre
bonheur ordinaire que vous dutes votre conservation : vous ne voulutes pas alors aller voir
les présens qui vous étoient destinés. Eh bien!
Déjotarus n'ayant pu réussir alors, congé-
dia t-il sa troupe aussitôt ? N'y avoit-il point

(1) *Pour un médecin....* Phidippe étoit en même tems
médecin et esclave. Personne n'ignore qu'on faisoit
apprendre aux esclaves des arts libéraux.

d'autre lieu propre à placer des assassins ? Mais vous aviez dit, César, qu'après le souper, vous passeriez dans la salle des présens ; et vous y passâtes en effet. Étoit-il donc bien difficile à Déjotarus de retenir une heure ou deux de plus dans le même endroit les hommes qu'il avoit armés ? Après le repas qui se passa fort agréablement, vous allâtes voir les présens, comme vous l'aviez promis. Là Déjotarus se montra à votre égard aussi magnifique que le roi Antiochus (1) s'étoit montré envers Scipion l'Africain. Antiochus, si nous en croyons l'histoire, envoya de l'Asie jusqu'à Numance les plus riches présens à ce général, qui les reçut à la vue de toute son armée. Lorsque Déjotarus vous eut offert lui-même les siens avec une générosité et des manières vraiment royales, vous vous retirâtes dans votre appartement. Daignez vous rappeller, César, le tems dont nous parlons ; remettez-vous devant les yeux le jour où vous fûtes reçu par Déjotarus ; représentez-vous les regards de tant d'hommes fixés

---

(1) Le latin porte, le roi Attalus. L'histoire veut qu'on lise, *le roi Antiochus*. C'est une faute de copiste, ou c'est la mémoire de Cicéron qui s'est trouvée en défaut.

sur vous seul avec admiration : remarquates-
vous alors le moindre trouble , le moindre
tumulte ? Tout n'étoit-il pas calme, tranquille,
dans l'ordre et la décence dont la cour de Déjotarus offrit toujours l'image ? Pourquoi donc
un prince qui vouloit vous assassiner après le
bain , ne l'a-t-il plus voulu après le souper ?

Déjotarus, dit encore l'accusateur, remit
pour exécuter son crime au lendemain quand
vous seriez arrivé au château Lucéius. Je ne
vois pas pourquoi changer de lieu : mais enfin
c'est ainsi qu'il a disposé son accusation. Comme
après le souper , dit-il , vous aviez besoin
d'être seul (1) , Déjotarus voulut vous faire
conduire dans la salle du bain , où il avoit
placé son embuscade : mais votre bonheur ordinaire vous tira encore de ce mauvais pas ;
vous aimâtes mieux passer dans votre appartement. Que les Dieux te confondent, misé-

___

(1) Mot à mot, *comme après le souper vous aviez
dit que vous vouliez vomir*. On connoît l'usage des
Romains de se faire vomir après les repas, pour se
décharger l'estomac , et pour recommencer à manger
de nouveau. On voit ici que cet usage, ou plutôt
cette affreuse débauche, ne paroissoit point du tout
étrange dans ces anciens tems.

rable fugitif ! Faut-il qu'au crime et à la perversité tu joignes encore l'extravagance et la folie ?
Etoient-ce donc des statues de bronze que Déjotarus avoit placées en embuscade, pour
qu'elles ne pussent se transporter de la salle du
bain à l'appartement de César ?

Voilà, César, à quoi se réduit l'accusation
touchant le projet d'assassinat : Phidippe n'en a
pas dit davantage. Il a ajouté qu'on lui avoit
fait confidence de tout. Quoi donc ? Déjotarus
avoit-il assez peu de sens pour éloigner de lui
le confident d'un pareil crime ? pour l'envoyer
même à Rome où il savoit qu'étoit Castor, son
plus mortel ennemi, et César lui-même aux
jours duquel il avoit voulu attenter, et qui
seul peut se venger d'un homme, quelque éloigné qu'il soit (1) ? Il a fait emprisonner mes
frères, ajoute-t-il encore, parce qu'ils étoient
aussi dans la confidence. Lors donc qu'il tenoit
enfermés des hommes qui étoient près de lui,

(1) César étoit le seul qui tenoit sous sa domination
toute la terre, et pouvoit, à son gré, se venger des
absens comme de ceux qui étoient le plus près de lui.
Quelques éditions lisent *indicare*, qu'il faudroit rapporter à Phidippe ; j'ai préféré *vindicare*, qui se rapporte à César.

il vous laissoit libre et vous envoyoit à Rome, vous qu'il savoit être aussi-bien instruit que vos frères !

Le reste de l'accusation a porté sur deux objets : le premier, que Déjotarus étant votre ennemi, avoit fait observer toutes vos démarches ; le second, qu'il avoit levé contre vous une grande armée. Pour le dernier objet, comme pour tout le reste, je n'ai qu'un mot à dire. Déjotarus n'a jamais eu de forces suffisantes pour faire la guerre au Peuple Romain : il n'en avoit que pour défendre ses frontières contre les incursions des ennemis et des brigands, et pour envoyer quelque secours à nos généraux. Il est vrai qu'autrefois il pouvoit entretenir des troupes plus nombreuses ; aujourd'hui il peut à peine en avoir sur pied un petit nombre. Mais, dit-on, le prince a voulu envoyer des députés à un je ne sais quel Cécilius (1) ; et ceux qu'il

(1) Quintus Cæcilius Bassus, simple chevalier Romain, zélé partisan de Pompée, s'étoit fait un parti puissant dans la Syrie. Il avoit un corps nombreux de troupes qu'il abandonna à Cassius après la mort de César. J'ai lu par-tout *Caecilium*, quoique plusieurs éditions portent *Coelium* par-tout, et que celles même qui donnent d'abord *Caecilium*, donnent ensuite *Coelium*.

, avoit

avoit chargés de cette commission l'ayant refusée, il les fit mettre en prison. Je n'examine
pas s'il est fort vraisemblable qu'un roi n'ait
pas eu des personnes sûres à envoyer, ou que
ceux qu'il avoit choisis aient refusé d'obéir;
ou enfin que la désobéissance, dans une aussi
importante affaire, n'ait pas été punie par la
mort plutôt que par la prison. Je demande
seulement si Déjotarus, lorsqu'il envoyoit des
députés à Cécilius, ignoroit que le parti de
Pompée avoit été entièrement défait, ou s'il
regardoit Cécilius comme un grand personnage.
Connoissant parfaitement nos généraux, il
devoit, sans doute, le mépriser, s'il le connoissoit, et plus encore, s'il ne le connoissoit pas.
L'accusateur ajoute que le monarque vous a
envoyé d'assez mauvaise cavalerie. C'étoient
néanmoins, à ce qu'il me semble, de vieilles
troupes. Elle n'approchoit pas de la vôtre;
mais enfin il vous a envoyé l'élite de la sienne.
Parmi les cavaliers, dit-on, il s'est trouvé un
esclave. Je ne le crois pas, je ne l'ai pas ouï
dire; mais, quand la chose seroit vraie, il
n'y avoit sûrement pas de la faute de Déjotarus.

Ce prince, dit-on, s'est montré votre ennemi. Comment cela ? il espéroit apparemment que , vu la nature du pays et du fleuve , vous auriez de la peine à sortir d'Alexandrie. Mais dans ce tems-là même il vous fournissoit des subsides , il faisoit subsister votre armée , il secouroit de toutes les manières celui que vous aviez chargé de commander en Asie (1). Après votre victoire , il ne se contenta point de vous recevoir dans son palais , il partagea vos périls et combattit près de vous en personne. Bientôt après survint la guerre d'Afrique. Il courut de tristes bruits sur votre compte , qui réveillè- rent même la fureur de Cécilius. Pouvez-vous douter quelles furent alors à votre égard les dispositions d'un roi qui ordonna une vente publique de ses propres biens , qui aima mieux se dépouiller lui-même que de manquer à vous fournir des subsides ? Mais au même tems , dit l'accusateur , Déjotarus envoyoit des cou- riers à Nicée et à Ephèse pour recueillir les nouvelles d'Afrique et les lui rapporter en dili- gence : et comme on lui eut annoncé que Do- mitius avoit péri dans un naufrage , et que

(1) *Celui que vous aviez....* sans doute, Domitius, dont il est parlé plus haut.

vous étiez assiégé dans une forteresse, il appliqua à Domitius un vers grec dont voici le sens à peu près (1) : *Périssent nos amis, pourvu que nos ennemis périssent avec eux !* paroles qu'il n'auroit jamais prononcées, eût-il été votre mortel ennemi : car les paroles sont atroces, et Déjotarus est naturellement doux. D'ailleurs, comment auroit-il été l'ami de Domitius, s'il étoit votre ennemi ? ou plutôt, pouvoit-il être votre ennemi, lorsqu'il savoit que, maître de le faire mourir par le droit de la guerre, vous lui aviez conservé le titre de roi à lui et à son fils ?

Qu'ajoute ensuite un infâme accusateur ? Il ose dire que Déjotarus, dans les transports de la joie que lui causèrent ces nouvelles, s'enivra publiquement et dansa nud dans un festin. Quel supplice pourroit assez punir ce misérable fugitif ? Vit-on jamais Déjotarus danser ou s'enivrer ? Ce prince, vous le savez, César, réunit en lui toutes les qualités qui forment un grand roi : mais celles qu'il possède plus éminemment, sont la tempérance et une

(1) Mot à mot, *dont le sens est le même que celui d'un de nos vers latins.* Suit un vers latin pris, sans doute, d'un poëte tragique ; on ignore lequel.

sage économie. Je sais que d'ordinaire ces vertus
n'entrent pas dans l'éloge des rois. Dire d'un
roi qu'il est tempérant et bon économe, ce
n'est pas lui donner une grande louange. Etre
ferme, juste, sévère, grave, magnanime,
bienfaisant, libéral, magnifique, telles sont
les qualités qu'on loue dans un monarque ; être
tempérant et bon économe, c'est l'éloge d'un
simple particulier. Que chacun le prenne comme
il voudra, pour moi, je regarde l'économie et
la tempérance comme de grandes vertus. Or,
ces vertus ont éclaté dans Déjotarus dès sa première jeunesse : ce sont elles qui lui ont mérité
les éloges de toute l'Asie, l'estime de nos magistrats, de nos lieutenans, et des chevaliers
Romains qui commercent dans cette province.
C'est par une suite de services rendus à notre
République, que Déjotarus a mérité le titre de
roi : mais avant de l'obtenir, tout le tems que
lui laissoient nos guerres, il l'employoit à
former des liaisons d'amitié, d'intérêt et de
commerce avec nos citoyens ; ensorte qu'il
passoit non-seulement pour un prince distingué, mais pour un bon père de famille, pour
un excellent économe, versé dans la connoissance de l'agriculture et dans le soin des trou-

peaux. Est-il donc croyable que Déjotarus ,
qui, dans sa jeunesse, avant de parvenir à ce
haut point de gloire, menoit la vie la plus
austère et la plus laborieuse , se soit livré aux
excès qu'on lui reproche, à l'âge où il est et
avec la réputation dont il jouit? Vous devriez,
Castor, imiter les mœurs et la conduite de
votre aïeul , plutôt que de calomnier un monarque aussi illustre que vertueux par la
bouche d'un misérable fugitif. Fût-il vrai que
votre aïeul eût été autrefois tel que vous le dé-
peignez ; fût-il vrai que vous n'eussiez pas
toujours trouvé en lui des exemples de modestie et de pudeur ; cependant son âge seul détrui-
roit le reproche que vous lui faites. Déjotarus ,
qui, dès sa plus tendre jeunesse, s'étoit montré
jaloux , non de bien danser , mais de manier
les armes avec grace , et principalement d'ex-
celler dans l'équitation , avoit vu tous ces exer-
cices abandonner sa vieillesse. Il avoit besoin
de plusieurs personnes pour être placé sur son
cheval, et nous admirions même (1) qu'à
l'âge où il étoit , il pût s'y tenir encore.

(1) *Nous admirions même*, sans doute, au camp
de Pharsale, où Cicéron s'étoit rendu avec tous les

(470)

Quant à son petit-fils, qui a servi sous moi
en Cilicie et avec moi dans la Grèce, comme
il aimoit, lorsqu'il faisoit ses évolutions dans
notre armée avec cette cavalerie d'élite qu'il
avoit amenée par ordre de son père (1), comme
il aimoit à rassembler une foule de spectateurs!
Avec quel faste, avec quelle confiance ne se
montroit-il pas! Comme il le disputoit à tous
en ardeur et en affection pour le parti de Pompée!
Mais lorsqu'après la bataille de Pharsale (2) et
la défaite entière de notre armée, je conseillois,
moi qui avois toujours porté les esprits à la
paix, de déposer les armes, et même de les
quitter pour toujours, je ne pus amener à
mon avis ce jeune homme qui brûloit de con-
tinuer la guerre, et qui d'ailleurs croyoit remplir par-là les intentions paternelles. Heureuse
maison, d'avoir obtenu sa grace, d'avoir même
la liberté d'accuser les autres! malheureux
Déjotarus, d'être accusé devant vous, César,
par sa propre famille, par un petit-fils qui s'est

consulaires, et où il vit Déjotarus qui s'y étoit transporté avec un corps de cavalerie.

(1) Ce père de Castor se nommoit Saocondarius.

(2) Je voudrois supprimer *autem* après *Pharsalicum*;
et j'ai traduit en conséquence.

trouvé dans le même camp que lui! Ne sauriez-
vous donc, Castor, sentir votre bonheur sans
faire le malheur de vos proches ? Soyez, je le
veux, ennemi de Déjotarus; ce qui ne devroit
pas être, puisqu'il a tiré votre famille de la
poussière et de l'obscurité. Eh ! qui jamais
entendit parler de votre père avant qu'il fût
gendre de Déjotarus ? Mais si par la plus noire
des ingratitudes vous avez foulé aux pieds les
titres sacrés d'une alliance honorable, ne
pouviez-vous pas du moins montrer quelque
modération dans votre inimitié, vous dispenser
d'attaquer votre aïeul par des calomnies, de
lui susciter une affaire capitale, de vouloir lui
ravir le jour? Mais enfin, qu'on vous passe
encore cet excès de haine et d'animosité; irez-
vous jusqu'à vous permettre de violer les droits
de l'humanité même, de renverser les loix
qui intéressent la sûreté commune ? Oui, sans
doute, solliciter un esclave par d'insinuantes
paroles, le corrompre à force de promesses,
le tirer de sa maison, l'armer contre son
maitre, c'est déclarer une guerre criminelle,
non à un seul de ses proches, mais à toutes
les familles. Si une pareille corruption, loin
d'être punie, est autorisée par le jugement

d'un personnage tel que César, ni l'enceinte de nos maisons, ni la protection des loix, ni les droits les plus sacrés, ne mettront nos jours à l'abri. Dès qu'on pourra impunément arracher d'auprès de nos personnes et armer contre nous des hommes qui vivent avec nous et qui nous appartiennent, dès-lors les esclaves deviendront maîtres, et les maîtres esclaves.

O temps! ô mœurs! ce Domitius que j'ai vu dans mon enfance, consul, censeur, souverain pontife, avoit cité devant le Peuple, pendant son tribunat, Marcus Scaurus, prince du sénat; un esclave de l'accusé vint secrètement le trouver et lui offrir de déposer contre son maître: Domitius ordonna qu'on le prît et qu'on le remenât à Scaurus. Je n'ai garde de faire aucune comparaison entre Domitius et Castor; mais quelle différence entre sa conduite et la vôtre! Domitius a renvoyé à un ennemi son esclave; vous enlevez l'esclave de votre aïeul. Il a refusé d'entendre un esclave qu'il n'avoit pas corrompu; vous corrompez l'esclave de Déjotarus. Il a rejetté un esclave qui vouloit le servir dans une accusation contre son maître; vous engagez Phidippe à accuser le sien. Mais vous êtes-vous contenté de le séduire une fois? Après qu'il se fut présenté avec vous comme témoin, ne retourna-t-il pas auprès des ambassadeurs? ne vint-il pas chez Domitius? ne dit-il pas en présence de Sulpicius, personnage distingué, qui soupoit alors par hasard chez Domitius, et devant Torquatus, ce vertueux jeune homme, ne dit-il pas que vous l'aviez corrompu, et engagé dans cette manœuvre à force de promesses? Vit-on jamais l'impudence, la cruauté, l'inhumanité portées à un tel excès? N'êtes-vous venu à Rome que pour en pervertir les usages et les exemples? que pour la souiller par une barbarie propre à votre race?

Mais, quelle subtilité dans la manière de recueillir des griefs? Blésamius (1), (car c'est sous le nom de cet homme dont vous connoissez, César, toute la probité, que Philippe répandoit sur votre compte des bruits injurieux); Blésamius, dit-il, écrivoit souvent à Déjotarus, que vous étiez odieux au Peuple; qu'on vous regardoit comme un tyran, qu'on étoit fort

_____

(1) Blésamius, un des sujets de Déjotarus, et un des ambassadeurs qu'il avoit envoyés à Rome.

choqué de voir votre statue parmi celles de
nos rois, qu'enfin on ne vous donnoit plus
d'applaudissemens. Ne voyez-vous pas, César,
qu'ils ont ramassé ces bruits dans les mauvais
propos que sèment ici des hommes mal-
intentionnés. Blésamius pouvoit-il écrire que
César étoit un tyran? Oui, sans doute, il
avoit vu tomber beaucoup de têtes, il avoit
vu beaucoup de citoyens tourmentés, battus
de verges, mis à mort par votre ordre : il
avoit vu la ruine et la désolation de beaucoup
de familles, et la place publique remplie de soldats armés, en un mot, ce que nous éprouvames
toujours dans les victoires civiles, et ce que nous
n'avons point vu dans la vôtre. Oui, César,
vous êtes le seul dont la victoire n'ait coûté
la vie qu'à ceux qui l'ont perdue les armes à
la main. Nous qui sommes nés au sein de la
liberté même, nous vous regardons, non comme
un tyran, mais comme un vainqueur plein de
clémence au milieu même de la victoire ; et
Blésamius auroit trouvé en vous un tyran, lui
qui vit sous un monarque ! Quant à la statue,
peut-on se plaindre d'une seule, quand
on en voit un si grand nombre d'autres (1)?

(1) *Un si grand nombre d'autres*, qui vous ont été

Apparemment, nous devons vous reprocher vos statues après la multitude de vos trophées que nous avons vus sans envie. Si on est choqué de la place, il n'y a point de place plus remarquable pour une statue que la tribune aux harangues. Pour ce qui est des applaudissemens, que puis-je répondre, César, sinon que vous ne les avez jamais recherchés ; qu'ils ont été quelquefois étouffés par l'admiration des citoyens étonnés et saisis de vos grandes actions ; et que peut-être encore on s'en est abstenu, parce que rien de vulgaire ne peut paroître digne de vous.

PÉRORAISON.

Je ne crois pas avoir laissé un seul grief sans réponse. Mais il est un objet que j'ai réservé pour la fin de mon discours ; et cet objet, c'est de vous réconcilier pleinement avec Déjotarus. Car je ne crains plus que vous ayez contre lui de l'animosité ; tout ce que j'appréhende, c'est que vous ne le soupçonniez d'avoir

érigées dans toutes les villes, dans tous les temples et dans toutes les places de Rome, dont deux à la tribune aux harangues.

gardé contre vous quelque ressentiment. Mais
rien, César, non, rien n'est plus éloigné de
sa pensée. Il se rappelle ce qu'il tient de votre
bonté, et non ce qu'il a perdu. Cette perte à
ses yeux n'est point une punition : mais sachant que vous aviez à récompenser un grand
nombre d'amis fidèles, il a senti combien il
étoit juste que, pour payer leurs services,
vous prissiez sur un prince qui s'étoit trouvé
dans le parti contraire. En effet, si Antiochus-
le-Grand, roi d'Asie, vaincu (1) par Scipion,
obligé d'abandonner cette partie de ses états
qui est en deçà du mont Taurus, et qui fait
aujourd'hui une de nos provinces, si Antiochus
disoit qu'il avoit l'obligation au Peuple Romain
de l'avoir, en resserrant les bornes de son
royaume, déchargé du poids d'une trop vaste
administration, combien Déjotarus ne doit-il
pas se consoler plus aisément encore? Antiochus
portoit la peine de sa témérité; Déjotarus expie
une erreur. Vous avez tout laissé, César, à
Déjotarus, en lui laissant à lui et à son fils le

(1) Le latin porte *cùm posteàquam*; je crois qu'il
faut supprimer une de ces deux conjonctions, une des
deux étant visiblement inutile.

titre de roi. Dès que ce titre auguste lui est
assuré, il croit n'avoir rien perdu ni des bienfaits du Peuple Romain, ni des décrets honorables du sénat. Il a une ame grande et élevée ;
les efforts de ses ennemis ne l'abattront jamais,
pas même les coups de la fortune. Il pense
s'être acquis par ses actions précédentes,
il pense trouver dans lui-même et dans sa
vertu, un riche fonds qu'on ne peut lui ravir.
Quel accident, en effet, quelle rigueur du sort,
ou quelle injustice des hommes, pourroit
effacer les témoignages glorieux que lui ont
rendus tous nos généraux ? Dès qu'il fut en
âge de porter les armes, il se vit comblé de
distinctions par tous ceux de nos capitaines qui
firent la guerre en Asie, en Cappadoce, dans
le Pont, dans la Cilicie, dans la Syrie. Quant
à cette foule de décrets dont l'a honoré le sénat,
décrets consacrés dans les annales et dans les
monumens du Peuple Romain, ne triompheront-
ils pas à jamais du tems et de l'oubli ? Que
dirai-je de son courage, de sa grandeur d'ame,
de sa sagesse, de sa constance ? qualités
que tous les savans et tous les sages regardent
comme les plus grands biens, quelques-uns
même comme les seuls, comme ceux qui suf-

fisent à la vertu (1), non-seulement pour bien
vivre, mais encore pour vivre heureux. Occupé
nuit et jour de ces consolantes réflexions, Déjotarus, loin d'avoir contre vous quelque ressentiment (ce seroit de sa part ingratitude,
et même folie), se croit redevable à votre
clémence du repos et de la tranquillité dont
jouit sa vieillesse. Ce furent là toujours ses
sentimens; mais je ne doute pas que votre
lettre, dont j'ai lu une copie, et que vous lui
avez fait tenir de Tarragone (2) par Blésamius,
ne l'ait rassuré encore davantage, n'ait achevé de
dissiper ses allarmes. Vous l'y exhortez à prendre
courage, à avoir bonne espérance : or, je sais
par moi-même que chez vous ce ne sont pas
de vaines paroles. Je me souviens que vous
m'écrivites presque dans les mêmes termes ;
et ce ne fut pas en vain que vous m'exhor-
tates à avoir bonne espérance.

Je dois sans doute m'intéresser pour le roi
Déjotarus, à qui les intérêts de la République
m'unirent, d'abord par la conformité des vues,

(1) *Quelques-uns même*, sans doute, les Stoïciens.

(2) Tarragone, ville d'Espagne, où César s'étoit
retiré après avoir vaincu les enfans de Pompée.

avec qui un penchant mutuel me lia bientôt
par les nœuds de l'hospitalité , dont le
commerce fréquent resserra de plus près notre
liaison , enfin dont les services importans
rendus à moi et à mon armée (1), formèrent
entre nous l'union la plus intime. Mais l'intérêt que je prends au sort de ce monarque,
s'étend aussi sur un grand nombre d'illustres
personnages. Il doit suffire, César, que vous
leur ayez pardonné une fois : il importe à
votre gloire que la grace qu'ils tiennent de
vous soit irrévocable , qu'ils ne soient pas en
proie à d'éternelles inquiétudes , et qu'une fois
affranchi de crainte par vous-même , on ne
recommence pas à vous craindre.

Je ne dois point, César, ce qui est d'usage dans
des causes aussi critiques , chercher à émouvoir
votre compassion : cela n'est point nécessaire. Votre clémence , sans être sollicitée par
aucun discours , prévient d'elle-même les supplians et les malheureux. Figurez-vous les deux
princes pour lesquels je vous parle; peignez à

(1) *Rendus à moi et à mon armée*, dans la Cilicie,
où Cicéron commanda des troupes et défit des ennemis.

votre esprit ce que vous ne pouvez appercevoir des yeux ; et je ne doute pas que vous n'accordiez à la compassion ce que vous avez refusé au ressentiment. Il existe par-tout des monumens de votre clémence ; les plus illustres, c'est de voir ceux à qui vous avez fait grace, conservés ou rétablis dans leur état. S'il est beau de conserver leur existence à des particuliers, combien plus ne l'est-il pas de maintenir des rois sur leurs trônes ? On regarda toujours le nom de roi comme sacré dans Rome (1), mais sur-tout lorsque des alliés et des amis en sont décorés. Les deux princes, après leur victoire, craignirent de perdre ce titre auguste ; mais puisque vous avez bien voulu le leur conserver, ils le transmettront, j'espère, à leurs descendans. Les ambassadeurs de Déjotarus, que voici, répondent sur leurs têtes de l'innocence de leurs maîtres ; Hiéras, Blésamius, Antigone, qui vous sont connus depuis long-

_____

(1) Quoique les Romains fussent accoutumés à voir des rois marcher dans leur ville comme de simples particuliers, implorer la protection du sénat et du Peuple ; cependant ce nom de roi avoit toujours pour eux quelque chose d'auguste et de sacré.

temps ,

temps, ainsi qu'à nous tous; Dorylas qui ne le cède aux autres, ni en vertu, ni en fidélité, et qui vous fut député dernièrement avec Hiéras. Ils ont tous la confiance de leurs princes, et je me flatte qu'ils méritent la vôtre. Demandez à Blésamius s'il a jamais rien écrit contre vous à Déjotarus. Pour Hiéras, il prend pour lui toute cette affaire, il se charge de toutes les imputations, il se rend accusé à la place du roi; il en appelle à votre mémoire, cette mémoire toujours si sûre. Il proteste qu'il ne vous quitta pas un moment tant que vous demeurates dans les états de Déjotarus, que ce fut lui qui alla vous recevoir à votre arrivée, qu'il vous reconduisit jusqu'aux frontières; qu'il vous accompagna dans la salle du bain, dans celle des présens, dans votre appartement même; que le lendemain il resta toute la journée auprès de votre personne. Si donc on a formé contre vous les desseins dont nous accusent nos adversaires, il consent à ce que vous regardiez ce crime comme lui étant personnel.

Ainsi donc, César, pensez-y, je vous en conjure; le jugement que vous allez rendre, ou perdra sans ressource et déshonorera à jamais deux princes infortunés, ou il leur

Tome IX.   H h

conservera avec l'honneur l'état dont ils vous sont déjà redevables. Il est de la cruauté des accusateurs de souhaiter leur ruine ; il est de votre clémence d'assurer leur conservation.

Fin du tome neuvième.

T A B L E

Du neuvième volume.

Fin de la table du neuvième volume.

1961

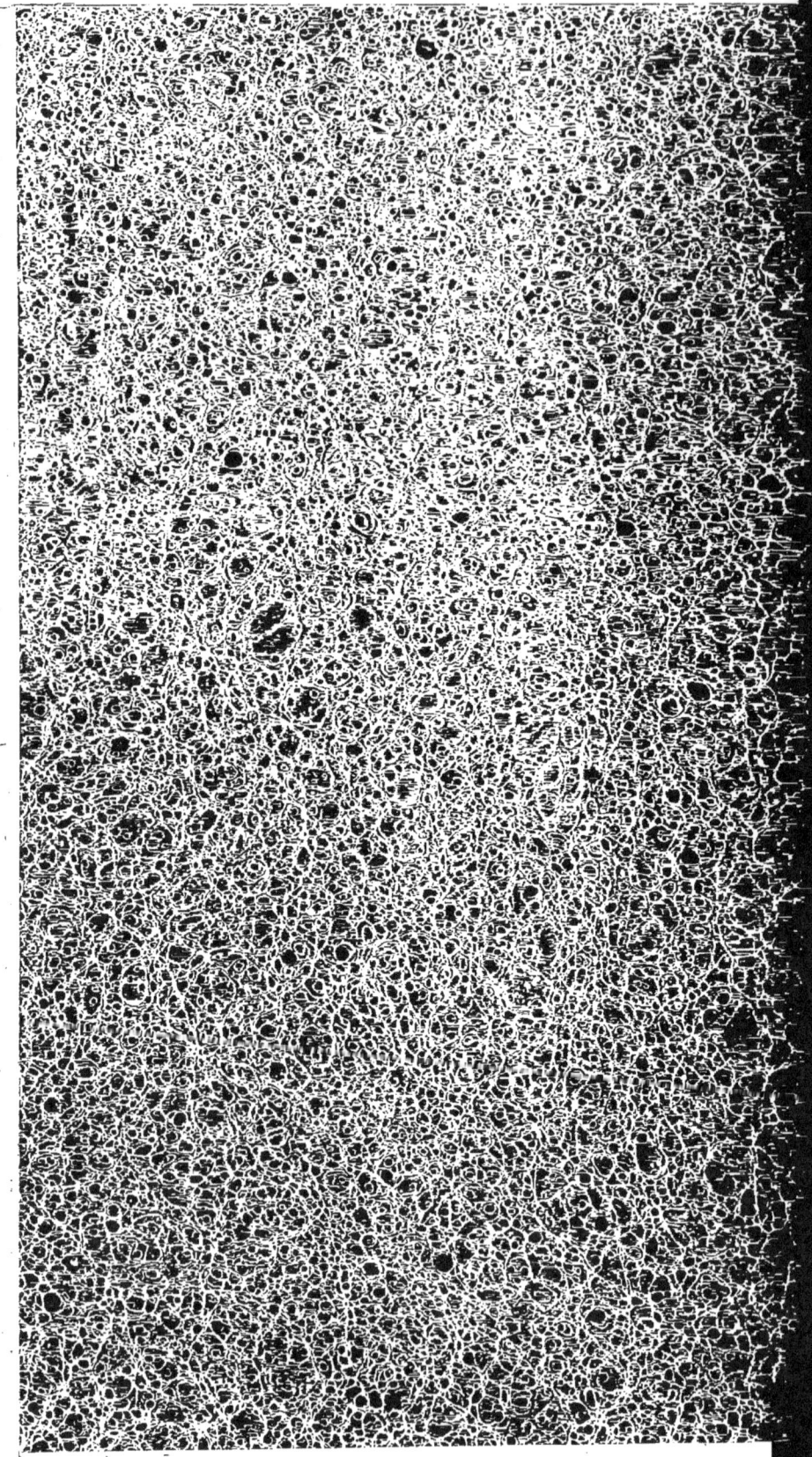

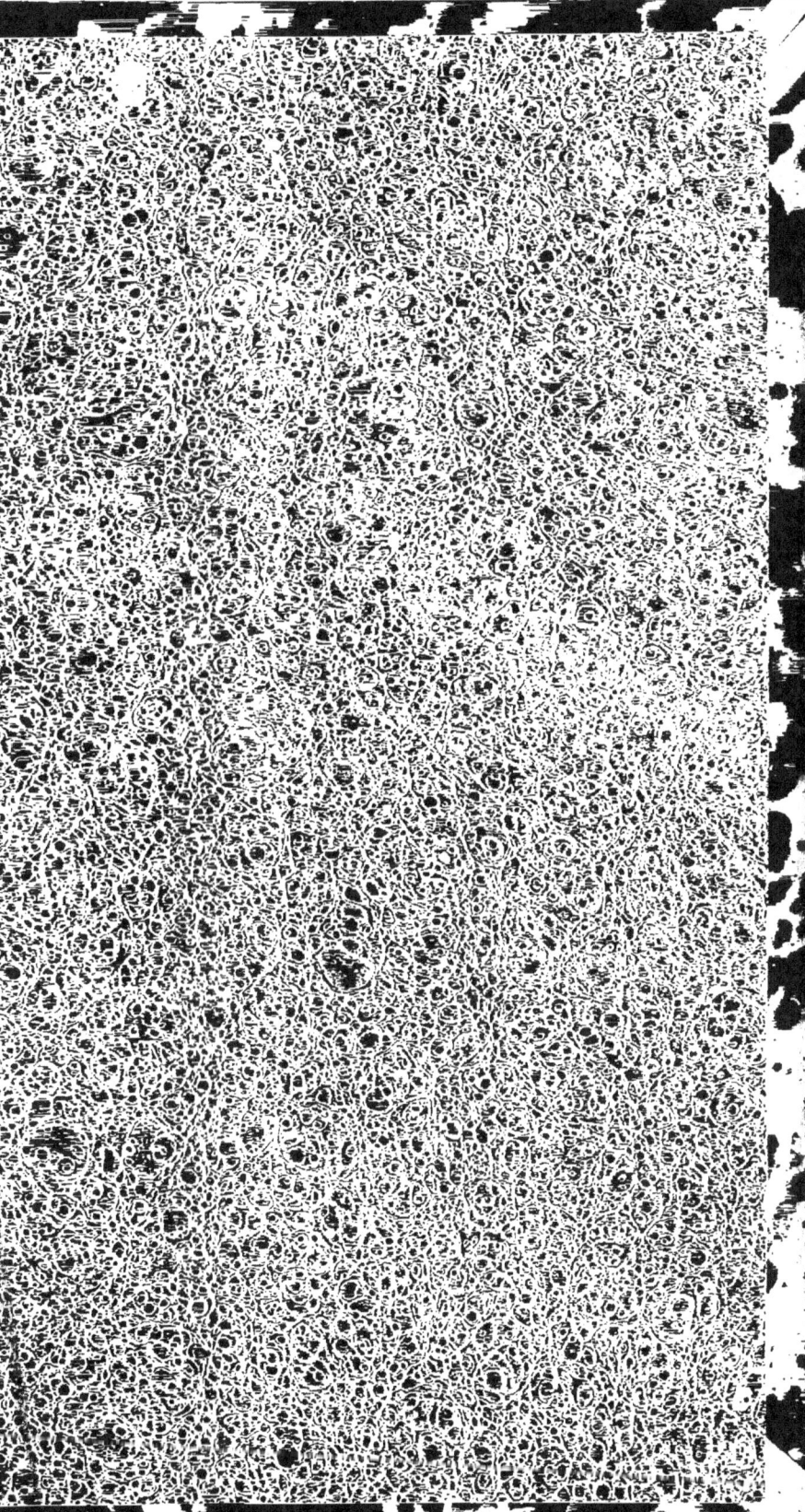

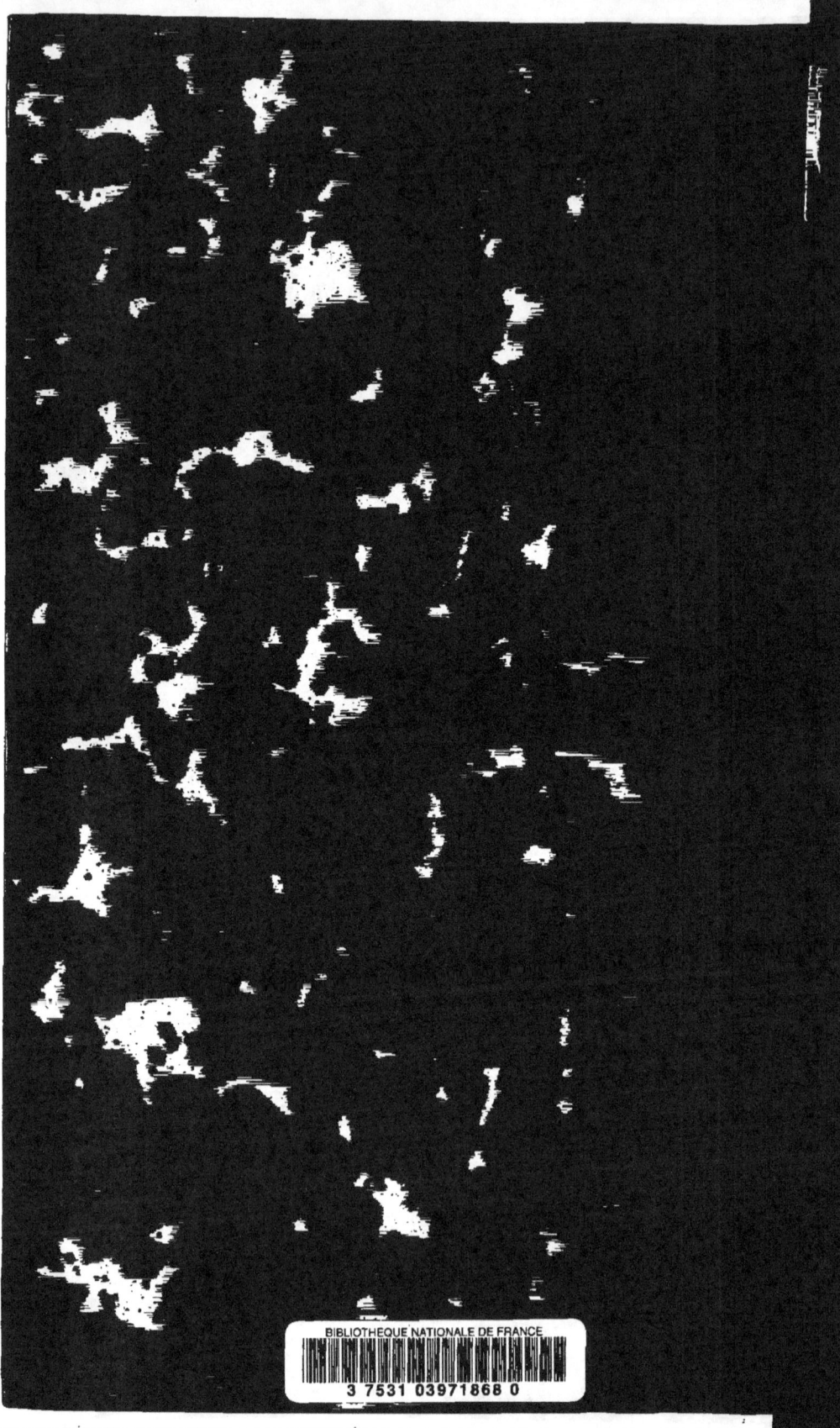

www.ingramcontent.com/pod-product-compliance
Lightning Source LLC
Chambersburg PA
CBHW060755030726
47503CB00002B/260